天才最弱魔物使いは帰還したい 2

~最強の従者と引き離されて、見知らぬ地に飛ばされました~

槻影

イラスト：Re: しましま

目次

Prologue　楽園

無機生命種《マキーナ》。それは、人により生み出された魂なき生命体の総称だ。

面白いもので、古今東西、多種多様な種族が自らの手で生命を生み出す事を目標としてきた。

恐らく、神の御業に憧れるというのは、種の垣根を越えた共通の思想なのだろう。長き年月の末、実際に幾つかのアプローチが成功し元々あった五大種の区分に新たな一種が追加されるに至った。

例えば、錬金術師《アルケミスト》がフラスコから生み出す人造生命《ホムンクルス》。

自然の鉱石に対して高等な魔術を使用し生命を与えた土人形《ゴーレム》。

そして――《機械魔術師《メカニック》》が長き研究の末生み出した自律思考を持つ魔導機械。

無機生命種と一口に言っても、生み出されるにあたってのアプローチは様々だが、その種族が『機械《マキーナ》』の名で呼ばれるのは、無機生命種に区分される者のほとんどが魔導機械だからだ。

人の欲により生み出され、人のために生きる彼らは、昔から僕こと《魔物使い《テイマー》》、フィル・ガーデンにとって興味の対象で、本来の常識から考えればありえない『野生』の魔導機械が独自の生態系を築くこの荒野は僕にとって一生に一度は来てみたい場所だった。

脆弱《ぜいじゃく》な肉体では耐えきれない程の遠方故に半ば来訪は諦めていたのだが、こうしてその大地をこの目で見る事ができたのは（経緯はどうあれ）間違いなく僥倖《ぎょうこう》だろう。

強く冷たい風と音が全身を叩きつけていた。レイブンシティは夏季だったが、地上から数十メートルも上空になるとかなり涼しい。素晴らしい眺めだった。僕の視力はそこまで良くないが、見渡せば地平線の先まで続く荒れ果てた地と、そこかしこに設置された魔導機械の『工場』、そしてこの地の支配者である、動植物をモデルとした魔導機械の魔物達が確認できる。

既にこの地に飛ばされてからそれなりに時間が経っている。ある程度の調査は済んでいた。

この地の魔物がそれぞれ種によって線を引いたような明確な縄張りを持ち活動している事。

荒野のそこかしこには魔物達の王が住処にするダンジョンが存在している事。

そして、荒野も最初はここまで広大ではなく、自己保全機能により自動生成された魔導機械達が少しずつ時間をかけて他種の魔物を駆逐し、少しずつ縄張りを広げていった事。

これまで様々な土地で依頼を受けてきたが、新たな探求の場としては十分だ。

現在、この地には冒険者ギルドよりＳＳＳ等級認定を受けた討伐依頼がかなりの数、存在している。

白夜《はくや》の頼み事――複数のＳＳＳ等級依頼を受けたのは成り行きだったが、これは好機だ。

これまで様々な依頼をこなしてきたが、ＳＳＳ等級の魔導機械の魔物とは戦った事がない。そもそも人のために生み出された魔導機械が魔物となる事自体ほとんどないわけで――好奇心が刺激される。

双眼鏡を覗き地上を闊歩《かっぽ》する魔導機械を観察していると、ふと視界に一体の魔導機械が入った。

この地の魔物の多くは実在する魔物を模している。それは、亀の形に少しだけ似ていた。

身体の大きさに比べ短い手足に、黒光りする如何にも頑丈そうな甲羅。

そして――そこから生えた無数の砲塔が、一瞬輝いた。

「ッ‼」

それは、光学兵器だった。エネルギーを圧縮して生み出された光の矢が、直線距離で一キロ以上離れた、空に浮かぶこちらに向かって正確に放たれる。そして――僕の目の前で『屈折』した。

音一つなく放たれた破壊のエネルギーが天に消える。双眼鏡の中で、亀が長い頭をのっそり持ち上げる。大きさはちょっとした山――とまではいかないが、体高でも十メートルはあるだろう。大きさと強さが比例しているとは思わないが、あの大きさの生き物を倒すのはなかなか骨が折れそうだ。

レンズ越しに冷たい殺意を感じた。間違いなくモデルタートルはこちらを捕捉していた。

破壊の光が再び一斉に放たれる。相手は光。どれほどの運動能力を有していようが、回避などとても間に合わない。光系の攻撃は、一部の瞬発力を長所に持つ種が天敵とするものである。

もっとも――フィジカルに特化した種の多くは耐久もまた化け物じみているものだが。

光が屈折する。屈折する。屈折する。どれほどのエネルギーを内包しようが、どれほど連続で放とうが、その一撃が僕の下まで届くことはない。

僕はそこで以前の反省を活かし、自分を背負い宙に立つアリスの耳を指先で挟み、引っ張った。

「ひゃ⁉　ご、ご主人様⁉」

《空間魔術師》は空間操作に特化した、上級魔術師職だ。

習熟難度が並外れて高く消耗する魔力も莫大だが、その力は物理現象を捻じ曲げ攻守ともに隙がない。使いこなせば、今のように有害なものだけを弾き、周囲を観察するなんて事もできる（完全に空間を断絶してしまうと何も見えなくなるし、呼吸もできなくなる）。

不意打ちに制御を誤ったのか身体ががくんと大きく動く。光線の屈折率が変わったのか、光がくの字を描き飛んでいく。

長きに亘《わた》る鍛錬の末、如何なる苦痛の中でも乱れぬ鋼の精神を手に入れたはずのアリスが術の制御を誤るとは珍しい。アリスは身を固くするが、僕はその事実に、かつてない喜びを感じていた。

先日までは完璧に仕上げたと思い込んでいた。これは――成長の可能性だ。

裏切りを経て、アリスも僕も変わった。

アリス・ナイトウォーカーはまだ強くなれる。強くできる。

そして――僕もまた、より高みに到れるのだ。

爆音。空気が揺れる。先程までとは明らかに異なる攻撃だ。

空気抵抗や重力の影響も計算し放たれた質量弾は正確に僕の頭蓋を狙っていた。

だが、無駄だ。音に匹敵する速度で迫ってきた弾丸が目の前で弾かれる。物理に影響されるただの質量弾で空間魔法の防御は破れない。光線の方がまだ正しいアプローチだった。

質量弾も無効な事を理解したのだろう。モデルタートルがギブアップとでも言うかのように手足と頭を引っ込める。僕はそれを眺めながら、手を動かしアリスの首の下を撫でた。

面白い。興味深い。荒野。魔導機械の支配する異質な地。

学ばせていただこう。

§　§　§

声なき同胞の悲鳴を受信し、『ソレ』は久方ぶりに目覚めた。

お前は神として生まれた。

それが、ソレが生まれて最初にかけられた言葉だ。

金属で出来た小さな小屋――神殿の中で、ソレは作られた。

自分の創造主が如何なる存在だったのか、詳しい情報は覚えていない。その頃のソレには目はなく、口はなく、手もなかった。後にそれが、必要な事だと理解した時には創造主は消えていた。


――神たる者に主人など必要ない。


ソレに与えられたのは神としての全うすべき役割と機能、そして名前だけ。

魔導機械が広まるにつれ、新たに生み出された新世界の生命体――無機生命種。神なき種族の神となり、この地に魔導機械の繁栄を齎《もたら》す事。森を、山を、川を切り崩し同種を増やし、時に生命と敵対し、種を守る事。時に生み出した者同士の争いを見守り、時に罰を与える事。

自己進化し、時に閃きすらする知性も、同胞から声を受け、時に神託を下す機能も、新たなる種を生み出す力も、一体の魔導機械として類いまれな肉体も、全てはそのために生み出された。

最初はただの命令《オーダー》だったそれは力を増すに連れ、いつしか使命となった。

L等級魔導機械モデルゴッド、原初の一《オリジナル・ワン》。

それが、創造主に与えられた誰も呼ぶ者のいないソレの名前。

長き時を経て、増築に増築を重ね、砦と化した神殿の最奥に、魔導機械の神の声が響き渡る。

「…………安寧の地を脅かす、我らの敵――」

既に敵など現れなくなって久しい。ついぞ神の間を訪れる者もなく、生命を追い出し根付いた無機生命種の生態系は人の街まで組み込み今も繁栄の一途を辿っている。

最近はずっと眠っていた。既に繁栄の礎を築いた今、神は妄《みだ》りに動いてはならない。

目覚めが必要な事態になった事を喜ぶべきかあるいは悲しむべきなのか。

神として作られた機能が荒野に散らばる同胞達から情報を取得する。

名前。能力。職。武器。思考。居場所。戦果。その全てが長き年月で進化した装置に取り込まれる。

「…………フィル・ガーデン。アリス・ナイトウォーカー。《魔物使い》。如何なる定めで我らに逆らうか……」

恨みなどない。理由も、感傷も、殺意もない。もちろん、油断などあるわけがない。

ただ、定められたままに神たる役割を全うするために、ソレは機械のように動き始めた。

第一章　禁忌の地

探求者は危険な職業だ。魔物と戦い、素材を集め、依頼を解決する。

時にイレギュラーも発生するし、そしてもちろん――何者かに襲われる事もある。

栄光の積み方に近道はない。必要なのは慎重さ。知恵と勇気。弛《たゆ》まぬ努力。そして信頼できる仲間。

運と経験もあると便利だが、それらはどうにもならない事も多いので置いておく。誰だって初めてというのはあるものだ。

新たに借りた宿の一室。大きなテーブルの上に取り寄せた資料を広げ、僕は眉を顰《ひそ》めた。

「うーん…………これはなかなか……厄介だな」

資料はこの近辺の高難度依頼についてのものだった。

魔導機械の支配域はレイブンシティと周辺二都市を含め、広範囲に広がっている。強靭《きょうじん》な魔導機械が蔓延《はびこ》る荒野にはそこかしこに未踏破のダンジョンが存在し、近くには助けを呼べる街もない。

もしも魔導機械達が街を攻め滅ぼそうと一挙して襲ってきたら簡単に滅ぼされるだろう。

白夜《はくや》から受けた依頼は近辺のＳＳＳ等級依頼の間引きである。それ自体はそこまで難しくはないが、それだけでは白夜の心配事の源――この地域に蔓延る『問題』の根本原因の解決には至らない。

言われた事だけをこなすのは三流だ。だが、僕にも、さっさと帰還してアシュリー達を安心させてあげなくてはという個人的事情がある。短時間で、順当な手段で根本を正すのは不可能に近い。

と、その時、街の外の調査に出していたアリス・ナイトウォーカーが部屋に戻ってきた。

「ご主人様、ただいま帰りました」

「おかえり」

アリスはぼろぼろだった。特製の純白のドレスは土で汚れ、顔にも手足にも擦り傷や切り傷がついている。いつも銀糸のような髪もぼさぼさで、街中ではさぞ目を引いた事だろう。

僕はちらちらこちらを見ているアリスに微笑みかけ、言った。

「さて、アリス。報告を聞こうか？」

僕の言葉に、アリスは自分の格好をちらりと見下ろすと、不満気な顔でそっぽを向く。

あの従順だったアリスはさて、どこに行ったんでしょう？

まるで年頃の娘が反抗期になったような気分だ。

「…………ご主人様。スレイブが働いたら、まずは褒めるべき。こんなにぼろぼろになって帰ってきたのに――」

「アリス、君、わざと服を汚して帰ってきただろ？」

「…………」

ナイトウォーカーの持つ種族スキル、『生命操作』は極めて強力だ。

他の高位種族ならば十近く持っていてもおかしくはない種族スキルをナイトウォーカーは一つしか持たない。だが、逆に言えば彼女達はその一つのスキルで『災厄』とされているのだ。

そして、野良のナイトウォーカーが攻撃にのみ使うそれをアリスは長きに亘《わた》る訓練の末、生者への憎しみの本能に打ち勝ち、回復にも使用できるようになった。彼女のエプロンドレスは特注品だ。彼女は『生命操作』により、ゼロから全てを——自分の肉体から、回復魔法では再生できないドレスまで、何もかもを再生できる。どうしてそんな彼女が傷だらけで帰って来るような事があろうか？

アリスがぷいとそっぽを向く。アムならばともかく、アリスがそんな態度をとるのは新鮮である。

これまで、彼女は聞き分けのいい子だったのだが、もしもこれがアリスの本性だとしたのならば、僕は随分と彼女に我慢をさせてしまっていたのだろう。だが——僕は反省しても後悔はしない。

「わかったわかった。偉い偉い。さ、報告は？」

「……ご主人様。値は釣り上げすぎない方がいい」

アリスがジト目で僕を見る。さすが付き合いが長いだけあってアムのようには誤魔化せないか。

《魔物使い《テイマー》》にとって、褒めるも叱るも武器の一つだ。タイミングもやり方も重要になってくる。

だが、僕にはわかった。待て《ステイ》。待て《ステイ》だ。まだ『褒める』の値を上げられる。

アリスは優秀だ。アムも僕の下でそこそこ成長したが、そんなアムが霞むくらいステージが違う。

恐らく、アリスがこんな態度なのは僕がアムに行った処置を全て見ていたからなのだろうが、僕がアムをことさらに褒めてあげたのはそれがまず彼女を正常にするのに必要だったからだ。自己肯定感のなさが成長を妨げていたから、僕は彼女の第一の理解者にならねばならなかった。

最初が肝心なのだ。もちろん、アリスを最初にスレイブにした時にも細心の注意を払った。

だが、同時に甘やかすだけが《魔物使い》ではない。

先日のアリスの行動は僕の責任はともかく、間違いなく罪だった。罪には罰が必要だ。

もちろん、僕も変わらねばならないが――スレイブの裏切りまで見越した今の僕に隙はない。

思えば、これまではスレイブを甘やかしすぎたのだ。それがアリスの裏切りを招いた。

もっと徹底的に躾けなくてはならなかったのだ。幸運にも僕は汚名を雪《すす》ぐ機会を得た。

面白い。実に面白い。好奇心が刺激される。これこそが我が人生だと、心の底から思える。

視線で促すと、アリスが目に涙を浮かべ、拗ねるように言った。

「……うぅ……ご主人様、私の事嫌い？」

アリスが涙を浮かべてこちらを見上げる。僕にはわかる。これは嘘泣きだ。普段ならば撫でるくらいしてやっていたかもしれないが、今回は駄目だ。

僕はせめてスレイブが安心できるような微笑みを浮かべて命令した。

「好きだよ。さぁ、だからさっさと報告しろ」

「……何か扱いが酷い。ご主人様は……私の気持ちも考えるべき」

「僕はいつだって君の事を考えているよ。さぁ、アリス」

窘《たしな》めるように言うと、アリスは頬を膨らませたまま僕の命令《オーダー》に従った。

腕を大きく持ち上げると、手の先がふと消える。空間に亀裂を作りそこに手を差し込んだのだ。

《空間魔術師》のスキルツリーに存在する魔法の一つにして、最も有名な空間魔法。

異空間にポケットを作り出しアイテムを格納する『アナザー・スペース』。

手を出した時には、紙束が握られていた。彼女の役割は故郷の王国にいた時から決まっている。

フィールド・ワーク。討伐依頼の肝。現地調査である。ひ弱な僕ではリスクが高くても、凶悪無比で複数の命を持つアリスならば魔物の生息圏内も自由自在に歩き回れる。

もちろん先日のように時には僕も一緒に外に出ることもあるが、僕がいると彼女は少しだけやりづらくなる。彼女は体力が違う。生存能力が違う。それは、アシュリーでも代替できない彼女の価値だ。そうなるように、僕が仕込んだ。彼女は僕の目であり、耳であり、武器でもある。

紙束は周辺地域の詳細な地図だった。机の上に地図を並べ、大きな地図を作る。

その範囲には僕が以前アムと一緒に討伐したモデルアントの生息域――クローク平原も入っていた。

ギルドの有する情報は精度はそこそこ高いが、最新ではない。魔導機械の進化速度は他種と比較して桁違いに速いから、目を使った確認は必須だ。他のパーティならば数週間掛けて調べる事も、自在に空を飛べ生存能力に優れる彼女ならば短時間でこなせる。

アリスは自身の美しい白銀の髪を数本抜くと、

「メルギダ」

一本の髪を地図に突き立てる。アリスが手を離しても髪は針のように垂直に突き刺さったままだ。

「フォルモ、リザルベ、アーティ、フルーレ――」

途中で髪がなくなり、再度引き抜く。続けて次々と名を言っていく。数分で地図の随所には剣山のように鋭い髪が突き立っていた。その数、驚くべきことに十二本にも及ぶ。

感嘆のため息をつく。ギルドの情報で大まかなことはわかっていたが、やはり――多すぎる。

「十二か……事前にギルドにあった情報の通りなのか……多いね」

「仰るとおりです。縄張りなどもギルドの持つ情報から大きく差異はありませんでした。ご主人様、ここで探求者やれば、多分すぐにランク上げられる」

この周辺数百キロだけで凡《およ》そ十二。それは、ＳＳＳ等級討伐依頼の対象の居場所だった。

相手は魔導機械で、日々進化を続けているはずだ。ギルドの情報に齟齬《そご》があってもおかしくはなかったが、定期的に情報のアップデートでもしているのだろうか？

ともあれ、この数はなかなかお目にかかる数ではない。普通はもう少し早めに間引かれる。

そしてもちろん、ここに記載されているのは認識しているだけで、ＳＳＳ等級討伐対象に相当する強力な魔導機械はもっと沢山いるだろう。やはりこれらを一つ一つ潰すのは不可能だ。工夫がいる。

僕は小さくため息をつくと、アリスの言葉に肩を竦《すく》めてみせる。

「やらないよ。アシュリーも夜月《やづき》も待ってるしね。あくまで——ちょっと付き合うだけさ」

「王都の化け物達を呼んだら、喜んで来る」

「来るだろうね……」

僕がかつていたグラエル王国は一種の探求者の聖地だ。

最強と名高い竜種の探求者を始め、高等級探求者が魑魅魍魎《ちみもうりょう》のように溢れかえっている。ここではトップクラスの探求者のランドさんでも、王都を訪れたらトップ陣には入れないだろう。

そして同時に、高等級の依頼に飢えている。この地は王都の探求者にとっては宝の山に見えるかも知れない。王都の探求者がこぞってこの地を訪れたらペンペン草も生えない荒野となるだろう。

だが、この数、白夜が役割を逸脱して僕に依頼するのもわかるというもの。

最初にここで登録した時にも近辺の魔物の強さには驚かされたものだが、もしも僕が探求者になる前に住んでいたのがここだったら、きっと大成できなかったはずだ。

「でも、Ｌ等級依頼はないいんだよね」

「はい。ご主人様《ダーリン》じゃ、全部達成しても、Ｌ等級になれない」

探求者のランクアップには様々な条件があるが、その条件の一つに依頼達成で貰えるポイントを一定まで溜めるというものがある。そして、探求者がＳＳＳ等級からＬ等級にランクアップするにはそれまでとは桁の違う膨大なポイントが必要となるよう設定されていた。

簡単に言うと、ＳＳＳ等級探求者がＳＳＳ等級依頼だけ受けてランクアップしようとすると、相当数の依頼を達成せねばならない。ＳＳＳ等級探求者がランクアップする最も手っ取り早い方法はＬ等級依頼を受ける事だ。真に超一流とされる探求者はＬ等級依頼の存在する街を狙うようになる。

ここまでＳＳＳ等級の討伐依頼が揃い踏みしているのは珍事だ。普通はこうなる前に誰かが終わらせるし、ＳＳＳ等級として長い間被害を出し続けた依頼はＬ等級に昇格するものである。

強い探求者がいないからＳＳＳ等級依頼が残る。ＳＳＳ等級依頼のままだから強い探求者が来ない。

眉を顰めじっと地図を見る僕に、アリスが説明を続ける。

「メギルダはモデルスパイダー。リザルベはバタフライ、アーティはマンティス」

「性能は？」

夜通し駆け回り、実際その眼で全てを観察してきたアリスに聞く。アリスはあっさりと答えた。

「王都の方が強い」

そりゃ……王都じゃ弱い魔物はすぐに討伐されるからな。

「倒せる？」

「魔導機械にライフドレインは効かない。善性霊体種《スピリット》よりはマシだけど――相性は良くない」

「僕は倒せるかって聞いたんだよ？」

手を伸ばしてアリスの髪をくしゃくしゃと撫でる。アリスは憮然とした表情で、しかし顔を背ける事もなくなされるままに身を任せる。

「……私に敗北はない。でも時間はかかる……かも。面倒なダンジョンに潜んでいる個体もいる」

アリスの本領はストックした命を莫大な破壊のエネルギーに変換して放つ無属性の攻撃だ。その攻撃は変幻自在で、斬撃、打撃、刺突に至るまで、ありとあらゆる形を網羅するが翻って所詮は無属性——物理攻撃に区分され、純粋な防御力でダメージが軽減される。

そして同時に、彼女の攻撃はほとんどが命を消費するため、燃費が悪い。事前にライフドレインでエネルギーを十分溜めておけば無尽蔵の破壊力を発揮するが、それがなければ強さは発揮できない。

そして、問題はアリスの生命のストックにあった。

やはり超長距離転移は相当無理をしていたらしい。アリスのストックは既に千を切っている。

ストック一つにつき一回復活できるので、千の命があると言われれば凄いようにも思えるのだが、それでもそれは以前と比べて非常に心もとない数字だった。回復にも攻撃にも、あらゆる行動に生命エネルギーを消費するというのは彼女にとって強みでもあり、弱点でもある。

「機械種は基本的に硬いし、エナジードレインで補給もできないからなあ……」

アリスなら負けない。それはそうだ。僕は自身のスレイブの力を信じている。

だがやはり、戦い方は考えねばなるまい。そして、こういう時にいつも思うのだ。

「……元素精霊種《エレメンタル》のスレイブが欲しいなあ」

どんな状況でも十全に戦えるスレイブが欲しい。

元素精霊種は元素魔法《エレメント・マジック》と呼ばれる自然現象を操る術を得意とする種族だ。その力は全ての種の中で最も安定しており、特に純粋な破壊の能力においては他の追随を許さない。加えて、彼らは自然の具現化であり、魔法使用時の消耗も非常に少ないのだ。

《魔物使い》となる以前はその生まれながらに強さを約束された資質に、何度も嫉妬に駆られたものである。元素精霊種とうまいこと契約を交わせた魔物使いはどの時代でも羨望の的だ。

もちろん、スレイブにした事がないから、してみたいというのもある。

「……浮気？　そういう態度はよくない」

アリスが眉を顰めてえらく人聞きの悪い事を言う。

自室だからまだしも、外で同じ事を言われたら堪《たま》ったものではない。《魔物使い》にとって外聞は大切だ。そりゃ、多少我が儘言うくらいは全然構わないけど――これは説得が必要か。

僕は居住まいを正し真剣な表情を作ると、アリスを真っ直ぐ見て言った。

「アリス、ある一人の著名な剣士が一本の剣を持っていたとする」

「……私ですか？」

僕は無視することにした。

「その剣士は一本の剣を長年大切に使ってきた。その剣の切れ味は酷く鋭く、あらゆる敵を切り裂くことができた」

「それ、浮気」

僕は無視することにした。

「だが、ある時強敵に出会った。その敵はそれ程強くはないが、刃の鋭さだけではなかなか傷つかない非常に硬い鎧《よろい》をつけていた」

「浮気だと思う」

僕は無視することにした。

「剣士は思うわけだよ。こいつは非常に硬い。今まで使っていた愛剣《アリスソード》を使っても勝てない事はないが、せっかく鍛え上げた刃が刃こぼれする可能性がある。だが、一方弱点もある。その敵の鎧は、とにかく硬いけど、熱に弱かったんだよ」

「……愛剣《アリスソード》が可哀想……」

アリスが上目遣いで呟いた。黙って聞けよ。

「さて、剣士は仕方なく、やむを得ず、愛剣《アリスソード》のためを思って、新たに炎の魔法剣を購入することにした」

そこまで言い切って、アリスの瞳を威圧するように覗きこむ。

ゆっくりとはっきりと、まだ言葉が不自由なアリスのために、わかりやすく尋ねた。

「さあ、それは浮気と呼べるのか？」

それはどうしても必要だったからであり、用途に応じて剣を一本や二本買い足したところで浮気とは呼べまい。剣士が悪いわけでも、もちろん愛剣《アリスソード》が悪いわけでもない。適宜、状況に応じた準備をするのは探求者としては常識だ。

アリスもそれは十分わかっているのか小さく頷くと、僕の眼を見て言った。言い切った。

「浮気だと思う」

「……理由は？」

「魔法剣が女の子だから」

わかってない。わかってない。剣に性別なんかないのだ。故に、浮気にも成り得ない。

「じゃあ、女の子じゃない？」

「いや、女の子だね」

それはただのセオリーだ。仕方のない事なんだ。僕はセオリーを達成するために容姿にも気を遣っている。服装もなるべく清潔なものにしているし、太りすぎたり痩せすぎたりしないように自己管理もしている。髪も眉も整えているし、相手の嗜好次第では香水だろうがなんだろうがつける。いつどんな相手に出会ってもいいように種族の特徴を暗記してもいる。これは弱者故の生存戦略なのだ。

別に好きで女の子を選んでいるわけじゃない。それが一番なのだ。

あえて言うなら――男を、同性を選ぶ『意味』がない。《魔物使い》なら誰だってそうする。

「大体、僕はスレイブに欲情する程、変態じゃない」

「…………ご主人様は――変態」

アリスが上目遣いで言う。どうやら交渉は決裂のようだな。

……まぁ、いいだろう。スレイブからの嫉妬は好意の裏返しみたいなものだ。

「わかったよ、僕の負けだ。男のスレイブにするよ、一度くらい試してみたいと思っていたんだ」

「!?　そういう事じゃない」

だが、白夜からの依頼を円滑に解決するには付け焼き刃のスレイブを増やした程度では不可能だ。

助けが必要だ。さて、どこから切り崩していくべきか……。

目に涙を浮かべすり寄ってくるアリスを満を持して撫でてやる。

僕は大きく深呼吸をして気合いを入れると、立ち上がった。

探求者には向き不向きがある。本人の資質や努力などももちろんあるが、生来の種族と職《クラス》により得られるスキルは探求者に役割を生み出した。

近接戦闘系の職ができることは大して変わらないが、盗賊系職は極めて鋭敏な感覚を与えるし、魔術師系職については、その職でなければできない事もある。職とは先人が歩んできた道筋を焼き付けたもの、先駆者の歩んだ道は大抵の場合一本ではなく、基礎という幹から枝分かれし発展していく技術体系を、その見た目とそこから多数の技能を得られる事から技術樹《スキルツリー》と呼ぶ。

僕達、後進の探求者は《託宣師》の力により焼き付けられた技術樹を元に研鑽を積むことで極めて効率的に技能を取得できるが、必ずしも焼き付けられた全てを己のものにできるわけではない。

《魔物使い》は俗に言う魔術師系職に区分されるが、その中でも大別すると二種類の体系が存在する。すなわち、戦場での指揮官としての役割に特化した『使役系』か、契約したスレイブの強化に特化した『育成系』か、だ。僕の場合は《魔物使い》のクラスをほぼほぼ極めた結果、上級職であり悪性霊体種《レイス》の取り扱いに特化した《支配使い《オーバー・ルーラー》》のクラスを得るに至った。使役も育成もそれなりにできるが、それでも得意分野はどちらかというと後者になる。

僕は悪性霊体種には詳しいが、魔導機械については素人に毛が生えた程度の知識と経験しか持っていない。その分野に於《お》いて最も詳しいのは種それ自体の発祥に関わる職――《機械魔術師《メカニック》》だろう。

上級魔術師である《機械魔術師》になるには深い知識と経験、知的好奇心が必要だ。職を得ているという事実それ自体が有能な証。僕が白夜の依頼をこなす上でこれ以上強い味方はない。

むすっとした表情のまま、玄関で長々と話を聞かされたソウルシスター、《機械魔術師》のエトランジュ・セントラルドール――エティは、半端に開いた扉の隙間から深々とため息をついた。

「それで…………アポイントメントも取らず、家まで来たのですか…………行動力があるというか礼儀を知らないというか……」

以前、図書館で意気投合した時に教えて貰ったエティの屋敷は、レイブンシティの中心にあった。《機械魔術師》は魔導機械を生み出し操る職だ。その家は往々にして研究スペースを兼ねている。

エティの屋敷は僕の宿よりも遥かに立派だった。巨大な魔導機械を出し入れするためか、金属製の門は高さ三メートル近くもあり、異様な威圧感がある。街に来たばかりだと言っていたはずだが、さすがは数ある魔術師職の中でも最も富を生み出すとされる《機械魔術師》、あやかりたいものだ。

細く開いた扉から見えるエティの格好は以前図書館で出会った時と同じような作業着姿だった。仕事中だったのか、その声色と表情には疲労が見える。髪もぼさぼさで、寝癖までついていた。

「親しき仲には礼儀なんてないんだよ」

「フィル？　貴方のスレイブが私に助けを求めてやってきた時は、余りにも必死だったから用件を聞いたのです。貴方にはまだ…………『貸し』があったと思うのですが……」

エティが言葉を選ぶようにゆっくりと言う。透明な、好奇心の強そうな瞳がこちらを窺っていた。

なるほど…………さもありなん。どうやら彼女は僕との間に何か壁や遠慮を感じているようだ。

普通それを感じるのは僕の方であるべきだが、どうやらエティは…………奥ゆかしいようだな。

だが、断られた程度で退いているようでは《魔物使い》なんてできない。

「でも、君は僕の可愛いスレイブを散々ぶっ殺してくれた。僕は全く気にしていないけど」

「…………」

「賄賂——お土産もあるよ」

後ろから包装された箱を取り出し、見せる。エティはしばらく呆れたような目で僕を見ていたが、すぐに深々とため息をついた。

「わかった、わかったのです。入れてあげるのです。招待もしてしまったし――用が済んだらすぐに帰るのですよ」


魔術師は得てして景観よりも実利を重んじる。エティの屋敷は乱雑で、非常に入り組んでいた。ぐにゃぐにゃと天井に走る配管や奇妙な音、配線類は見る人が見れば顔を顰《しか》める事だろう。そこかしこに開いていない箱が放置され、どうやらまだ引っ越しの後の片付けが済んでいないようだ。

だが、金属やオイルの臭いに断続してあがる音、奇怪な機器は、それだけで僕を高揚させる。

「素敵な家だ。僕も住みたい」

「…………フィル、貴方は変わっているのです。そんな感想を抱いた人は貴方が初めてなのです」

「ん？　この家に入ったのは身内以外では僕が初めてでは？」

エティはしばらく黙っていたが、やがて小さな声で言った。

「…………そ、その通り、なのです。レイブンシティには、引っ越してきたばかりですから……」

耳が赤くなっている。言い訳がましいその言い方が少し面白い。恐らくまだ部屋が片付いていないというのも、エティが僕を家に入れるのに気乗りしなかった理由の一つなのだろう。

案内された応接室は応接室と呼ぶには余りにも散らかっていた。あちこちに正体不明の機械が放置され、書物が山積みにされている。かろうじて存在する毛布のかかったソファとテーブルだけがここを応接室たらしめていた。なるほど、《機械魔術師》らしい屋敷である。《魔物使い》はコネや外聞も使わねばやっていけないほど弱い職だが、《機械魔術師》は全てを押し通せるような力を持っているし、訪れてくる人もそれを目的としている。このスタンスは正しい。

「………寝室はどこ？」

「？　寝室なら――って、寝室が関係ありますか⁉」

「いや、寝室もこんな感じなのかなって……いや、待てよ？　このソファの上の毛布……さてはエティ、寝室に行くのが面倒でここで寝て――」

「⁉　い、いいから、さっさと要件に入るのです！」

エティが、僕が触れた毛布をばっと奪い取る。いや……ただの興味本位だよ。

僕だって誰にでもこんな事を言うつもりはないが、生活空間には性格が出るものだ。それに、エティは余り人付き合いが得意な方ではないようだし、少し踏み込んだ方が仲良くなれそうでもある。

ていうか、その前に彼女はもう少し生活の質を上げた方がいい。ちゃんとベッドで寝ないと疲れも取れないだろう。スキルで肉体疲労は飛ばせても精神疲労は蓄積するものだ。

「ところで提案なんだけど――シャワーでも浴びてきたら？　その間に僕は部屋を見せてもらうから」

「は……はぁ？　なんで――」

「いや、寝癖がついてるからさ。疲れているようだし、これは友人としての忠告なんだけど、少し気分を切り替えた方がいい。あまり寝ていないんだろ？」

「⁉」

魔術師ってのはこれだから――。

僕も暇ではないが別に喫緊というわけではないし、エティの研究室《ラボ》はそれはそれで興味深い。

寝癖に気づいていなかったのか、エティは頻《しき》りに髪を手の平で押さえつけると、恥ずかしそうに顔を赤らめ言った。

「…………ま……魔術師の、部屋を、勝手に見ようと？」

「それは……もっともだな。でも見張りくらいつけられるだろ？」

魔術師の研究室は秘密でいっぱいだ。当然、セキュリティは最高クラス。スキルや魔導機械で組まれたセキュリティを純人《プライマリー・ヒューマン》が突破できるわけがないし、ここにアリスがいたとしてもぶっ壊す以外の事はできないだろう。そもそも、《機械魔術師》の研究はスキルに大きく依存している。僕が研究を盗み見たところで有効活用できる可能性はほぼゼロだ。

エティは僕の言葉にしばらく身体を縮め居心地悪そうにしていたが、すぐになにか思いついたように目を見開き、冷ややかな目つきでこちらを見た。

「そう言えばフィル――純人には警戒心を和らげる種族スキルがあるらしいですね。その力で純人は強力な種族相手に生き延びたとか」

なるほど……どうやら僕を調べたらしい。前回のアリスの件で興味を持ったのだろう。

嫌悪値増加抑制。それが、純人の持つ数少ない種族スキルの名だ。一見してわかる弱さ故に何者にも警戒されないというそのパッシブスキルは、実は他の種族スキルと比べて珍しいものでもある。

僕は笑みを浮かべると、エティに一歩近づいた。身長差から見下ろす形になるが、エティは険しい表情をしつつも構えない。

これが『嫌悪値増加抑制』。大抵の自動発動型のスキルに言える事だがスキルというよりは種族的資質である。僕は小さく咳払いをして、努めて穏やかな口調で言った。

「確かに、純人には警戒心を和らげる種族スキルがある。だけど、僕達が生き延びた根本的理由はそれじゃない。僕達が生き延びた理由はただの――行動の結果だ」

「行動の……結果？」

嫌悪値増加抑制のスキルは純人の弱さの結果だ。

一見、強力に見えるそのスキルが生存に有効に作用する機会は実は余り多くはない。

何故ならば、このスキルは嫌悪を抱かれにくくするだけで、それ以外の攻撃衝動は緩和できないからだ。例えば肉食の魔物が純人と他の種族と同時に相対した場合、魔物は警戒に値する他の種族を先に襲うだろう。だが、純人がたった一人で魔物と出会った場合、魔物は警戒する素振りも見せず襲いかかってくるはずだ。そもそも、このスキルは人の思考を捻じ曲げる程の力を持たない。攻撃すれば反撃されるし、悪口を言えば悪感情もたまる。

このスキルだけで生存できる程僕達は強くない。生き延びるにはもう少しだけ強固な理由がいる。

「僕達は他者に対して誠実に接する。あらゆる種と友好を結び、常に良き隣人としてある。裏切られても裏切らず、話を逸《そ》らす事はあっても嘘はつかない。これが原則だ。ここまで僕が生き延びる事ができているのがその証明だ」

かつて、同じ純人であるリンの母親のアネットさんは、宿が潰れ窮地に陥る可能性を考えた上で客の安全を考え、客を追い出した。

悪意の有無はともかく、広谷《ひろや》に酷い事をしたリンはあのままだったら淘汰されるはずだった。

僕達は家族の、仲間の、友のために生き、そして死ぬことを義務付けられている。

冷静に考えると、これほど《魔物使い》に向いている種はないだろう。

エティはしばらく目を瞬かせ僕の言葉を咀嚼《そしゃく》していたが、少しだけ申し訳なさそうに言った。

「それは…………何も安心できないのです」

「どうせ僕では研究を見ても何もわからないよ。何時間もシャワーを浴びるわけじゃないんだろ？」

「なるほど……それは、一理あるのです」

長々と説明したのに無駄だったか……いや、こちらを知ってもらう事は無意味ではないはずだ。

エティは大きく欠伸をすると、くるりと背を向けた。

「それじゃ、お言葉に甘えるのです。見て回るのは構わないですが、ちょっと危ないものもあるので無闇にいじらないように――」

手を持ち上げ、手の平をふりふりと振るエティ。

先程よりは信用して貰えたか？　アリスの件で生じた確執くらいは解消できただろうか？

人間関係というのは本当に難しい。と、そこでエティがふざけた口調で言った。

「一応言っておきますが――見て回るのはオーケーと言っても、シャワーを覗くのは駄目なのです」

「心配しなくても、肌を見たければ覗くなんて真似せずに一緒に入って背中を流すよ」

僕は変態じゃない。僕が覗くとすればそれは――大抵は、スレイブの観察のためだけだ。

エティは僕の言葉にしばらく沈黙していたが、やがてため息をついて出ていった。

§　§　§

その一挙手一投足は以前、共に活動していた頃とは比べ物にならないくらいに洗練されていた。

リン・ヴァーレンは《魔物使い》としても探求者としても未熟だ。知識も経験も足りていない。

だが、そんなリンから見ても、友人の夜魔《ナイトメア》、アム・ナイトメアの剣術はなかなかのものに見えた。

地面を踏みつけ、躊躇《ためら》いなく相対する魔物――犬型《モデルドッグ》の魔導機械の攻撃範囲に飛び込むと、軋むような音と共に放たれる鋭い爪による一撃を、流麗な一撃で弾いた。

リンのスレイブ――ヘルフレッドの広谷もまた、剣士系職『侍』の持ち主だ。刀と呼ばれる東洋の特殊な剣を操り繰り出される神速の斬撃は、それは美しかったが、アムの動きはそれとも違っていた。

その斬撃には確かな剣士クラスの技が見えるが、それだけではない。

昔は、違った。リンの下にいた頃のアムもそれはそれで強かった。

種族等級B。夜魔はダイヤの原石だ。素の状態でもその力は人とは隔絶している。

だから、リンと協力していた頃の彼女も、少し危なっかしいところはあったものの、魔導機械の魔物相手に獅子奮迅の働きを見せていたし、十分食べていけた。依頼をこなす毎に強くなっていくアムを見るのは当時のリンの楽しみでもあった。

だが、今のアムを見ていると当時は全くポテンシャルを発揮できていなかった事がわかる。

かつてのアムには魔導機械に対する怯えがあった。かつてのアムには縦横無尽に武器を振り回す事への陶酔があった。そして何より、かつてのアムには――相手への戦意が足りなかった。

彼女は戦闘中も常にリンの評価を気にしていた。彼女には強さへの欲求も、戦闘への心構えもなかった。そもそも敵対種であるアムが人里に現れたのは――生き物と戦うのが怖かったから、なのだ。

――そしてそれは、決して優しさなどではない。

訓練のためという事でアムを預けられるその前に、フィルが言っていた言葉を思い出す。

『リン、アムの弱点はね――怠惰である事なんだ。新たに行動を起こすのにはエネルギーが必要だが、彼女は無意識の内にそれを避けている。それは彼女が臆病だというのもあるが……如何にしてそういうスレイブにやる気を出させるのかというのが、マスターとしての手腕の見せ所でもある。長所と短所は一枚のコインの表と裏――どのスレイブでも、大なり小なり扱いにくい点はあるものだ』

一体目を切り捨てたアムは喜びの表情を浮かべる事もなく、すぐに次の相手に取り掛かる。

基本的に低等級の魔導機械には透過スキルの耐性がない。そのセンサーは霊体種を捕捉するのに適切ではない。遠くから確認すると、アムの足が攻撃の瞬間を除いてほとんど地についていない事がわかる。霊体種の多くが持つ能力――存在位相をずらし物質からの干渉を軽減する透過のスキルは、重力の影響を大きく減らす。それは彼女が小刻みに種族スキルを発動している証だった。

今のアムは職だけでなく種としての力をも取り込もうとしている。それは、普通の剣士としての成長の一歩先を見据えている事を示していた。種族生来の力である種族スキルは職を得て後天的に身に付けたスキルに比べて負担が小さいが、それでも連続で使用すれば相応の疲労があるはずだ。

あの遮二無二突撃してぶん殴る事しかできなかったアムがこの短期間でここまで変わるとは――。

山ごもりなどの厳しい修練により技を鍛えたという広谷が、その光景を見て唸り声をあげる。

「うーむ、技術も上がってはいるが、何より見事な気迫だ…………つい先日まで俺よりも弱かったとは信じられん……」

その時、後ろに控えていた最も大きなモデルドッグが奇妙な声で吠える。

モデルドッグは群れを作る。最も大きな個体を長と呼び、群れの統率能力を持つと同時に最も高い戦闘能力を有している。背に生えた背びれにも似た刃が長の証だ。

その咆哮を合図に、アムを取り囲んでいたモデルドッグ達が一斉に飛びかかる。金属同士がぶつかる耳障りな音。重なるように上から襲いかかってくるモデルドッグに、アムが顔を顰める。

——その上から、長が落ちてきた。

配下共をけしかけた後、一拍置いて跳んだのだ。それは、その魔物の持つ知性の証明でもあった。

魔導機械は金属の塊だ、長も大きさこそそこまでではないが、その重量は数百キロはあるだろう。

前足の鉤爪が長く伸び、仲間達の上からアムに振り下ろされる。巨大な鉤爪が金属の装甲を易々と切り裂き、貫通する。

空気が震え、砂埃が散る。無数の節を持った長い尾が地面を擦る。そこで、アムの声が聞こえた。

「ラインスラッシュ」

巨大な長の身体に一本の線が奔《はし》る。いつの間にかアムはモデルドッグの下から脱出していた。

ラインスラッシュ。強いて表現するのならばそれは、十分に力を込めた一撃だ。

魔導機械が分断され、地面に崩れ落ちた。アムがちんと音を立て、剣を収める。

ラインスラッシュは剣士のスキルの中で最も簡単なスキルだ。だが、それで巨大な魔導機械を一刀両断する様は間違いなく熟達した剣士にのみ許された技だった。

アムが戻ってくる。刀の数倍の重さはあるであろう西洋剣を鞘に収めると、どこか自慢げに笑った。

「いえ、それほどでも…………私はまだまだ未熟です」

「アム……」

(表情と言葉が合っていないが)まさか謙遜までするなんて——リンは思わず言葉を失った。

どうやらこのアム・ナイトメアという少女は少し見ない間にも成長を続けているらしい。

これは……負けてはいられないわね。フィルがアムをリンに預けたのはきっと、リンの成長のためもあるのだろう。かつて共に底辺探求者をやっていたのに、差を付けられてばかりではいられない。

相手がアムとはいえ、ＳＳＳ等級《魔物使い》に仕込まれた事に変わりはない。これは絶好の機会だ、と、拳を握りしめ、決意を新たにするリンの横で、広谷がアムに尋ねた。

「種族スキルを併用する戦い方は、自分で考えたのか？」

「…………いえ、フィルさんがやれと」

「ふむ……見事な『ラインスラッシュ』だ。随分鍛錬したようだな」

「はい。フィルさんが、アムはとりあえずそれだけできればいいからそれだけ完璧に練習しろ、と」

「…………最後に透過で回避しなかったのは何故だ？」

その問いに、アムは呆れたような顔で指を立て、まるで道理を説くように言った。

「群れの長の知性は高いですし、相手は私の透過を予想していました。あの背中の刃は透過に耐性があるようです。それに…………避けない方が格好いいでしょう？　リンもぽかんとして見てたし！」

モデルドッグは分断され、完全に沈黙していた。今のアムがどれだけ戦えるか確認するだけのつもりだったが、これ以上ない戦果だ。これならばいつもよりも高い等級の討伐依頼を狙えるだろう。

「ぽかんとしてって……そりゃ驚いたけど……」

「それも、フィル・ガーデンの受け売りか……」

そんな馬鹿な。目を瞬かせるリンの前で、アムは広谷の問いに対して不機嫌そうに眉を寄せた。

「…………そうですけど、それがなにか？」

なるほど………どうやらフィル・ガーデンはアムを相当仕込んだらしい。

決定が苦手ならば、決めてやればいい。どういう時に何をすればいいのか、細かくパターンに分けて仕込んだ。無数の群れを相手に怯えを見せなかったのも、全ては教えによる結果なのだろう。

霊体種にとって、自信は能力の向上に繋がる。マスターへの信頼が、そのまま力になっている。

それは、リンが広谷に行っているサポートに徹するアプローチとは大きく違っていた。

『僕はアムを仕込む前準備としてロードマップを準備した。いずれは自らの力で道を定めねばならないが、最低限の能力がなければそれもままならない。だが、これは危険な賭けでもある。アムは——怠惰だからね。でも、可能性を信じるというのもマスターの大切な仕事だ』

アムを見る事でリンも学べ、マスターと離れる事でアムも自立心を学べる。そういう事だろう。アムの姿を見て広谷も発奮するかもしれない。彼の武人としてのプライドの高さはなかなかのものだ。

ともあれ、せっかく憧れの人にスレイブを任されたのだ。しっかりしなければ。

「それじゃあ、大体アムの今の力もわかったし、街に戻ってどの依頼を受けるか決めましょうか！」

「えー………リン、まさか怖がってる？」

ん………？

目を見開きアムを見直す。アムはまるで我が儘な子供を見るかのような眼差しでリンを見ていた。

大きくため息をつくと、ぽんぽんとリンの頭を撫でて言う。

「大丈夫、まだまだ私の本気はこんなものじゃないし、もっと強い魔導機械とも戦った事があるから！　フィルさんなんて、最初に私が何もできないって知っていたのに、モデルアントの群れに突っ込ませたんだから！　………大丈夫、リンには指一本触れさせないから！」

「…………」

怖がる子を安心させるような口調に少しいらっとして、リンは無言で頭に載せられた手を払った。

別にアムの実力に不安があるわけではない。ただ、依頼は慎重に選ばねばならないというそれだけの話なのだ。フィルには経験があるが、リンにはない。探求者の仕事は命がかかっているのだから。

リンの浮かべた表情にも気づかず、アムが浮かれたような声で言う。

「リンがそう言うと思って、良さげな依頼を見繕ってきたの！　フィルさんに止められている依頼でやってみたいのが幾つかあって――」

「!?　ちょ、ちょっと待って――」

今、アムはフィルさんに止められている依頼と言ったのか？

アムが目を丸くして、不思議そうな表情でリンを見る。嫌な予感がした。

ＳＳＳ等級探求者が止めるような依頼を、どうしてリンが受け付けると、彼女は思っているのか？

引きつった表情で見返すリンに、アムは満面の笑みで言った。

「フィルさんがね、リンには我が儘いっぱい言っていいって言ってたの！　私、戻ったらアリスと模擬戦やって、一撃入れたらご褒美貰えるの！　だからしっかりパワーアップしないと――」

§　§　§

髪を拭きながら先程より顔色のよくなったエティが戻ってくる。火照った肌が少しだけ色っぽい。

エティの屋敷は宝箱のような空間だった。置いてある機材はもちろん、本棚に並ぶ書籍も読んだことのない物ばかりだ。あいにく今日は読んでいる時間はないが、いつか時間がある時に入り浸ろう。

「そういえば、今日はアムはどうしたのです？」

「ああ、知人に預けたんだ。他のマスターの下で行動するのもいい勉強になるからね」

《魔物使い》というのはマスターによって育成方針が違うものだ。アムは元リンのスレイブだが当時は育成方針なんて余裕もなかっただろうし、再びリンの下で学べば得られる事もあるはずである。

そしてリンには……アムのマスターとして思う存分苦労していただきたい。広谷は最初のスレイブとしては少しばかり優秀過ぎる。きっとアムを扱った時の経験がいつか大きな強みとなるだろう。

だが、今日来たのはその話ではない。ソファに座ると、持ってきた紙箱をテーブルに置く。

タオルで髪を拭きながら、エティが対面に座り目を瞬かせた。

「さっきも言ったけど、お土産を持ってきたんだ。気に入ってもらえるといいんだけど――」

「これは………」

紙箱を開ける。中に入っていたのは機械部品だった。

これを形ある状態で手に入れるのには酷く苦労した。アリスの攻撃は威力こそ高いが、細かい制御は得意ではない。相手の装甲が厚いのならば尚更だ。

無数の光る線が奔る手の平大の金属板は、僕達が相対した亀型の魔導機械に内蔵されていたものだ。部品が残る形で倒すのも大変だったが、あの巨大な魔導機械を分解するのもまた大仕事だった。ギルドに分解のための情報がほとんどなかったのだ。どうやら空を飛ぶ者を見つけ遠距離から撃ち落とし、近づく者に猛攻を与えるあの魔物はこの地方ではほとんど狩られていない存在だったらしい。

ほとんど勘で分解したようなものだ。必要な部分が足りていればいいのだが――。

「分析を頼みたいんだ。頼める相手が君しかいなくてね」

エティは手を伸ばし機械部品を持ち上げると、それと僕を交互に見て、呆れているような感心したようななんとも言えない奇妙な表情を作った。

「…………フィル、いきなり何の前触れもなくやってきて、お土産って…………コレですか？」

「十分だろう？」

普通の仕事とは違い、職《クラス》とは人の魂に刻まれたもの。《機械魔術師》は魔導機械への奉仕者であり、彼らの魔導機械への情熱は僕がスレイブに抱いているものに勝るとも劣らないだろう。

「…………………はぁ。まぁ、いいですけど――ソウルブラザー」

どうやら……エティはもう少し違うお土産を予想していたようだな。

確かに、言われてみれば魔導機械の部品をあげるだけならばともかく、分析まで頼むとなるとそれはもう完全に仕事だ。…………………僕が彼女の立場だったら大喜びしていたと思うけど。

エティは部品をぽいと宙に放ると同時に、左右から部品に手の平を向けた。

「『情報電解《ロード・アナライズ》』」

その指先付近に紫電が散り、青白い光の線が放たれる。光は部品に接続され、宙に浮いた。

昨今の魔導機械工学の発展は著しく、より効率的に魔導機械を設計・改良できるように様々な機器が登場している。だが、それらのほぼ全てが《機械魔術師》のスキルの模倣だ。

《機械魔術師》は本来、魔導機械を扱う上で特殊な機器を必要としない。魔法一つでチップの記憶域に残された情報を分析し、ただの金属の塊にすぎない無機生命種《マキーナ》に命を吹き込む。

目を瞑り解析に取り組むエティの真摯な表情はどこか、神を奉じる巫女を思わせた。

息を潜めてその様子を観察していると、唐突に紫電が消えた。

重力に引かれ落ちる部品を、エティが手を伸ばしてキャッチする。

エティは瞼《まぶた》を開くと、どこか困ったような表情で僕を見た。

「何かわかった……？」

「…………いえ」

予想外の反応だった。《機械魔術師》のスキルについてはある程度知っている。

「……もしや、それ、記憶回路じゃなかった？　それっぽい部品を持ってきたんだけど」

ある程度知識はあるつもりだけど、専門外だからな……見当違いだったらとてもいたたまれない。

微妙な表情をする僕に、エティはどこか思案げな表情で言った。

「いえ、これは間違いなく記憶回路です。ただ、何も残っていないのです。どうやら痕跡から推測するに――遠隔操作で消去されたみたいですね」

「…………遠隔操作、か。それは予想していなかったな」

有機生命種《ヴィータ》と異なり、作られた無機生命種は色々と融通が利く。下位の魔導機械であるポーンアントも救助信号を送受信する機能を有していたし、遠隔でのデータ消去も不可能ではないだろう。

だが、そこまで理解していて僕がそのパターンを全く想定していなかったのは、本来、魔導機械にはそのような機能を組み込む『理由』がないからだ。魔導機械に積載できる能力は無限ではない。

彼らは酷く論理的に動く。遠隔で完全にデータを消す機能は彼らにとってかなり『重い』はずだ。

不自然だった。どうやら……もう少し調査を続けてこの地の事を理解する必要があるらしい。

エティが箱に部品を戻しながら言う。

「この地の魔導機械はそれぞれが縄張りを持ち、争っているのです。《機械魔術師》でなくても、同じ魔導機械同士ならば記憶を読む事も不可能ではないのです。遠隔データ消去はそれ対策でしょう」

「…………一理あるな」

だが、一理しかない。

魔導機械工学の発展は著しいが、僕の知る彼らはそこまで完璧なものではない。

この地の魔導機械が倒されても減らないのは、自己保全機能によって同種を生成しているからだ。

実際にこの地にはそこかしこに彼らが作り探求者が破壊した元工場もあるが、その力はそこまで複雑な機能を付与するようなものではないはずだった。そもそも魔導機械は悪意を持たない。他の魔導機械の死んだ脳からデータを読み取り活用するというのは、不可能ではないが考えづらい話である。

「遠隔でデータ消去しているのはボスでしょうね。この地の魔導機械は高度に統率されている者が多い。上位個体の知性は人間のそれに匹敵するのです」

「…………そうだね」

そう答えつつも、僕の頭の中は次の行動計画でいっぱいだった。

どのタイミングで記憶を消去されたのか？　アリスの空間魔法ならばうまく戦えば遠隔信号を完全に遮断することも可能だ。うまくやればデータを消されずに部品を採取することもできるのでは？

そこで僕は自分の案を却下した。違うな。取るべきアプローチは——きっとそこにはない。

「——何か残っていると考える方が、不自然だ。これは——ただの『備え』だ。データを消したいなら、そもそも戦場に出す前に消してしまった方がいい」

「フィル、食事は済んでいるのです？　私はまだ今日は何も食べていないので……」

「僕が作る」

「そう、フィルが――え？」

もしも魔導機械がそういった対策を取るとするのならば、そういった対策を取るほど知性を持っているのならば、その仮想敵は同じ魔導機械などではなく、天敵である《機械魔術師》になるはずだ。

エトランジュ・セントラルドールを連れていき、そのスキルを使い共に荒野で魔導機械を倒す事ができれば、間違いなく何らかの情報が取れる。遠隔データ消去など関係ない。今回は失敗したが、本来《機械魔術師》のスキルはそのような小手先の技術で回避できるようなものではない。

そもそも、徘徊し空を飛行する相手を撃ち落とすだけならば情報など持つ必要がないだろう。

ならばきっと、もともと彼らの記憶に僕の求める情報はない。何かありそうに見えてなにもない。

となると、これ以上モデルタートルを調べるのは無駄だ。だが、何もわからない事がわかった。

いや――彼らに隠すべき何かがある事がわかった。俄然やる気が湧いてきた。

僕は立ち上がると、毅然とした態度でエティを見た。

「調理器具を借りるよ、食材も。ソウルシスター、君はもっとしっかりと食事を取るべきだ」

「ごちそうさまでした。とても美味しかったのです……」

食事を終え、エティが複雑そうな表情で言う。彼女は料理ができないタイプなのだろう。

「《魔物使い》のスレイブは魔導機械と違って基本的に食事を取るからね。その代わり僕は魔導機械の燃料は作れないから、向き不向きだ」

「それは何の慰めにもなっていないのです。それに、燃料のいる子なんて今はもう少ないのですよ」

魔導機械の動力は様々だ。太陽光である事もあるし、特殊な燃料を使う事もある。はたまた人と同じように有機物を消化し動力にする事もあれば、魔力を元に動く事もある。

だが、総じて言える事があるとするのならばそれは——魔導機械にとって『味』はあまり関係ない。

「でも、エティは生身なんだからちゃんと食べた方がいい。健康によくないよ。あの冷蔵庫はない。固形食料は探索時向けだ」

「…………………くっ」

エティが悔しげに唇を結ぶ。まず冷蔵庫に常温保存の固形食料を詰めている時点で意味不明だ。《機械魔術師》には栄養不足をある程度カバーするスキルもあるのでどうにかなっているのだろうが、適切な生活とは呼べない。上級職の能力補正があれば料理など容易《たやす》かろうに、これは性格だろうか。

「ともかく、私は——大規模討伐依頼の準備で今、手が空いていないのです。特別招集組ですから」

大規模討伐依頼は大勢の探求者が参加する高リスク高リターンな高難度依頼だ。特別招集組とは、その討伐達成のためにギルドが特別に外部から呼び出した、高い適性を持つ探求者を指す。

その制度は、大規模討伐依頼での最悪の事態——『全滅』を避けるためのシステムだった。

今回の討伐対象はモデルアントの最上位種であるクイーンアント。戦場は恐らく、その巣穴になるだろう。大規模討伐依頼のリーダーを務めるであろう、クラン《明《あ》けの戦鎚《せんつい》》のマスター、ランド・グローリーは戦闘能力もカリスマもあるが、事前調査・討伐共に《機械魔術師》の力はほぼ必須だ。

だがそれはともかくとして、なんとか時間を作ってこちらにも協力して欲しいものである。

こちらの都合を押し付けるつもりはないが、僕にはこんな所でのろのろしている時間はない。

「ちなみにその依頼、《機械魔術師》は何人参加するの？」

「恐らく、探求者では私だけなのです」

「…………は？」

予想外の言葉に、思わず目を見開き、まじまじとエティを見る。

シャワーを浴びて多少顔色は良くなったが、その表情からは隠しきれない疲労が窺えた。

《機械魔術師》は強力なスキルを幾つも持っているが、限界がないわけではない。スキルの威力が高い分魔力消費も大きいし、防御スキルは充実しているがスタミナが並外れているわけでもない。

というか魔導機械相手の大規模討伐依頼で《機械魔術師》が一人しか参加しないなどありえない。

「もしや、人材不足？」

そんな馬鹿な。こと、魔導機械が住民の多くを占めるこの地で《機械魔術師》の数が不足するなど普通はありえないだろう。僕の疑問に、エティが小さくため息をついて答えた。

「戦闘に適した《機械魔術師》が少ないのです。フィルはご存じかもしれませんが、《機械魔術師》の有するスキルツリーは戦闘系と開発系の二本に大きく分かれていますから」

「もちろん知ってるけど、どちらかに寄るなんて言っても限度があるだろう。この地は《機械魔術師》の探求者にとってやりやすい土地の筈だ」

職には最低限必要なスキルというものがある。僕の得意分野は育成寄りだが強化スキルも使えるし、《機械魔術師》ならば、開発系でも魔導機械相手なら負けなしのはずだ。スレイブを使う手もある。

常識的に考えて、この地で負けるような《機械魔術師》がいたらそれは相当——センスがない。

エティが首を横に振る。細かい作業に適した細く靭《しな》やかな白い指先には大いなる力が宿っていた。

「フィル、逆なのです。この地での《機械魔術師》の死傷率は恐らく、フィルが考えているよりもずっと高いのです。私が調べた限りでは……何人もの《機械魔術師》がこの地で消息を絶っています」

「それは………何か原因が？」

「さぁ。でももしかしたら――好奇心が強すぎたのかも？」

ぞくりと背筋に寒気が奔った。顔に浮かんだ笑みとは裏腹にその声は酷く真剣だ。

もともと探求者の起源は未踏の地を切り開く者から来ているらしい。いつしか持ち込まれる依頼は魔物討伐と素材採取がほとんどになってしまったが、未だ探求者の死傷率は他の仕事と比べてかなり高い。好奇心は優秀な探求者となるのに必須の要素であると同時に探求者を殺すものでもある。

だがこれは…………何かあるな。

探求者の死に場所に墓標は立たない。死の原因も不明な事が多い。死者と会話できる魔術師も存在するが、存在自体が極めて希少だ。今僕に言えるのは、《機械魔術師》がその創造物である魔導機械に本当に負けたというのならば、相当なイレギュラーが発生したのだろうという事だけだった。

少し……調べてみるか。白夜からの依頼と何か関係がある可能性もある。

「フィル、ここの魔導機械は色々な意味で特異なのです。《機械魔術師》としてそれなりに修行した私から見ても、他に例がない。ＳＳＳ等級探求者に言うような事ではないかもしれませんが――」

「………ああ、ありがとう。気をつけるよ」

だが、僕はたとえ好奇心を満たした結果死ぬ羽目になっても悔いはない。探求者になった時から覚悟はしている。実際に死にかけたことだって数知れない。僕はエティよりずっと死に近いのだ。

シンプルに考えよう。エティは遠隔操作で記憶が消去されていると言った。

ならば、遠隔操作で消されない個体を探せばいいだけの事。魔導機械はデータを蓄積し進化している。絶対にいるはずだ。絶対にデータを消してはならない存在、いざという時のバックアップが。

この地の魔導機械はそれぞれモデルごとに縄張りを持っている。常識で考えれば、その個体はエティも言った通り、最も強く、最も死にづらい、縄張りの最奥にいるボス個体という事になるだろう。

ちょうどアリスを動かしたところだ。情報や今後の予定を整理し頭の中で並べていく。

持っているもの、これから必要なもの。自分でやらねばならない事に、やらなくていい事。接触しなければならない人物に、探さなければならないもの。タスクの期限と難易度。

一月過ごしたとは言え、僕はあまりにもこの地について知らない。リスクを気にしては何もできない。前に進まねばならない。時には馬鹿になった方がいい事もある。

自己に暗示を掛ける。精神を研ぎ澄ませる。

頭の中を鈍い熱が満たし、得体の知れない万能感が全身を駆け抜ける。

「――ル。フィル？　聞いているのですか？」

「…………いや、ごめん。ちょっと集中していた」

それは一種のルーティーンだった。

最弱種族が戦い抜くには完璧以上のコンディションが必要だ。自分の肉体を騙してでも、必要な時に必要な力を出す。僕がＳＳＳ等級に至れた要因の一つは幸運だが、断じてそれだけではない。

僕が指を差し、彼女達が殺す。指揮官の意志は間違いなくその《命令》に反映される。

彼女達は命を賭けている。ならば僕も命を賭けねばならない。

魂を燃やさねばならない。他人を動かすにはまず自分で動く必要がある。

「フィル、バイタルサインが乱れているのです。貴方も少し身体を休めた方がいいのでは？」

「いや、大丈夫だ。今日は助かった。参考になったよ。今度はもっといいお土産を持ってくる」

「……フィル、貴方、さてはまたまた何かやるつもりですね？　私の警告をなんだと思って――」

方針は立てた。さぁ、早速、準備をしなくては――。

言葉の途中で立つ僕に、エティはまるで頭痛を堪《こら》えるように頭を押さえ、深々と息を吐いた。

§　§　§

「まったく、いきなりやってきて――本当に困った人なのです」

フィル・ガーデンを見送り、エトランジュはもやもやを振り払うように首を振った。

間違いなくエトランジュがこれまで知り合った中では圧倒的に変人だ。

最弱の肉体に、燃焼する魂。その目は強く輝き、その漏らす声には抑えきれない熱があった。

初めて図書館で会った時に声をかけたのは偶然だった。次に気が合うかもと思った。

だが、とんでもない。あれは――間違いなく早死にするタイプだ。そして、何の因果か早死にしなかったからこそ、生まれついての《機械魔術師》であるエトランジュを越える探求者になれた。

恐らく、彼は何をしようとも止まらないだろう。できれば死んで欲しくはないが――。

野生の魔導機械が跋扈《ばっこ》するこの地は《機械魔術師》にとって一見、楽園である。多様な野生の魔導機械は貴重な研究材料だし、スキルによって容易く倒せるそれらの部品を売れば財も築ける。

だが、一部の《機械魔術師》の間ではこの地は楽園であると同時に、禁忌の地として知られていた。

――曰く、この地には無機生命種の神が眠る、と。

エトランジュがフィルに話した言葉に嘘はない。この地に立ち入った《機械魔術師》が何人も消息を断っている。そして、その中にはエトランジュの知り合いも何人か含まれていた。

皆、優秀な術者だった。上級職である《機械魔術師》に弱者はいない。

だから、エトランジュがやってきた。実際自分の目で神の存在を突き止め、あわよくば倒すために。

ギルドの招集はただのきっかけに過ぎない。

目を細めじっと外を見ていると、暗がりでごとりと音がした。どこか無機質な声がかかる。

「マスター、追跡しますか？」

フィルが家にいる間は物音一つ立てずに潜んでいた、エトランジュのスレイブだ。

《魔物使い》があらゆる種のスレイブと契約しその力を借りるように、《機械魔術師》は己の生み出した魔導機械を、創造主として、権限者として、自在に操る。

《機械魔術師》が消息不明になったというのならば、どこかに敵がいるはずだった。

フィルは奇人だ。だが、この件とは無関係だろう。意志はともかく、彼は肉体的にあまりにも弱すぎる。いくらアリスを使ってもエトランジュの友人達を痕跡もなく倒せるとは思えない。

「…………ふぅ。どうやら、フィルの言う通り、少し……気が滅入っているのです」

そこで、エトランジュは嘆息した。くだらない妄想だ。本来考慮するまでもない妄想。そもそも、フィル達がこの地に来たのは最近で、《機械魔術師》達が行方不明になっているのは何年も前からだ。関係などあるわけがない。だが、だからこそ、危険だった。彼はこの地で何かをしようとしている。

エトランジュはしばらく沈黙していたが、真剣な声で短く指示を出した。

「行くのです、ドライ。私はしばらく街にいます。彼を見定めてきてください」

「……畏《かしこ》まりました」

気配が消える。エトランジュは冷めてしまった紅茶を飲み干すと、深々とため息をついた。

大規模討伐依頼で課された仕事があるが、取り掛かる気分になるまで後少しだけ掛かりそうだ。

§　§　§

探求者の組むパーティは通常、前衛と後衛、攻撃と防御とサポートでバランスよく組む事が推奨されているが、《魔物使い》のスレイブもまた同様の事が言える。

船頭多くして船山に上るという言葉がある。《魔物使い》は指揮系統の関係でまず他の探求者とはパーティを組まない。その代わり、熟達した《魔物使い》とスレイブ達はただそれだけでパーティとして完結するのだ。僕がアシュリーという唯一無二のスレイブと契約していたにも拘《かか》わらず、アリスと契約したのも彼女がアシュリーの持たない能力――個としての圧倒的な力を有していたからだった。

ならば、アシュリーの強みは何なのか？

アシュリー・ブラウニーは通常の家事妖精《ブラウニー》とは一線を画した能力を持っていたが、最たる強みを述べるとするのならばそれは――人的資源《マンパワー》となるだろう。

群霊種。群体型とも呼ばれるが、彼女達は『個』にして『群』である。その数は一般的に、成長するに従い増加し、それぞれ言葉に頼らない意思疎通を可能とする。探求者として重要な要素は力、勇気、運、色々存在するが、最も必要で、最も大きな力は――人数だ。戦争の勝敗は数で決まる。探求者はクランやパーティを組み、犯罪者もある程度分別がついている者は組織で動く。

最初はたった一人だったアシュリーも、今では全員ブラッシングしただけで一日が終わる程の数になっていた。そして、女王個体のアシュリーは全員を動かす事ができた。僕が大成できた理由の一つだ。一人で何かを成すのには限界がある。最善を尽くすというのは、一人で頑張る事ではない。

今回僕にはアシュリーがいない。仲間の数も限られているが、それならばそれでやりようがある。

冒険者ギルド。要求を述べた僕に、小夜《さよ》さんが目を丸くして聞き返した。

「依頼を……発注する側ですか？」

§　§　§

レイブンシティ近辺には魔導機械以外の魔物は――生命は、ほとんど生息していない。

青白い月が照らす夜。魂持つ者のいない荒野に、アリス・ナイトウォーカーは一人立っていた。

古来より、夜は悪性霊体種のものだ。その種の多くは夜闇の中でこそ、その真価を発揮する。

だが、だからこそ、周囲に有機生命種はもちろん、精霊種や霊体種すら存在しないこの地には違和感があった。等級の低い悪性霊体種の中には自意識を持たない種も存在する。そういった種は力もなく存在が希薄で空気の流れに揺蕩《たゆた》うようにあちこちを移動する、誰も気に留めない存在だ。

だが、この地にはそれらの種すら存在していない。原因はこの地を支配する魔導機械にあった。

アリスの視線、数十メートル程先に巨大な施設が静かに佇《たたず》んでいた。鋭敏な五感を持つアリスでも聴覚に意識を集中しなければ聞き取れない程小さな駆動音。どこまでも続く、聳《そび》えるような分厚い金属の壁の上には無数の昆虫型魔導機械が動き回り、外敵を警戒している。

荒野に多数存在する無機生命種の拠点。冒険者ギルドが認定するところのダンジョンの一つ。周辺地域で最難関のＳＳ等級ダンジョン――【駆動砦《タイラント・ルーター》】。どこまでも続く特殊合金の壁に、厚い警戒網。内部構造はほとんど不明。巡回する警備機械の等級は高く数も多い。あらゆるスキルによる探査を跳ね返し、生きて帰った者は存在しないとされる難攻不落の砦だ。

そして、その最奥には嘘か真実か、魔導機械の神が眠る祭壇が存在しているという。

ギルドに残っている情報によると、この砦はこの地に街が出来るその前から存在していたらしい。

種には相性がある。精神汚染を得意とする悪性霊体種は干渉する魂を持たない無機生命種と相性が悪いが、逆に物理文明の粋である無機生命種にとっても物質世界の干渉を意識して遮断できる霊体種はやりづらい相手だ。だからこそ、フィルのスレイブの一人である世界最高の魔導機械人形の一つ、護衛人形《ガーディアン・ドール》の夜月は、いざという時アリスを殺すためだけに全身を対霊体種用に換装していた。

魔導機械は人工物だから、対策しようと思えばいくらでも悪性霊体種の対策ができる。このダンジョンが難攻不落とされているのは、あらゆる攻撃・種族への対策を取っているからだろう。

霊体種や精霊種に大きな影響を与えられる物理兵器は限定的で、製造に希少な素材を幾つも必要とする。徹底的なまでの異種族の排除は機械的で、しかしどこか執念のようなものを感じさせた。

あの最後までアリスに気を許さなかった機械人形を思い出し、ふんと小さく鼻を鳴らす。

今思い出しても、恐ろしい完成度の機械人形だった。最高の技術と情熱を込め生み出された実験機を主が教育しアシュリーが取り込んだ。技術は幻想を駆逐する。幻想の物語を出自とする幻想精霊種《テイル》にとって、幻想の入り込む余地のない魔導機械は天敵だ。だが、だからこそ、本来噛み合わない二種の組み合わせは常識から外れた、もしかしたら発表すれば世界を揺るがすような代物だった。

それと比べれば、このあらゆる魔導機械が動員された砦すら時代遅れだ。

『夜を征く者《ナイトウォーカー》』の眼には人では認識できないものも見える。アリスの視界には砦から放たれる無数の不可視の光線がはっきりと映っていた。恐らく、あそこが砦のキルゾーンだ。

この【駆動砦《タイラント・ルーター》】は誰一人挑めないように出来ている。

そもそも、ギルドではダンジョンとして登録されていたが、これは厳密にはダンジョンではない。

ダンジョンには明確な定義がある。ダンジョンとは本来、幻想精霊種の一種、世界最強の種の一つとされる『回廊聖霊《プレジャー・ワンダー》』がその力を行使し生み出した異界を指すのだ。

そして、その種が生み出し管理するダンジョンはこの世界のルールから外れ、力づくだけでは攻略困難なものになる。ルール自体を書き換えるその力はアリスが苦手とするものの一つだ。

本物のダンジョンは侵入者を排除しながらも侵入者を求めているものだ。だが、ここは違う。この何者かが生み出したダンジョンの守りには本物には存在しない完全なる拒絶の意志が見えた。

「ご主人様はいつだって、私に危険な仕事を任せる」

最弱の種に生まれ至高に至った《魔物使い》、フィル・ガーデンは、アリスを打ち負かし調伏《ちょうぶく》したのを機に、振るうメインの武器をそれまで使っていたアシュリーからアリスに切り替えた。その事実に対してアシュリーは明らかに不満を感じていたが、アリスとて何も感じていなかったわけではない。

選ばれた優越感こそあったが、それはつまり――大事にされていないという事だ。

一つ与えられれば二つ目が欲しくなり、二つ欲を満たされれば三つ目の欲が芽生えてくる。

そして、たとえ百与えられても他の者が百一与えられていたら、決して満たされない。

アシュリーを消し去る作戦は失敗し、信頼を損なってしまった。

だが、アリスはまだ負けていない。アム・ナイトメアはまだ未熟だ。今、ご主人様が頼りにできるのは自分だけだ。だからこそ、その眼がこちらだけに向けられている間に功績を挙げるのだ。

――あの女よりもアリスの方が役に立つという実績を。

精神を研ぎ澄ませる。アリスの様子に気づいた砦の警備達が、不可視の波動を放ってくる。

全身が激しく揺さぶられる。霊体種に作用する振動兵器だ。特殊な波長で空気を揺らし相手を攻撃する武器である。最下級の霊体種ならばそれだけで存在を消滅させ、存在を保てる種にとっても近づきがたいだろう。最近近辺で暴れていたのを見られたのか、種がバレているようだ。

だが、ぬるい攻撃だ。その程度の攻撃でアリスの肉体は揺るがない。

霊体種にとって存在の強度とは意志の強さ。最強の悪性霊体種とはすなわち、最も精神の強い者。

目的は牽制と警告か……アリスは無言で手を上げると、異空間から三本の注射器を取り出した。

中に入っている薄青の液体は霊体種の魔力を回復させるための液剤だ。シィラ・ブラックロギア戦に備え用意していた内の一部を、アリスは躊躇いなく自らの腕に突き刺した。

ライフを補充できない地でもやり方はいくらでもある。

魔力の源になる生命のストックが足りないのならば、別の形で補えばいい。

腕をぴんと伸ばし、繊細な指先を突きつける。漲る力を凝縮し、放出する。

「『エヴァー・ブラスト』」

白色の光が一瞬夜闇を剥ぎ、荒野を焼いた。破壊のエネルギーはその衝撃だけで地面をえぐり、合金製の金属壁に正面からぶつかり合う。

常に着用している特注のエプロンドレスの裾がはためく。大地が、空気が震える。

不可視の警戒網が撓《たわ》む。世界を破壊させるような音と光、衝撃が収束する。

アリスに向かって無数の弾丸が放たれたのはそれとほぼ同時だった。

四方から音速に迫る速度で放たれた弾丸を、アリスは軽やかなステップで回避する。その名の如くまるで砦のように聳えていた合金製の壁はアリスの放った一撃によりごっそりと抉れていた。

『回廊聖霊《プレジャー・ワンダー》』が管理しているダンジョンならば、こうはならない。防御力というよりルールの問題で、本当のダンジョンを外部から傷つけるのは不可能だ。

破壊できたのはどこまでも続く壁の一部に過ぎない。だが、修理には時間がかかる事だろう。

そんな事を考えている間にも、弾丸は雨あられの如くアリスに降りかかる。弾丸をばらまいているのは壁の上部に取り付いた魔導機械だ。さすが砦、数も質も荒野で遭遇した野良の比ではない。

だが、だからこそ攻める意味があった。守りが固いという事は、守る理由があるという事。

この分では最奥に機械の神が存在しているというのも、あながち冗談ではないのかもしれない。

主の命令は魔導機械達を刺激する事だけだが、どう動くかの判断はアリスに委ねられている。

この最も困難なダンジョンさえ攻略でき、最奥を確認できれば――。

放たれた弾丸は高等級種族の探求者でも耐えられない程の密度を誇っていた。弾丸だけならば『透過』で対応できるが、相手はこの地の全てを駆逐している。安易な手を使うのは危険だ。

アリスが抉った壁。大きな亀裂から警備機械がぞろぞろと群れを成して出てくる。

無機質な殺意が全身に突き刺さる。まるで巣を襲われた虫けらのようだ、とアリスは思った。

衝撃。音。鉄の、土の、戦争の匂いがアリスを高ぶらせ。力となる。アリスは口元にだけ笑みを浮かべると、一歩踏み込むと同時に魔力を絞り、『空間転移』を行使した。

上級魔術師職、《空間魔術師》。その職はアリスに与えられた力の中でも最たるものだろう。

空間魔法は数ある術の中でも特に強力且つ特異で、道を示せる《託宣師》もほとんど存在しない。その職を怪物に与えるために主がどれほどの苦労をしたのか、アリスは知らない。

だが、それは間違いなく愛がなければできない行動だった。

空間魔法は強力な魔法だ。異空間に特殊な空間を作成し物を収納する『アナザー・スペース』から、指定した空間に即座に移動できる『空間転移』、空間を断絶する事により攻撃を弾く『無垢の盾』から、それを攻撃に転用する『空の矢』と便利な術が揃っているが、何よりこの魔術師の術が特異なのは、空間魔法が物理的な世界から一段高いところ――高次元干渉に属する術だという事だろう。

物理文明の果て、魔導機械技術で高次元干渉に抵抗するのはかなりの手間が必要だ。分厚い金属壁も、無数の弾丸も、火炎放射や電流といった攻撃も、ただそれだけでは空間魔法には抵抗できない。

消費魔力の激しさという空間魔法のデメリットも、生命を膨大な魔力に変換できるアリスにとって大きな問題にならない。そういう意味で《空間魔術師》はアリスにとって最適な職だった。

決して進撃が楽なわけではなかった。この砦はある程度まではそういうタイプの種族や職への備えが成されている。壁や床は透過できなかったし、一定区間毎に空間転移を遮断する特殊な結界が張られている。放たれる弾丸の一部やブレードは霊体種を殺すためにカスタマイズされている。

だが、本来ならば立ち入る事すら難しかったはずだ。いくら強力とはいえ、一個体であるアリスへの万全の備えをするのは、時間さえあれば難しくない。希少職である《空間魔術師》。稀少種であるナイトウォーカー。この砦の主の想定外であるその二つが揃っているからこそ、一人で攻め入ることができる。

アリスは確信した。最初の攻撃対象に最難関のダンジョンを選んだのは英断だった。少しでも時間をかければ砦の主は全力でアリスへの対策を敷くだろう。だが――今ならばまだ前に進める。

無数の魔導機械が蠢く通路を駆ける。徘徊する無数の監視機械。無数の砲塔を持つ遠距離型の警備装置に、ブレードを有する人型の警備人形。そこかしこに施されたトラップを、我が身も顧みず無理やり突破する。マスターが近くにいる時に取れるような手ではなかった。

アリスにとってフィルとは――全てだ。

目的であり、恐怖の対象であり、守るべき人であり、愛する人であり、そして――足手まとい。負傷し、幾つかの命が消える。回復できても痛みは感じるが、主のための痛みは甘美ですらある。

「広い…………それに、同じような光景ばかり」

幾つ目かの扉を蹴破り、何十体目かの魔導機械を破壊する。装飾のない似たような通路はまるで同じ場所をぐるぐる回っているかのような錯覚をアリスに抱かせた。

前に進んでいる事を示すのは、激しさを増していく攻撃だけだ。

周囲を把握しようと魔法を使うが、つい先程とは異なり僅かな抵抗の後、弾かれる。この短時間でアリスの職と種を看破し対策しているのだとしたら、生きて帰る者がいないという評判も納得だ。本物のダンジョンは力づくではどうにもならないルールに支配されているが、ここまで狡猾ではない。

だが、広さも無限ではない。魔力回復薬の注射器を五本まとめて腕に突き刺す。液体化した魔力が炎のような熱を持って全身を巡り、アリスが目を細めたその時、どこからともなく声が響き渡った。

『アリス・ナイトウォーカー。無作法な夜の王、なにゆえ我が城でそのような暴虐を成すのか』

「…………」

絶え間なく放たれていた攻撃が一時止まる。不気味な機械音声が細い通路に反響する。

アリスは立ち止まると、使い終えた注射器を異空間に戻した。

『名を知られているのが不思議か？　三千世界に恐れられた夜の神の愛し子よ。攻撃を――止めさせた。話をしよう、貴様にとってもきっと益になるはずだ』

声の出どころはわからない。人語を解する魔物などいくらでもいる。

いや、ここが魔導機械の縄張りという事はこの声の相手は――。

「誰？」

短いアリスの言葉に、得体の知れない声は感情のない声で答えた。

「隠す名でもない。我こそは無機生命種の王、原初の《機械魔術師》の生み出した魔導機械の神――L等級無機生命種『オリジナル・ワン』である」

第二章　地底の王と精霊種

僕が、蓄積したノウハウでアムを短期間で立ち直らせたように、栄光の積み方にはコツがある。

探求者は一般的に粗野な人間が多いとされているが、暴力でどうにかなるのは良くて中堅まで。A等級以上の探求者にもなると粗暴に見える者でも暴力以外の技能を持っている。

僕も、苦労した。最初の僕は弱く知識もなく経験もなかったし、アシュリーとて最初から常識外の力を持っていたわけではない。艱難辛苦《かんなんしんく》をゼロから乗り越えてきた分、僕には経験がある。

新たな街を拠点に活動をする際に第一にすべきことは、その都市を掌握することだ。都市と文化、住民の種族構成に――権力構造。街の掌握には権力者に直接コンタクトを取るのが手っ取り早い。僕が直接《明《あ》けの戦鎚《せんつい》》にコンタクトを取ったように、顔を合わせて話をするのだ。

もちろん、権力者は見知らぬ者に簡単に会ったりはしないが、探求者等級がその代わりをする。

探求者等級とは信用だ。最上級であるL等級の一歩手前ともなると、大抵の人は会って話を聞いてくれる。領主だろうがギルドマスターだろうが、場合によっては王族との面会だって叶う。恐らくそれはギルドの設定する等級制度の適切な使い方だ。高難度の依頼には度々力ではどうにもならない柵《しがらみ》が発生するから、等級はそれらを突破して円滑に目的を達成するために与えられた武器なのだろう。

小夜《さよ》さんへの依頼発注を終え、僕が向かったのはレイブンシティの市長の屋敷だった。

街の長は長くその街で活動するならば真っ先に顔を出さねばならない相手だ。市長の屋敷は非常に地味な建物だった。事前に知らなかったら市長の屋敷だと気づかなかっただろう。

門の前には機械人形の警備兵が立っていた。役割を忠実にこなす事にかけて機械人形は頗《すこぶ》る優秀だ。本来は追い返されるはずだが、探求者のカードを示すと強面を歪め、迎えを呼んでくれる。

屋敷から案内役として現れたのは機械人形ではなく、アリスとは異なるシンプルなメイド服に身を包んだ、黒い髪に猫の耳と尻尾を持った女の子だった。獣の一部を身体的特徴として有する種で最もポピュラーなのは有機生命種《ヴィータ》の獣人種だが、恐らくこの子は別種だろう。纏っている空気が違う。

有機生命種じゃない。種族はなんだろうか？

そんな事を考えながら応接室に通される。

待っていたのは――でっぷりと貫禄あるお腹をした男だった。

頭頂に生えた耳に豚に酷似した鼻。一見肥えた肉体に、焦げ茶色の体皮。あまり知識のない人でも、この眼の前の人物が最も有名な有機生命種の一つ――オーク種だという事はひと目でわかるだろう。

オークは屈強な肉体と強い食欲、性欲で知られる有機生命種の一つだ。一見ただ肥えているように見える肉体も筋肉の塊であり、単純な肉体性能で言うのならば有機生命種の中でも上の方に当たる。

反面、理性よりも本能を優先する事でも知られており、事実オークに類する者のほとんどは魔物認定されている。本能を抑え込む程の理性と知性を持つ者も大抵、差別的な視線で見られてしまう可哀想な種でもあった。まぁ、オークって街を襲って男は皆殺しにするし女を攫《さら》って犯すからな……。

オークが社会で高い地位にあるというのは本当に稀有《けう》な例だ。とにかく彼らにはダーティなイメージがつきまとっている。僕も、事前に情報がなかったら目を見開くくらいしていたかもしれない。

僕は諸事情があり反吐が出る程オークが嫌いだが、この人のように理性的なオークは例外だ。

色々大変だろうに、本能をねじ伏せ市長にまで至った研鑽を考えると好ましくすらある。

バルディ・バルディ。それが、レイブンシティの名目上のトップであるオークの男の名前だった。

顔つき、体つきはオークそのものだが、その佇《たたず》まいは非常に洗練されていた。応接室も豪華ではないが清潔に保たれており、彼の人柄が窺える。出された紅茶とケーキの食器もアンティーク調の上品なものだ。恐らくそれらは、ダーティなイメージを払拭するための彼の生存戦略なのだろう。

挨拶も早々に、ＳＳＳ等級探求者の身分証明書であるギルドカードを差し出す。

バルディさんはそれを凝視し、小さく感嘆のため息をつく。

「まさかＳＳＳ等級の探求者がこんな辺境の街にやってくるとは…………驚きましたな。しかもわざわざ私のような者の家までやってくるとは──しかも、突然」

「本来ならば街に長居はしないつもりでした。しかし……少し、借りが──できまして」

バルディさんが目を細め、全身を観察してくる。種族としての純人《プライマリー・ヒューマン》はオークにとってはただの餌だ。

視線に疑問が交じるのは仕方ない事だろう。弱小種族のＳＳＳ等級探求者が稀な事には変わりない。

二メートルの巨体から見下ろされまっすぐ視線を合わせる僕に、バルディさんはふむ、と頷いた。

「なるほど…………『自信家』だ。只者ではない。私を見て驚かない者も、久しぶりです。都会には私のような市長が？」

「いや、僕が驚かなかったのは事前に貴方の話を聞いていたからです。そして、是非会いたいと思った。だから来ました。僕と貴方はきっといい友になれる。同じ――種族的弱者として」

もちろん、良い友になれようがなるまいが来るつもりではあった。だが、オークが市長に成り上がるのはもしかしたら純人がＳＳＳ等級探求者となる以上に難しい。

僕の言葉にバルディさんが目を見開いた。

「なんと……友になろうとは、驚いた。私も随分長く生きてきた、近寄って来る者も何人もいたが、そのような事を言われるのは――初めてだ」

「それは見る目がない。ちなみに、友人になろうと誰かに言ったことは？」

「…………なるほど…………面白い御仁だ。マクネス君が久々に連絡を送ってきた理由もわかる」

バルディさんがもっともらしく頷く。なるほど……僕の事は事前に知っていたらしい。ＳＳＳ等級探求者というのは極僅かだし、ギルドから連絡がいっていたのだろう。

そしてやはり……市長になるまで苦労したのだろうな。

「僕は貴方に興味があります。貴方の辿ってきた道のりは、培ってきた能力は、とても尊いものだ。僕達はきっと互いに力を補い合える。友として――力を貸して欲しい」

目と目をしっかり合わせる。沈黙は数秒だった。バルディさんが愛嬌のある笑みを浮かべ頷く。

「……単刀直入もここまでくれば気持ちがいい。よろしい、今から私と貴方は友だ。だが、友になったとしても――私にできることなど何もありませんぞ？」

何もできないという事はないだろう。国にもよるが、市長は権限があるから市長なのだ。そして何より、彼が本当に自分には何もできないと考えているのだとしたらそれはとても哀しい事である。

黙っている僕に、市長に任命されるほど卓越したオークは続けた。

「何しろ、ここは他の街との交流もほとんどない辺境だ。私に求められるのも細々とした政務のみでね――ここにいるのは半分くらい左遷のようなものだ」

左遷で市長になれるのか……この国は。いや、確かにこの街は特異ではあるが――。

愚痴を言う相手もいなかったのか、バルディさんの言葉は止まらない。

「何しろ、この街は魔導機械で成り立っている。私の部下もほとんどが機械人形だ。攻めてくるような他国はいないし、開拓の余地もない。魔物については優秀な《機械魔術師《メカニック》》が対応している。お陰様で、楽をさせて貰っているよ」

「やりがいはない、と」

「ふん……それは贅沢というものだろうな」

バルディさんが鼻息荒く答える。どうやらこの人、働き者だな。能力があり、経験もあり、問題がないのにこんなところに送り出されてきた。恐らくは――種族のせいで。

周囲を強力な魔導機械に囲まれた過酷な地だ。一応、国に属しているようだが、重要視されていないのだろう。というか、こんな所に街が出来ているのが不思議なくらいだ。死の恐怖がない魔導機械の縄張りを切り開くのは有機生命種の魔物を追い払うよりもずっと大変だったに違いない。

政務をしようにも住民のほとんどが魔導機械ではやりがいもあるまい。彼らは法を破ったりしないし、食事も排泄も必要ない。自然と設備もいらなくなり、国の仕事は少なくなる。

「友として言わせて貰うが、フィル・ガーデン。何かをなそうというのならば君は――私よりギルドと話をするべきだ。そちらの方が色々な事ができる。必要ならばギルドマスターを紹介しよう」

「この街はギルドの方が強いんですか？」

既にわかっている事をあえて尋ねる僕に、バルディさんが嫌そうに顔を顰《しか》めて答えた。

「知っての通り国とギルドは協力関係にある。上下関係はないが……そうだな。何しろ、歴史からして、この街は彼らの力を借りて何とか存続しているようなものだ。魔境ではありがちな話だがね」

ワンダラーギルドは世界中の国に存在する巨大組織だが、国とギルドの力関係は国によって異なる。

そして、その力関係は危険地帯であればあるほどギルドに傾いていく傾向にあった。レイブンシティ近辺は街が出来た当時から魔境であり、ギルドの力を借りながらどうにか運営してきたらしい。

まぁ、ここまでは街の歴史を調べていた時点でわかっていた事である。今日の新情報は、バルディさんが可愛い猫耳の女の子を雇っている事くらいだ。そこで、満を持して僕は尋ねた。

「何か僕にできることはありますか？」

「ふむ……君には何ができるんだ？　探求者として、《魔物使い》《テイマー》として、ブレインとしてスレイブを指揮する事に長けているとは聞いたが」

何ができるか、だって？　何でもできるに決まっている。もちろん、失敗することはあるが――。

そして、バルディさんは一つ間違えている。

「貴方が望むことならば何でも。そして、僕はブレインじゃない。僕は――『コンパス』です」

もちろん考える事もするが、僕に最終的に求められるのは決定だけだ。

だから、僕の可愛いスレイブ達は僕の命令に一切の疑問を抱かなかった。彼女達にとって僕の指す方向は絶対に正しく、故に僕は常に正しくあるべく心がけねばならなかった。

バルディさんが目を瞬かせる。僕の言葉に、ゆっくり咀嚼《そしゃく》するように頷くと、

「……コンパス、か。面白い。フィルは市長向きだな。だが、あいにく君が力になれるような事はないな。逆に、私が力になれる事はあるのかね？」

「市長向きでなんかありませんよ。僕は公共の利益のために動けない。だから……探求者になった」

今回動くのも友のためであり、借りのためであり、最終的には自分のためである。

僕は笑みを浮かべると、新たな友に手を差し出して言った。

「信頼できる者だと、一筆書いて頂きたい。後は……可能ならば、——この部屋まで案内してくれた猫耳のメイドの女の子の事を教えてください」

各地に存在するワンダラーギルドには実は地域差がある。風土や住民の種族分布、そして探求者の質。

国との関係も啀《いが》み合《あ》ったり仲が良かったりで、ギルドはよく国境のない組織だと言われるが、厳密に言えば（共通ルールは存在するが）それぞれの支部である程度の自治が認められているのだ。

レイブンシティのギルドもまた、周囲に生息する魔導機械の魔物達の影響を如実に受けていた。

魔導機械の素材を元にした文明レベルの高い設備に、併設するショップに並んだ重火器を始めとした機械系の武具。集まる探求者も魔導機械に忌避感を持たない有機生命種と無機生命種《マキーナ》ばかりだ。

広々とした建物内には今も何人もの機械人形の探求者や、火器で武装した面々が屯《たむろ》していた。

レイブンシティに来てしばらく経つ。現地の探求者達の知り合いも増えた。ギルドを頻繁に訪れる探求者とは顔見知りだし、その他の探求者についても情報収集は怠っていない。

街の探求者が集まるギルドの受付ロビーは情報の宝庫だ。

僕は昔からギルドのロビーでのんびりと腰を下ろし探求者達の様子を見るのが好きだった。

情報を手に入れるには自分の目で見るのが一番だし、時には思いもよらぬ出会いがある事もある。

「一般的に霊体種は魂持つ有機生命種が多数生息する都市に引き寄せられる傾向にある。元素精霊種《エレメンタル》は大自然の中でこそ真価が発揮できるし、幻想精霊種《テイル》は基本的に魔導科学など最先端の文明とは相容れない。この地は魔物も住民も無機生命種ばかりだから、探求者も自然とそちらに寄る」

恐らくそれは、僕が来る前までアムが悪目立ちしていた理由の一つでもある。

聞いた話では、彼女は有機生命種に恐れられるのを恐れてこの地に流れ着いて来たらしい。

格好の獲物を恐れるとは、アムは本当にこう、なんというか、なかなかレアなやつだ。

目の前で話を聞いていた二人は僕の講釈に顔を見合わせるが、すぐに元気いっぱいに答えた。

「んー、確かに、この街の空気には『穢《けが》れ』があるかもね！」

「でも、我慢できないほどじゃあない。むしろお兄さんの方が辛いんじゃないの？　探求者マニアのお兄さん！　一般人にしてもちょっと信じられないくらい弱いみたいだけど――」

まるで鏡写しのようにそっくりな少年と少女だった。好奇心の強そうな双眸に、華奢な肉体。見た目は人間年齢で言う十代半ば、髪と目の色がそれぞれ薄水色と薄緑色で違っていて見間違える事はないだろうし性別も異なるが、大抵の人間は彼らを見れば双子だと断じるに違いない。

だが、双子というのは厳密に言うと誤りである。彼らの親は世界そのものであり、彼らがそっくりなのは人間とは違い、そうあるべくして生まれたからだ。少年の方がどこか自信満々に言う。

「その証拠に、僕はこうしてここに在る」

「在る！」

相方の言葉に、少女が薄い胸を張って追従する。満足そうだ。説明した通り、元素精霊種の探求者はこの地にほとんど存在しない。彼らはその数少ない例外と言えるだろう。

目を見開き、じっと二人を見る。その反応が面白かったのか、双子はくすくすと笑った。

「お兄さん、ここは危ないよ。依頼なのか趣味なのかは知らないけど、一般人が長居するところじゃない。荒っぽい人や観察されるのが嫌いな人もいる」

元素精霊種は生物を魂で見る。そして、弱き者に近寄ってくる性質を持つ。

古今東西、大自然の中で遭難し、精霊に助けられる、あるいは襲われるといった物語は枚挙に遑《いとま》がない。もちろん、探求者になるような精霊種は人間社会に慣れていて比較的安全だが、カウンターに待ちがいない受付ロビーで一人ぼっちで座っていた僕に近寄ってきたのも本能によるものだろう。

彼らは会話が好きだ。僕は警戒心を抱かせないよう笑みを浮かべ、自信満々に言ってみせた。

「あはは、そうだな。でも僕はこれでも――プロの一般人なんだよ」

「プロの…………プロの、一般人って何？」

「マニアの中のマニア。ファンの中のファン。まだ勉強中だけど、洞察力には自信がある」

好奇心が刺激されたのか、双子の目が丸くなる。

僕は顎に手を当てて眉を顰《ひそ》めると、ゆっくりと落ち着いた声色で言った。

「例えば――君達は『二重群霊《ダブル・リンカー》』と呼ばれる種族だ。元素精霊種の一種、大自然の子供、必ず双子で生まれる風と水の双子精霊。片方が水を清め、もう片方が風で宥《なだ》める。静かな森の奥で生まれ、ほとんど人里に下りてくる事はない」

数少ない例外として、《精霊魔術師》が使役しているのを見る事があるが、人里ではなかなか見ない存在である事には変わりない。だが、何分特徴的なので、見分けるのはアムの種族を看破するより余程楽である。遭う機会こそないが、元素精霊種の中では割と有名な種なのだ。

僕の言葉に、精霊種の少年が目を見開き、感心したような声をあげる。

「へぇ…………お兄さん、さすがファンの中のファンだ。まさか僕達の事を知る人がいるなんて」

「僕の夢は全ての種族と出会い友達か敵になること」

「それは……無理じゃないかなあ。っていうか、敵でもいいの⁉」

友になるに越したことはないが、簡単にはいかないのが現実というもの。

二人の双眸は透き通るように透明で不思議な輝きに満ちていた。

かつて僕の友達はカリスマとは引力のようなものだと言っていた。視線を合わせ、声量と声色をコントロールし、大仰な動作と言葉で翻弄して惹き付ける。

僕はその言葉が完全に正しいとは思わないが、参考になるところもあった。

「たとえば、他にわかる事もある。君達は依頼を受けにやってきた。それも、リーダーだけが別室に呼び出されるような特別な——指名依頼だ」

「……お兄さん、まさか私達がここにやってきた時から私達を見ていたの？」

「普段はわざわざ依頼を受領する必要のない恒常の採取依頼ばかりやっている。ギルドにやってくるのは久しぶりだ。違うかい？」

「…………まさかお兄さん、ここにいつもいるの？　いつから？」

最初は感心したように目を見開いていた二人の表情に徐々に呆れが交じり始める。僕を仕事もせず昼間からギルドで探求者を観察しているダメ一般人だと思っているのだろう。

探求者がする装備を一切していないのもあるのだろうが、ギャップは大きければ大きい程いい。

そこで、僕は手を叩き視線を集めると、とっておきのネタを披露した。

「そして、僕程のプロになると、こんな事もわかる。水の君の名前が…………ブリュム。そっちの風の君の名前が…………トネールだ。違う？」

「え!?」

二人の目が、種族を当てた時よりも大きく見開かれる。顔を見合わせる二人は本当にそっくりだ。

髪色と服の色が違うので間違える心配はないが（僕は髪と服の色が仮に一緒でも間違えないけど）、なんだかその様子を眺めていると微笑ましい気分になってくる。ブリュムとトネールは頻《しき》りに目を瞬かせ、周囲をキョロキョロと確認すると、歌うような声ですり合わせを始めた。

「僕達の名に一貫性はないし、ただの勘で当てるのは多分無理」

「ネームプレートもないし、互いに名前を呼んでもいない。お兄さんに声をかけたのは私達から」

「僕達は高等級探求者でもなければ有名というわけでもない」

「知り合いも多くないよ」

「そもそも、私達はあまりギルドに来ないし」

二人は同時にこちらを見ると、訝《いぶか》しげな表情で言った。

「………お兄さん、なにか特殊なスキルでも持ってるの？」

「もちろん、持っていないよ」

人間慣れしていないな。天真爛漫で好奇心旺盛な元素精霊種は育成がとても楽しい種だと言われている。魔力量の低い者が多い《魔物使い》で元素精霊種と契約を交わすのは至難だが、幸運にもそれが成ったのならば、アムを調整した時とはまた異なる喜びもあるのだろう。うちの子にしたい。

「なら、どうしてわかったの？」

「ただの洞察力や観察でわかる問題？」

「お兄さん、僕達の事、興味深げに見ていたよね？」

「どこかに書いてあった？　もしかして名前、うっかり呼んでたりする？」

「どうやったの？」

「ねぇ、どうやったの？」

ブリュムとトネールが周りをくるくる回りながら問いかけてくる。

精霊種は寿命が存在しないので、年齢を重ねていても精神年齢が幼い事が多い。

しかしこうしてくるくる回られると、まるで懐かれているみたいだ。

今の僕はもしかしたら、外から見ると精霊魔術師に見えるのでは？　た……………楽しい！

「どうやったの？」

「どうやったの？」

にこにこしながら黙っていると、それをどう判断したのか前後左右から頻りに話しかけてくる。

群霊である『二重群霊』はそれぞれ異なる力を司りながらも、調和している。彼らの使う歌うような呪文は重なる事でさらなる大きな現象を起こすのだ。

今回はただの問いかけなので全く関係ないのだが、耳触りのいい二種類の声は重なる事で不思議な心地よさを実現しており、力の一端が見えたようで、とてもお得な気分になる。

どうやら……遊びはここまでのようだが。

「…………」

「!? な、何やってるんだ、ブリュム、トネール!」

カウンターの方から、金髪碧眼、尖った特徴的な耳輪を持つ優男が近づいてきた。

ぴんと伸びた背筋。整った双眸は眉目秀麗という単語がしっくりくる。装備は他の探求者と比べて軽装で、鎧《よろい》もシルエットが変わらない程度にスマート。とても前衛には見えないがその腰には一振りの剣を帯びていた。近くには仏頂面の魔術師風の装備をした長い髪の女の子を伴っている。

くるくる回っていたトネールとブリュムがぴたりと停止する。重い腰を上げて立ち上がる僕に、金髪の優男――トネール達のパーティのリーダーが申し訳なさそうに言う。

「うちの者がご迷惑を…………すみません。いつもはこんな事はしないのですが」

「いやいや、全然迷惑なんかでは、セイルさん。むしろもっとやってもいいくらいだ」

やはり元素精霊種はいい。見ているだけでも癒やされる。

心の底から出た言葉に、セイルさんがぴくりと眉を動かす。トネールとブリュムが目を見開く。

「…………失礼。どこかでお会いしましたか?」

困惑を隠しきれない様子のセイルさんに僕は笑顔のまま首を横に振ると、手を差し出した。

「いえ。初めまして。この度、依頼を発注したフィル・ガーデンです。よろしくお願いします」

「詐欺だ! 依頼人だなんて、ずるいよ!」

「お兄さん、大人げない! 洞察力に自信があるって何さ!」

「あははは、依頼人じゃないなんて言ってないし、賭けは僕の勝ちだ」

「賭け!?　賭けなんてしてないよ！」

騒がしい二人を笑顔で受け流す。セイルさん達が目を白黒させて二人と僕を見ていた。

クライアントや他の探求者達と良好な関係を築くスキルは高みを目指す上で必須である。探求者には敵も多いし、精霊種は排他的な傾向も強いから今回のように小細工が必要になってくる。

先に依頼人だと名乗っていたらこうも興味は引けなかった。

「いくらなんでも見た目から人の名前をピタリと当てるのは無理だ」

「お兄さんがそれを言うの!?」

しっかり二人の琴線には触れたようだ。この地のメインプレイヤーである無機生命種は総じて生真面目である事が多いから、こういうやり取りに飢えていたのかもしれない。僕も大好きだ。

そこで、じっと僕の顔を見ていたセイルさんが、自分を納得させるかのように大きく頷いた。

「…………なるほど。貴方が例の——だが、まだ我々は依頼を受けると決めたわけではありません」

「報酬は悪くないはずだ。依頼内容についても——まぁ、ポピュラーなダンジョン探索だよ」

小夜さんに頼んで発注した依頼は近辺に存在するダンジョンの探索である。

探求者というのは所属するパーティで行動する事が多いが、手数が足りない時に他の探求者に助力を求める事はままある。当然、報酬は発注側が支払わねばならないが、幸いお金はアリスが戻ったことで中級クラスの探求者ならば十分に雇える額が手元にあった。ギルド斡旋《あっせん》の仕事は個人間の交渉での仕事と違って前払いなので取《と》り逸《はぐ》れる心配もない。相手の立場を考え有利な条件を積み上げた。

だが、そこまで聞いても、セイルさんの表情はぴくりとも変わらなかった。

「確かに……ですが、私にはこの街でたった一人しかいないＳＳＳ等級探求者が私達のような者に依頼を発注する理由がわからないのです。私達は全員魔術師です。ですが、ＳＳＳ等級の探求者に見せられるような特殊技能は持っていません。特に、この街で私達の力は大きく制限されています」

「!? はぁぁぁ!? お兄さん、ＳＳＳ等級なの!? 嘘でしょ!?」

「本当。………彼が本当に依頼人なら」

それまで沈黙を保っていた、透き通るような美しい青髪を持った少女がぼそりと呟く。

「私はパーティリーダーとして、確認する義務がある。どうして貴方が『元素精霊種』などという種族指定で依頼を発注したのかと、何をさせるつもりなのか、を」

こういう視線には慣れていた。高等級というのはメリットにもデメリットにもなるのだ。

セイルさんの髪が風もないのに僅かに持ち上がる。全身を循環する強力な魔力が現実世界に影響を及ぼしていた。特殊な目を持っていたならば、その身から迸る魔力を目視する事ができただろう。

「まるで人間みたいな事を言う」

「そうならざるを得なかった。何も知らずに人里で活動するのは無理だ」

僕の言葉に、セイルさんが肩を竦《すく》めた。自然の化身である元素精霊種と文明社会との関わりは異質である。古く、彼らは神と同一視されていた。文明が成熟するにつれ、魔術師が使役するようになり、ついには人里にて独立した一個体としての権利を持つに至った。

人の間で語り継がれた物語を根底に発生するのが幻想精霊種ならば、彼らは星そのものである。自然を操る彼らは強力だ。だが、同時に、強いだけならば契約魔法で縛るなどやりようはいくらでもある。かつて魔術師にとって精霊を騙して契約を交わすのは常套手段だった。

セイルさんも恐らく、人間社会で活躍する上で精霊種特有の純粋さを捨て用心深さを身に付けたのだろう。そして、彼が元素精霊種のパーティメンバーを集めているのも恐らく偶然ではあるまい。好奇心の強そうなトネールやブリュムなんか、適当に放り出せばあっという間に騙されそうだ。

僕は少しだけ考え、セイルさんの目を真っ直ぐに見て言った。

精霊種は魂を見る目を持っているが、表情や仕草に全く気を払っていないわけではない。

「元素精霊種の友達がいてね。それに、この依頼は精霊種が最適だと思った」

「……最適…………？」

「精霊種は魔導機械に対して有利不利がない。君達は魔導機械でできた武器を扱わないし、防具を身に纏わない。加えて、この地に精霊種はほとんど存在しないとなれば――君達は信頼できる」

「何言ってるのか全然わからないんだけど……頭大丈夫？　お兄さん」

探求者というのは敵も味方も多い。人を見る目はあるつもりだ。

この地には低等級種族でも手っ取り早く威力を発揮できる魔導機械系の武器が、かなり低コストで蔓延している。それらの武器は地力の低い探求者にとって救世主だが、リスクもあった。

魔導機械系の武器は誰が使ってもほぼほぼ威力が変わらないが、それはつまり使用者の能力が反映されないという事であり（ランドさんやガルドがそれらの武器を使っていなかったのもそのためだろう）――相手が同じ魔導機械の場合、戦闘中に制御を乗っ取られる可能性もある。まぁ、対策くらいは取られているだろうが、用心するに越したことはないだろう。無機生命種の探求者の力を借りるのは論外だ。彼らは誠実で理由がない限り命令を遵守するが、それは理由があれば裏切る事を示している。

その点、元素精霊種は種族スキルを主に使う者がほとんどだし、無機生命種に取り込まれる心配もまずない。この地の環境と彼ら精霊種は完全に切り離されている故に、信用できる。

彼らを味方につけようと考える者はこの地にはほとんどいないのだ。

僕は依頼の相手に元素精霊種を指定したが、彼らが来る事を知っていた。この地の元素精霊種の探求者は彼らしかいないから、名前だって知っていたのだ。

「安心して欲しい。ＳＳＳ等級探求者に脛《すね》に傷持つものはいないよ、僕は低等級種族だし、替えの利かない特別で有用なスキルも持っていない。それらの加点を受けずに僕がＳＳＳ等級に至ったのが社会に誠実であった証だ」

「………見ず知らずの者の言葉を信じろ、と？」

隠しきれない不信をにじませるセイルさんに、僕は立ち上がり笑みを浮かべて宣言した。

「そうだ、僕を信じろ。そして、友達になろう」

飾り気のない単刀直入な言葉に、セイルさんの目が丸くなる。

昔から軽薄だと言われたが、友とは財産である。僕の最も信頼できる仲間は『彼女達《スレイブ》』で間違いないが、それでも多くの友人達の助けなくして僕はここまで来られなかった。

「ちなみに、一人で挑まなかったのは、スレイブがいないからだよ。他の仕事を任せていてね」

魔術師系職、《魔物使い》。契約した眷属《けんぞく》の育成・使役に特化した特殊な魔術師。

実はこの世に魔力を原動力とした術を扱う魔術師は数あれど、本人の攻撃能力が皆無に等しい職《クラス》というのはとても珍しい。セーラのような回復特化とされている《白魔術師》だって、光を用いた攻撃スキルを持っている。先人の足跡である職は常に必要に応じて培われているものであり、身を守るために攻撃の術を求めるのはとても自然な流れなのだ。

ならば、《魔物使い》の先人たちは如何なる手段で身を守ってきたのか？

豊富な知識は身を助けるが、それだけではない。《魔物使い》は攻撃スキルを持たない代わりに、他職では持ち得ない少しだけ変わったスキルを持っている。

皆からの熱狂や注目を力にする特殊職、《偶像《アイドル》》の持つ好感を集めるスキルと似て非なるスキル。他種族の好む空気を身にまとう――『博愛の帳《ピュアネスカーテン》』だ。

スキルの強さはメリットでもあり、デメリットでもある。《偶像》の持つスキルは他者の精神に作用し熱狂を与えるが、大抵の探求者には効かない。スキルは強ければ強い程、『異常判定』されやすく、探査スキルに引っかかったり、防御スキルでレジストされたりするのだ。

だが、《魔物使い》の持つスキルは大抵の職の持つ防御・探査系スキルには引っかからない。その余りの弱さ故に――ボールを置いても転がらない、そのくらいほんの少しだけ均衡を傾ける、そういうスキルは誰にでも有効な稀有なスキルだった。

逆に言うならば少しでも均衡が嫌悪に傾いていたらこのスキルは通じないが、純人の持つ嫌悪値増加抑制の種族スキルと組み合わせれば初対面時にそれなりの印象を残せるのだ。

僕の説明に、右隣を歩いていたブリュムが目を丸くする。

「へぇ……お兄さん、案外悪い人なんだね。《魔物使い》なんてマイナー職、詳しく知らなかったけど、そのスキルを使ってスレイブを捕まえるんだ？」

「日頃の行いが良いんだよ、きっと。だから、皆が僕を助けてくれる」

「よく言うよ、全く」

左側を押さえるトネールが呆れたようにため息をついた。

重要なのはできて当然だと思う事だ。この世界の大半の種族は肉体ではなく魂を見る。そして、魂――精神は一朝一夕で磨くことはできない。

一歩前に進む度に確信を深める。自身に暗示をかける。覚悟を深める。度重なる自己暗示により強固に形作られた意志はあらゆる艱難辛苦を撥《は》ね除《の》け前に突き進む道標となるのだ。

きっと彼らの目には僕の魂が光量の絶対量こそ少ないものの、煌々と輝いているように見えているだろう。脆弱《ぜいじゃく》な魂を持つ生命種が無理をするとどうやらそうなるらしい。

セイルさんはまだ少しだけ浮かない顔をしていた。顔立ちが整っていると曇った表情すら美しい。

種族は聞いていないが、その特徴的な耳からわかる。彼は生命種寄りの精霊種――エルフだろう。

主に精霊と人の仲立ちを担う種であり、社会で活動する精霊種の近くには概《おおむ》ね彼らの姿がある。人の美的感覚で非常に美しい容姿をしていることでも知られており、色々と話題になりやすい種族だ。

だが、彼らがふわふわ自由な精霊種と他種族の板挟みで苦労させられている事を知っている者は余り多くない。視線を向けると、セイルさんはため息をつき、これ見よがしに肩を竦めて見せた。

「ブリュムとトネールが気に入ってしまったんだ、仕方ない。それに、SSS等級探求者の依頼に興味もある。私達で――力になれれば、いいのだが」

やはり、セイルさんはいい人だ。少々強引な手を使いはしたが、僕も彼らを害するつもりはない。

「ありがとう、そう言って貰えると嬉しいよ。そんなに難しい事をお願いするつもりはないよ。それにスレイブはいないけど、僕も最善は尽くすつもりだ」

「……でもお兄さん、ギルドで売ってる重火器持ってないし、普通の武器も持ってないじゃん。大人しく後ろに隠れていた方がいいんじゃないの？」

唇を尖らせるトネール。その目は僕の等級を全く信用していなかった。

確かに重火器があれば僕でも魔物を倒せる、か。まぁ、威力はともかく命中するかどうかは装備者の実力次第なのだが、恐らくこの地では弱者はそれらの武器を操る事が常識なのだろう。故郷の王国では弱者は支援職に回るのが常だった。どちらが正しいというわけでもなく、文化の違いが興味深い。

腰の鞄からアリスから回収したポーションの瓶を取り出し、トネールの前で揺らしてみせる。

「汎用回復ポーションを持ってる。霊体種にも生命種にも精霊種にもよく効く強力な魔法薬だ。人の手の入らない秘境でのみ手に入る希少素材を幾つも使った品だ。ここではまず素材が手に入らない」

「!?　全種族に効くって、それってもしかして滅茶苦茶、高いやつじゃないの？」

その通りだ。異なる種族間で有効な魔法薬というのはほとんど存在しない。この手の薬は製造に上級職のスキルと希少素材が必要で、一種にしか通じない薬と比べると目が飛び出るような値段がする。

ぶっちゃけ、セイルさんのパーティ全員を雇うよりもこの薬一本の方が高い。

「君達が負傷したら躊躇《ためら》いなく使うつもりだ。こういう時のために常備してる」

「…………凄いかどうかはおいておいて、お兄さんがお金持ちなのはわかったよ」

「…………ん」

そこで、最後のメンバー、波打つ長い青髪を垂らした、表情の乏しい女の子、スイ・ニードニードがごちゃごちゃ機械のついた小銃を押し付けてきた。

そこかしこにコイルや意味不明な部品が付けられた、ずっしりとした金属の塊だ。ギルドのショップで並んでいたのをちらりと見た記憶がある。ブリュムが、くふふとどこかおかしそうに笑った。

「ふふふ……護身用の機械銃だ。小さいけど、役に立つ。私達精霊種は、機械類はなんだか嫌な感じがして使いづらいけど、お兄さんなら気にしないでしょ？　もちろん、依頼を受けた以上、お兄さんには指一本触れさせないつもりだけど、自衛くらいはしないと」

「こんなちっぽけな銃持ってたって、君達が全滅したらどうにもならないよ」

「違いないな」

セイルさんが眉を顰め、真剣な表情で頷いた。どうやら彼もかなりの苦労人みたいだな。

【黒鉄《くろがね》の墓標《ぼひょう》】。それが、僕が今回セイルさん達を連れて目指す場所の名前だ。街から南東に四百キロ程の所に存在するC等級ダンジョンで、近辺では最も人気のないダンジョンでもある。

周囲や迷宮内に生息する魔物はたった一種——蚯蚓《みみず》のような長い身体を持つ魔導機械、モデルクリーナー。大地を縦横無尽に這い回り、酸を吐き出し魔導機械の残骸を溶かす、この近辺の掃除屋だ。

探求者にとっては倒す旨味の少ない魔導機械だ。構成する部品に高価な物がほとんどなく、地べたを這い回り襲ってくるため戦いづらい。唯一の長所は【黒鉄の墓標】の外には『あまり』現れない点であり、もしも分布数が多かったら蛇蝎《だかつ》のごとく嫌われていただろう。

誰も注目していない魔導機械だが、それ故にモデルクリーナーには調べる価値があった。

しかし、ランナーを使わないようだが、どうやって迷宮まで移動するのだろうか？

わくわくしながら待つ僕の前で、セイルさんが短く指示を出す。

「トネール、『船』を」

「はーい！」

トネールが大きく腕を広げ、空を仰ぐ。

そのまま、唄うように呪文を唱えた。その髪が魔力で巻き上がり、強い風が渦巻く。

「ロール・リー・シップス。深き空、天の海駆ける風を我が手に授け給へ。今この地に疾風の線貫きここに至高なる天の船を。『天駆ける飛の船《レイズ・ブリーズ》』」

目を見開く。薄水色の術式光が強く発生し、何もなかった空間に形を作っていく。

数秒経ったその時には、空中には大きな長方形の箱が浮かんでいた。

使用者が限られる元素魔法《エレメント・マジック》の一種、『風の船』のスキルだ。

聞いた事がある。風を圧縮して船を生み出し、それを自在に走らせる移動系の術だ。難易度的には中位だが、消費魔力は上位に匹敵する。さすが、子供っぽくても元素精霊種なだけの事はある。

負担が大きいのか、トネールがぜいぜいと肩で息をしながら、得意げにこちらを見上げる。

「どう？　凄いでしょ♪！」

「ああ、さすがだね。『風の船』か……一度乗ってみたかったんだ」

手放しで絶賛し、透明に輝くそれに触れる。硬く冷たく、硬質であり、物質でないとは思えない。

船は五人が乗ってもまだ余裕があるくらいの広さがあった。地上一メートル程度の位置に浮くそれに飛び乗る。第一の感想は『冷たい』だった。厚めの生地でできている外套を敷いてもまだひんやりとした温度が伝わってくる。ああ……もっと暖かい格好してくればよかったな。

だが、さすが元素精霊種とでも言うべきか、スイもセイルさんも気にした様子はない。温度の感じ方が生命種とは根本的に違うのだ。この感覚を共有できる者はこの場にはいなかった。

やばい。何か嫌な予感がする。

「じゃー出発するよ?」

「ああ……頼んだよ」

セイルさんが許可を出し、風の船が静かに宙を走りだした。


「ッ……」

景色が目まぐるしく変わる。トネールが天使の声で歓声をあげている。

僕は船の縁に身体を預けながら、昔一度、友人の竜の背に乗せてもらった時の事を想起していた。

上空数百メートルを巨大な翼をはためかせ縦横無尽に飛ぶ姿はまさに地上の覇者に相応しく、そして乗せてもらっている身からすればたまったものじゃなかった。

全身を襲う凄まじい風に髪が巻き上がる。腹に、腕に、胸に、空気の塊が押し付けられ激しい揺れが視界を襲い三半規管が揺さぶられる。冷たい空気がかろうじて出ている手首を無情に切り裂く。

だが、スイもセイルさんもブリュムも、そして当然トネールも平気な表情で行き先を見ている。

これが……元素精霊種! 最古より存在していたとされる根源的種族!

やばい、凄い体験は凄い体験だが……意識が飛ぶ。自分の貧弱さを見くびっていた——というか、船を生み出したトネールが何か対策を打ってくれるものだと思っていた。

全身を冷やされて、頭ががんがんする。スタート五分でもう胃の中はひっくり返りそうだった。

これまで精神力であらゆる状況を乗り切ってきた僕でもこの状況はどうにもならないところがある。

そこで、ブリュムが一言も喋らない僕に気づき、僕の表情を見て悲鳴を上げた。

「お、お兄さん!? だ、大丈夫? 死相がでてるよ!?」

「あははは、大丈夫だよ……」

震える舌を動かし根性だけで微笑む。だが、正直……とても立っていられない。

ずるずると座り込み、背を手すりに委ねた。速度の出る乗り物とは聞いていたが……いや。この船は推進のために風を『操作』している。その影響がもろに乗車した者に出ているのだろう。

高等級種族ならば大したことがないのだろうが、僕にとっては完全に欠陥術式だった。

顔をあげ、息も絶え絶えに確認する。

「で……後どれくらいで着くの？」

「ま、まだ出たばっかりだよ、お兄さん!?」

そんなの知ってるよ。【黒鉄の墓標】まではこの速度でも数十分で着くような距離ではない。

とても持ちそうにない。冷たい床に這いつくばるように伏せる。意識がすっと遠くなる。

最後に僕の耳に届いたのは、慌てたようなトネールの声だった。


「お兄さんさぁ……………もしかして…………馬鹿？」

深いため息と共にかけられるブリュムの声を、僕は横になりながら聞いた。

船は止まっていた。少しひんやりとした柔らかい感触を感じる。膝枕だ。

僕はありがたく頭の位置を変え、ブリュムの膝の上からその整った顔に視線を向ける。

「普通さぁ、辛かったら言わない？　何勝手に気絶してるの？」

まだ身体は冷えているが、先程よりは随分とマシだ。気分も悪くはない。これは快挙だ、元素精霊種に自主的に膝枕してもらえる機会などそうそうない。

冷え切った手を開き、ブリュムの手を握る。ブリュムの体温は純人よりも低めのようだが、今の僕よりは温かい。僕は恐らく紫色に変色しているであろう唇を開くと、囁くように言った。

「いや…………倒れたら罪悪感植え付けられるかなって」

《魔物使い》というのは感情を揺さぶってなんぼみたいなところがあるし……。

「はぁ!? そりゃ、そんな顔色してたら罪悪感もあるけどさぁ……お兄さん、自分がどんな顔してるかわかってる?」

「…………鏡はないけどだいたい想像つく」

「確認を怠ったこちらの責任もあるとは言え、なにかあった時は報告してもらわないと困る」

セイルさんが怒っているような、呆れているような絶妙な表情で言う。護衛依頼を受けて護衛対象を殺したら大問題なので、当然だろう。悪かった、悪かったよ。少し調子に乗った。

「まったく、手間のかかる依頼人だ……」

高い声で言いながら、トネールが風除けの魔法を使う。セイルさんが周囲を警戒し、スイが無言で僕の上に毛布をかけてくれる。なんというか、善意の上で生きているなという感じだ。

…………うちの子になる?

ブリュムがぽりぽりと頭を掻き、僕を見下ろして言う。

「お兄さん、もう大丈夫でしょ? 手を離してくれるかな? 後、いつまでそうして転がってるつもり? どいて?」

「…………」

離すなんてとんでもない。僕は隙あらば（なくても）声をかけるし触れるし、データを取るよ。

だが、今回はただ迷惑をかけるために同行したわけではない。セイルさんが手を差し伸べてくれたので、ありがたくそれを取って身体を起こす。危うく死ぬかと思った。

風の船は高さ数メートルのところで浮かんでいた。下を見るとどこまでも広がる荒野と跋扈《ばっこ》する魔導機械達が見える。アリスに背負われ空から見下ろした時も思ったが、こういう遮蔽物のない地形で制空権を取れるというのはかなり有利だ。遠距離攻撃さえ使えれば、相手次第では一方的な戦いになる。魔導機械の残骸は高値で売れるし、やり方次第ではそれだけで一財産作ることもできるだろう。

それを考えると……空を飛べるのに餓死しかけていたアムのダメっぷりが際立つな。

と、そこで遥か遠くに以前アリスと共に戦った無数の砲塔を持つモデルタートルが見えた。

超遠距離狙撃を得意とする移動要塞。群れを作らず、荒野全域に分布する魔導機械だ。彼我の距離は以前アリスと共に相対した時と変わらなかったが、魔導機械は攻撃を仕掛けてくる素振りを見せなかった。調査によるとどうやら彼らは超高度にいる相手にしか攻撃を仕掛けてこないらしい。

恐らく……『ズル』を防ぐためのシステムなのだろう。

セイルさんが強張った表情で声をあげた。

「……………フィル、手を離してくれるかな？」

「お兄さん、まさか見境ないの？」

「……………チャンスを見逃さないと言って欲しい」

手を離し座り込むと、ついでに近くにいたスイを抱きかかえ、ブリュムに頭を叩かれた。

「そういう事じゃないから。お兄さん、距離の詰め方バグってるでしょ！　何？　恥とかないの？」

水の精霊だけあって、スイの体温は純人より僅かに低い。だが、それでも冷えきった今の僕の身体よりは遥かに温かく、湯たんぽのようだった。迷惑そうな顔をしているが、忌避感が勝った時に撥ね除ける事を躊躇うタイプにも見えないので問題ないだろう。顔を上げ、笑みを浮かべお礼を言う。

「ありがとう、助かったよ。僕はもう大丈夫だ、先に進んでくれ」

「……セイルさん、私が間違えてた。やっぱりこの人、放り出した方が良くない？」

「……そういう訳にもいかないだろう……もう依頼を受けてしまった」

諦観したようにセイルさんが肩を落とす。そして、船が再び進み始めた。

§　§　§

久々の通信を受け、闇の中、それはゆっくりと身を起こした。

どこまでも続く金属の壁と床。光源はなく、空気の流れもない。

魂持つ者の侵入を一度として許していないその空間にはどこか寂寞《せきばく》とした空気があった。

深い人造のダンジョンの奥に、それは遥か昔から在った。

ぬらぬらと粘液に塗れたどこか有機的にも見える体皮。小山のような巨体は無数の節からなり、身体の下にはその巨体には見合わない細い腕が無数についている。

どこか生き物じみているが、その頭頂に存在する無数の目には命の輝きがない。

――それは、孤独の王だった。表に出ることを求められず、ただ地底に身を潜め命令を果たし続けた孤高の王。搭載された無数の機能のほとんどを使う事もなく、自分がどのような役割を担っているのかも知らない大いなるシステムの一部。

自ら生み出した眷属は命令に従い動くだけの存在で、知性一つもない。

魔導機械は極めて効率的だ。その本能に寂しさを感じるような機能は搭載されていない。

だが、久方ぶりの通信にどこか高ぶりを覚えるのは長き年月を誰にも気づかれる事なく生き続け自己進化を果たした結果だろうか？

「ＳＳＳ……探求、者……魔物、使い…………」

嗄《しゃが》れた呟き。続いて、声なき咆哮が空間を駆け抜ける。

全土に散らばった自らの生み出した眷属――肉体の一部に号令をかける。久方ぶりの、それも一方的な命令だったとしても、役割は果たさねばならない。

それが――彼に与えられたたった一つの存在理由なのだから。

§　§　§

そして、空を飛ぶこと数時間。地平線のその先に、目的地が見えてきた。

このレイブンシティ近辺の土地の特異性の一つに、食物連鎖が存在しない点があげられる。

【黒鉄の墓標】はレイブンシティ近辺の中でも一際奇妙な場所にあった。

本来、どれほど強力な種族でも生きるのには食べ物が必要だ。霊体種や精霊種についても多少方向性は違えど原則に変わりはなく、どれほどの魔境でも食うものと食われるものが存在している。

だが、魔導機械の原動力は光や熱、電気の類いであり、食物を必要としない。この地に住まう魔導機械は生存に他の種族を一切必要とせず、レイブンシティと近辺の二つの都市の周辺に広範囲に存在するその縄張りの荒野には魔導機械以外の動物はもちろん、植物すらほとんど存在していない。

この地の探求者は余り疑問を抱いていないようだが、これはとても不自然で、稀有な現象だ。

恐らく何らかの魔導機械があえてそうなるように仕組んでいるのだろう。己の種以外の生存を許さないとでも宣言するかのような徹底的なその機能からは妄執に似た何かが感じられる。

ずっと抱きしめていた迷惑そうな顔のスイを解放し、船から身を乗り出し下界を見下ろす。

地上に広がる見事で奇怪な光景に、僕は思わず感嘆の声を漏らした。

「なるほど……これが、書物にあった、『金属樹《メタルツリー》』か……」

「結局この人、到着するまでスイを離さなかったよ」

ブリュムの呆れたような声も耳に入らない。

ダンジョン【黒鉄の墓標】の名称の由来となった、聳《そび》えるような巨大な黒の十字架。その付近一帯にはこれまで飛んできた荒野と違い、非常に『精巧』な草木が無数に生い茂っていた。

空から見下ろす限りではただの植物と見分けが付かない――色と光沢以外は。

植物群は、レイブンシティのギルドで『金属樹』と呼ばれている代物だ。その名の通り、幹も枝葉もまるごと金属で出来た植物であり、【黒鉄の墓標】近辺にしか見られない代物だ。

それは、僕が最初に訪れるダンジョンとして【黒鉄の墓標】を選択した理由の一つでもある。

ダンジョン近辺は既にモデルクリーナーの縄張りで、他の魔導機械は生息していない。よく目を凝らすと、金属製の植物の間には、少数だが奇怪な動きを見せる蚯蚓型魔導機械の姿があった。

安全を確認した後、船がゆっくりと地面に下りる。数時間ぶりの固い大地を踏みしめる。

僕に続いて降りてきたトネールが遠くのモデルクリーナーを見てうんざりしたような声をあげた。

「うへえ……気持ち悪ッ」

「草木を始めとする植物や虫や動物——自然は元素精霊種の力を高めるだろ？」

元素精霊種がエネルギー源とする『気』は文明と離れた場所に集まるものだ。大森林の奥地や人の手の入らない火山口などで彼らはもっとも力を発揮する。

「!?　お兄さん、本気で言ってるの!?　あれが『自然』に見える!?」

「……いや、全然本気じゃないけど」

「トネールをからかうのはやめてくれ、フィル。人の手の入らない荒野ならばともかく、ここまで魔導機械が蔓延《はびこ》っていると自然の恩恵もほとんど受けられない」

セイルさんが草木を観察しながら言う。金属で出来た植物は鋭利で、僕のように柔らかい身体を持っている者がむやみに立ち入ると傷を負うだろう。細長い身体を持ち自在に草木の間を動けるモデルクリーナーにとってホームグラウンドと言えるが、僕の想像が正しければ彼らは——戦闘用ではない。

「あ、ちょっと待って、お兄さん！」

草木を観察しようと近づく僕に、慌てたようにトネールとブリュムが左右につく。付近をきょろきょろしながら、双子が口々に言った。

「モデルクリーナーはD等級の魔導機械だ、私達ならまず負けない」

「でもお兄さん、覚えておいてよ？　僕達でも自ら死に行く者を救う事はできない」

「わかった。つまり、余り無闇に危険な事をすると死ぬぞって意味だね？」

「「わかっているなら少しは大人しくしててよ！」」

楽しく軽口をたたきながら、草木に近づく。やはり、書物で見るのと実際に目で見るのとは違うな。聳えるような金属の植物はため息が出る程立派で、陽光を浴びて鈍く輝いていた。

植物はそれぞれ色が違う。恐らく、構成する金属の違いだろう。鉄に銅、鉛に——それ以外も。

かがみ込み、地面に生えた鈍色の草を指先でつつく。草は本物さながらの見た目だったが、固く冷たく滑らかで、本物と違って風に吹かれても揺るがない。踏みつければ足がズタズタになるだろう。

「こんなものに興味を持つなんて、変わり者だね、お兄さんは」

「ただの金属の塊だ。植物に似ているのは形だけだよ」

セイルさんが腰の剣を抜き、軽やかに振るう。涼やかな金属音と共に、地面一帯に茂っていた鋼鉄の雑草が短く切り裂かれ、破片が飛び散る。彼の言う通りだった。

この草木はただの金属の塊だ。根っこから葉まで何の機能も持たない、いわば植物の像である。

退屈そうにブリュムが言う。

「植物はやっぱり生身が一番だよ。見た目だけ模しても本物にはなれない」

「確かに。しかし、本当に人気のないダンジョンなんだな」

立ち上がり周囲を見回すが、僕達以外の探求者の姿はなかった。そもそもレイブンシティの探求者の数は街の規模にしてはかなり少ないのだが、独り占めするには余りにももったいない光景だ。

グラエル王国の探求者を半分くらい連れてきたい気分だ。

何しろ王国では探求者が余り過ぎていて、こう言うのもなんなんだが——結構邪魔だったからな。

「ここ、お金にならないからね。クリーナーのドロップは価値が低いし、金属樹を切り出しても二束三文でしか売れない。お兄さんに言われて初めてこのダンジョンの存在を思い出したくらいだ」

「まったく、探求者が金だけを求めるなんて世も末だな」

「……じゃあ聞くけど、お兄さんは何を求めてるのさ？」

「未知」

「…………………」

最初は何も持っていなかった。仲間を得て知識を得て経験を経て、ささやかな栄光を手に入れた。だが、人の欲望に果てはない。だから、探求者というのはきっと僕にとって天職だ。

服の埃を払い、こちらを遠巻きに窺っている奇妙な魔導機械を見る。

「金属樹を作っているのはクリーナーかな」

「えー、そんな話聞いたことないけど――」

「だってほら、この周辺にはクリーナーしかいないらしいし……」

もちろん、何らかの魔導機械が隠れて金属樹を生み出している可能性もゼロではないがともかく、これらが何者かの手により作られているのは間違いない。魔法にも科学にも理屈があるのだ、何の理屈もなく金属の塊が生えたりはしないし、他に可能性があるとするのならば『そういう物語』が生息している可能性くらいだが、金属と幻想精霊種という種族は相性がとても悪い。

そこで、たどり着いてからずっと沈黙を保っていたスイが僕を見上げて小さく首を傾げた。

「……何のために？」

「……種類ごとに金属を分けて保管しておくと使いやすいだろ？」

「…………」

「……もしかしたら芸術の可能性もある。この精緻な造型は外まで運べばそれだけで売れそうだ」

「…………」

別に冗談ではなかったのだが、お気に召さなかったらしい。ムスッとした顔で佇むスイの頭に手を伸ばし撫でるように触診すると、僕は巨大な十字架の方を指差して言った。

「よし、それじゃ早速ダンジョンに入ってみようか」

ダンジョンには幾つか種類がある。

自然物型。人工物型。世界型。【黒鉄の墓標】は人工物型、地下に進むタイプのダンジョンだった。

名の由来である黒鉄製の十字型構造物はさながら大地に立てられた墓標のようで、いつから存在しているのか定かではない。ダンジョンの入り口は十字架の根本に存在し、ギルドが取り付けた金属製の扉により塞がれ、内部に生息するクリーナーが自在に出入りできないようになっている。

セイルさん達が留め金を外し、重い扉を持ち上げる。金属臭を含んだ冷たい空気が漂ってくる。

扉の先にあったのは――真に近い闇だった。まるで地獄の入り口が開いたかのようだ。

指を伸ばし、奈落に続く階段に触れる。階段は痛い程冷たい金属で出来ていた。

自然物型のダンジョンには趣がある。その探索では否応なく一個人としての存在の矮小《わいしょう》さを思い知らされ、底知れない恐怖を感じるものだが、人工物型の冷たいダンジョンにはまた違った恐ろしさがあった。何よりも――このダンジョンからは『悪意』の匂いがする。こちらを謀ろうとする匂いが。

僕は眉を顰めると、ポケットから目薬を取り出し使用した。僕のような夜目が利かない種族に一時的に闇を見通す目を与える魔法薬だ。目を瞬かせる僕に、トネールが不思議そうな顔で聞いてくる。

「？　お兄さん、なにそれ？」

「ブリュム達にはいらないものだ。僕はこの目薬がないと――暗闇を見通せなくてね」

特殊な視界を持つ精霊種や霊体種にとって闇などないようなものだからな。

というより、闇を見通せぬ目を持つ種族の方が少ないのだが――。

「えぇ!? そんな人いるの？」

「傷ついたな。まぁ、その落とし前は後で付けて貰おう。さぁ、先に進んで」

呆れたような顔をするトネールの背を押す。ハンデがあるのは最初から承知の上だ。

僕は頭だ。頭に必要なのは能力ではなく意志だ。それらは外から補う事はできない。

全員が中に入ると、セイルさんが魔物が外に出ないように扉を閉める。世界が闇に包まれた。

大丈夫、見える。《薬師》のスキルにより生み出された魔法薬は強力だ。特に僕が持っているそれは純人用に特別に調整された品であり、無類の力を発揮する。もちろん、特注なので値段も無類だ。

四方をセイルさん達に囲まれ、階段を下りていく。僕達の静かな足音だけが反響していた。

冷たい空気を肌に感じる。久しぶりのダンジョンの感覚に僕は思わず身を震わせた。

魔物の事はセイルさん達に任せ、頭の中で数を数えながら歩みを進める。

そして、僕達は数分で『第一層』にたどり着いた。

左を歩いていたトネールが軽く手を振る。密閉されたダンジョン内に不自然な風が吹く。恐らく、探査系の術式だろう。元素精霊種は簡単な魔法ならばただの一動作で使えるのだ。

先頭に立っていたセイルさんがぐるりと周囲を確認して言う。

「聞いていた通り、シンプルな構造みたいだな」

「魔導機械も……いない？ いや、でも――ここでは僕の力が効きづらいから、そのせいかも」

トネールが表情に戸惑いを浮かべ目を瞬かせる。

【黒鉄の墓標】は人気がないダンジョンだ。そして、人気がないのには理由がある。

光が届かないダンジョンだ。跋扈する魔物は二足三文でしか売れないモデルクリーナー。

そして何よりこのダンジョンは――既に最深部まで攻略が済んでいるのだ。

【黒鉄の墓標】は全三階層から成っている。構造は天井が高く幅の広いフロアが重なりそれぞれたった一つの階段で繋がるという極めてシンプルなものであり、一本道なので迷う余地すらない。

墓標などと名前が付けられている割には特に何かが埋葬されている様子もなく、おまけにそれは探求者がこのダンジョンを発見した当初かららしかった。少し不気味で好奇心が刺激される話だが、この地には他にも稼ぎになるダンジョンが幾つも存在するのでそちらに注意が行ってしまうのも仕方のない事だろう。そもそもここは、ダンジョンにしては浅すぎる。

地面にかがみ込み、手の平で金属の床を撫でる。鼻を近づけて臭いを確認する。鉄だ。

なるほど……かなりコストがかかっている。《錬金術師《アルケミスト》》や《機械魔術師》ならば鉄材を作ることなど難しくないが、このどこまでも続く地下迷宮を全て金属で作ろうと考えたら大仕事だろう。

「呼吸は問題なくできるみたいだな」

「？　ダンジョンだし、空気の流れはあるよ。僕達は呼吸なんてしないけどね」

「便利な身体だ」

「安心してよ、お兄さん。万が一空気がなくなっても、私達の魔法なら、なんとかなるから」

ブリュムがぽんぽんとまるで慰めるように肩を叩いてくる。

そうそう、ちゃんと護衛対象の特性も考えて――って、そうじゃない。

一般的なダンジョン――L等級幻想精霊種、『回廊聖霊《プレジャー・ワンダー》』の力が働いているダンジョンは攻略可能を大前提としている。彼らの目的は試練であり、理不尽ではないのだ。

彼らの生み出すダンジョンは彼らのルールが支配し、地下だろうが異空間だろうが、あらゆる種族が生存できる環境を――空気組成を保っている。たとえば彼らの生み出すダンジョンの、完全に密閉された部屋で純人が数ヶ月過ごしたとしても、酸欠で死ぬような事はない（もちろん、閉じ込められたら餓死はするけど）。ダンジョンというのは基本的に管理されたもので、フェアなのだ。

だが、このダンジョンは明らかに『回廊聖霊』の管理下にない。シンプルすぎるし、彼らは魔導機械を嫌っている。そういう意味で、ここはただの巨大な建造物と呼ぶべきだった。

この地に存在する――他のダンジョンと同様に。

となると、こうして空気が通っている事実は普通ではない。何か理由があるはずだ。呼吸不要の魔導機械しか生息していないダンジョンに、空気を通わせなければならない理由が。

高い天井を仰ぐ。呼吸を整え精神を研ぎ澄ますと、ぞくぞくするような高揚が下りてきた。

「ふん…………面白い。証拠はないけど――気持ちは、わかるよ」

「何、言ってるの……？」

スイがラブリーな双眸を瞬かせ、僕を見上げる。精神が充足するのを感じる。

僕は未知が好きだ。複雑怪奇で、いくら頭を捻っても完全に理解し得ない謎が好きだ。

そして何より――こちらを陥れようとしてくる敵を愛していた。

英雄に最も必要なのは信頼のおける仲間ではない。最も必要なのは――宿敵だ。相対する事を考えただけで臓腑が震え吐き気と頭痛に襲われ、精神が崩壊するような偉大なる『敵』が必要なのだ。

冷たい空気が肺を満たし、胸が詰まる。自然と言葉が出た。

「きっとこのダンジョンを作った人は…………神になりたかったんだな」

「ん？　どういう意味だ、フィル？」

ダンジョンをダンジョンたらしめるのは精霊の力だ。だが、魔導機械技術で精霊は生み出せない。

少なくとも今はまだ――だからきっと、取り繕ったのだ。外に生えていた金属樹も同じ理由だろう。形だけ模しても意味がないのに――そうせずにはいられなかった。

才ある者は凡人と比べできる事が多いが、その才故に凡人では見えない遥か先まで見えてしまう。

僕は感嘆のため息を漏らすと、前を見て言った。

「さぁ、進もうか……奥にあるものをじっくり見学するために――つまらないダンジョンだなんて言われてたけど、この世界につまらない事なんてないんだよ」

§　§　§

いつも通り隊列を組み前に進む。先頭にセイル、水の魔法を得意とするブリュムに風による探査を担当するトネールと、攻守ともに隙のないスイ。唯一普段と異なるのは護衛対象がいる事くらいだ。

だが、そのたった一つの差異が今、ブリュムの精神を大きく揺さぶっていた。

目が――離せない。護衛依頼は探求者にとって珍しいものではない。元素精霊種という稀有な種族を揃えたブリュム達のパーティでも経験があるが、今回の依頼はいつもとは勝手が違いすぎた。

ダンジョンに潜る者の護衛依頼というのがまず希少だが、何より依頼人が駄目過ぎる。

最弱種族の一つ。純人の青年は目を見張るような魂の輝きとは裏腹に余りにも弱く、にも拘《かかわ》らず非常にアクティブだった。全員が気を張っていた。セイルやブリュムはもちろん、いつも能天気なトネールもいつも以上に注意深く術を行使しているし、感情をほとんど面に出さないスイからも静かな気迫が漂ってくる。どうしてブリュム達がこんなに頑張っているのかわからない。

だが、フィル・ガーデンが常人ではない事は既に明らかだった。経緯はどうあれ、この短時間でセイルからの警戒を解き、人見知りのスイをこんなにやる気にするとはある意味恐るべき手腕だ。

そこで不意にトネールの甲高い声が高い天井に反響する。

「!? ちょ、お兄さん、いきなり立ち止まらないでッ！」

セイルが立ち止まり、ブリュムも慌てて振り返る。

フィルはトネールのすぐ前で制止していた。ゆっくりと周囲を見回すと、真剣な表情で言う。

「見て、トネール。ここ、ぼこぼこしてる」

かがみ込み、ぺたぺたと床を触り始めるフィル。

弟は、発生以来ずっと共にいるブリュムでも見たことのない表情で叫んだ。

「!? だ、だから何なの!?」

「いや、ずっと滑らかだったのに不自然だなって…………面白いとは思わない？」

「……思わない」

「……依頼人に文句を言うのもなんだが、この調子じゃ奥まで進むのに何日もかかるぞ」

余り依頼人の事情に踏み入らないスイも呆れ気味だ。セイルも普段しない苦言を漏らしている。

護衛される側と違い、セイル達は全神経を集中してか弱い依頼者を守っているのだから当然だ。

「待て待て、この辺の壁も調べてみよう」

「何もないって、お兄さん」

壁に近づき、頬ずりをするその姿に、ずっと言葉を我慢していたブリュムもつい口を挟む。

恐ろしい青年だ。ＳＳＳ等級探求者と会うのは初だが、他のＳＳＳ等級もこんな変人なのだろうか？

それでも誰もその青年を見捨てないのは、フィル・ガーデンの所作に余りにも悪意がないからだろう。霊体種は人の魂を見る目を持つ。精霊種もまた、精度は高くないが似たような力を持っていた。方向性はどうあれ、余りにも純粋な魂は自然の具現であるブリュム達にとって非常に好ましいものなのだ。それともこれも《魔物使い》の持つスキルの力なのだろうか？

と、壁に張り付いていたフィルの視線が続いて天井に向く。

「そうだ、この辺で天井も確認してみよう！　トネール、足場だ」

「うげえ………お兄さん、何しにきたの？」

げんなりした表情で術を使うトネールを見て、ブリュムもため息をついた。

友人としてはいいが、もう二度とお兄さんからの依頼は受けたくないな……頼まれたらなんだかんだ受ける事になりそうだけど。何が凄いって、距離の詰め方が絶妙だ。何しろ、普段ならば即座に反撃するスイがタイミングを見失い、されるがままに抱きしめられていたくらいである。

と、そこでセイルが険しい顔を作り、前を向いた。空気が変わり、天井付近を調べていたフィルが顔をこちらに向ける。トネールが術を解き、セイルが唇を舐め、ゆっくりとフィルを下ろす。

フィルは文句を言わなかった。セイルが静かにその腰の剣を抜く。

魔法のかかった銀で作られた剣は闇の中でも密やかに輝いていた。

「どうやら、研究調査は終わりみたいだ、フィル。お客さんがくる」

「ようやくセイルさん達の実力を見られるのか…………待ちわびたよ」

フィルがにやりと笑みを浮かべるのが見える。

まったく、よく言うよ……まったく、ここまでも十分好き放題やっていたのに――。

ちょっと本気を出そう。ここで力を見せればお兄さんも少しは大人しくしてくれるかもしれないし。

ブリュムは抗議代わりに肩を竦めると、いつもより心なし気合いを込めて力を練り上げた。

§　§　§

セイルさん達の表情が変わる。緊張と弛緩と上手に付き合うのは探求者にとっての必須スキルだ。自然と笑みが溢れた。初見ダンジョンの初戦程、楽しいものはない。

ちょっと変わったパーティだが、彼らは間違いなく熟達している。幾つか存在する僕がセイルさん達を選んだ理由の内の一つだ。さすがの僕でも実力不足のパーティを指名したりはしない。

「フォーメーションはいつも通りだ。私が先に行く」

セイルさんが最後の確認をする中、僕は頭の中で呼びかけた。

アリス、起きてるか？

まだ夕方で、アリスの活動時間には些《いささ》か早い。だが、すぐにアリスの返事が脳内に響き渡る。

『はい《ダー》』

いざという時は任せたぞ。

『はい《ダー》。何もかも滅ぼしてご覧に入れましょう』

……その何もかもにセイルさん達は入ってないよね？

『……セイルは入ってない』

表情が見えないのに、僕にはわかった。今、アリス、そっぽ向いた。

どうやら、最近顔を合わせていないので拗ねているようだ。あるいは、楽しそうなところを見せたからだろうか？　おかしな事をしてもらったら困るのだが……大丈夫だよね？

『手が滑らないように気をつける』

よし、分かった。アリスが手を滑らせたら、僕も手を滑らせてやる。

「お兄さん、私達の後ろに隠れてて！」

「ああ」

素直に後ろに下がると、目を凝らし闇の先を見据える。

気配を隠す意味は恐らくない。情報によると、モデルクリーナーの探知能力は極めて高い。ましてやここは奴らの縄張り、こちらが確認した時には既に相手もこちらを認識しているはずだ。

セイルさんが疾走する。床を蹴る音が迷宮内を反響する。それと同時に、トネールがとんと軽い音を立てて床を蹴った。その背から薄緑色の羽が顕現する。近距離の飛行を可能とする補助魔法だ。呪文を一小節すら唱えない完全な無詠唱。その表情には悪戯する前のような笑みが浮かんでいた。

「お兄さん、スイに守られてて？　死んじゃうよ？」

そこで、ようやく僕の視界に敵の姿が入り、セイルさんが最初の接敵を果たした。

モデルクリーナーの顎とセイルさんの銀の刃が交差する。暗闇の中、火花が散った。

【黒鉄の墓標】の支配者である、D923四足動体モデルクリーナー。その姿がはっきりと視界に入る。

D923四足動体モデルクリーナー。その姿は一言で表現すると、短い脚が生えた蚯蚓《ワーム》である。有機生命種のワームには蛇に似たタイプと蟲に似たタイプがあるが、こちらは蟲の方だ。

有機生命種に区分される魔物と異なる部分は脚があるところだろう。ワーム系の魔物も多種多様だし、今まで色々討伐してきたが、短いとはいえ、脚があるタイプは見たことがない。

つまり、そこが――このモデルクリーナーを生み出した創造主の独創性《オリジナリティ》だ。

この地にやってきて倒した魔導機械もそれなりの数になっているが、この地を縄張りにする魔導機械にはそれぞれモデルとする動物・魔物が存在し――そしてそのモデルに一工夫加えられている。

気味の悪い細い身体をうねらせ、クリーナーが大きく宙を舞いセイルさんを襲う。

数は――少なくとも一体ではないようだ。脚が短いだけあって速度はそこまででもないが、大きく開いた頭頂に存在する口腔にはずらりとメタリックな牙が生え揃っている。

セイルさんはその奇怪な動きに対して、一歩後ろに下がると同時に剣を振り下ろした。

鋭い牙とセイルさんの剣が噛み合い、金属音が響き渡る。セイルさんとクリーナーの力は一瞬拮抗したが、すぐにセイルさんは押されるように更に一歩後退った。

一般的にエルフの筋力はそこまで強くない。それと比べて魔導機械のパワーは全体的に高めだ。だが、優れた探求者は誰よりも自分の能力を把握しているものだ。

剣が傾き、攻撃をうまくいなす。攻撃を受け流されたクリーナーが勢いのままに地面に落下する。

だが、攻撃に対処した事によりセイルさんに一瞬の隙が生じた。後ろから続いていた別のクリーナーが四脚を操り、その姿形からは想像できない俊敏な動作で地面を蹴り、横から襲いかかる。脚の力だけではない。身体の下部から何か噴射している。ギルドで確認した図鑑には記載されていなかった能力だ。思わず目を見開くが、セイルさんは想定外の動作にも全く焦っていなかった。

牙がその鎧に突き刺さる瞬間、横から生じた衝撃にクリーナーの身体が大きく叩きつけられる。

「ふーん、気持ち悪ッ。やっぱり僕、クリーナー嫌いだな」

風の魔法だ。風撃《ウィンドアタック》。『撃』の魔術は元素魔法のスキルツリーでも最弱に位置する基本的な攻撃魔法だ。威力は低いが詠唱もいらず、連続で使用でき魔力の消費も極めて小さい。

風の羽で空中を舞いつつ、トネールが人差し指を銃口のようにセイルさんの方に向け、連続で魔法を放つ。トネールの役割は牽制か……元素精霊種は魔法に極めて高い適性を持っている。操る属性こそ偏っているものの、天性の魔術師を揃えたこのパーティの対応力は相当なものだろう。

トネールの打ち込んだ風撃の威力は高くない。金属製のクリーナーの装甲はとても破れないが、その衝撃はクリーナーの攻撃の手を遮るのには十分だ。強襲を遮られ地面に転がったクリーナーが再びセイルさんに向かって走ろうとするが、更に放たれる風の衝撃が動きを妨害する。

基礎がしっかり身についている。僕はもう少しだけトネールの評価を上げた。

普通のパーティは前衛を厚くするものだが、なるほどたった一人でやっていけるわけだ。

幾度も動きを潰され、焦れたクリーナーが標的をトネールに変える。宙を舞っているトネールに対して、その顎が向き、顎の奥から液体が射出される。

特殊な酸を射出する攻撃は図鑑に記載されているものだ。この分だと、身体の下からジェット噴射のように飛ばしていたのも酸だろう。高度なセンサーを備えているのか、正確にトネールを捉えていたその攻撃はしかし、途中で突如トネールの前に生成された水の壁で遮られた。

飛ばされた酸を吸収した水の壁が、無数の矢に形状を変え、攻撃直後で固まっているクリーナーに襲いかかる。矢はクリーナーの装甲を容易《たやす》く貫き、蜂の巣にした。

「『矢』で貫けるかー、『弾』はいらないねー」

ブリュムの陽気な声。水矢《ウォーターアロー》。『矢』の魔法は下の中に位置する攻撃魔法だ。『撃』系より殺傷能力が高く、『弾』系よりは弱いが貫通力に秀でる。複数展開できるという利便性と、視線の先を自動的に追尾するという特性から、下級から中級の探求者が好んで使う魔法である。

だが、壁から矢への形状変化となるとわけが違う。スムーズな術の切り替えは手足のように自然を操る元素精霊種にのみ許された妙技だ。硬い装甲に穴を空ける激しい音が四方八方に反響する。疲労のない無機生命種でも核を貫かれたら動き続ける事はできない。D級という十分脅威に分類されるクリーナーはわずか数秒でガラクタになり、重力に引っ張られて床に派手にぶちまけられた。

見事なマジックアローだ。ブリュムがどこか得意げに僕を見上げる。

この表情、堪《たま》らないな……凄く…………凄く、褒めてあげたい！

《魔物使い》の性が……うちの子になる？

うずく腕を押さえていると、その気分を霧散させるような冷たい声が響き渡った。

「まだ終わってない、油断し過ぎ」

声の主は、僕の護衛として近くに待機していたスイだった。顔をあげ、正面を見る。

暗闇の中、巨大な水の塊が宙に浮かんでいた。中にはクリーナーが四体閉じ込められ、もがいている。どうやら僕の注意がそれている間に襲いかかってきた魔導機械を捕らえてしまったらしい。

水に閉じ込める術は呼吸が必要な種族に絶大な威力を発揮する。今回の相手は呼吸不要の魔導機械だが、ジタバタと四肢をばたつかせるクリーナーの姿はどこかコミカルで、変な笑いを誘った。

ああ、おっかないなあ。魔物《クリーナー》の方に同情してしまいそうだよ。

僕の目には見えないが、恐らく絵の具でも流せば、水の中に発生しているクリーナーの身動きを止めている水流がはっきり見えたはずだ。間違いなく水の壁などとは比べ物にならない妙技である。

スイが手の平をクリーナーに向けたまま、詰まらなそうに呟く。

「『水重圧《ウォーター・プレッシャー》』」

ベコリ、と。重い音がして、頑強な装甲が大きく凹む。水の中に捕らえられていたクリーナーがえも言われぬ奇妙な鳴き声をあげるが、それを打ち消すように全身が押しつぶされる。

クリーナーの息の根が止まるまで時間はかからなかった。全長二メートルはあった機体は僅か十数秒で数十センチに圧縮されると、重要器官までダメージが達したのか、目に灯っていた光が消える。

スイが何も言わずに魔法を解除した。圧縮された死骸が転がり、剥離した金属片が虚しく落ちる。

なるほど、このパーティで一番強いのは彼女か。攻撃に適さない水の魔法でここまでやれるとは驚きだ………見た目もマスコットみたいでとっても可愛いし……そうだ、うちの子になる？

そこで、敵の殲滅を確認したセイルさんが短く息を吐き、戦闘で篭もった熱を逃がしながら剣を鞘に収めた。その様子は、整った相貌もあって英雄と呼ぶに相応しく精悍だ。

「どうだった？　お兄さん」

「皆……凄いな。ここまであっさり倒せてしまうなんて予想外だよ」

手放しで褒めると、ブリュムが照れるように髪を梳《す》いた。

セイルさん達は、思ったよりも強い。いや――強いというよりは、うまい。優秀なリーダーによる統率された陣形はまさしく一つのパーティのお手本だ。

メンバーが途中で欠けさえしなければ、年月が彼らを上級のパーティに育ててくれるはずだ。高い実力を持つ安定した中級パーティ。だが、それだけに――惜しかった。こんな所に留まっている事実が。彼らはきっと、もっと上にいける逸材だ。

思ったよりも強いが、実際に眼で見た戦闘スタイルは、僕が事前にイメージしていたものと離れていなかった。無難で安定しているということは逆に面白みに欠けるという事でもある。

上に行くのに必要な挑戦心が、狂気が欠けている。その方面ではまだアムの方が上だ。

いや――この程度で留まっているからこそ、まだこの地で生きているのかもしれないが――。

ともあれ、彼らはパーティの役割を全うした。僕もやるべきことをやることにしよう。

腰から分解ペンを引き抜き、地面に転がった穴だらけのモデルクリーナーの残骸に向かう。

呼吸を整えたブリュムが目を丸くした。

「あれ？　お兄さん、まさか分解するの？　どうせ安いよ？」

「依頼は最奥までの護衛だろう？」

セイルさんも目を瞬かせている。じっと亡骸になったクリーナーを見つめながら答える。

「下面からジェット噴射しただろ？　あれは図鑑に乗ってない新情報だ。クリーナーも詳しく調べてみたかったんだよ。セイルさんは周囲の警戒を、スイは何かあった時のサポート、頼んだよ」

モデルクリーナー。破壊された魔導機械の残骸を溶かし片付ける、荒野の掃除屋《クリーナー》。

この地の魔導機械はそれぞれ荒野に確固たる縄張りを持ち、そこから出ない。こうして【黒鉄の墓標】という縄張りを持ちつつも荒野全域に生息するこの魔導機械は明らかに異質だ。

高価な部品を持たず誰も狙わない、つまらない魔導機械。金にはならないが興味を惹かれる。

エティに解析を頼めば何かしらわかるかもしれない。

分解ペンのスイッチを入れ、『モード切除《スカルペル》』を発動する。エネルギーで構成されたメスを慎重にその機体に入れようとしたその時、クリーナーの双眸に僅かに紫電が散り――。

「!? フィル、下がっ――」

そして、視界が激しい光に包まれた。

熱。風。激痛と衝撃が思考をかき乱す。久方ぶりに脳裏を過った走馬灯は鮮やかに色づいていた。

馬車を乗り継ぎ単身、グラエル王国に乗り込んだ何も知らなかった子供時代。職もなく王都の人波に飲まれ屋敷の前で行き倒れ、探求者になり、己の無力を知り、紆余曲折の末、幸運にも学院に入学を許された青年期。死線をくぐったことも何度もあった。

そして、敵を知り己を知り、アシュリーやアリスなどの心強い仲間を得て僕は死から遠ざかった。

アシュリー・ブラウニーの職――《従者《ヴァレット》》は家事妖精《ブラウニー》にとって天職だ。主を定めそのために起こす行動の全てに高い補正がつくその特殊職は、特に守りに於《お》いて大きな力を発揮する。それに加え、アリス達強力なスレイブと契約し、僕の安全は盤石のものとなった。

だが、死というのは恐れるべきものであると同時に、人を成長させるものでもある。

激しい衝撃に弾き飛ばされる僕を冷たい感触が受け止める。そこで、我に返る。

僕は咳き込みながら下を見た。右手の手首から先が欠けていた。爆発による炎熱に食われたのだ。

だが、その他に支障はない。骨も折れていなければ手足も動く。後ろを見ると、身体を受け止めているのは水の塊だった。スイが険しい表情で両手を前に出している。ぎりぎり生きているようだ。スイが爆発する寸前に、水の壁を僕とクリーナーの間に差し込んだから――。

反響していた音がようやく消える。遅れて思い出したかのように鮮烈な激痛が脳を焼く。

激しい痛みと高揚が混ざり、僕は笑った。

「あはっ、はははは、はははははは！　見たか、みんな！」

「!?　お、お兄さん、大丈夫!?」

「フィル！」

ふらつきながら、背中を受け止めていた水のクッションから離れ両の足で地面に立つ。

僕がメスを入れようとしていたクリーナーはばらばらの残骸しか残っていない。

右手の一本で済んだのはスイのおかげだ。無防備に受ければ死も十分ありえる攻撃だった。

手の傷を確認する。痛みは酷いが、炎熱で傷口は焼け、血は流れていない。

声一つあげず駆け寄ってきたスイが僕の傷跡を見て、眉を本当に僅かに顰める。

「……しくじった」

「酷い…………リーダー」

ブリュムが僕の右手を観察し、セイルさんを見る。今更、冷や汗が止まらなかった。

激しく鳴る自身の心臓の音が聞こえる。暗視能力を付与しているとはいえ、地面の下、どこまでも続く冷ややかな闇は矮小な本能を揺さぶってくる。唇が震え、舌が凍りつく。

僕は、痛みを無視して深く深呼吸をした。脆い肉体は精神で完全に支配しても十分に動かない。

いや――まだ未熟なだけか。セイルさんが周囲を素早く確認し、早口で言う。

「自爆……？　とどめを……刺せていなかったのか？　……重傷だ。今すぐ帰還しよう」

「おち、つくんだ――セイル、クリーナーに、自爆能力は、なかった――これは――発見だ」

幾度となく行った動作。震える左手でバッグを探り、光り輝く薬瓶を取り出し、一息に呷《あお》る。

肉体が体内から焼けるようだった。全身の汗が一気に吹き出し、心臓の鼓動が更に加速する。

近くに寄り添っていたスイが息を呑む。それは、まさしく奇跡の技だった。

右手首の傷口が盛り上がり、みるみる内に失った右手が再生する。たった数秒で元に戻る。

もちろん、回復したのは右手だけではない。防壁で殺しきれなかった衝撃でできしんでいた全身の肉も、道中の衰弱も、まるで肉体が丸々作り変えられたかのように回復している。

職《薬師》。ポーションを自在に調合する非戦闘職。先程ブリュム達に示した物とは異なる、最高峰の術者が純人のためだけに調整して生み出した最上級ポーション。死者以外ならば回復できるとさえ言われたそれは、僕がL等級討伐依頼を受けるにあたり用意した備えの一つでもある。

空になった瓶を鞄にしまった時には、僕は万全に戻っていた。まだ脳は痛みを訴えているがそれはただの錯覚だろう。大きく息を吸うと、ブリュムに言う。

「見たよね、ブリュム。このクリーナーは――僕の刃が触れる前に爆発したんだ！」

クリーナーは確かに死んでいた。とどめを刺しきれていなかったわけではない。元々、事前情報では自爆能力など持っていないはずだった。ジェット噴射による簡易的な飛行能力と同じように――。

まだ残っている他のクリーナーの残骸を確認する。まだ形を保っているものもある。分解ペンも予備はあるが、解体を再度試みるのはやめておいた方がいいだろう。僕には自爆に使っている部品を自爆前に解除できるようなスキルはないし、少しばかり警戒されているようだ。

と、そこで冷たい指先が右手に触れた。そちらを見ると、ブリュムが目を頻りに瞬かせ、再生したばかりの右手をつついている。セイルさん達も半信半疑の眼差しで僕をじろじろと見ていた。

「え？　なに、それ？　何そのポーション？　一瞬で手が生えた？　え？　ちゃんと動くの？」

「ちゃんと動くよ、ほら」

「きゃ!?」

恐る恐る触れていた指を一瞬で握りしめる。

よし、捕まえた。君は今日からうちの子だ！　群霊なんだからトネールもうちの子だ！

心臓の鼓動もようやく収まってきた。大きく深呼吸をしたところで、ブリュムが怯えたような顔で手を振りほどく。傷つくな……ちょっとした冗談なのに。スキル効いてない？

「……心配して、損した。何そのポーション。副作用もなく一瞬で欠損が回復するなんて」

「あはは、いいだろ？　残念ながら、調整されてるから純人にしか効かないけど――」

ブリュム達の等級では見慣れないものなのだろうが、最上級のスキルによる産物というのは奇跡そのものである。このポーションだって、無から再生するアリスのライフストックには劣るのだ。

「ポーション使ったから完全に赤字だな」

「まったく。迂闊な事をしたフィルにも問題はあるぞ。解体するなとは言わないが――何度も言うけど、慎重に行動してもらわないと」

セイルさんが肩を竦める。だが、平然としているように見えてその表情は強張っていた。

僕は再び口を噤《つぐ》んでしまったスイの頭に、治ったばかりの右手を乗せた。

「ああ、悪かったよ。スイも、ありがとう。でも、赤字だけど何も手に入らなかったわけじゃない。

さぁ、先に――進もうか」

「………はぁ？　こんな目に遭ってもまだ先に進むっていうの!?」

トネールが目を見開き、狂人でも見るような目付きで僕を見上げる。

彼らは護衛だ。護衛には、その責務を十分に果たせないと感じた際に撤退を強制する権利がある。

僕は右手をひらひらさせた。まだだ。こんな面白いところで足を止めるわけにはいかない。

「この通り、無傷だよ。だが――そうだな、ここから先は危険かもしれないから、地上を歩くのは避けて風の船で進んだ方がいいかもしれないな」

「………………あれ、ほんっとうに疲れるんだけど？」

「残念ながら《魔物使い》の回復スキルはスレイブにしか通じない」

ついでに、回復量もとてもとても大したことがない。

眉間にシワを寄せて僕を見上げたトネールが、さっとセイルさんに目配せする。セイルさんはしばらく難しい顔をしていたが、諦めたようにゆっくりと首を縦に振った。

「ああ、助かるよ。もう少しで何か掴めそうだ」

「………………自殺志願者」

「同意だな。報酬がいいと思ったらとんだ客だ」

憮然とした表情で呟くスイに、セイルさんが隠す気がまったくない声量で言う。

何も言わないが、他の二人も同意のようだ。まったく、先輩探求者に対してなんて言い草だ。仕方ない、ここは一つ、僕が本当の探求《クエスト》を見せてやろうじゃないか。

僕は、まるで赤ん坊でも見守っているかのような視線を受けながら手近なクリーナーの残骸に近づくと、その光の消えた目を見下ろして言った。

「素晴らしい歓迎をありがとう。今から挨拶に行くよ」


【黒鉄の墓標】は構造こそ簡単なものの、幅も広く天井も高い。『風の船』は空気の通り道でしか使えないという制限があるが、地下とはいえここまで広いと十分に使えるようだ。

暗闇を方舟《はこぶね》に乗って静かに進んでいく。地上にはちらほらクリーナーの姿があったが、攻撃を受ける事はなかった。彼らはそれなりの機動力とそれなりの遠距離攻撃手段を持っているが、それはあくまでそれなりでしかない。地上でも余裕を持って対処できたのだから、制空権を取っている今、不意打ちでも受けない限り危険は少ないだろう。やはり、この魔導機械の用途は戦闘ではないようだ。

何しろ戦闘用とするには余りにも……弱すぎる。爆発による攻撃も僕の腕を一本もいだ程度だったし、もう少し等級の高い種族だったら無防備で受けても大したダメージは受けないはずだ。

警戒しているトネールとセイルさん。防御結界をいつでも張れるよう気を張っているスイ。

僕はじっと地面を見下ろしながら、雑談がてら話しかけた。

「僕の住んでいた国では――魔物ってのは有機生命種と悪性霊体種《レイス》が八割を占めていたんだ」

役割がなく近くでぼんやりしていたブリュムが、唐突な言葉に目を丸くする。

「色々な国を旅した。古くに勃発した大戦の結果、悪性霊体種が渦巻く事になった大砂漠も、独自の進化を遂げた魔物が存在する雪原も、地平線の果てまで続く海も、引きずり込まれたら二度と生きて出られない底なし沼が点在する湿原も、大陸最大と呼ばれた洞窟も、情報が全く残っていない古代の遺跡も――それぞれ存在する魔物は異なっていたし、必要とされた技術もまた違ったけど、魔導機械が敵として現れる事は滅多になかった。ここに――来るまでは」

栄光を得るには艱難辛苦を乗り越える必要があった。金が、仲間が、力が、実績が必要だった。

これまでの冒険の中には敵が強力にチューンナップした魔導機械を差し向けてきた事もあるし、僕もスレイブの一人として護衛人形を連れているが、それはレアパターンに過ぎない。

魔導機械は本来、支配種族にはなりえないのだ。

何故ならば彼らは――支配されるために生み出されたのだから。

だから僕は、まだ来てからたった数ヶ月しか経っていないこの地をとても気に入っていた。

クリーナーが這うようにして空中を滑るように進む船を追ってきている。

僕はそれに手を振った後、質問してみた。

「彼らにとって致命的な弱点はなんだと思う？」

「むー…………魔法への……耐性……？　だって、魔導機械って物理には強いけど、魔法攻撃にはそんなに強くないじゃん？　ん…………」

唇に指先を当て、くりっとした目を瞬かせ素直に答えるブリュム。

手を伸ばし頭を撫でると、ブリュムは小さく吐息を漏らした。

どうやらこのパーティのメンバーは余り頭を撫でられる事に慣れていないようだ。

まぁ、そりゃそうか。自然発生する元素精霊種は純粋無垢であると同時に親の愛情とは無縁だ。

「んん……お兄さん、本当に事ある毎に頭撫でるよね。そんなに触りたいの？　ってか、大正解？」

「いや、全然外れ」

「!?　なんで頭撫でたの!?」

撫でたいからだよ。後、スキルの力で頭を撫でる時に少しだけ補正がかかるのだ。

僕は寂しげな笑みを浮かべると、船首でじっと前を見ているセイルさんに後ろから忍び寄り、その頭を撫でた。セイルさんがばっとこちらを振り向き、頬を引きつらせて言う。

「!? な、何をいきなり、フィル！　おかしなことをしないでくれ！」

いや、せっかくだし全員分制覇しておこうと――後回しにしたらこんな余裕ないかもしれないし。

僕は肩を竦めると、愕然としているブリュムに正解を教えてあげた。

「魔導機械の弱点は――成長にコストが掛かることだ。彼らは製造されなければ増えないし、時間経過で成長する事もない。そしてそれは、昔から《機械魔術師《メカニック》》達にとっての悩みの種だった」

少しずつ。床を這いずり回るクリーナーの数が増えてくる。船で抜き去っても、彼らは全く諦めることなくこちらを追ってくる。意志なき軍隊にはどこかゾッとするような恐ろしさがあった。

ギルドに於いて、ダンジョンは難易度別で等級が定められている。

【黒鉄の墓標】の等級はＣ。中堅探求者でも十分探索できるレベルだ。これは明かりのない地下を進むという事、現れるのがクリーナーというそこまで強くない個体である事を考慮した値だ。

だが、今地上で蠢くクリーナーの数は明らかに常軌を逸していた。セイルさんが眉を顰めて言う。

「この個体数………どうなっている？」

「空飛べるから大丈夫だけど、地上を行っていたらかなりきつかったね」

「ここまで群れるような魔物ではなかったはず」

トネールの言葉に、スイが小さく相槌を打つ。数とは力だ、たとえ遥かに格下の魔物でも群れになれば手に負えなくなる事は多い。この地で最初に討伐したポーンアントがそうであったように、非戦闘向けの魔導機械でもここまで数が増えると手に負えない。加えてあの爆発能力を考えると――。

　地上のクリーナーから射出された酸――消化液が、風の船の手前で逸《そ》れて落ちる。この魔法の船は風を形にしたものだ。船体は風を纏っている、あの程度の速度なら天井付近まで船を上げればまず攻撃は届かない。大きく弧を描いた消化液が雨のように地面のクリーナーに降りかかる。

　当たり前だがその身体は消化液に耐性のある金属で出来ているらしく、地面を這いずるクリーナー達は液体を浴びて尚元気に這い回っていた。消化液を全身に浴びたクリーナーは表皮がぬめぬめと光沢を持ち、生物と機械の中間存在のようで非常にグロテスクだ。僕は好き。

　僕の手を撥ね除け、隣で身を乗り出していたブリュムがげんなりしたように言う。

「うーん、一体一体倒してたらキリがないね……っていうか、追ってきてるみたいなんだけど、お兄さんまさか、恨み買ってる？」

「人気者は辛いな。だが、ポジティブに考えよう。これは歓迎されてるって事だ」

「げー」

　このパーティの弱点を一つ述べるとしたらそれは――火を司る種族がいないことだろう。水や風とは異なり、何の工夫もなく広範囲を焼き払える火の魔法は魔術師パーティには必須である。

　まぁ、水と火の元素精霊種は犬猿の仲なので仕方ないのだが、さすがに少し分が悪い。

　トネールは船の操作があるし、セイルさんには警戒や指揮を執るという大切な役目がある。残るはブリュムとスイだが、そもそも自然を操る元素魔法というのはこういう閉所では本来の威力を発揮できないものだ。魔導機械の天敵である雷属性の魔法を使えればなんとかなるはずなんだけど――。

と、そこでセイルさんが今思い出したように眉を顰め、僕を見た。

「しかし、この調子じゃ次の階の――地下への階段も埋まっているんじゃないか？」

「モデルクリーナーの縄張りとは聞いていたが、この数は予想外だよ。大歓迎だ！」

「…………ねぇ、なんでお兄さんそんなに嬉しそうなの……？」

それは……嬉しい。こんな光景、なかなか見られるものではないよ？

歓迎するにしても、ここまでの魔導機械を揃えるのは並大抵の事ではない。いくら戦闘用じゃなくても、魔導機械というのは高度な技術の結晶なのだ。全土に散らばっているクリーナーを集めたのだろうか？　もしそうだとするのならばそれは――僕がここに来る前から手を打っていたという事だ。

魔導機械は作らなければ増えない。人気のないダンジョンを根城にしている彼らは余り減らないだろうし、製造するための工場もそこまで規模の大きなものではないはず。

荒野の掃除屋。各地に残る残骸を溶かし荒野を浄化する魔導機械。だが、溶かすなどと言っても、それだけで物が消えるわけがない。溶かした残骸が、金属が、どこにいったのか――恐らく、ダンジョン近辺に生えている『金属樹』がその答えなのだろう。彼らはプログラムされた事しかできないから、きっと全てうまく回るように役割を持たされているのだ。

面白い。秘密に近づいてきている。思わず笑みを浮かべる僕を見て、セイルさんが言う。

「どうやら……撤退する気はないようだな」

「逃げ出そうとしたら追ってこないと思う？」

「…………少し、数を減らす」

大きくため息をつくと、スイが気怠げに立ち上がった。

何をするつもりなのだろうか？　ブリュムもそれに続くように隣に立ち、スイの手を取る。

天井をチラリと確認し、二人の精霊の少女を見る。冷たい風が吹き、その身が仄《ほの》かに発光した。

それはきっと、まだ人と精霊が交わっていなかった頃に人が想像した精霊の姿そのものだった。

スイとブリュムの髪が浮き上がり絡み合う。同じ属性を司る者同士、力が循環しているのだ。

間違いなくこのパーティの切り札の一つだろう。

瞠目《どうもく》する僕の前で、ブリュムが腕を大きく持ち上げると同時に歌うように唱える。

「白き氷霧《ハイエスト・ミスト》」

「薄氷の北風《フリージング・スコール》」

呪文と同時に、湿った風が吹いた。

船の下、クリーナーとの間の空間が僅か数秒で濃い霧に完全に遮られる。

そして、撹乱には役に立つが攻撃力のほとんどない乳白色の霧は、続けざまに唱えられたスイの呪文により一瞬で凍りつき、氷の嵐と化した。

拳大の氷の礫《つぶて》が無数に交じった風が、地面を這い回っていたクリーナーに降りかかる。

合体魔法。複数の術者が協力する事で実力以上の術の行使を可能とするテクニック。

だが、合体魔法は並大抵の練度でうまくいくものではない。

誇張なく、ダンジョンが揺れた。その瞬間、ブリュムとスイは合わせて一体の精霊だった。

広範囲に発生した氷の嵐が容易くクリーナーの装甲を貫通し、金属製の床に突き刺さる。

相手の攻撃が届かない空中からの一方的な蹂躙《じゅうりん》。その光景は虐殺と呼ぶに相応しい。

セイルさんが氷嵐の吹き荒れる地上を見下ろし、冷ややかに言う。

「集まってくれてよかった。これだけ倒せばすぐに増援はないだろう」

スイとブリュムの身体がふらつく。長い髪が汗で額に張り付いていた。

最上級の魔法に匹敵する広範囲を薙ぎ払う攻撃魔法だ。そもそも、合体魔法は消耗も激しい。

――だから、それに気づいたのは僕だけだった。

一段広い視点を持つのが僕の仕事だ。だから、僕は皆が下を見る時に上を見る。

真上。ぎりぎり手の届かない場所に存在する天井から、無数の『頭』が出ていた。

気配も音もなく、その醜悪な胴体のほとんどは金属の壁にずっぷりとめり込み、その表皮はぬめぬめと液体で濡れている。無数の目と目が合う。時間が、思考が一瞬止まる。

――金属壁への潜航。未知の能力。完璧な不意打ち。出発前に渡された機械銃の事が一瞬思考を過り、しかし僕はとっさに着ていた外套《コート》を脱ぎ捨て間に挟んだ。

「上だッ！」

行動が間に合ったのは相手も判断に一瞬迷ったからだ。

船の上。同じくらい無防備な相手。船を作ったトネール、リーダーのセイル、協力する事で仲間達を虐殺してみせたブリュムとスイ、その誰もが優先度が高かった。だから、僕と目が合い迷った。

『合理的』に考えたら――脅威にならない僕よりも他のメンバーを先に攻撃するべきだったから。

無数の消化液の弾丸が脱ぎ捨てた外套を薙ぎ払い、クリーナー達が天井から船に降ってくる。僕は一番近くにいた疲労でふらつくブリュムとスイを突き飛ばした。

冷たい感触が肉体を貫き、激痛に視界が霞む。

だが大丈夫だ。死にはしない。死にはしない、はずだ。

「おにいさッ――」

「触れ、る、な！」

消化液が精霊種にどれだけの影響を及ぼすかわからない。だが、余りいい結果にはならないだろう。

クリーナーの設計者はしっかりと精霊種対策も行っているはずだ。

傷口が焼ける。神経が溶かされるような激痛が身体の広範囲に広がり、視界が明滅する。

だが、こぼれた血と痛みを、新たに発生した熱が覆い尽くした。

先程使ったポーションの効果がまだ少し残っているのだ。

稼げた隙は数瞬だった。だが、数瞬で十分だった。

鈴の音を鳴らしたような金属音。突き飛ばしたブリュムとスイが態勢を整え呪文を唱える。肉体を押しつぶしていた重みが、目前まで迫っていた生え揃った牙が、横から放たれた水の矢に貫かれ吹き飛ばされる。他のクリーナー達も、セイルさんとトネールにより船から落とされる。

仰向けに転がると、ブリュムが駆け寄り抱き起こしてくれた。

「お兄さん、大丈夫⁉　大丈夫⁉　無茶、しすぎ――」

「いきてるからへいき」

「平気じゃないよ！　もうッ！　護衛される側の自覚、ある⁉」

「あんまり」

おいおい、人とは異なる精神構造を持つ元素精霊種に抱きしめられる機会なんてほとんどないぜ。

ついでに、涙ぐむ彼らを見る機会もほとんどない。今日はなんてラッキーな日なんだ。

遠慮なく身体を預ける。背中に感じる人間より少しだけ冷たい体温や柔らかい感触に意識を集中していると、トネールとスイが駆け寄ってくる。セイルさんは天井を見上げ警戒していた。

なんで君達はどちらかしか見ないんだ……。

ダメージは――大丈夫だ。問題ない。問題なのはブリュム達が僕に集中しすぎている点だ。

抱き止められる喜びに浸っている場合ではない。

震える手で鞄からアンプルがセットされた注射器を取り出し、ブリュムの近くに置く。

「!? な、なにこれ?」

「魔力回復薬。スイの分も。君達にも効くよ」

「…………」

スイとブリュムが珍奇な生き物でも見るような目で僕を見て、続いて注射器を見る。

パーティの最高火力が消耗しているのはまずい。同じ手を二度使ってくるとは思わないが、僕の想像が正しければ、クリーナー達にはもっと『先』があるはずだ。

「お兄さん、まさかこんな目に遭ってもまだ先に進むつもり――いや、いい！　何も言わなくていいよ！　わかったよ、付き合うよ。借りが出来たし」

ブリュムが注射器を持ち上げ、顔を顰めながら滑らかな二の腕に針を入れる。スイは憮然としたように注射器を握りしめると、勢いよく豪快に自分の太ももに突き立てた。

ああ、そんな無体な――僕がやってあげればよかったな。

他に奇襲がないことを確認したセイルさんがどこか申し訳なさそうに僕をちらりと見て言う。

「助かった。まさか上から降ってくるとは……だが、もう同じ手は食わない」

「まったく、一回食らったら十分だ。悪いけど、そこのコート取って」

どうやら落ち着いたらしい。トネールが手を伸ばし、コートを確認して目を丸くした。

「んー…………ん？　あんなに消化液食らったのに破れないって、何で出来てるの、それ？」

「龍の革」

「!?」

靭《しな》やかで強靭《きょうじん》であらゆる魔法に耐性を持ち、液体を弾く、そんなコートだ。衝撃は割と通してしまうので死ぬ時は死ぬのだが、目くらましくらいには使える。長らく使っておらずアリスの倉庫の肥やしになっていたのだが、やはり備えはあって困ることはないという事だろう。

受け取ったコートを羽織り、ブリュムの差し出してくれた水を口に含むと、ようやく人心地がつく。

僕は額の汗を拭くと、その辺にあったスイの頭に手を乗せて深々とため息をついた。

あれは策だ。地上に目を向けさせ、その隙に天井から襲いかかってくる、そんな策。

あの潜航能力、消化液を活用したものだろうが、そろそろ新機能も打ち止めのはずだ。

初戦は乗り切った。二回目の奇襲は危うかったが、手の内を伏せていたからこそ通じる策だ。

「奇襲は二度は通じない。となると、そろそろ真打ちの登場か？　残る策は――そうだな、クリーナーを大量に突撃させて自爆させるくらいだろう」

『ご主人様《マスター》、余り無理はしないで…………アリス、心配』

そんなキャラじゃないだろ、君は。

頭を振り脳内に響く小言を振り払うと、僕は前を見た。そろそろ本気を見せてもらおうか。

§　§　§

何かが起こっている。探求者として培った勘がセイルに危険を伝えてくる。

思えば、最初の接敵から何かがおかしかった。事前情報にない行動を取ってきたのだ。

ギルドに蓄積された魔導機械のデータは常に更新されている。一部の魔導機械が自己進化により新たな能力を得ることがあるのは知っているが、それにしたって――普段ならば魔導機械が初見の能力を使ってきたというのは、十分撤退を選択するに値する事象だった。

スイとブリュムに囲まれ、緊張した様子もなく周囲を見回しているフィルを横目で見る。

視線を奪われた。ダンジョン内の異常よりも、依頼人の持つ異常性の方が遥かに強かった。

判断を誤ったのはそのせいだ。

セイル達を呼び出したギルドの職員の機械人形の言葉を思い出す。

『少し変わり者ですが……間違いなく、信頼に値する探求者です。せめて顔を合わせてから依頼を受領するかどうか判断すればいいかと』

ＳＳＳ等級探求者、純人の《魔物使い》。確かに、変わり者だ。少しだけではなく。だが、その青年の魂は確かにこれまで見たどの探求者より磨かれていた。種族由来ではなく、研鑽によって――。

その言葉が、佇まいが、セイル達を揺さぶっている。その魂が、セイル達を惹き付ける。

スイとブリュムの合体魔法をぶつけたにも拘らず、地上は再び魔導機械に埋め尽くされつつあった。

このような光景、これまで見たことがない。最初の違和感とは比べ物にならない異常事態だ。

帰還だ。帰還せねばならない。風の船を旋回させ、一刻も早く外に――。

だが、指示の言葉は結局表に出ずに消えた。代わりに出てきたのは皮肉の交じった問いだ。

「……一流の探求者はよくこういう状況に遭うのか？」

「……遭う？　それは……少し、違うね、首を突っ込んでるんだ」

冗談なのかどうかわからない言葉に、怒りの前に呆気にとられてしまう。いたずら好きで常日頃から困らせられていたトネールとブリュムのコンビでさえその青年と比べれば可愛らしいものだ。

だが、敵ではない。悪人ではない。我が身を顧みずにブリュムとスイを、パーティメンバーを守った。そもそも、彼は護衛対象、セイル達には全力で守る義務がある。それが人のルールで――そして彼は恐らく、セイル達が全力で守らなければあっさり死んでしまうだろうから。

大丈夫。まだ大丈夫だ、制空権はこちらにある。奇襲もわかっていれば、十分対応できる。クリーナーはそこまで強くないのだ。自身に言い聞かせていると、トネールが不安げな声で言う。

「お兄さん、本当に進むつもりなの？」

「この奥には何もない――というか、最奥にいたというボスも討伐済みだ。今回はこの調子じゃ階段は下りられないだろうし、さすがに最奥までは行けないだろうが――」

情報によると、この【黒鉄の墓標】が攻略されたのはもう数十年も前だ。

ダンジョン攻略の定義は大多数の場合、最奥に存在するボスの討伐を意味している。このダンジョンの最奥にいたのはモデル・クリーナーの五倍程の大きさをした巨大なクリーナーで、当時の中堅探求者のパーティが討伐したらしい。中堅で倒せたのだからそれほど強い魔物でもなかったのだろう。

そしてそれ以来、このダンジョンではクリーナーの上位個体は確認されていない。

セイルの言葉の意図を察したのか、フィルは小さく、しかし蠱惑的な笑みを浮かべた。

「ああ、わかっているよ。下りる必要はない、一階の奥まで行って何もなかったら街に戻ろう。情報も持ち帰るべきだし、もう一度来ればいい。次は万端の準備をして――」

どうやらこの無謀な依頼人にもその程度の分別はあるらしい。

ほっと息をついたところで、フィルが続けて言った。迷惑そうなスイの頭を撫でながら――。

「でも、そうはならないはずだ。彼らは僕を生かして帰す気はないよ。手の内を見てしまったしね」

「!? は?」

漆黒の瞳が爛々と輝いていた。二度も死にかけたにも拘らず、その声には疲労はない。傷はポーションで治せても、気力は戻らないはずなのに。

「不意打ちは不意打ちだから有効なんだ。特に入念な準備をするか実力差がない限り、金属潜航からの奇襲は回避できない。あれは――侵入者を確実に殺すための必殺の策だよ。自爆能力もね」

「え!? で、でも、でも、あの自爆、お兄さんしか受けてないじゃん!」

「それはきっと……最悪、僕を殺せればいいと思ったんだろうな。たとえ君達が外に生き延びてその新機能を周囲に広めてしまったとしても――とても、とても光栄な話だ。相手が誰であれ、認められるというのは気分がいい」

この新たな友の依頼は二度と受けまい。会話をしていて感じる違和感は、寒気は、種族の差異による認識の違いなんかではない。改めて決意を固めたところで、ふと後ろから気配を感じ振り返った。

「!? これ……は!?」

「…………」

いつもほとんど表情を変えないスイの顔色からさっと血の気が引く。

風の船が通ってきた方向――出口に向かう道に、白い塔が出来上がっていた。

いや、それは塔ではない。モデルクリーナーが這い回り、積み上がっているのだ。無数の目に、口の中にずらりと並んだ牙。小さな個体が重なっているはずなのにつなぎ目が見えない。

まずい、新たな形態か。あの状態で消化液を放てば、空の船にも届く。

シールドだ。シールドを張らなければ――いや、出口を防がれた!?　まだ塔は一つだが、あんな芸当ができるならば壁も作れるだろう。一体この魔導機械、何体存在して――。

「大丈夫、セイルさん。焦る必要はない。これは歓迎だ、主が出迎えてくれるみたいだ」

その声を合図にするように、闇の奥から振動が聞こえた。気のせいではない。

断続的な振動が広い地下空間に反響しながら、こちらに近づいてくる。

それは、まるで――巨大な何かが這いずり回るような、そんな音だった。

§　§　§

最初から存在を確信していた。

ポーンアントに上位個体が存在するように、クリーナーにも上位個体が存在する。ギルドの知見ではそれはかつてこのダンジョンの最奥に生息していた個体だとされていたが、僕はそうは思わない。

魔導機械は基本的に生殖能力を持たない。何十年も前に上位個体を滅ぼされたはずのクリーナーが絶滅していない以上、何らかの仕組みが、機構が存在していると見るのは当然だろう。

何度も言うが、このダンジョンはダンジョンを装っているがダンジョンではない。ギルドでダンジョンと称されているので忘れそうになるが、本来のダンジョンの常識が当てはまらない。

本来のダンジョンのルールの一つ。ダンジョンは最奥まで探索可能でなくてはならない。罠は作れても、隠し扉は作れても、壁で通路や部屋を隠すことはできない。それが本来のダンジョンのルールで、故に探求者はダンジョンの壁を無為に破壊したりしない（というか、『回廊聖霊』が管理するダンジョンは強固で破壊できない）。

だが、この【黒鉄の墓標】にそのルールは適用されないのだ。

あの金属潜航能力……間違いなく、存在するはずだ。最下層のそのまた地下か、壁の向こうに、クリーナー達を生み出す仕組みが。これまで誰も気づかなかったのはこの地の常識に囚われていたのか、気づいた者は殺されていたか、あるいは――その両方か。

ソレがやってくる。人知れず、誰にも姿を見せず、クリーナー達を支配していた地底の主が。

ずるずると何かを引きずるような物音に怖気が走る。目の前、目を限界まで見開き身体を強張らせているトネールの頭に手を乗せると、トネールはびくりとその身を震わせた。

「!?　な、何するのさ、いきなり!?」

「残念ながら、落ち着かせるスキルはスレイブにしか通じないんだ」

だが、緊張を和らげるのにスキルなどいらない。気圧されていては本来の実力は出せない。僕は後ろを向くと、順番にセイルさんとブリュムとスイの頭を撫でた。どう？　うちの子にならない？

「……何故、平然としてる？」

頭のついでに耳と頬まで撫でられたスイが憮然とした様子で言う。そんなの、決まってる。

ボスの登場。冷たい殺意。不利な戦況。身を焦がすような戦いの予兆。

それらを全て楽しめずして高等級探求者にはなれない。

「慣れ」

相手がアムなら《魔物使い》のスキルをお披露目するところだが、今回はそんな機会はなさそうだ。

今更だが、《魔物使い》のスキルは使い勝手が悪すぎる。だが、緊張くらいは解けたようだ。

『フレー、フレー、ご主人様《マスター》！　フレー、フレー、ご主人様《マスター》！』

一方僕は、脳内に響くアリスの応援に緊張など感じる余地すらなかった。うるさいよ。

地上のクリーナー達が奇怪な鳴き声をあげる。後ろではクリーナーが積み上がり壁を作っている。つなぎ目がないのは――溶かした金属を有効活用しているためだろう。

どうやら『予想通り』彼らは溶かすだけでなく、組み立てる能力も保持しているようだ。

――そして、クリーナー達を押しのけ踏み砕き、ソレは現れた。

ブリュムが、トネールがぎょっとしたように一歩後じさり、セイルさんがうめき声をあげる。スイの喉からほんの僅かに、しかし確かに、悲鳴があがる。

闇の中、ぬらぬらと輝く山のような巨体。天井に達する程の長い首に、身体を支える無数の触手のような脚。余りにも巨大すぎて、体長はわからない。だが、蚯蚓型の王なのは間違いないようで、節のある長い身体は闇の奥まで伸びている。

加えて、その身体にはただのクリーナーには存在しない腕があった。ギルドに残っていた情報では、かつて討伐されたボスには腕がなかったようなので、そこがソレの特別性なのだろう。

その頭頂には無数の生き物のそれに似た目が存在し、ぎょろりとこちらを見据えていた。

なんというグロテスク、なんという独創性――まるで神が生み出した生き物のようではないか！

間違いない、これがボスだ。クリーナー達の王だ。

「……美しい」

「――ッ――ッ」

感嘆の余り出てきた言葉に、王は音にならない音で返した。

びりびりと身体が、空間が震え、頭に割れそうな程の痛みが奔《はし》る。

だが、これは攻撃ではない。これはただの挨拶――宣戦布告だ。

「で……でかッ！　これ、ど、どうするの!?」

「船を旋回――逃げ場は――」

ブリュムが青ざめ、トネールが周囲を見回す。だが、逃げるなんてとんでもない。

僕はこれに会いに来たのだ。

「フィル、危険だ――」

制止するセイルさんの前を抜け、先頭に立つ。クリーナーの王が首を持ち上げ、触手を振り上げる。

そして、僕は片足を船首に乗せ身を乗り出すと、ぎょろりと輝く瞳を見据えて声をあげた。

「歓迎ありがとう。はじめまして、クリーナーの王。僕はフィル・ガーデン。今日は――話し合いにきたんだ」

船の上。壁に、地上に存在する大量のクリーナー達。帰り道はクリーナーが己の身を使って生み出した壁に塞がれ、前は宙に浮いてなお見上げるような巨体の怪物に塞がれている。

絶体絶命の中、異形の怪物は明らかに虫のそれをモデルにしていない目でこちらを見ていた。

魔導機械の知性は見た目に依らない。端的に述べると彼らの言語能力は必要に応じて付与される。

モデルクリーナーには知性のようなものはなかった。人に匹敵する知性を魔導機械に乗せるにはかなりのコストがかかる。そもそもが、余り重要でない魔導機械に付与するものではない。

だが、この眼の前の怪物にはあるはずだ。いや——なくてはならない。

クリーナー達とは異なり、目の前の王は明らかに一品物だ。魔導機械は基本的に、自身を生み出した創造主に絶対服従だが、創造主を理解できる程度の知性を持っていなければ使い勝手が悪すぎる。

反響する僕の言葉に、王は何も言わなかった。ただ、威嚇するように首を大きく動かす。

戦闘において身体の大きさは重要な要素だ。数メートルの巨躯を覆う装甲はこれまで倒した眷属とは比べ物にならないくらいに分厚いだろう。回避する場所のない閉鎖空間で聳えるような巨体はそれだけで大きな強みと言える。このダンジョンの不必要なまでの広さの理由もわかった気がした。

加えて消化液による攻撃まであるとすると——このパーティでは苦戦は免れない、か。

「君が、クリーナー達に命令を出していたんだ。残骸を、爆破したのも君だろう」

遠隔操作。きっとこの王はクリーナーに強い権限を持っている。そうでなければ、知性なきクリーナーを自在に操れるわけがない。そしてもちろん、操れるだけでなく眷属達の目を借りる事もできるのだろう。あの爆発やクリーナー達の奇襲はそうとでも考えなければ説明がつかない。

ギルドが保有している魔物の情報は探求者から持ち込まれた情報と研究の成果から作られている。

魔導機械の場合は《機械魔術師》が死骸の部品を検《あらた》めれば機能を類推できるため、ここまで情報と現物に差があるというのは珍しい。探求者が余りにもクリーナーに興味を持たず長い間死骸を持ち帰らなかったため機能のアップデートに気づかなかったのか、あるいは——。

セイルさん達が後ろでいつでも魔法を使えるように構えを取っている。

見つめ合った時間はほんの五秒程だった。

王が長い両腕を壁につき、体勢を変える。まるで潮が引くように足元のクリーナー達が隅に寄る。

そして、人間じみた嗄《か》れた声がダンジョン内に反響した。

「若造、面白い事を言う。ぬしのような事を言う者は、生まれて、初めてよ」

音の振動で空間が震える。セイルさんが愕然と目を見開く。

「!? 魔物が……喋った…………!?」

……以前アムも驚いていたが、まさかこの地では魔導機械は会話できないのが常識なのか？

魔導機械技術は発達しているのに、リテラシーがなさすぎる。

「小さき者よ、我はクリーナーロード。名は……ワードナー。わざわざ、このように我が縄張りまできたのだ。話を聞くとしよう」

年老いた老人のような声だった。殺意は感じないが、物分かりがいいわけではないだろう。

その声には警戒と余裕が入り交じっていた。

ワードナー。聞き覚えのない名前だが、名付けがされているという事はやはり彼は一品物だ。

クリーナー達が黙って主の命令を待っている。ブリュム達もまた、固唾を呑んで見守っていた。

無機生命種相手の交渉に迂遠な言葉は不要だ。僕は笑みを浮かべると、右手を伸ばして言った。

「僕のスレイブになれ、ワードナー。こんな狭い場所で閉じこもっているのも飽きただろう？ 広い世界を見せてあげるよ」

「!? お兄さん、何言ってるの!?」

マスターとスレイブの関係は職によって様々だ。だが、大抵はマスターが先に死んだ場合、スレイブは解放される。魔導機械のスレイブの場合は、財産扱いで法定相続人に引き継がれる事が多い。

それが野生の魔導機械の場合どうなるのかは知らないが、無機生命種というのはそもそもの存在意義が役に立つことであり、マスターのない状況はその個体にとって死活問題だろう。

僕の言葉に、ワードナーの動きがぴたりと止まる。一瞬音が消え、風が頬を撫でる。

ワードナーの答えは、雷鳴のような笑い声だった。

「ふふふ、はははははははは、面白い事を言う、若造ッ！　まさか、我にこのような感情があったとは――この我に、スレイブになれ、だと!?」

「……答えは？」

「言うまでもない、ＮＯだ」

「残念だな」

感情の篭もったワードナーの言葉に、僕は目を細めた。

間違いない。このワードナーの反応――マスターがまだ存在しているな。

無機生命種のスレイブは他種と異なり、スレイブ側の権限というものがほとんど存在しない。《魔物使い》とスレイブとの関係は大抵、どちらかの意志で契約を解除できるようになっているが、魔導機械は生まれた瞬間から創造主への絶対服従が組み込まれている。そして、魔導機械に結ばれる契約は魔法によるものではないので、以前アリスがやったように《解呪師《ディスペラー》》の術を使っても解除できない。

可能性があるとするのならば《機械魔術師》のスキルくらいだろうか。

心臓がきゅっと痛んだ。だが、どうにもならない。探求者をやっていると、こういう事がよくある。

これ以上の交渉は無意味だろう。唇を舐めて湿らせ、ワードナーに別れを告げる。

「状況が違えば友人にもなれた」

「ああ。残念でならぬよ、フィル・ガーデン。ここでぬしを殺さねばならぬのが、本当に残念だ。ぬしは、間違いなく、誕生以来もっとも愉快な人間であった。それで、話は終わりか？」

両想いなのに引き裂かれるとは何という悲劇だ。

僕が一番愉快な人間だなんて、彼の生涯はずっと灰色だったのだろう。

だが、仕方ない。意識を切り替える。交渉から戦闘へ。

スレイブとしても魅力的だが、材料としても、敵としても彼はとても魅力的だ。

「ワードナー、参考までに、マスターの名を教えてくれるかい？」

「くく…………それもまた下らぬ問いだ」

「君をバラしてギルドに持っていく。さすがに自爆能力はないだろう？　万が一、エラーでも出て自爆したらシステムが回らないもんな？」

想定される攻撃は、重く巨大な身体を利用した体当たり。消化液の射出に、二本の腕による薙ぎ払い。そして――眷属を操作しての一斉攻撃。

僕の宣告にワードナーが答える。その声はこちらを威圧するようで、どこか愉悦が滲んでいた。

「やってみろ、人間！　ぬしにそれほどの力があるのならば――」

――そして、古くより潜むダンジョンの支配者との戦いが始まった。

「なに!?　お兄さん、なにしにきたの!?　それ交渉って言う!?」

「……こんなの、無理」

「逃げ場もないぞ、フィル！」

悲鳴交じりの声が仲間達からあがる。先制攻撃は自軍から始まった。

船の上。会話している間から準備していたのであろう風の刃が、水の弾丸が、矢が、一斉にワードナーの巨体に炸裂する。ワードナーは防御態勢を一切取らず、全ての攻撃を受けた。

基本的に、魔導機械の装甲強度は素材によって異なる。元素魔法系の攻撃に抵抗できる金属というのは割と珍しいので低位の魔導機械は元素魔法に弱い事が多いが、ワードナーはクリーナーを容易く屠った攻撃を受け、身じろぎ一つしなかった。さすがボス級、お金がかかっているらしい。

「……先制攻撃を許して貰って悪いね」

「なに、構わんよ。ところで……攻撃はまだかね？」

僕の言葉に、ワードナーは腕を曲げ、口元に当てて言う。

「ジョークセンスまで搭載しているとは……完璧だな」

「言ってる場合!?　お兄さん、これまずいって!!」

地の利は相手にあり。基本性能は相手が攻撃を無防備に受けても無傷な程度には上で、こちらは消耗もしている。生来の高い能力を活かしきれずに苦戦していたアムの時とは違う。

そして近くにいるのはいつも扱っているスレイブとは種族すら異なるセイルさん達だ。

「やっぱり逃げようよ、お兄さん！」

「逃げられないよ。言っていただろ？　相手はここで僕達を殺さ『ねば』ならないんだ」

そこに彼の意志はない。彼らはとても公平だ。嘘はつかない。

「くく………本当に、賢《さか》しい男だ!!」

四方八方、壁から頭だけ出したクリーナー達が一斉に放ってくる消化液を、トネールが風の障壁で防ぐ。相当強力な風を起こしているのか、トネールの顔が真っ赤になっていた。彼には船の維持の役割もある。完全にキャパシティオーバーだ。魔力回復薬もそこまでストックがあるわけではない。

「むむ……ま、まずいよ。上から来たら、詰む」

「ついでにワードナーの遠距離攻撃はこの比じゃないだろうね」

「むう⁉」

まだワードナーが直接動いていないから耐えられているが、こちらの攻撃が効かないのは致命的だ。壁を潜航し襲ってきたクリーナー達を、トネール以外の三人が魔法で追い払う。ジリ貧だ。

そこで、僕は新たなる友人達に言った。

「セイルさん、本当に危なくなったら――いい方法がある」

「もう非常事態だろ！　何だ？」

「精霊界に帰るんだよ」

「⁉」

元素精霊種には共通の種族スキルとして別世界への移動能力がある。

本来、彼らのメイングラウンドはこの物質世界ではない。彼らは任意で精霊界への扉を開く事ができ、そこに退避する事ができるのだ。それは、僕が彼らを冒険の供に選んだ最後の理由だった。

扉は一方通行で一度戻ったらこちらに来るのに非情に面倒くさいプロセスが必要になるらしいが、少なくともワードナーにはそちらに逃げる元素精霊種を追いかける術はない。

真剣な表情のブリュム達の顔を順番に確認し、早口で言う。

これは本来ならばこのダンジョンに入る前に話すべき内容だった。

「色々聞いているけど、全滅するよりはずっとマシなはずだ。もし敵うのならこちらに戻って来た時にこの事を報告してくれれば――」

「…………ば、馬鹿にするない！」

そこで、トネールが言葉を遮った。涙の滲んだ瞳でこちらを見上げ、戦慄《わなな》くように叫ぶ。

「僕達は護衛だよ!?　護衛対象を放り出して逃げるなんてできるわけないだろ！」

「お兄さん、トネールの言う通りだ。それは、私達に対する侮辱だよ。消滅する覚悟くらいできてる」

「…………もう、こちらに来る方法なんて忘れた。きっと一度帰還したら戻ってこられない」

ブリュムがその意見に同意をし、スイが本気だか冗談だかわからない事を言う。

そして最後に、セイルさんが僕の肩を掴んで言った。

「どうやら意志は皆、同じらしい。フィル、その案は呑めない。他にもっとマシな案を出してくれ」

精霊種はほとんど嘘をつかない。そうでなくても、その表情には真実味があった。

どうやら僕は、生き残っているのが不思議なくらいお人好しなパーティを引いてしまったらしい。

やっぱり、うちの子になる？

消化液の雨が降り注いでいる。これはジャブだ。ワードナーが直接攻撃をしかけてこないのは、すぐに戦闘を終わらせないのは、彼も名残惜しいからだろうか？　だがそろそろ本腰を入れるはずだ。

「…………雷だ」

「え!?」

目を丸くするトネールに続ける。彼らが覚悟を決めたのならば、僕も覚悟を決めよう。

雷は魔導機械の種族的弱点だ。いくら強固な装甲を持っていても彼らが金属製の精密機械な事は変えようがないから、どうしても弱点はできてしまう。

「魔導機械は雷に弱い。機械魔術師の雷系スキルが一番効くけど、自然現象でもどうにかなる。新型の魔導機械なら完全耐性を持っている者もいるけど、彼は随分古い型だ」

竜は年老いた方が強いが、魔導機械は新型の方が強い。

魔導機械技術は日進月歩しているのだ。新たなる合金や部品だって開発される。

型が古く、加えて戦闘型ではない。それが大いなるクリーナーロードに存在する付け入る隙だ。

「相談は終わった、かね《魔物使い》君」

「白き氷霧！」

「むう⁉」

すかさず放たれたブリュムの呪文。白い霧が爆発的に周囲に立ち込め、視界を塞ぐ。がくんと大きな揺れが発生し、船が大きく旋回し、位置を変える。すぐ真下すれすれを、重い音が通り過ぎた。

「はぁ、はぁ……雷、雷ね。もう、先に言ってよね」

トネールが荒く呼吸しながら言う。顔には笑みが浮かんでいるが、額からは冷や汗が流れていた。かなり無理をしているのだ。元素精霊種では風の精霊が雷の属性もまた併せ持つ事が多い。

セイルさんが早口で言う。その表情は憔悴していたが瞳は強い意志に輝いていた。

「悪いな、トネール。私が牽制する。スイは防御を」

「僕は？」

「お兄さんは引っ込んでてよ！」

……はい、引っ込んでおきます。

「ふん…………小癪な事を――」

「踊る幻影《ミラージュ・ミスト》」

「我々に、幻が、通じるかッ！」

轟音と共にこちらを狙い射出された液体が、スイの魔法により目の前で完全に氷結し落下する。

攻防一体の水魔法。もう少しスイが年齢を重ねていればワードナー相手でも戦える逸材になっていたことだろう。元素魔法において、氷は水の上位属性に、雷は風の上位属性にあたる。

一人では使えない術も仲間がカバーする事で行使できる。

これが――群れを率いるワードナーとパーティを組む探求者の違いだ。

一メートル先が見えないほどの濃い霧の中、ばりばりと奇妙な音が交じる。

踊る幻影の目的は霧を凍らせるためか。クリーナーを踏み砕く音と共に、ワードナーが突っ込んでくる。霧の中から現れた巨体に対し、セイルさんとスイが呪文を唱えた。

「受け止める風《ウィンド・クッション》!!」

「水流茨《ウォーター・ソーン》!!」

衝撃が船全体を揺らし、船体が壁に激突する。激しい衝撃を船の縁を掴んで耐える。

風の船は壊れない。そして、トネールが全精力を込め、甲高い声で叫んだ。

「終わりだ！　雷の風《スパーク・クラウド》!!」

「ぐッ!?」

紫電が奔り、一瞬感覚が消えた。恐ろしい音と衝撃と光が世界を吹き飛ばす。

聞こえたワードナーの声には初めて焦りが交じっていた。

これもまた合体魔法の一種と言えるだろうか？　ブリュムとスイが場を整え、トネールが現象を起こす。セイルさんがこちらまで攻撃が伝わらないようにガードする、見事なチームワーク。

攻撃は刹那で終わり、霧が晴れる。

そこに在ったのは――まるで彫像のように立ち尽くすワードナーの巨体だった。目立った傷はないようだが、雷は内部を破壊する魔法だ。床には余波をくらい完全に機能を失ったクリーナーがごろごろと転がっている。退路を断っていたクリーナーの壁も、衝撃で完全に崩れ去っていた。

これが――上限。この威力を自在に一人で出せるようになったら上級探求者だ。

光と衝撃で目を瞬かせていたトネールが掠れた声で言う。

「はぁ、はぁ…………やっ…………た？」

「これで駄目だったら、無理だよ――」

ブリュムが青ざめたままにへらと笑みを浮かべる。スイも膝をついていた。恐らく二人共、もう限界に近いだろう。魔力は有機生命種にとっては精神力だが、精霊種にとっては体力そのものなのだ。

だが、まだ探求《クエスト》は終わっていない。船が保てなくなる前にダンジョンを出なくては――。

と、そんな事を考えたその時、硬直していたワードナーが緩慢に動き出した。

その腕が壁に勢いよくつき、長い首がこちらを向く。

「や、やり、おる…………これが、探求者――油断大敵という、奴か――長い間、本当に長い間――見ていた。ぬしと、戦えた事を、誇りに思う」

「ッ…………足りていなかった、か」

セイルさんがうめき声をあげ、剣を抜く。スイが船の縁を掴み、震えながら立ち上がった。

ワードナーの弱点は雷で間違いなかった。だが、足りていなかった。ダメージは与えたが、ワードナーを止めるには足りていなかった。古い機体とは言え、雷への耐性は完全にゼロではなかったのだろう。雷を直撃させた結果生み出せたのは数秒の硬直だけ――ワードナーにはまだ余裕があった。

衝撃でまだしびれている肉体を叱咤し、セイルさんの横に立つ。

無数の輝く目が僕達を見下ろす。戦意が、殺意が伝わってくる。

その目は先程と違って僕達を明確な敵と認識していた。

「これで、終わりか――《魔物使い》」

最善を尽くした。あらゆる手を使った。

セイルさん達は強い。そしてこれから更に強くなる。時間さえあれば。

いい友達ができた。この地の探求者のレベルもよくわかった。敵の事も知る事ができた。

今回の探求《クエスト》は――大成功だ。

「あぁ――終わりだよ」

「なん……だと？」

僕の声から何か感じ取ったのか、ワードナーの纏っていた空気が変わる。

できれば、この手は使いたくなかった。出し惜しみしていたわけではないが、僕にも計画がある。

だが、万策は尽きた。消耗しているセイルさん達でワードナーに勝てるビジョンが浮かばない。

僕は——負けるのも大好きだが、それ以上に勝つのが大好きなんだ。

奇妙な振動。右の壁から唐突に、幾つもの節を持った鞭のような尾が襲いかかってくる。闇の向こうに消えていたワードナーの尾だ。クリーナーも持っていた、金属潜航能力を使った奇襲か。

攻撃が到達するまでは数秒——僅かな時間だ。だが、命令《オーダー》には十分な時間だった。

「『奴をばらばらにしろ、アリス』」

§　§　§

知れば知る程天井が見えてくる。経験は、知識は人の脚を竦ませる。

まずは自身の弱さを知ることだ。そして、勇気を出して、一歩を刻む。揺るがぬ絶対の意志で。

アリスはそれが、時に狂気と呼ばれる事を知っていた。普通はどれだけ便利でも、あれほどの裏切りを受けて、ナイトウォーカーを再び憑依《ひょうい》させる選択肢など選べない。

そして、アリスは降り立った。呼ばれ、馳せ参じる。その剣《スレイブ》としても、奴隷《スレイブ》としても、恋人《スレイブ》としてもこれ以上の悦びは存在しない。

憑依を利用した転移。物理的な距離など関係ない。空間転移のように無理やりゲートをこじ開け移動しているわけでもない。世界の根底に敷かれたルールを活用したその能力は、適切な対策を取らなければ防ぎようのないものだった。

例えば——アリスの持つ《解呪師》の解呪。闇なる者を浄化する神職系職《クラス》の祈り。あるいは、一部の上級職《クラス》が持つ他者を正常に戻すスキル。

真に近い闇の中、堕ちた魂が浮かび上がる。

生命吸収の通じない魔導機械。相手の縄張り。無数の眷属。弱い主人。守らねばならないパーティ。

そのどれもがハンデにはならない。今の自分はきっと美しい。アリスには確信があった。

突然出現したアリスに、ご主人様の期待に応えられなかった哀れな精霊種達が言葉を失っている。

ご主人様は、彼らにアリスの存在を知らせていなかったのだ。

「スレ……イブ……？」

スイと呼ばれた精霊種が険しい表情でアリスを見る。

唯一驚いていなかったのは、怪物――愚かにもご主人様との敵対を選んだ怪物だけだった。

年老いた男のそれに似た嗄れた声が暗闇に反響し、響き渡る。

「ぬしが……ナイトウォーカー、夜の女王、か。魂貪りそれを転用する悪性の中の悪性――」

それは、褒め言葉だ。悪性とはアリスの力の証明である。怪物の、仲間の、ご主人様の注目に、魂が高揚するのを感じた。ご主人様が自然な動作で後ろに下がり、それに代わり前に立つ。

ぎょろぎょろと動くワードナーの眼がアリスを見下ろしている。アリスは、スカートの端を持ち上げると、丁寧にお辞儀をした。ご主人様の顔を――潰さないように。

「はじめまして、アリス・ナイトウォーカー。ご用命、賜りました」

「知って、おるぞ――魂の吸収とそれを使った生命のストック――ぬしの、力の源泉は。我が眼は、どこにでも、ある。貴様は――少々暴れすぎた」

魔導機械とは思えない感情の篭もった声を、言葉を聞いても動揺はなかった。

能力を看破された程度で生命操作は破れない。

見られている。証明できる。裏切ったあの時は、全力だったが、少しだけ本調子ではなかった。

ご主人様がいなければ、真の力は出せない。

ばらばらにする。命令の通りに。薄い笑みを浮かべ威圧する。それと同時に、すぐ右隣の壁を通り抜け、巨大な尾が横薙ぎに襲いかかってきた。ご主人様の選んだ有象無象達が息を呑む。

力と重さ。魔導機械の強みを十分に生かした一撃に、アリスは目を丸くしてみせた。

「…………攻撃しなくていいの？　先手を譲ってあげたのに」

「な……に……？」

ワードナーの声に初めて動揺が交じる。

そっと添えるように立てた手の平に、ぴたりと尾が止まっていた。

ただの金属の塊。質量による攻撃。霊体種にとって魔導機械は相性が悪いが、それはお互い様。

互いに相性が良くないとなれば、残るは経験と地力の差だ。穴蔵で王を気取っていた人造物など、あらゆる存在に憎まれ、戦いの中で生きてきたアリスからすれば玩具のようなものだ。

引かれる尾を、手を伸ばし捕まえる。残った命を爆発させ、腕力を強化する。足元を空間魔法で固定すれば、後はワードナーとアリスの力勝負になった。

尾の表面に流れた消化液による痛みすら甘美だった。尾を戻せない事に気づいたのか、ワードナーの瞼《まぶた》がぴくりと動く。アリスは頷いた。

「そう——それが、恐怖。私を恐れる者に、私は負けない。だけど、何を恐れているの？　貴方には——魂すらないというのに」

「ぬかせ！　我に、恐怖など、死への恐れなど――なし、夜の女王ッ‼」

ひっそり集めていたのだろうか？　地べたで動かなくなっていた眷属達の下から、新たなクリーナーが無数に飛んでくる。消化液が、触手による攻撃が、執拗にアリスとその周囲を狙っている。

雨のように降りかかる消化液の中、アリスは嘲笑った。

「くすくすくす、私は貴方の恐怖の正体を知っている。貴方の恐れの正体は――存在意義の喪失。これまで地下に篭もり、得た栄光を失う事。ご主人様は――貴方をばらばらにして、地上に持ち帰る」

§　§　§

堕落した魂と神を目指した魔術師の創造物がぶつかり合う。

それは酷く邪悪で悪辣で、地底での探求を締めくくるに相応しい戦いだった。

アリスは絶好調だった。魂が美しく淀んでいる。その静かな、しかし臓腑の底から響くような笑い声に、完全にスイ達が怯えていた。マスターである僕に向ける目つきまで変わっている。

「なな、なんで、攻撃、当たってないの⁉」

船にしがみついたトネールが震えた声をあげる。

飛び交う消化液が、尾が、船に当たる直前で逸れる。大きく跳ねるように突撃してくるクリーナー達も、船に掠ることなく落下する。ワードナーは少しでもこちらを削る作戦に移ったらしく、その攻撃には見境がない。それがアリスの罠とも知らずに――。

魔導機械の力はその性能によるものだ。常に最高性能を自由に出せる彼らは、生まれた時から強力な彼らは、逆に言えばそれ以上の力を出せない。

柄にもなくワードナーは焦っていた。その攻撃は精彩を失っている。

アリスは華奢だ。生命エネルギーの操作によって能力を強化できる彼女は、それさえさせなければただの肉弾戦の苦手な悪性霊体種《レイス》でしかない。

彼女の弱点は継戦能力が吸収した生命エネルギーに大きく左右される点だ。ワードナーはじっくり攻撃するべきだった。かつて僕が——そうしたように。

《空間魔術師》。別次元に干渉する上級魔法。それが彼女の放ったペテンの正体だ。

「当たらん!? 逸れる、だと!?」

「くすくすくす……避けてる？　違う。貴方の手が、滑ってる。私を、ご主人様を、恐れている」

空間干渉。その力はただの物理攻撃を行う戦闘経験の少ない魔導機械にとって、圧倒的だ。

攻撃が逸れるのは空間がねじれているため。消化液が当たらないのは異空間に消し飛ばされているため。初撃を受け止められたのは——空間魔法によって衝撃を全て流したため。

ランドさんとのあの戦いでアリスがその手を使えなかったのは、その術が極めて繊細で、ランドさんの手の内がわからなかったからだ。

それと比較すれば、経験不足のワードナーの攻撃は力こそ強くても単純でとてもわかり易い。

ワードナーの計算では、アリスに勝つには一撃で仕留めるのが最善だった。だから、最高の一撃を奇襲で初撃に放ってしまった。魔導機械の持つ文字通り機械のような精密さで。嵐のような攻撃を受ける事はできなくても、来るとわかっている攻撃ならばどうにでもできる。

僕が彼女をそういう風に育てたのだ。

スレイブ同士相性がなければ育成度合いの勝負になる。僕は最初からアリスが勝つと知っていた。スイ達の攻撃を受けても無傷だった装甲が物理防御を無視する空間魔法の刃で削られていく。身体が大きいというのは的が大きくなるという事。腕の一本が根本から断たれ、ワードナーが慄《おのの》いた。

「ぐぐッ……これが、夜の女王……聞きしにまさる力。荒野を荒らし回っただけの事は、ある」

「くすくす………誰に聞いたの？」

アリスが逃がさないようにその尾を押さえているが、ワードナーは巨躯だ。逃げる事はできなくても自由に動ける。だが、ワードナーの抵抗はそこでぴたりと止まった。

周囲のクリーナー達の突撃も不気味なくらいに停止する。

アリスの表情から笑みが引き、警戒するように僕の前に立つ。暴れまわっても本能に呑み込まれない立派な姿に、僕は今すぐ褒めてあげたくなった。……うちの子になる？　うちの子でした。

ワードナーの朗々とした声がアリスではなく僕に向けられる。

「我の、負けだ。フィル・ガーデン。もはや我にはぬし達を倒す術はない――まさかこの身が初戦で敗北を喫すとは……だが、ああ――不意打ちで殺すには、余りにも惜しかった」

憑依を用いた転移を見せたのはアリスの裏切りが露呈したあの日だけ。きっとワードナーにとってアリスが現れるのは予想外だった。もしも知っていたら彼は奇襲で僕を殺そうとしていたはずだ。

彼は未知に対応できなかった。それも彼の経験値の不足を意味している。

「偉大なる探求者、我の最初で最後の敵――ぬしは我に、言ったな。スレイブになれ、と」

「まだ、有効だけど？！」

「ふっ」

ワードナーが小さく笑う。アリスが不満げに眉を動かし、たおやかな指先で僕の手を取る。

大丈夫だよ、そんなに心配しなくても。彼らは――マスターを裏切らない。

ワードナーが静かに言う。

「虎は死して皮を留め、人は死して名を残す、らしいな。感謝するぞ、フィル・ガーデン」

「!?」

アリスが目を見開く。ワードナーが次に取った行動は、跳躍だった。

――潜航。会話中に準備を整えたのか、体表から分泌した大量の消化液により、ワードナーの上半身が水面に飛び込むかのように天井に埋まる。そして――そのまま落ちてきた。

トネールが慌てて船を後退させる。

身体をうねらせながら進んでくる様は蚯蚓と言うよりは龍のようだった。

「我が名は、ワードナー、クリーナーロードッ！」

頭部に生えた巨大な口。生え揃った牙は船を大きく逸れ空を切ると、そのまま地面を滑り床に転がったクリーナー達を飲み込む。

策に気づいたのか、アリスの顔色が変わる。そして、ワードナーの最後の言葉が響き渡った。

「さらばだ。我が友」

まるで世界を崩壊させるような爆発音がダンジョンに反響した。壁が、床が震え、しばらくしてその巨体が崩れ落ちる。スイが口元を両手で押さえ、目を見開いた。

体内に飲み込んだクリーナーを爆破したのだろう。

自分に証拠隠滅の能力がなく、クリーナーの爆発では体表の装甲を破れないから――。

船から身を大きく乗り出し死骸を観察していたアリスが、唇を噛む。白い肌に血の筋ができた。

「やられたッ…………まさか、あのような手を――」

「…………大丈夫だよ、アリス。彼の部品はその程度では破壊できない」

魔導機械の部品は、《機械魔術師》のスキルを使えば、粉々にでもしない限り復元できる。

数多《あまた》の敵を下してきたが、自死を選ぶ敵は初めてだ。僕が彼の行動を予想しつつも見逃したのはその選択が余りにも悲しく、尊かったからなのかもしれない。これできっと彼は――悔いなく逝けた。

礼のつもりだったのだろうか、彼は床に散らばる残りのクリーナーを爆破しなかった。爆破すれば僕達を――生き埋めにできるかもしれないのに。

恐らく、この楽園の成立当初から生きていたのであろう、偉大なる友にしばしの黙祷を捧げる。

彼は尊厳のために死を選んだ。彼は何も吐かなかった。

だが、彼は余りにも世間知らずだった。何も言わなくても、僕にはわかることがある。

そして、僕は大きく深呼吸をすると、精根尽き果てた顔をしたセイルさんに言った。

「船を下ろして、ワードナーをバラして帰ろう。今回の探求《クエスト》はここまでだ」

主のいなくなった黒鉄の墓標を脱出する。

行きではあれほど現れたクリーナーだが、帰路ではほとんど出なかった。全てのクリーナーを全滅させられたとは思っていないが、上位個体がいなければうまく行動できないと見える。

ダンジョンから飛び出し、風の船はぐんぐん高度をあげていく。モデルタートルに襲われないぎりぎりの高さまで来たところで、ようやく緊張を解いた様子で、トネール達が言った。

「はぁ…………まったく、死ぬかと思ったよ」

「まさかあんな大きな、言葉を話す怪物が出るなんて」

「…………スレイブを呼び寄せる方法があるなら事前に言うべき」

「全員無事だったからいいが、二度と体験したくないな」

どうやら精根尽き果てたようだ。死地での経験はたとえ身体は無傷でも大きく精神を消耗させる。

恨みがましい目つきで見てくるスイ達にアリスがつんとした表情で言った。

「ご主人様《マスター》は私を呼び出すつもりはなかった。貴方達が不甲斐ないせいで呼び出す事になった。私は——貴方達のせいでご主人様が負傷した事を、忘れてはいない」

「……!?」

霊体種は魂で構成された肉体を持つ種族。いわば精神体である彼女達の感情は直接的に相手に伝わる。その眼差しは透明で語気も強くなかったが、声には寒気がするような殺意が込められていた。

トネール達が一瞬身を強張らせる。僕は後ろからアリスの頭を割と強めにがしがし撫でた。

「………ご主人様、酷い」

言葉とは裏腹に、その声から殺意が消える。僕の方からは表情が見えていないが、セイルさん達がぎょっとしたようにアリスの顔を見た。

僕が無茶をするのは昔からの事。そして、憑依による転移は完全にアリスの任意で行われるから、すぐにアリスが転移してこなかったのは彼女自身の選択なのだ。セイルさん達に非はない。

だが、まぁ転移を我慢したのは負担にはなっているはずだ。余裕が出来たらケアはしないと——。

「今回は本当に助かったよ。アリスを呼び出さなかったのは、舐めていたわけじゃない。彼女にはど

うしても手が離せない任務があって――呼び出さずに済んだならそれに越したことはなかった」

まだ少し早いが、セイルさん達の顔を順番に見て、礼を言う。

最後まで戦い抜く事はできなかったものの、彼のパーティは間違いなくいいパーティだった。

「それはよかった。だが、一つ聞きたい。その任務ってのは――フィル、君自身の命よりも重要なものだったのかい？」

「そーそー、私を庇ったのだって――一歩間違えたら死んでたんだよ？　お兄さん、わかってるの？」

ブリュムが肩を竦め、じとっとした目で見る。

身を震わせるアリスを首筋をすりすり撫でて黙らせる。そんな事、聞かれるまでもない。

「そうだよ、ブリュム、僕は確かに弱いけどこれでも探求者なんだ。死ぬ覚悟くらいできてる」

最弱種族である僕にとって、覚悟とは今も昔も、最も強い武器の一つだった。

目と目が合い、数秒でブリュムが降参した。

「……まったく、探求者に大切なのは勇気っていうけど、お兄さんは間違いなくSSS等級だ」

「…………無謀と勇気は違う」

スイが即座に反論する。どうやら彼女も無口だが、なかなか心配性らしい。そして、事ある毎に頭を撫でたかいがあってか、心理的距離もそれなりに縮まったようだ。もちろん、僕ももう（というより、最初からだけど）彼女達を大好きになっていた。魔力はあげられないけど、うちの子になる？

と、そこで唯一まだこちらに一線を引いていそうなセイルさんが話を変えた。

「とにかく、依頼は達成という事でいいのかな？　依頼された最奥までは行けなかったが――」

「もちろんだよ。なんならリピーターになるよ、マイフレンド」

「…………やめてくれ。こんな依頼何度も出されちゃ、命が何個あっても足りない」

笑顔の僕に対してセイルさんは本当に嫌そうだった。今回の展開はお気に召さなかったらしい。

「うっわ。セイルさんのこんな表情見るの初めて」

「お兄さん、少し反省した方がいいよ」

ブリュムとトネールがしかめっ面を作るセイルさんを気の毒そうに見て、僕をつつく。

――そこで、僕は真下の不自然な光景に気づき、船の縁から大きく身を乗り出した。

目を最大まで見開き、地上を凝視する。

「うわ、何あれ!?」

トネール達も目を見開く。遥か真下、荒野を無数の魔導機械が隊列をなして駆けていた。

その数、少なくとも百体以上。高度をあげているので音は聞こえないが、もう少し近づけば地響きが聞こえる事だろう。豆粒のようにしか見えないが――セイルさんが真剣な声で言う。

「モデルアント――あの方角は――【機蟲《きちゅう》の陣容《じんよう》】、モデルアントの巣か！」

「セイルさん、飛行タイプもいる！　近づいては――来ないみたいだけど」

それはまさに、行軍と呼ぶに相応しい光景だった。

モデルアントは確かに群れを成す魔導機械だが、ここまで沢山の個体が隊列を作る習性があるという話はなかった。唯一の例外は――ランドさん達、《明けの戦鎚》がキングアントを討伐した時くらいだろう。クランを率いたその討伐作戦では、キングアントは無数の眷属を率いていたと聞いている。

僕は唇を舐めると、モデルアントの隊列が進む方向を見た。

地平線の端まで続く荒れ果てた大地。視力の低い純人では何も見えないが――。

「次は。あそこか」

「…………お兄さん、もしかしてトラブルがあったら首をつっこまないと気がすまないの？」

「ご主人様、ご命令いただければ……今すぐにでも」

アリスが静かに寄り添ってくる。先程くしゃくしゃにしたその頭を撫で、髪を整える。

ダンジョンを出てすぐに彼女を元の任務に戻さなかったのは、帰路に何かあるかもしれないと考えたからだ。物事には順番がある。まだその時ではない。

§　§　§

白い特殊合金製の壁が、天井から放たれるぼんやりとした光を反射している。広々とした部屋を埋め尽くすように、コンベアやアーム、その他、製造用魔導機械が設置されていた。

部屋には生き物の気配はなく、乱雑に設置された機械類も動いている様子はない。

まるで眠りについているかのように静かな部屋。そこに、不意に無機質な声が響き渡った。

『クリーナーロード、ワードナーの死亡を確認。残存クリーナー数、一万五千。新個体の作成を開始――代替品、クリーナーキング、個体名未定を製造――』

機械類のランプが灯り、それまで止まっていた機械類が静かに動き出す。部品を加工し、運び、組み立てる。誰もいない部屋の中、無数の機械が一斉に動作を始めるその様は酷く不気味だった。

機械類の中でも最も目立つのは、部屋の中央に設置された巨大なガラス筒だ。大きさは二メートル超。無数の透明なパイプが繋がり、四方に設置されたライトからの光は、一定のリズムで液体に満たされたその内部を照らしていた。

ふと透明なパイプに色とりどりの液体——特殊な工程を経て液化した金属が通る。パイプを通り抜けた金属はガラス筒の中で渦巻き、特殊な波長の光を当てられる。

かつて、魔導機械の製造は《機械魔術師》の特権だった。自立する魔導機械の根本である心臓——コアの作成をスキルなしで行うのが不可能だったのだ。

だが、技術は進歩する。魔術師達の欲望に果てはない。

マザー・システム。魔導機械が魔導機械を生む、画期的な機能《スキル》。

低等級のコアを量産し、魔導機械を、材料が続く限り完全自動で製造する事を可能にしたこの機能は魔導機械技術の根本を変えたと言われている。

渦巻く液体が光を受けゆっくりと変形する。魔導機械の心臓であり、頭脳でもある、魔導科学技術の結晶——特殊スキルにより製造された擬似的な魂、魔導コアに。

各機械類が生み出した部品をアームが指示通りに組み立て、魔導コアに接続する。機体が完成するまでにかかった時間は僅か三時間だった。生み出されたのは、一般個体よりも二まわり程大きな、体長四メートル程の蚯蚓型の魔導機械——クリーナーだ。

コアから生み出されたエネルギーがその機体に行き渡り、無数の目がゆっくりと開く。

——それは、この地の神として生み出され、設置された魔導機械だった。

全ての魔導機械はここから生まれ、ここに還る。

世界を滞りなく回すために生み出されたセーフティにして、根幹。

工場が再び、眠りにつくかのように停止する。重たげに出来たばかりの頭をあげ、周囲を見渡していたクリーナーキングが、ふとびくりと身体を震わせる。

そして、やがて納得したように頷くと、のそのそと身体を動かし、ゆっくりと部屋を出ていった。

己があるべき場所――【黒鉄の墓標】に向かうために。

第三章　魔導機械の姫君

目が覚めたのはすっかり日が昇りきった後だった。

朦朧《もうろう》とした意識。重い身体を引きずりベッドから這い出る。

僕は余り目覚めが良くないタイプだ。それでも王都にいた頃はもう少しマシだったのだが、今思うとあれはアシュリーがスキルで僕をこっそり強化していたのだろう。彼女はそういうタイプだった。

無理をしたせいかばきばきに痛む身体を解《ほぐ》しながら、シャワーを浴びて頭をスッキリさせる。

アムをリンに預けた後、僕は宿を変えていた。リンの実家の宿──『小さな歯車亭』は悪い場所ではないが、アムをわざわざリンに預けたのに、同じ場所に住み続けるのは不都合だったからだ。

能力的にも精神的にも成長しているアムだが根っこのところがそう簡単に変わるはずもなく、性格的に考えても近くにいれば間違いなく甘えが出る。僕はスレイブを甘やかすのが大好きだが、時には涙を呑んで突き放すのが必要な事もある。

僕が新たなレイブンシティの拠点として選んだのは、中級探求者向けの物件だった。

スペースは広くないが必要な設備は揃っているし、新聞だって毎日届けてくれる。同じ宿に住んでいるのは安定して稼いでいる探求者ばかりで治安もいいし、何より、追加料金を払えば食事を毎日部屋に届けてくれたり、買い物を代わってやってくれたりするサービスをやっている。料金は高めだが、安全には代えられない。スレイブがいない《魔物使い《テイマー》》はゴミみたいなものだし、アリスをちょこちょこ呼び出していたら調べ物が進まない。できれば短期契約で護衛用の機械人形のスレイブの一体も手に入れたいところだが――――今回は避けておいた方がいいだろう。

欠伸をすると、パンを齧りながらレイブンシティと近辺二都市に流通している新聞に目を通す。

レイブンシティと周辺の二都市は、孤立している。

大都市ができる場所というのはだいたい相場が決まっていて、生息する魔物の等級と密接に関係している。自己増殖する魔導機械が蔓延《はびこ》る荒れ果てた土地に、人が住む理由などない。地図によると最寄りの大都市までは馬車を使って一週間。疲労のない魔導機械を使ってもそう簡単に行き来できない距離だ。そのためか、この三都市は外部からの物資抜きで生き延びられるようにできていた。

大地が死んでいるが故に育たない植物は魔導機械による培養でカバーし、武器も食べ物も新聞も何もかもが街の中で作られている。外から訪れるのは街の噂を聞いた探求者や物好きな旅人くらいで、商人すらほとんどやってこないらしい。外部の情報はギルド主体で魔導機械による通信でやり取りしているようだが、本当によくもまあこんな所に街を作ろうと考えたものだ。

まぁ、もしかしたら――――『逆』の可能性もあるが。

新聞の中身をあらかた頭に入れるが、今日は特に目立った情報などはなかった。ランドさんが言っていた大規模討伐依頼について軽く記事が出ていたくらいだ。

大規模討伐依頼は綿密な調査の上で行われるものだ。彼らは昨日のモデルアントの大行軍を察知できているだろうか？　一応、話くらいはしておいた方がいいかもしれない。

ワードナーとの交戦は非常に有意義だった。会話してわかったこともあるし、ばらした部品は欠片一つ残さずアリスが保管済みだ。後でエティに解析を頼めばさらなる情報も得られるだろう。

しかし……少し疲れたな。魔導機械相手に戦ったことはあっても、魔導機械ばかりいる環境というのは初めてだ。何より、近くにスレイブがいないので気が滅入る。

…………育成したい。もうアムでもいいから、お世話したい…………こう、腕が疼く。僕は探求者である前に《魔物使い》なのだ。スレイブのお世話は趣味であり、仕事であり、本分なのだ。食事を作ってあげたい。髪を結ってあげたいし、似合う装備を選んであげたいし、お化粧だってしてあげたい。そしてもちろん、データも取りたい。

ブリュムもスイもトネールもセイルさんも、皆撫で心地は最高だった。ワードナーのフォルム、あの気味の悪さもセンスの塊だった。今思い出しても胸が高鳴る。だが、ワードナーと契約できなかったという事は、残念ながら……この地の魔導機械は皆、マスター持ちだろうな。

しばらくもそもそと食事を続け、僕は決断した。

よし、少し引きこもろう。ワードナーの死がそのマスターに伝われば何らかのアクションがあるはずだ。まだ大規模討伐依頼開始まで少し時間があるし、時には休息も必要だ。

そうと決まれば、荷物から紙を取り出し、さらさらと手紙を認《したた》める。食べ終えた食器と一緒に外に出すと、部屋のカーテンを閉めた。

「なるほど……で、昨日の今日で私達に手紙を出したってわけ」

「うん、そう」

「お兄さんさぁ、僕達をなんだと思ってるの？　普通、暇だからって呼ぶ？　確かに依頼終わったばかりで休みだったけどさぁ」

笑顔で首肯する僕に、トネールがげんなりした表情で言う。

手紙を頼んで丸一日。やってきたブリュムとトネールは探索時とは異なりラフな格好をしていた。

群霊だけあって二人の背格好が似ているのは言わずもがなだが、どうやら服装も似せているようだ。

好みが似ているのか、何らかの本能なのか。なぜだろう、口元が緩むのが止められない。

彼らはスレイブではないが、足りなかったスレイブ分が補給されるのを感じる。

「もう友達じゃん？　私服もよく似合ってるよ」

「友達って…………依頼人からこう間も空かずに連絡が来るなんて初めてだよ。私達だけ呼ばれた時点でおかしいとは思ってたけど――」

「てか、なんで僕達だけ呼んだのさ。スイとセイルさんは？」

「ああ。もちろん彼らは明日と明後日に呼ぶんだよ。そうすれば三日楽しめるだろ？」

「…………」

どうやら僕の言葉がお気に召さなかったようで、二人が情けない表情で顔を見合わせる。

友人を部屋に呼ぶのに理由などいらないのだ。

トネールがどこか大人びた仕草で額を押さえ、早口で言う。

「僕さぁ、もっとこう、すごい話があると思ってたんだよ。あんな大きな魔物も出てきたしさぁ」

「そうそう。なんでお兄さん、そんな自ら評価を落とすような事するの？　少し見直してたのに」

「評価ってのは、落ちたり上がったりして安定するものだ。一時的な評価なんて気にならないね」

「…………はぁ。まぁ、データ取りたいって言うなら別にいいけどさ…………助けて貰ったし。何すればいいの？」

さすが精霊種、慣れ親しんだ相手には寛容だ。リフレッシュには十分である。

トネールもブリュムも僕にはだいぶ好意的だ。群霊だし、心理的な部分も共通なのかもしれない。

とりあえずサイズを測るためにメジャーを取り出し、ふと思いついて念の為、確認する。

「ちなみに、服脱いでって言ったらＯＫ？」

二人の目が一瞬丸くなる。頬がぴくりとひくつき、ブリュムが冷たい目で聞き返してきた。

「え？　…………………何枚？」

「全部。ダメなら可能な限り」

なんかダメそうだな……正確なデータが取りたい。僕は、正確なデータが取りたいだけなのに。

てか、もしかして機嫌もリンクしてる？　片方の機嫌を損ねたらもう片方もアウト？

「いいわけないでしょ。お兄さん、もしや精霊ならいけると思った？　スイでも断るよ」

「ブリュムじゃなかったら通報されてたよ。僕達を最初に呼んだのは英断だ、さすがＳＳＳ等級だ」

全く尊敬の篭もっていない冷ややかな声。

精霊種は本来純粋で、人の理《ことわり》から外れた存在だ。だが、そんな彼らも人間社会に下ると常識に染まってしまう。それなりに優れた《魔物使い》を自負する僕でも交渉で服を剥ぐのはかなり難しい。

なんとかならないかな……白い目で見てくるトネールに念の為言う。

「ちなみに言うまでもないが、僕はブリュムだけにではなく二人に言ってる」

「!?　男女見境なし!?」

「当然だろ、僕はセイルさんにも言うよ。データが取りたいだけなんだ。データに興味があるだけなんだ！　僕はポリシー上、女性しかスレイブにしないけど、データ取得で区別はしない」

「…………………ダメ」

「……着せ替えとかお化粧とかさせたいんだけど、それは？」

「お兄さん、よくこれまで逮捕されなかったね」

正義の味方を自負する僕が逮捕されるわけがないだろう。大抵の事は交渉でなんとかなるものだ。

…………まぁ、何回かはされかけたけど、僕はこう見えてそっち方面では凄腕である。

「化粧と髪型変えるくらいはいいだろ？《魔物使い》の性で、気になって仕方ないんだ。おかしな事はしないから頼むよ。嫌だったら抵抗してもいいし……」

手を合わせ、頭を下げる。

「……はぁぁ。しょうがないなぁ……お兄さん。特別だよ？」

「…………まぁ、命助けてもらったし」

あの時はこんな事になるとは思っていなかったが、命を助けておいて本当に良かった。

『ご主人様…………最低』

脳内に冷ややかな声が響く。何も言わず思う存分洗わせてくれる動物型スレイブが切実に欲しい。

カーテンの締め切られた部屋。そわそわしている二人を椅子に並べ、その後ろに立つ。

二重群霊《ダブル・リンカー》のデータを取るのは初めてだ。サイズを調べて、触診して、血液検査をして――心が躍る。

全裸にできなかったのが心残りだが、スレイブではないのでまぁ仕方ない。

「なるべく薄着になってくれる？　ノイズが、さ」

「…………全部は脱がないよ」

「後、話もさせてもらう。ボス級が現れた事についてはセイルさんがギルドに報告したけど、色々聞きたいこともあるし……」

全てを話せるわけではないが、彼らは数少ないこの地に染まっていない味方だ。

僕はうきうきしながら二人をその場に立たせると、メジャーのテープを引き出した。

「いいよ、そのポーズ、最高！　図鑑に載せたいくらいだ！」

「…………お兄さん、テンション高いなぁ」

「そこまで喜ばれると、悪い気はしないけどね。載せちゃダメだよ？」

様々なポーズをとってもらいながら、ブリュムとトネールの写真を撮る。上下共に脱いでもらい、既に二人共、薄い下着しかつけていない。肌の大半は隠れているものの肉付きや性別の差もはっきりわかり、とても参考になる。血液検査もさせてくれたし、どうやら彼らはノリがとても良いようだ。

精霊種の肉体は魔核と呼ばれる心臓を元に魔力により形成されている。トネールもブリュムも肌にシミひとつないのは彼らの肉体が人に似て物理的なものとは異なっている証左だった。

優秀な《魔物使い》は研究を怠らない。元素精霊種《エレメンタル》とは契約していないとか関係ないのだ。

写真撮影を終え、とりあえずトネールの柔らかな薄緑の髪に触れる。魔力で編まれた糸のように細い髪は淡く輝いていた。少しだけ気が高ぶっているのだろう、もしも僕が魔力の流れを見る目を持っていたら彼らの肉体の隅々まで識る事ができただろうが、僕はないものねだりなんてしない。

「お兄さんさぁ、あんなに強いスレイブと契約しているのに本当に物好きだよねぇ」

「そーそー、私達にも殺意向けてたし、こんなところ見られたらやばいんじゃないの？」

「そりゃもちろん、さっきから抗議がもの凄いよ」

「!?」

頭の中でギャーギャー響いているが、僕の愛はその程度で弱まったりしない。二重群霊に挟まれるなんてそうそうない機会なんだ、アリス、待て《スティ》！　今度たっぷりグルーミングしてあげるから――。

頭の中に響く猛抗議を意識的に追い出していると、ふとブリュムが不思議そうな顔で言った。

「しかし、どうして私達に依頼なんてしたの？　他にやることがあるとか言っていたけど――あんなに強いんだから、時間を置いてアリスを使って探索すればいいのに」

「ああ。アリスは強いんだけど、致命的な弱点があってね――少し温存したかったんだ」

もちろん、時間の問題もあるし、この地の探求者の実力を見たかったというのもあるし、元素精霊種とお近づきになりたいというのもあったが、彼女はブリュムが考えている程万能ではない。

「へ？　弱点って？」

「ここだと補給ができないんだよ。霊体種ってのは――特に悪性霊体種《レイス》ってのは魂を吸収して己の力にするものだからね」

王国のように有機生命種《ヴィータ》の魔物が大量に生息する場合、彼女の継戦能力は底なしだ。そして、この世界には有機生命種が蔓延る地の方が多いから、普段は問題ない。魂持たぬ者ばかりが生息するこの地はアリスにとって、この世界で最も不利な土地とも言えるだろう。それと比べて、精霊種は安定している。彼らの力の源である自然のエネルギーは膨大で、どこにでもある。【黒鉄《くろがね》の墓標《ぼひょう》】のような人造ダンジョンの中だと多少は弱るが、活動に困る程でもない。まぁ、これは、ただの相性の問題である。アリスが有利な地もあれば精霊種が有利な地もある。今回は後者だった、それだけの事だ。

さて次は何を検査するべきか……検査機材もないし、順番に魔法でも見せて貰おうかなぁ。

随分距離が近くなってきたブリュム達にそう提案しようとしたところで、がたりと音がした。

半裸のブリュムとトネールがびくりと音の方向——扉を見る。

しっかりかけたはずの錠がゆっくりと回り、魔法のようにドアチェーンがスライドして外れる。

魔法のようにというか、間違いなく魔法であった。魔法というのは基本的に威力と精密性に比例して難易度が高くなる。扉を破壊するならばともかく、鍵を開ける事のできる魔法など限られている。

扉が静かに開く。ブリュムとトネールがさっと僕の後ろに隠れる。そこにいたのは——。

「フィル……私に何か言うことがあるのではないですか？」

そこにいたのは、拳を握りしめ、僅かに身を震わせるエティだった。

ぼさぼさの髪。目の下に隈が張り付き、耳が少しだけ赤くなっている。確かに近い内に会いに行くつもりだったが、まさか住所を教えていないのにエティの方から来るとは……タイミングわっる。

僕は大きく深呼吸をすると、後ろに隠れているブリュム達をちらりと確認して言った。

「…………やぁやぁ、ソウルシスター。初めて部屋に来たんだ、歓迎したいところではあるが——今はちょっとタイミングが悪いな。データを取っている最中なんだ」

入れてあげた自慢の紅茶を口に含み一気に飲み込むと、エティが声を震わせて言った。

「ま、まったく、意味深な事を言って全く来ないから何があったのかと思えば——」

部屋にはまるで浮気現場を妻に見られたかのような居たたまれない空気が漂っていた。ブリュムとトネールは既に脱いだ服を着直し、気まずそうにエティを見ている。
確かに、僕は彼女に揺さぶりをかけた。意味深な推理を行い、次に来る時は土産を持ってくると言った。だが、別に浮気したわけではないし部屋の鍵を外から開けて入って来るのはやりすぎだ。

「でも、エティ。実際問題、僕が自分の部屋で何をしようと勝手だ。トネール達は大事な友人だし、別に無理やり半裸に剥いたわけじゃない」

「お、お兄さん、半端ないよ。いつのまにか脱がされてたもん」

「もう、絶対絶対絶対、口車に乗せられたりしないかんね！」

ブリュムが引きつった表情でぎゅっと自分の服を押さえつけ、トネールが甲高い声で抗議する。
そりゃチャンスがあれば服くらい剥ぐさ。データは正確に。僕はプロの《魔物使い》なのだ。

「ほら、正気に戻っちゃった。人の研究を邪魔するなんていくらソウルシスターでも許されないよ。しっかり埋め合わせはしてもらう」

「はぁぁ？　埋め合わせ……？」

「そりゃ、もちろんデータリングの埋め合わせなんだから――有機生命種には余り興味はないんだけど、仕方ない。エティのデータを取らせてもらふ………」

僕は、言葉を言い切る事はできなかった。瞬きする間に頬をつままれ、ぎりぎりと引っ張られる。
鈍い痛み。だが、エティが本気だったら頬が裂けていただろう。

「何を、埋め合わせるって？　フィル、いくら優しい私でも許せる事と許せない事があるのです」

浮かんだ微笑みに、穏やかな声。しかしその目の奥の光はゾッとする程に冷たい。
ふん。裸の一つや二つなんだというのだ。僕なら、研究のためならば余裕で脱ぐのに。

エティはしばらく頬をつねったまま僕の目を見ていたが、やがて手を離すと眉を顰《ひそ》めて言った。

「…………なんで貴方、全く動じないのですか」

「《魔物使い》の研究が理解を得られないのは慣れてる」

「うわぁっ。悪気がないって、たち悪ッ」

謝るのはただだが、僕は謝罪するような事は何もしていない。今謝ったらセクハラしたみたいだ。

「で、用事はなんだって？　というか、なんで来たの？　住所教えてたっけ？」

皮肉ではないが、鍵をこじ開けて入ってくるなどいつものエティの行為とは思えない。

僕の言葉にエティは小さく咳払いをすると、きっとばかりにこちらを睨んで言った。

「それは…………フィル、貴方は私に用事があるのではないですか？」

澄み切った意志の強そうな目。強力な魔術師は得てして瞳に魔性を宿すものだ。

だが、まだまだ甘い。その手の交渉で僕に勝てる者は希少だ。腕を組み、言う。

「ふん。確かに……確かに、用はある。でも、それをどこで知ったんだ？」

演技がバレバレだ。ただその一言で、エティが押し負けたかのように目を逸《そ》らした。

勝敗を分けたのは負い目である。突然外から鍵を開けて部屋に立ち入ってしまった罪悪感に加え、彼女には負い目があった。彼女は睨む事でそれを隠そうとしたが、僕から見れば明らかだ。

彼女の弱点を一つ述べるとするのならばそれは多分、彼女が我を通せる程強くも悪くもない事だろう。これでは戦闘で勝てても舌戦で勝てないが、これを改善するのはアムを鍛えるのとはわけが違う。

改心させるのは簡単だが、性格を悪くするのは割と難しい。というか、そんな事をしてしまえば僕が悪党になってしまう。常に正しく在るというのは栄光を積む上で非常に大切な要素だった。

「そ、そんな事、どうでもいいでしょう……」

「つまりそれは…………口にできないような手段で知ったって事か」

「そ、そんな事は――」

ＳＳ等級探求者とは思えない、煮え切らない態度。目を逸らし、その下ろした右手で手持ち無沙汰に腰の工具をいじっている。

確かに、僕は近くワードナーの死骸の解析をエティに依頼しに行くつもりだった。だからそっちから来てくれる分には好都合なのだが、そうなるとどうやって情報を知ったのかという疑問が発生する。

今のところ情報を知っているのは僕とセイルさん達、そしてセイルさん達が報告をあげたギルドのみ。だが、ギルドから話を聞いてやってきたなら何の負い目もないのでそう言うはずだ。

となると、他の可能性としては――。

目を細め、じろじろ観察する。エティは不躾な視線に困ったような、戸惑ったような表情をした。

最低限の手入れしかされていない髪に、張り付いた隈。表情からして随分疲労が溜まっていそうだ。服装だって乱れている。大規模討伐の助っ人として仕事が多いのだろう。もしかしたらちゃんとご飯を食べていないのかもしれない。にも拘《かか》わらず、このタイミングでここにやってきた。

うん、やはり…………彼女は敵になるようなタイプではない。疑う時間が無駄だ。

目には自信がある。肩の力を抜くと、僕は方向性を変え、にやりと笑みを浮かべた。

「さては君…………いい人だな？」

「…………え？」

明らかに疲弊している中、住所も教えていないのにこんな所にやってくる。情報の入手手段の方もなんとなく予想がつくが、やってきた目的は口封じでなければ一つしかない。

「僕を、心配して来てくれたんだろう？　ありがとう」

「!?　そ、そんな事は――」

極限の中でこそ真の性格が見える。他人のために動ける者に悪い人はいない。

お土産の受け取りはいつでもできるのだから、すぐにやってきた理由は決まっている。

エティが目を白黒させている。ブリュム達は目を丸くしてエティを見ていた。

よし、決めた。白夜《はくや》にも借りがあったが、彼女にも借りがある。

立ち上がると、ぱんぱんと手を払って言った。

「よし、じゃあ少し予定より早いけど、お言葉に甘えてエティの家にお邪魔しようかな。しばらく泊まるから準備もして――ああ、その前に少しギルドに報告を入れたいんだけど、いいよね？」

「泊ま……え!?　そんな予定聞いていないのです！　それにお言葉に甘えてって――」

「お兄さんって誰が相手でもその距離の詰め方なんだね……」

どうやら少し疲れているみたいだし、先輩として、友として、このフィル・ガーデンが大規模討伐依頼のやり方ってのを教えてあげようじゃないか。


「なるほど、順調、ですか……随分報告がなかったようですが……」

「必要がなかったからだ。結果が出るには時間がかかるし、一度に報告しない方がいいこともある」

「わかりました。フィルさんがそういうものだと言うのならば」

ギルドのカウンター。今日も楚々として職員の仕事を全うしている白夜に、諸々の報告を入れる。

白夜は余計な事は言わずに小さく頷いた。機械人形は公平だ。彼らはインプットされた絶対のルールを元に動く。白夜はギルド職員であり、アドバイスはしても探求者の決定を妨げたりはしない。

白夜が僕に出した依頼——塩漬けされたＳＳＳ等級依頼の達成は本来時間がかかる性質のものだ。

そもそも、本来探求者は高等級の討伐依頼に挑む際、長い時間をかけて準備を行うものだ。今回も時間はないながらも、できるだけ慎重に事を進めるつもりだったが、気が変わった。

ワードナー戦で、アリスの能力が露呈しすぎていた。荒野での他の戦いが漏れているのだろう。生命操作も《空間魔術師》の術も、そう簡単に対処できるようなものではないが、分析と対策は魔導機械の十八番だ、余り時間を、情報を与えてはならない。無意味な戦闘は極力減らさねばならない。

「討伐確認にも時間がかかります。早めにご報告いただけると——ところで、他に話があるのでは？」

「白夜もエティも、随分もったいぶった言い方をするね」

僕の言葉に、ロビーで手持ち無沙汰にしているエティを見て、白夜がその端整な眉を顰めた。なまじ美人に作られているのでそういう表情をすると迫力がある。

「今日は別の女性を連れて歩いているのですね。おモテになるようで何よりです」

「皮肉も搭載しているとは、白夜は完璧だ。是非うちの子にもそれを教えてあげて欲しい」

「感情機構はテスラ社製に改良を加えたオリジナルです。残念ながら流出は禁じられています」

なるほど、どうりで人間じみていると思った。恐らく《機械魔術師《メカニック》》によるアップグレードがなされているのだろう。既製品の機械人形を買い取り、改良していくのはポピュラーな手法でもある。

大きく頷く僕に、白夜は小さくため息をつく動作をして、単刀直入に言った。

「セイル・ガードンからの報告の件で副ギルドマスターが話を聞きたいと言っています」

白夜の案内を受け、ギルドのカウンターの中に入る。すれ違う職員達は機械人形ばかりだった。

ただでさえこの街の人口は無機生命種《マキーナ》に寄っているが、ギルド内部ではその率は跳ね上がる。どうやらこの街のギルドでは代々優秀な《機械魔術師》が幹部を務め、街の運営に協力しているらしい。

レイブンシティと近辺二都市のギルドの副ギルドマスターを務める凄腕の《機械魔術師》。

マクネス・ヘンゼルトン。

その名はどこでも聞いた。市長であるバルディさんや、ギルドマスターよりも有名な名前だ。

周辺を強力無比な魔導機械が支配するこの地で街がまだ成立しているのは彼の尽力によるところが大きいと、もっぱらの評判だ。前任者の《機械魔術師》から仕事を引き継ぎ、この街の無機生命種の住人やギルドの機械人形の大半はその青年のお世話になっているらしい。今回ランドさんが行う予定の大規模討伐依頼における、ギルド側の責任者も務めているという。

白夜の話は渡りに船だった。なるべく早く顔を合わせておかねばと思っていたところだ。

応接室に通される。ソファに座りしばらく待っていると、扉が開いた。

入ってきたのは小柄な青年だった。黒を基調とした制服に似た衣装。腰に下げた無数の工具。顔立ちはやや童顔だが目つきは鋭く、左目に取り付けられた片眼鏡《モノクル》が落ち着いた印象をもたせている。年齢は恐らく僕よりも上だが純人《プライマリーヒューマン》換算でも三十にはなっていないだろう。

そして、何よりの特徴として——その頭頂には小さな角が生え、耳が長くやや尖っていた。僅かに開いた唇からはちらりと尖った犬歯も見える。特徴から、その種族はすぐに予想がついた。

エティの属する種族──メカニカル・ピグミーに匹敵する魔導機械の扱いに長けし者。

かつて悪性霊体種の一種とされていた『絡繰を操る悪魔《グレムリン》』。現在確認されている中でただ一種、例外的に魔導機械の扱いを得意とする幻想精霊種《テイル》だ。

幻想精霊種は人々の幻想の中で培われ発生するから、こういう事もある。彼は、魔導機械が世界に広く認知された結果生み出された幻想なのだ。

立ち上がる。マクネスさんは薄い笑みを浮かべた僕の前に立つと、どこか冷ややかな声で言った。

「話は聞いているよ。会えて光栄だ、SSS等級探求者、フィル・ガーデン。私は──マクネス・ヘンゼルトン。副ギルドマスターの任についている」

「こちらこそ、一度お会いしたいと思っていたところです。マクネスさん、貴方の偉大な功績は聞いている。市長のバルディィさんも褒めていたよ」

手を差し出してきたので握手を交わす。白く繊細な指先は人に似て、しかし少しだけ違う。

爪が少しだけ鋭利で、肉付きが薄い。華奢だが、強い力を感じる。

彼は悪魔だ。魔導機械が度々起こしたバグを見て人々が夢想した、悪魔。メカニカル・ピグミー以外で唯一、生来《機械魔術師》の才を持つ種。なるほど、この街の副ギルドマスターとしては適任だ。

マクネスさんがつまらなそうに鼻を鳴らして言う。

「ふん……私は、やるべき事をやっただけだ」

「つまり、これから話す事も副ギルドマスターとしての義務って事か」

「その通りだ。申し訳ないが、恐らく貴方も知っての通り、現在我々は多忙でね。大規模討伐依頼が控えている。そもそも、普段から人員は足りないのだが──あいにくこの地に居着く者は限られていてね。職員から軽く事情を聞いたが、ここ数年、遠方からこの街にやってきたのは君くらいなのだよ。ちなみに、境界線を跨いでやってきた者は前代未聞だ」

愚痴のように続くその言葉の一つ一つから圧を、警戒を感じる。明らかに弱い僕を見て、純人の敵対値増加抑制《ヘイト》を突破し警戒を保てる者。間違いなく、切れ者だ。

どうやらいつものような距離の詰め方をするべきではないようだ。

「友好を深めたいところだが、時間もないようだ。本題に入ろう。【黒鉄の墓標】の件ですね？」

「話が早くて助かる。セイル・ガードンが虚偽報告しているとは思っていないが、何分あそこは随分前に攻略されたダンジョンでね。いや──攻略されたと考えられていた、と言った方が正しいか。まぁ、新たに発見されたボスも討伐済みという話だが──」

マクネスさんの眼差しは、まるで真偽を見定めるかのように真剣だ。

ダンジョンの管理はギルドの仕事の一つだ。攻略済みだったはずのダンジョンが実は未攻略だったというのは、彼らの失態である。大規模討伐前にこのような話がくるのは頭が痛い事だろう。

セイルさんはどこまで報告しただろうか？　ワードナーが人語を解した事は？　クリーナーが予想外の攻撃手法を使ってきた事は？　僕とワードナーの会話の中身までは報告していないだろうが──。

マクネスさんが言葉を選ぶように慎重に言う。

「彼はボスの討伐を証明する物を提出しなかった。これでは攻略報酬は出せないが──」

「ドロップは部品のかけら一つ残さず、全て僕が貰いました。必要ならば提出しましょう、マクネスさんもボスの部品には興味があるのでは？」

相手の言いたいであろう事を先取りして言う。

ギルドと敵対するのは良くない。彼らとの交渉には慣れている。下手に出ろとも言わない。

さっさと話を進めようとする僕に、マクネスさんは一瞬、ごく僅かに息を呑んだ。

「……本当に、話が早くて助かる。そして、実は私が赴任した時には既にボスは討伐済みでね。興味があるのも間違いない。いつ提出できる？　報酬などの手続きは大規模討伐後になりそうだが――」

「すぐにでも、と言いたいところだが、あいにく部品は僕のスレイブが持っている。今は別れて行動しているので、合流した後で良ければ」

「…………わかった、それで構わない。クリーナーの生態研究もやり直す予定だ。クリーナーの新機能が確定すれば君達にも報奨金が支払われる。功績ポイントも金額も、ＳＳＳ等級探求者の稼ぎに比べれば微々たるものだろうがね。もしも問題があれば後日改めて話し合いをしよう。ボスを倒した時の事も、聞きたいしな」

どうやらマクネスさんは効率を重視するタイプのようだ。まだ僕達は腰を下ろしてさえいない。

ギルドのナンバー２としてどうかとは思うが、僕は冗長なやり取りも大好きだが、効率的な話し合いも嫌いではない。と、そこで思い出したようにマクネスさんが席を勧め、自分も腰を下ろす。

「すまないね、気づかなかった。いつもこういうところで、ギルドマスターに叱られる。それで、既に本題は話してしまったが、他に君の方から話はあるかね？　【黒鉄の墓標】を探索していて気づいた事、などでもいいが――」

話、か。少しだけ考え、僕は笑みを浮かべて確認した。

「単刀直入に聞きます。エティ――エトランジュ・セントラルドールを大規模討伐依頼のために呼び出したのは貴方ですか？」

予想外だったのか、冷ややかに固定されていたマクネスさんの表情が初めて崩れる。一瞬目を丸くしたが、すぐに表情を戻すと、先程よりもやや低い声で答えた。

「……そうと言えば、そうだ。彼女は経験豊富で優秀な《機械魔術師》だ。招聘はギルド全体の決定だった。《明《あ》けの戦鎚《せんつい》》は戦力こそ十分だが知識が足りていない、と判断した。フィルさんも知っての通り、大規模討伐は普通の依頼ではない。戦力が足りていないと判断すれば口も出す」

知識が足りていない、か。それは――クイーンアントの存在に気づかなかったり、かな？

だが、そんな事は今更言っても詮なきことだ。

「で……それが何か？」

全く関係ない話を出されたせいか、随分愛想がない。だが、迎合ばかりでは要求は通せない。

僕は肘をつき前傾姿勢を取ると、交渉に入った。じっと目と目を合わせ、呼吸を、仕草を読む。

「エティは随分疲れているようです。彼女は優秀だが、少しばかり頑張りすぎる。このままでは依頼の前に倒れてしまうでしょう。だから、僕が間に入ることにしました。今後は何かあったら僕を通して頂きたい」

「…………それはまた随分いきなりの話だ。彼女は承諾しているのかね？」

「貴方がイエスと言えば承諾する。僕はＳＳＳ等級探求者だし――これでも、大規模討伐依頼にも明るい。僕は友人として彼女の事を考えているのです」

エトランジュには才能がある。何でも一人でやってきたのだろう。できたのだろう。だから、アムとは別の意味で他人を頼ることに慣れていない。僕も昔、彼女のような時があった。僕の時には仲間がいたが、彼女にはいない。友人としてこれは憂慮すべきことだ。

僕の言葉を咀嚼《そしゃく》し、マクネスさんは心底嫌そうな表情を作ると、単刀直入に言う。

「我が強い。随分身勝手な言い方だ。しかも、私が断りづらくしているな。SSS等級というのは存外に弁が立つようだな」

「探求者の事を考えるのも副ギルドマスターの業務の内でしょう」

部外者の僕には理がないが、彼には殊更に僕の案に反対する理がない。

SSS等級探求者の特別性は多少の不合理を吹き飛ばす。否定すれば後でしっぺ返しを受けるからだ。

SSS等級探求者に貸しを作りたい者などいくらでもいるのだから。

マクネスさんはしばらく沈黙していたが、しぶしぶといった様子で頷いた。

「いいだろう。だが…………依頼を受けたのは彼女だ。役割は全うしてもらう」

「もちろんです。公平にいきましょう。魔導機械のようにルールを遵守して——僕とてギルドの邪魔をするつもりはない」

言質は取った。後は仕方のないソウルシスターから承諾を貰うだけだ。

きっと機嫌を損ねるだろう。怒られるかもしれない。だが、その程度どうということはない。

かつて僕も、僕を助けてくれようとしたアシュリーを叱った。

だが、いくら優秀でも、人一人でできることは限られているのだ。

《魔物使い》の技術とは育成の技術だ。その中にはスレイブのコンディションの維持もとい、身の回りの世話も含まれる。僕の場合は最初のスレイブが家事妖精《ブラウニー》だったのでどちらかというとお世話される事の方が多かったのだが（彼らは他人のお世話をしなければ落ち着かないという種族だ）、アシュリーから色々教えてもらったのでその手のスキルには自信があった。

ギルドのロビー。マクネスさんに話したことを事後報告する僕に、エティは人の目がある事を気にせずに叫んだ。

「はぁ？　なんでそんな事になっているのですか！　私はそんな事、頼んでいないのです！」

「まぁまぁ。ソウルシスター、君は随分酷い顔をしているよ。ろくに寝ていないだろ？」

「!?　そ、そんな事…………ないのです」

僕の一言を受け、ただそれだけで、エティの語気が弱くなる。

反応は既に読めていた。彼女は強いから同じ土俵で戦うつもりはない。

「そういうのは自分ではわからないものなんだよ。責任感が強いのはわかるけど、逆に無理をしすぎて迷惑をかける事だってある」

理はこちらにはない。他の探求者の仕事に口を出すなど、余程深い友人でもなければありえない。

だが、エティは唇を結び、顔を伏せた。

思った通りだ。さては君、心配するのには慣れてるけど、される方は慣れていないな？

「す、凄く、おせっかい、なのです！」

「お褒め頂き光栄だ。さっきも言ったけど、今日から君の家に泊まるから」

「……本気、なのですか!?　さっきも言ったけど、了承した記憶はないのですッ！　そもそも、私はお土産を取りに行っただけで――」

「…………お土産はアリスが持ってるんだよ。いつ帰るかわからないし、君、工房でしかできない仕事、あるんだろ？　アリスは僕の場所は察知できるし、エティの屋敷で待っていた方が効率的じゃないか。それに、僕は大規模討伐依頼の経験も豊富だし、力になれると思うよ」

「……ぐぅ。だからって泊まる意味は——魔術師の、工房に、ずかずか足を踏み入れるなんて——」

何か言っているが、自身を騙せない言葉で他人を説得できるわけがない。

職《クラス》の違う純人に機械魔術師の工房なんて理解できないし、知識を活用もできない。本当に嫌ならばそうはっきりと言うはずだ。それがないという事は——理屈がないと動けない人間は大変だな。

「僕に全て任せてくれ。エティのポテンシャルを十分に引き出してみせる。代わりに……そうだな。アリスがいない間、僕の護衛を頼みたい。さぁ、行こう、掃除洗濯料理なんでもやるよ」

「!?　力になれるって……もう！　フィル、貴方、私がこれまで会った中でも一番強引なのです」

そうしないと君、自分の事ないがしろにするだろう？　どんどん憔悴していく友人を無視する事などできない。ましてやこの地では《機械魔術師》が何人も消息を絶っているのだ。

後ろに回り、背中を押す。エティは戸惑いながらも、押されるがままに歩きだした。


魔術師の拠点というのは秘密そのものだ。一流の魔術師というのは独自の研究を怠らないものだし、それが《機械魔術師》ともなればスレイブの研究もある。たとえ相手が気心の知れた仲でも、たとえその屋敷がどれほどわくわくするような場所でも、礼節は弁《わきま》えねばならない。

鍵を開け、僕を屋敷に招き入れたエティは深々とため息をついて言う。

「はぁ………先に言っておきますが、無闇に機材には触らないように」

「ああ、もちろんだ。僕はそういう距離感みたいなものには自信がある」

「…………それって、何かの冗談なのです？」

意図して踏み込むのと意図せずに踏み込むのとは違う。

胡散臭《うさんくさ》いものでも見るような目を向けてくるエティの頭に手を乗せると、屋敷に改めてお邪魔する。

エティの屋敷の中は混沌としていて、しかし生活臭のようなものが希薄だった。部屋に置いてある物も機械魔術師の研究道具や書物がほとんどで、家具も屋敷に備え付けられていた物だろう。私物がまるでない。部屋は内面を反映している。やはり彼女には少し余裕が足りないようだ。

屋敷をキョロキョロと見回し、満を持してエティに尋ねる。

「ところで、そろそろエティのスレイブを紹介してくれないかな？　いるんだろう？　僕を――尾行していた子が。僕と君は友達だ、そろそろ家族を紹介してくれてもいいと思うんだけど……」

「……え!?」

エティが目を見開く。まさかバレていないと思ったのか。

「簡単な消去法だ。僕を尾行でもしなければあの速度で情報は手に入らない。でも、尾行していたのはエティ自身じゃない。アリスの魂を見る目に引っかからなかったね。つまり、君にはスレイブがいる。アリスの目を掻《か》い潜《くぐ》り、情報を入手できる、サポート型のスレイブが」

もう一つの可能性として彼女が敵と通じていても情報は手に入るが、その可能性は既に捨てた。

《機械魔術師》のスキル体系には大別して魔導機械の製造・操作に特化した製造型と、直接的な戦闘能力に秀でる戦闘型の二通りの道が存在する。エティはスキルの威力から考えても後者だろう。

戦闘型の《機械魔術師》が己のスレイブにサポートを求めるのはよくある話だ。

エティは呆然とした表情でまじまじと僕を見ていたが、すぐに頭を掻いて言った。

「まったく……ほんっとうに抜け目がない人なのです。いつもふざけているのに」

「ただの推理だけどね。当たってたかな？」

「…………はぁぁ」

エティは深々とため息をつくと、ぱちりと指を鳴らした。

気配は一切なかった。不意に後ろから無機質な声があがる。

「エトランジュ様、お呼びでしょうか」

「彼が私のスレイブの――ドライなのです。サポートと――家事を担当しているのです」

後ろを向く。そこに立っていたのは――この地にやってきて見た中でも一際奇妙なスレイブだった。

大きさは人間大。見た目は木製の球体関節人形に似ている。質感も木に似せていて、その顔はのっぺりとして目も鼻も口もない。生活空間と同様に、《機械魔術師》のスレイブは術者の心を映している。その声も小夜《さよ》や白夜と異なり明らかな機械音声であり、特殊なテーマがあるように見受けられた。

目を見開く僕の前で、ドライと呼ばれたその機械人形が恭しくお辞儀をした。

「お初にお目にかかります、フィル・ガーデン様。エトランジュ・セントラルドール様のスレイブが一人、ドライと申します。お噂はかねがね」

「……初めまして、フィル・ガーデンだ。お会いできて光栄だ。全く……指はちゃんと動くんだね」

「ふふ……指が動かなければ不便ですから」

差し出された手には木製の指が揃い、関節が存在し、ちゃんと稼働するようになっていた。

挨拶がてら握手を交わす。木製に見えてやはり金属製らしく、その手はひんやりしていた。

見た目と性能が必ずしも合っていないのが魔導機械というものだが、これはなかなか興味深い。

しかも、目も口も鼻もないのに、このドライからは感情のようなものを感じる。

「さて、顔合わせは済んだのです。これで満足ですか？」

エティが一刻も早くこの場を納めたそうに言う。

僕は大きく深呼吸をすると、エティの自慢のスレイブに真剣な声で尋ねた。

「ドライ君、君のマスターに生きた友人はいるのかい？　僕以外に」

「!?　フィル、何を――」

「……いいえ、フィル様。エトランジュ様には貴方以外に人の友人はおられません。貴方が本当に友人ならば、ですが。屋敷を何度も尋ねてきたのも貴方だけです」

「ドライ!!」

エティが慌てたように声をあげる。どうやらドライの行動制約は最低限のようだな。

「つまり……数少ない生きた人間の友達である僕はエティの情操教育にとてもいいわけだ？」

「何を言っているのです!?」

「……もしかしたら、悪いかもしれません」

「!?　!!　!!」

凄い感情表現だなあ。下手をすれば白夜や小夜よりも高性能かもしれない。初めて見る一面だったのか、エティが目を白黒させているが、友の友は友が僕のモットーだ。早速分担を決めるとしよう。

「料理は生きている僕がやる。ドライはそれ以外の家事を頼んだよ。ああ、マスターに触る事もあるだろうけど嫉妬するなよ」

「!?」

僕の言葉に、ドライは僕を見下ろし、間髪を容れずに答えた。

「料理は貴方が、それ以外は私が担当します、フィル様。既に、嫉妬しています」

「面白い子だ…………うちの子になる？」

「なりません」

きびきびした動作で消えるドライを、腕を組んで見送る。エティは完全に置いてけぼりだった。

呆然としているエティの肩をぽんぽんと叩いて慰める。

「なるほど、いいスレイブを持っている。ウィットに富んだジョークも言える彼がいれば確かに人の友人がいなくても寂しくないね」

「よ、余計なお世話、なのです！　なんなのですか、一体！」

図星をつかれたのか、エティが顔を耳まで真っ赤にして叫んだ。


円滑に依頼を進める上で必要なのは、取捨選択する事だ。

大規模討伐依頼には特殊な依頼名がつけられる。今回発行された大規模討伐『灰王《はいおう》の零落《れいらく》』は、ダンジョン【機蟲《きちゅう》の陣容《じんよう》】の最奥に生息しているモデルアントの最上位個体、クイーンアント、アルデバランを対象とした討伐依頼だ。そして、今回依頼の中核となっているのがランドさん率いるクラン、《明けの戦鎚》と、外部から呼び寄せたアドバイザーのエトランジュ・セントラルドールだった。役割としては、《明けの戦鎚》と外部の探求者がメイン戦力を担当し、魔導機械の専門家であるエティが調査・分析とアドバイス、ギルドが全体のサポートという事になるだろうか。

だが、この分担には一つの大きな問題がある。一人しかいないエティに負荷がかかり過ぎるのだ。

エティの作業スペースには書類や、モデルアントの部品が所狭しと積み上がっていた。

目を瞬かせる僕の前で、エティが机の上の資料を示し、隈の張り付いた目で笑みを浮かべる。

「まぁ、分析は得意ですし、少し量はありますが、私にかかれば問題ない量なのです」

「……誰か手伝ってくれるスレイブとか、人とかいないの？」

「はぁぁ……フィルはわかっていないのです。スレイブは量より質なのです。そもそも、頭を使うのはマスターの仕事でしょう？」

エティが深々とため息をつき、呆れたように言う。どうやらいないようだな。

「なるほどなるほど……わかった、わかった」

「よしよし、わかってもらえてよかったのです。偉い偉い」

エティが視線を書類に向けながらも、腕を伸ばし、頭を撫でてくる。それが彼女なりの友好の証だというのならば言う事はないが……この僕を何だと思っているのだろうか？

そこで、僕はぱんと強く手を叩き、ドライを呼んだ。

特に合図を決めたわけではないが、ドライがすかさずやってくる。

どうやら彼はこの大規模依頼における役割を持っていないらしい。

「ドライ――入浴の準備だ。湯船も入れて」

「他人のスレイブを当然のように使って……フィル、まだ昼間なのに、お風呂入るのですか？」

惚けたような事をいうエティの頬を引っ張る。化粧っ気のない頬はもちもちしていて極上だ。

突然の暴挙にぽかんとするエティに宣言する。

「エティ、入るのは、君だ」

「ふぁあ？　はひひってふほへふは、ははひは、はいらはひほへふ」

「ふ……何言ってるのか全然わからないな」

「……わからないですね。かしこまりました」

ドライが人にかなり近い少し気味の悪い動きで消える。機械人形はマスターに絶対服従だ。だから、ある程度自由意志を与えられていても、主の意志に反する事は基本的にしない。思いつかないのだ。

エティが手を振り払い、赤くなった頬を擦る。本来だったら汚れた洗濯物を洗うようにじゃぶじゃぶ洗ってやりたいところだが、どうやらそんな余裕はないようだな。

わかった。僕は、わかったぞ。ソウルシスターが心の底からワーカホリックだという事が。そして僕と違って彼女は何にでも手を抜かないらしい。

頬を押さえるエティの後ろに回り、その手にあった書類を取り上げる。

ダンジョン近辺の環境の図面だろうか？　資料を取り上げられ、エティが小さく息を呑む。

「!?」

「動きが鈍い、動きが鈍いぞ！　反応が遅れている、万全じゃない証だ」

「そ、そんな事ないのです！　か、返すのです！」

そもそも万全だったら僕に書類を取り上げられたり、頬をつねられたりするわけがない。

疲労がたまり反応速度が、判断力が鈍っているのだ。ずっと引きこもっての仕事は肉体的な疲労は大したことないのかもしれないが、精神疲労は馬鹿にならない。

「そんな事あるよ。そんな状態じゃスキルも使えない」

「つ、使えるのです！　『遮断壁《シェルター》』！」

エティがその言葉を証明するように叫ぶと、全てを遮断する半透明の壁が出現する。

こんこんと壁をノックしながら、僕はエティを見下ろして言った。

「使えるって言っても、下級スキル程度自慢げに発動されてもね」

「ッ…………使えるのです！　『機銃招来《ブラックフォース》』！」

拳を握り、ムキになってエティが叫ぶ。周囲の床に輝く幾何学的な転送魔法陣が浮かび上がり、そこから漆黒の砲塔が生えた。数は四。自作の重火器を召喚して攻撃する遠距離攻撃スキルだ。

《機械魔術師》の機銃スキルは術者の実力が反映される。召喚される砲塔の数も威力も術者次第だ。

「たった四つ？　たった四つなの？」

「ッ……この！　そんな事、ないのですぅ！」

魔法陣が地面に、空中に、次から次へと出現し、砲塔を生やす。その数――十以上。仮にこれら機銃が最低の威力しかなかったとしても、これだけ出せるのならば彼女が一流である事に疑いはない。

それらの砲塔は全てこちらに向けられていた。エティが大きく深呼吸をして、僕を見上げる。

目と目が合う。僕は鼻を鳴らして言った。

「目の前、ちかちかしてるでしょ？」

「…………」

「一瞬意識飛んだだろ？」

「飛んでなんて、ないのです」

ふらふらと頭を揺らしながらエティが言う。強がりでもここまで突き通せれば立派だな。

まぁ、どちらにせよしっかり入浴した後にゆっくり眠って貰うけど。

スキル行使で精神力も削れただろうし、湯船につければ意識も落ちるはずだ。魔法陣が放つ光が既に消えかけている。まだ出してから数十秒しか経っていないのだが、限界に近づいている証だ。

ドライが戻ってきた時には、魔法陣と砲塔は消えていた。ぐらぐらしているエティの背中を押す。

「ドライ、君のマスターを風呂に叩き込め。しばらく出すなよ」

「承知しました」

「それが終わったら《明けの戦鎚》のガルドとセーラを呼んできてくれ。僕の使いだと言えばいい」

その間に、僕はエティの前に積み上がった仕事をどうにかすることにしよう。大規模討伐依頼に口を出すのは久々だ。王国では余程のことがない限り呼ばれないようになってしまったから――。

僕からエティを引き取ったドライが冷ややかな声で言う。

「こき使いますね」

「本望では？」

「…………」

ドライは何も答えず、くたりと意識が落ちているエティを横抱きにして連れて行く。

反応は冷たいが、ドライは味方だ。僕がエティの味方をしている限りは僕の命令にも従ってくれる。機械人形とは、そういうものだった。

姿がなくなるまでそちらを見送ると、僕はようやく机に向き直った。

僕には彼女程の専門技術はないが、できる事はある。さっさとやれる事をやってしまおう。

§　§　§

心地の良い微睡み。意識が柔らかく浮上する。エトランジュは自室のベッドの中で目覚めた。

「ん……うぅ…………ここは――」

カーテンの隙間から入る光が眩しい。簡素なベッドの上で薄暗い室内を見回していると、朦朧としていた意識が徐々に覚醒してきた。身体はまだ少し重かったが、頭はすっきりしていた。

ここしばらくあった寝不足の感覚が消えている。しばらくしてエトランジュは我に返った。

「朝!? もう朝!? ドライッ!」

「はい。おはようございます、エトランジュ様」

「なんで、起こしてくれないのですか!」

「フィル様が、起こすなと」

その言葉に、ようやく意識が落ちる前の記憶が一気に蘇ってくる。帰還したはずのフィルが全く報告に訪れず、宿に向かったこと。そして――家に入れてからのやり取り。

完全に判断力が鈍っていた。全て疲労のせいだ。普段ならば相手が友人でも、そう簡単に屋敷に入れたりはしない。ましてや、自分の仕事に立ち入らせるなど――。

エティの意識が消えたのは昼だ。そして、時計を見る限り、現在は朝。十時間以上眠ってしまった。

「貴方は、どちらのスレイブなのですか!」

自分のミスを棚に上げてドライを叱ると、部屋を飛び出す。リビングに向かうと、なんとも言えない、いい香りが漂ってきた。そこで初めて、お腹が空いている事に気づく。

ここしばらくは食事も仕事をしながら摘む程度だったので、この感覚もなんとなく新鮮だ。

どうやらフィル……本当に料理しているようですね。その程度で許す気は毛頭ありませんが――。

気合いを入れ直し、リビングの扉に手をかけたところで手を止める。

そういえば、ドライ以外の誰かが部屋にいるというのは初めての経験だ。

やや緊張しながら扉を押し開ける。鼻孔を擽《くすぐ》る空腹を刺激する香り。この臭いは――と、そこでエティの気配に気づいたのか、キッチンの方からフィルが顔を出した。

「おはよう、エティ」

「おはようなのです、フィル――じゃなかった、貴方、どうして私をこんな朝まで――」

つい挨拶を返しかけ、慌てて文句に切り替えるエトランジュに、フィルは真剣な表情で言った。

「エティ――シャワーを浴びて頭をすっきりさせてくるんだ。ついでに、着替えてきなよ」

「!? そ、そんな時間は――」

「エトランジュ。もう一度言うよ？　身支度を、整えてくるんだ」

「わ、わかったのです」

輝く瞳に、宥《なだ》めるような声。まるで、従うのが当然であるかのようなその仕草に、思わず頷く。

《魔物使い》は、スレイブの育成と使役に特化した職だ。その職に就く者は己の力だけで戦うのが難しい者ばかりらしいが、それ故に彼らは言葉や仕草で強者を従える技術を持つという。アリス戦の最後のおすわりに思わず従ってしまった時は呆然としたが、その声には確かな力があった。

どちらにせよ、身支度を整えなければ話も聞いてもらえそうにない。

急いでシャワーを浴びにいこうとするエトランジュに、フィルが追撃してきた。

「昨日はお湯に浸けただけだったから、すぐに戻らずしっかり身体を洗うんだよ」

「余計なお世話、なのです！　子供じゃないのですよ！」

全く、女性にしっかり身体を洗えなんて、デリカシーの欠片もない。

戻ったらどう文句を言ってやろうか、それだけを考えながら浴室に入る。だが、スポンジを泡立て、時間をかけて念入りに身体を洗い、泡を流した時には腹立たしさも少しは収まっていた。

最近は本当に忙殺されていた。こんなに落ち着いたのは久しぶりだ。その分、溜まっている仕事の事を考えると気が滅入りそうになるが、とりあえずフィルに怒りをぶつけるのは手加減してやろう。

髪を乾かし、梳《と》かしつけてドライの用意してくれた服を着る。鏡を見て特に問題ないことを確認すると、リビングに戻る。テーブルには朝食が並んでいた。

色鮮やかな野菜サラダにスクランブルエッグにパン。それに、大きな器に波々と盛られたクリームシチュー。メニューは複雑ではないが、配膳がしっかりしているせいか、お店で出てきそうだ。

「……朝から、少し重いのです」

十分食べ切れそうだったが、これまでの仕返しを込めて文句をつける。

エティの感想に、フィルはにやりと自信に満ち溢れた笑みを浮かべて言った。

「煮込み料理が得意なんだ。栄養が簡単に取れるし、薬を仕込んでも味の変化に気づかれにくいのが最高にイカしてる」

「…………冗談、なのですよね？」

「好物がわからなかったから、感想を聞かせて欲しい」

答えになっていないのです……。

だが、さすがのフィルも、スレイブでもないエティに薬物を仕込むことはないはずだ。

そう自分に言い聞かせると、資料を確認しながらご飯を食べて少しでも遅れを取り戻そうと、自室に資料を取りに行く。そして——自分の机を見て、目を丸くした。

昨日まで机にうず高く積み上げられていたはずの資料がごっそり——半分以下に減っていた。慌てて机の周囲を確認するが崩れている様子はない。後ろからついてきたドライに確認する。

「ドライ、資料が減っているのです。何か知らないですか？」

「フィル様が処理なさっていました。処理済みのものはこちらに——」

「そんな馬鹿な……いくらなんでも量が量なのです。この短時間で、一人で終わるようなものでは——そもそも、街の外に確認に行かなければならないものもあったはずで——」

ありえない。エトランジュの作業はそう簡単に終わるものばかりではないのだ。資料だけ見て分析すればいいものもあれば、魔導機械の部品を分解せねばわからないものもある。中には問い合わせしなければならないものもあった。いくら優秀でも一朝一夕で終わるわけがない。

ドライが示す箱を確認する。山で言えば三つ程だが、内容を確認するだけで半日はかかるだろう。

混乱しているエトランジュに、ドライがいつも通り無機質な声で予想外の事を言った。

「はい。処理したと言っても、実際に終わらせたわけではありません。フィル様は目を通しただけで——実作業の方は、《明けの戦鎚》を呼び出して、押し付けたのです」

§　§　§

肩を怒らせ機嫌の悪さを全身で表しながら、セーラが道のど真ん中を歩いていく。機械人形も、その他の種族の住民も、皆が目を丸くして道を開けていた。ガルド・ルドナーは深々とため息をつきながら、両手に紙袋を下げ、まるでお付きのように追いかけた。

二人はレイブンシティで最も名の知られたクランの一つ──《明けの戦鎚》のメンバーだった。特に副マスターのガルドは有名だったが、視線を一身に集めているのはそれが理由ではないだろう。

「何なの!? フィルの奴、いきなり呼び出して、仕事を引き取ってくれってッ！ 久々に呼び出して来たから何かと思ったらッ！」

セーラが語気荒く言う。いつも周囲を気遣う彼女のこの姿を仲間が見れば皆目を疑っただろう。

「んな事言ったって、仕方ねえだろ！ うちは確かに人数がいるし、助け合うのが探求者だ」

「だって、ガルド！ 聞いたでしょ、フィルの奴──私だけじゃ説得が簡単過ぎるからガルドも呼んだって言ってたのよ!? どういう意味よ！」

セーラが顔を真っ赤にして言うが、ガルドにはフィルの言葉ももっともなように思えた。

何しろ、セーラは元々素直だし、思い返しても、いつもフィルに言われるがままになっている。

「それは……まぁそもそも、ただの一メンバーのセーラに仕事を受けるか決める権限はねえしな」

「助けてもらった借りは、アリスのあの時に返したはずでしょ!?」

「ふっ……貸し一個って言ってたな。二個でも三個でも作ると。断じて褒めているわけではないが、少なくともなかなかできることじゃない」

探求者は義理を重視するし、貸し借りにも厳しい。大規模クラン相手に一切恐れることなく借りを作るその胆力は高等級探求者でもなかなか持ち得ぬ稀有《けう》な資質といえるだろう。

「まぁ、百歩譲って、やるのはいいとしましょう。なんでフィル本人が来ないのよ！」

「文句を言っても、口では勝てんぞ。あの男はきっと探求者にならなければ詐欺師になってた」

「ッ……もう！　信じられないッ！」

それに、言っている事も間違いなかった。交渉の――いや、協力要請の内容を思い出す。

魔導機械に特化した力を持つエトランジュをくだらない事前準備で消耗させるのは愚の骨頂だ。

だが、言われるまで気づかなかった。請け負った仕事は自分で片付けるのが探求者の基本であり、それが信頼となるのだ。そもそも、ガルド達からはエトランジュが受けた仕事の量が見えない。

フィルから押し付けられた仕事の多くはモデルアントの性能調査に関するものだった。大規模討伐依頼を盤石にするための準備の一環であり、一見《機械魔術師》が必要な案件のように思える。

だが、冷静に考えれば――下級のモデルアントなど、たとえ高度に連携して襲ってきたとしても《明けの戦鎚》の敵ではない。分解してまで詳しく調べる必要などないし、ランドのSS等級昇格のきっかけとなったキングアントの討伐依頼の際もそこまでは行っていなかった。

他にも対象の巣の周りの調査や循環経路の確認など――なるほど、《機械魔術師》が現地に行って調査するのが最善だろう。もしかしたらガルド達では発見できないものを発見できるかもしれない。

だが、それは、最優先ではない。《明けの戦鎚》にも、戦闘を前にした実践訓練やフォーメーションや作戦の構築・確認、依頼に参加する外部の探求者との話し合いなどの役割があるが、一部のメンバーを調査に当てても何ら差し支えはなかった。情報の精度は落ちるだろうが、その分消耗が抑えられた《機械魔術師》はきっと、その代わりを補ってあまりある成果を出す事だろう。

腕を組み、光を身体から振りまきながらセーラが続ける。感情が高ぶった時に出る、善性霊体種《スピリット》特有の現象だ。

「おまけに、この辺りの実力者を教えてくれだなんて――どれだけ厚かましいのよ！　情報も、ただじゃないってのに！」

「私が知っている事ならとか言って、ぺらぺら喋り始めたのはセーラ、お前だろ……お人好しめ」

「…………」

セーラが黙れと言わんばかりにガルドを睨む。ガルドはそれを苦笑いで受けた。

フィルがこの地にやってくる前、自分に自信がなかった頃のセーラは決してガルドにこのような眼差しを向けなかった。いくら口先だけで正論を語っても、実績がなければ誰も受け入れない。探求者は現実主義なのだ。そういう意味で、あの男はここ数ヶ月で十分、信頼を構築したと言える。

あの男ならばセーラ一人を言いくるめて仕事を押し付ける事くらい簡単だし、一度受けてしまえば《明けの戦鎚》側には選択肢すら与えられなかっただろう。だが、彼はそうはしなかった。

領分を弁えているという事だろう。思い返せば最初に出会ったあの祝勝会の時もそうだった。ぎりぎりの場所で留まっているからこそ、フィルは存在感を示しまだこの街での存在を許されている。

そこで、ガルドは笑みを更に、獰猛に見える程に深くする。

「だが、フィルの奴……エトランジュに無断で仕事を振り分けやがった。くくく……それは、領分外だ。SS等級探求者の仕事を、横取りしたのと同じだ。あの魔導機械の姫をどう宥めるつもりだ？」

頼まれたのならば力は貸そう。是非もない。だが、それとはまた別の話として、良いように弄ばれて何も感じないわけでもないのだ。

きっと、突然の呼び出しを受けて帰ってきたガルド達が仕事を押し付けられていたらクランマスターのランドは呆れ果てるだろう。あの男にも少しくらいは痛い目を見てもらわねばならない。

声を殺して笑うガルドを、セーラが目を瞬かせて見る。そして、ガルド達は押し付けられた余りにも重い仕事を持って意気揚々と《明けの戦鎚》の拠点に戻るのだった。

§　§　§

状況にもよるが、激しい感情はそう長く持続しない。中でも激しい怒りは数秒しかもたないと言われている。一部の戦士系の職が持つスキル、『憤怒の力《レイジ・パワー》』などは怒りを爆発させる事で数分間能力を劇的に向上させるが、スキルを使ってもその程度だ。

「フィルッ！　話は聞いたのです！　貴方、私に無断でとんでもない事を――」

「うん、しっかり怒れるくらいに体調は整ったみたいだな。さぁ、エティ。ご飯にしよう」

「!?　はぁぁ？　そんな事どうでもいいのです！　私の話をちゃんと――」

「詳しい話は食事の後にしよう。後、食べながらの仕事は行儀が悪いよ」

「本当に！　ありがたい事に！　昨日と比べて！　仕事がごっそり！　減っていたのです！」

「エティ――深呼吸だ。そんなに怒っていたらせっかく作った朝食の味もわからないだろ？」

「…………あ、後で、たっぷり話を聞かせてもらうのですッ！」

慈しむ事。許容する事。理解する事。僕の得意とする信頼の基盤は、『絶対的な味方』である事だ。

だから、アムは僕に我が儘を言える。だから、アリスのあの裏切りは僕の罪と言えた。

確固たる意志を以《もっ》て、僕は誰も裏切らない。

黙々と食事を行う。エティは時折こちらをちらちら見ていたが、僕は何も言わなかった。

目と目が合う。僕は静かに笑みを浮かべた。エティがさっと視線を逸《そ》らす。

やがて、テーブルに置かれた皿が全て綺麗に空になる。

エティは感想を述べなかったが、表情を見るにお口に合わなかったわけではないだろう。最後にコーヒーを飲み干し、エティがまるで決戦に挑む戦士のような眼差しで僕を見て、唇を開きかけた。

「あ…………っと……えっと……」

どうやら、怒りもいい感じに収まったらしい。想定通りだ。

冷静じゃないと言葉も通じないからな。思わずにやりと笑みを浮かべる。

「しめしめ、随分顔色がよくなったな？」

「!?　……私、ずっと思っていたのですが、そう変な事を言うのは良くない癖なのです……」

「だが、この程度じゃない。この程度では万全じゃない。僕の癒やしのプランがこの程度だと思ってもらったら困る。疲労は一日休んだくらいじゃ取れないからな――」

立ち上がり、後ろでどこか恨みがましそうに僕を見ているドライに言った。

「ドライ、施術を行う。準備を。エティ、話はそこでしよう」

「……………エトランジュ様、こちらへ」

「え？　え？」

エティが混乱している。ドライがここまで忠実に僕の命令に従っているのが不思議なのだろう。

実際には忠実であっても素直ではないのだが――。

ドライが従っているのは、僕が彼にできない事をやってみせたからだ。

スレイブにとっての一番はマスターが健在である事。並の忠誠ではこうも僕の指示にすんなり従う事などできないだろう。エティは本当にスレイブといい関係を築いている。

ドライがエティの手を引き連れて行ったのは、寝室だった。

エティがシャワーを浴びている間に、僕の指示でベッドは片付けられ、準備は整っている。

必要な道具は全てエティが眠っている間に用意してもらった。サイドテーブルの代わりの木箱に置かれたお香。《魔物使い》用のアイテムの入った箱。水差しには薄紫色の液体が入っている。注射器は不安にさせてしまいそうなので、見える場所には置いていない。

今日一日で彼女を万全な状態に戻す。笑みを浮かべる僕に、エティは怯えたような視線を向けた。

「あ、あのぉ………フィル？　これ……何なのです？」

「エティを万全に調整するためのものだ。《魔物使い》の用語でこれを――『パーフェクト・チューン』と呼ぶ。スレイブでもないのに受けられるなんて、エティは本当に幸福だなぁ」

「!?　な、わ、私はもう、万全なのです!?　スキルだって、使え――」

「エトランジュ様、失礼します」

「!?」

何を怖がっているのだろうか？

血相を変えるエティに、さっとドライが回り込み、その手に頑強な手錠を嵌《は》める。

この気配のなさ、素早さ。やはり彼は偵察に使われる機械人形なのだろう。エティがびくりと震え、手錠を見て、次に僕を見た。まるで親しい友人に裏切られたかのような、呆然とした表情だ。

「ほら、無闇に抵抗されると逆に危ないから……対魔術師用の手錠だ。僕は一流の物しか揃えない」

「!?　そ、ソウルブラザー!?　私に、何をするつもり――」

エティが僕に集中している間に、ドライがエティの両足に足かせをつけ、白い首にチョーカーに似た首輪を嵌める。ほら、危ないから。魔法を封じられた魔術師だって場合によっては危険だから。

「やるね、ドライ。教えた通りだ。エティ、このためにタスクを減らしたんだ。しっかりやらないと快く仕事を受け入れてくれた《明けの戦鎚》にも申し訳が立たない」

僕の説得は諦めたのか、エティは、淀みない動きで準備をするドライに悲鳴のような声をあげる。

「ドライ!? 裏切ったのです!?」

「……ご安心ください、エトランジュ様。何か酷い事をされそうになったら私が必ずお守りします」

「!? もう！ されかけてるのです！」

「マスターの指示に愚直に従うのが必ずしも正しいわけじゃない。時にマスターのために忠言を呈する、それが真のスレイブというものだ」

「!? ドライ、貴方こんな言葉に騙されたのですか!? とんでもない詐欺やろうなのです！」

ドライがエティを抱きかかえ、ベッドにうつ伏せに寝かせる。僕はその間に香を焚いた。

なんとも言えない不思議な臭いが室内を満たす。魔導機械は刺激をデータとしてしか認識できないから、こういう施術は僕がやらねばならないのだ。

ドライが手錠と足かせに繋がれた鎖の金具をベッドにくくりつける。これでいくら暴れてもエティがベッドから落ちる事はない。エティは必死に身を捩《よじ》り手錠と足かせを壊そうとしていたが、いくら《機械魔術師》でもスキルなしで特殊合金の手錠と足かせを壊せるわけがない。

「体調が整いエティは幸せ。エティが幸せになるからドライも幸せ。メカニカル・ピグミーで施術を試せて僕も幸せ。これこそが真のＷｉｎＷｉｎだ。いやぁ、最近誰もがっつり調整させてくれなくてさ」

エティの顔が白くなり、青くなり、赤くなり、唾を飛ばして悲鳴をあげる。

「わ、わかりました！　許す、全て許すのです！　れい、冷静に、話し合いましょう、フィル！」

「うんうん、そうだね。せっかくだし、色々話しながら調整するとしよう」

薄手のゴム手袋をしっかりと嵌める。何しろ、相手は同じ有機生命種、スレイブでもないのに素手で触れたらセクハラになってしまうかもしれない。僕はそういうところは特に注意しているのだ。

マスクをしたいところだが、そこまですると相手に恐怖を与えてしまうかもしれないのでやめておく。鼻歌を歌いながら、隠していた荷物からアンプルを取り出し、注射器にセットする。

エティが限界近くまで目を見開く。全く、エティ程の強者が針の一本を恐れるなんて……普段もっと激しい戦いを繰り広げているのに、どうして注射をそこまで恐れるのか、理解に苦しむな。

冷や汗をダラダラ流し、エティが引きつったような歪《いびつ》な笑みを浮かべている。

僕はため息をつくと、エティを怖がらせないよう微笑み、覆いかぶさるように位置を変えた。

仕事の棚卸しはもともとやらねばならなかった事だった。

僕がそれらを《明けの戦鎚》に流したのは、それがエティにもドライにもできない事だったからで、エティに事前に許可を取らなかったのは、許可など貰えるわけもなかったから。

《機械魔術師》はスレイブを自ら製造できる稀有な存在だ。だから、彼らは得てして一人で全てをやりがちだ。振るべきだった。たとえそれらを全て悠々とこなせるだけの能力があったとしても、エティは誰かに頼むべきだった、と僕は思う。アムのように酷い目に遭って来た者でなくとも、自分で全てをできる者にとって、他人を信頼するのは恐ろしい。だからこそ、僕がまず手本を見せた。

「それに、何も考えずにエティから仕事を取り上げたわけじゃないんだ。お土産もそうなんだけど、実はエティにはやってもらいたい事があって――」

「ふーッ！　ふーッ！」

うつ伏せに寝かされたエティが耳まで真っ赤にして荒く息を吐き出す。その目は焦点を失い、既に夢と現実の間がわからなくなっているだろう。精神を休めるための施術の一環である。

ベッドは活性化した新陳代謝により吹き出した汗でぐっしょりと湿っていた。

汗まみれで服が張り付いた状態は良くない。相手がスレイブだったら服を剥ぎ取っていたところだが、今回は仕方なかった。許可を取れる状態でもなかったし、誤解されてしまったら面倒である。

消化不良だが、ポーションの効果測定はできた。今回使用した道具の多くはドライに頼みこの街で買ってきてもらったものだ。使用したポーションもギルドには置いていないもので、こんな有機生命種の数が少ない街でマイナーなポーションを売る店があったとは意外だったが――。

「ポーションが効いたのが不思議かい？　《機械魔術師》には毒物を無効化するパッシブスキルがあるからな……だが、これは実は――毒じゃない。毒と薬は紙一重だ、どの種、どの職を相手に何が毒判定されて何がされないのか覚えるのは、ポーションを扱う者にとって基本だよ」

恒常的に発動しているパッシブスキルは半ば種族特性に近い。任意で切る事ができないから、ポーションを専門に扱う《錬金術師《アルケミスト》》や《薬師》はどの種の持つ抵抗が何を通すのかを、よく知っている。

耐性に限らず、この手の『判定』は奥が深く一つの学問にもなっている。例えば、一部の職が持つ相手の能力を精査するスキル一つとっても、それぞれ精査項目が違ったりするのだ。

せっかくの講釈をエティは全く聞いていなかった。ただ文句でも言うかのように唸り声をあげる。

「うーッ、うーッ！」

「はいはい、わかってるよ」

有機生命種は肉体と精神両方を調整して初めて施術成功と言える。施術は五感全てからアプローチするが、視覚と聴覚は優先度が下がる。どうせ見聞きする余裕などなくなるからだ。無意識の海を揺蕩《たゆた》っている時に言葉で暗示を与えるのはかなり効果的なのだが、今回の趣旨からは外れている。

片手を伸ばし、その汗で湿った髪の下、後頭部に指を差し入れる。全身が鋭敏になっているエティは身を反らすと、びくびくと激しく震えた。涎を垂らしながらエティが息も絶え絶え、声をあげる。

「あっ……あっ……コロスぅッ、そうるぶらざあっ、おぼえてるの、ですッ！」

「おかしいな？　しっかり用量は守って打ってるのに…………まだこんなに意識が残ってる」

これは…………才能かな？

「ッ……うーッ！　うーッ！」

だが、うーうー言えるだけでは意識が喪失しているのと一緒だ。だらんと投げ出された腕を取り、脈拍を測る。近くで僕を見張りがてらデータ測定などのサポートをしていたドライが言った。

「如何でしょうか、フィル様。如何にエトランジュ様のためとは言え、マスターの醜態はこれ以上見るに耐えません」

「これを醜態と捉えるのは良くないな。まぁ、生き物というのは魔導機械程明確じゃないから仕方がないが――大丈夫、心配いらないよ。水分補給もさせてるし、抜かりはない」

少しばかり、疲労が溜まりすぎているのだ。軽く肩や背骨に触れ、マッサージをやった限りでも、彼女がこれまで如何に肉体を酷使してきたのかがわかる。本来ならばもっと専門的な機関で施術するべきだったが、僕の手でもやらないよりはマシだろう。最先端で未認可の手法だって交ざっている。

エティの上に乗り、改めてぐっしょりと湿り身体に張り付いた服の上からその細い背中に指圧を行う。今までぐったりしていたのが嘘のようにその身体がだばだばと跳ねる。

鎖の擦れ合う音。よく見ると、両手両足に取り付けられた手錠と足かせが変色していた。

強力な魔術を操る高等級の魔物でも押さえ込めると評判の道具だったのだが、どうやら許容限界が近いらしい。このままでは魔術発動を阻害する能力は壊れてしまう。そうなれば一巻の終わりだ。

そろそろクールダウンさせた方がいいだろう。コロスだなんて、物騒な事も言ってるし……。

「そう言えば、大半はガルド達に押し付けたけど、まだ残っている仕事もあるんだよな」

「エトランジュ様でなければ行えないもの、ですか」

だが、考えものだ。エティの再起動には少し時間がかかるだろうし……そうだな……。

まだ痙攣《けいれん》しているエティの背中をばしばし叩いて言う。

「自慢じゃないけど、僕は仕事を全部友人に渡して自分の仕事がなくなった事がある」

「それは……本当に自慢じゃないのでは」

《機械魔術師》はどちらかというと戦闘よりも製造に特化している者が多い職だ。エトランジュ・セントラルドールの唯一性は、彼女が戦闘型の《機械魔術師》である点にある。

彼女が絶対に必要なのはダンジョン攻略中だ。それ以外の仕事は別に彼女である必要はない。

《機械魔術師》だ。この仕事をやるのは、《機械魔術師》ならば誰でもいい。エティより練度は低いかもしれないが、魔導機械の分析は基本中の基本スキル、皆が持っているはずだ。

「ドライ、この街にエティ以外の《機械魔術師》は何人いる？」

僕の問いに、ドライがすかさず答える。

「私の知る限りでは、マクネス様。そして、ギルドには他にも魔導機械の研究分析のために何人か《機械魔術師》が所属していたはずです」

「ギルド所属を除けば？」

「存在していたら、わざわざエトランジュ様を呼びつけたりはしません。フィル様、《機械魔術師》はレアな職で、どこの街に住んでも大金を稼げます。このような果ての街に、数人でも《機械魔術師》が存在しているのは、ギルドが招請しているためです」

ごもっともだ。《機械魔術師》にとって魔導機械は非常にやりやすい相手だが、そもそも《機械魔術師》だったら魔導機械など狩らなくても財を築ける。腕を組み考える僕に、ふとドライが言った。

「フィル様。エトランジュ様がこの街にやってきたのは――この地に眠る『禁忌』を知るためです」

「……続けて」

スレイブがマスターの指示なしで情報をくれるなど、なかなかないことだ。

僕もドライから少しは信頼されたという事だろうか？　あるいはそれとも――僕に話してしまうくらい、ドライはエティが心配だったのだろうか。

「そのために、準備をしていたところで、声がかかりました。常々、エトランジュ様は言っておりました、この地は《機械魔術師》にとっても、容易《たやす》い地ではない、と。未確定ですが、私が調査した限りでは――ここ十年で、この地では少なくとも、五人の《機械魔術師》が消息を絶っています」

《機械魔術師》が五人。消息を絶っているとは聞いたが、具体的な人数を聞くのは初めてだ。高等級のダンジョンならばおかしな数ではないが、互いの相性を考慮に入れると話が変わる。そしてそれを知りつつこの地にきたという事はつまり、彼女はとても……勇敢だ。ドライが心配するわけだな。

「んあ」

腕を伸ばし首元を撫でてやると、ぐったりしていたエティが短く返事をする。

体温上昇を確認。これだけ汗をかけば体力消耗も激しいだろう。毒を抜いたら後は整えるだけだ。

完璧ではないが、今の状況では最善を尽くした。ここでこれ以上僕にできる事はない。

もうちょっとその肉体機能と反応を確かめてみたい気持ちをすっぱりと断ち切り立ち上がる。

「ドライ、彼女の世話は任せたよ。できれば意識が戻ったら僕の弁護もしておいてくれ」

「フィル様は？」

「善は急げだ。残りの仕事、ギルドに協力を要請してくる」

僕が間に入るとは伝えていたし、誠意をもって話し合えばまあなんとかなるだろう。他の《機械魔術師》がいるのがギルドだけならばギルドに話を持ち込むしか方法はない。

「私が付き添わなくても大丈夫ですか？」

「心配してくれるの？　問題ないよ。街からは出ないし」

ドライの配慮に、笑みを浮かべる。機械人形って結構素直な子が多いんだよなぁ。

優れた感情機能は徐々に独自の自我を構築しそれが個体差となるのだが、悪い子が余りいないのは、設計思想からして彼らに悪意を焼き付けるつもりがなかったからなのだろう。

「何かあったらエトランジュ様の怒りを受ける相手がいなくなりますので」

「……今のジョークは少し面白かった」

「本気です。私が叱られて貴方が叱られないのは公平ではない」

逆だよ。エティは僕の事は叱ってもドライは叱らないだろう。まだまだ人の心理をわかっていない。

「まったく、最上級――SSS等級探求者が聞いて呆れる。間に入ると言っていたから何をやるかと思えば………しかも、君はアポイントメントというのを知らないのか」

突然の訪問に、マクネスさんの機嫌はだいぶ悪かった。応接室。眉間にしわを寄せ、深々とため息をつく。僕が低等級探求者だったらまず成立しない手法だ、離れ業を使っている自覚はある。

「話は早い方がいいだろ？　マクネスさんも忙しいでしょうし」

「ふん……ならば、話を持ってこないで欲しいものだ。邪魔をするつもりはないとか言っておいて――これは興味本位なんだが、君の故郷の王国の探求者は皆、そうなのか？」

「皆そうだったら取り合って貰えませんよ」

僕だって最初からこうではなかった。才能も種族的強さも何も持たなかった僕だからこそ搦《から》め手《て》を使わねばならなかったのだ。他人と同じ手を使っていたら、才能で負けている僕に勝ち目はない。

「まぁ、確かに、うちにも《機械魔術師》はいる。何しろ、魔導機械の部品の流通から研究、情報のアップデート、機械人形の修理まで全て請け負っているのだからな、平常業務だけでも目が回る程忙しいよ。もっと欲しいくらいだ」

バルディさんはギルドなくしてこの街はないと言っていたが、やはり役割はかなり大きいらしい。

「何人くらいいるんですか？」

「……さぁな。だが、他の二都市と合わせたら、少なくとも十人よりは多いだろう」

マクネスさんが、俺が手渡した押し付ける予定の書類を机に置き、肩を竦《すく》めてみせる。マクネスさんは小柄だが、その仕草は随分と様になっていた。

十人……思ったより少ないな。休みも必要だし、幅広い業務をその人数で捌《さば》くのは至難だろう。

そこで、マクネスさんが表情を真剣なものに戻し、本題に入る。

「ギルドの仕事は探求者のサポートだ。どうしても不可能というのならば検討もするが、一度引き受けた役割を果たせぬというのならば、相応の理由と代償が必要だ。示しがつかない。しかも、全体の三分の一程のようだが——単純に時間がかかる作業を差し戻すならばともかく、これは紛れもなく、《機械魔術師》にしかできない仕事だよ。エトランジュは責任感が強いと聞いていたのだが——」

どうやらマクネスさんは、僕が残りの三分の二を《明けの戦鎚》に渡した事を知らないらしい。

まぁ、正論だ。この場にエティがいないのも問題だろう。本人不在で仕事の交渉など馬鹿げている。

僕はそこで前のめりになると、声を潜めてマクネスさんに言った。

「マクネスさん、ここだけの話なんだが……僕は今回の件、アルデバランの罠だと思っているんだ」

不穏な言葉にマクネスさんの目の色が変わった。周囲を軽く確認すると、視線を合わせてくる。

どうやら興味を引けたようだ。

「…………どういう意味だ？」

「【黒鉄の墓標】での事は聞いただろ？　相手は人語を操る魔導機械だった。彼らには高い知性がある。クリーナーの王にもあるんだから、大規模な縄張りを持つアントの女王にないとは考えづらい。ましてや、モデルアントは低等級個体でも陣形を組むだけの知恵を持っているんだから」

「ふむ…………一理あるな。だが、罠とは？」

知性を感じさせるモノクルが光を反射している。真剣な表情のマクネスさんに、僕の推測を語る。

「彼らが知性を持っているのだとすれば、間違いなく己の天敵を知っている。《機械魔術師》だ。モデルアントの始祖を作ったのは間違いなく《機械魔術師》で、それを分解する術を誰よりも知るのも《機械魔術師》だ。僕が彼らの王ならばまず、《機械魔術師》を消耗させる策を取る。ここらへんの街には魔導機械もありふれているし、斥候を送り込んだりして情報を調べるのは難しくはない」

人語を操る魔物の恐ろしさはそこにある。社会を知り、思考を知り、知恵をつけた魔物ほど厄介なものはない。人間社会では、そういう魔物を一般的な魔物と区別して魔族と呼ぶ事もある。

話を聞いたマクネスさんが眉を顰めて言う。

「モデルアントだぞ？」

「人型の蟻がいないと言い切れますか？」

「…………推測だ。ただの、推測に過ぎん」

マクネスさんが顔を上げ、眉を寄せて腕を組む。僕は出されたお茶を口に含んで答えを待った。

時間が少しずつ過ぎていく。マクネスさんは何も言わず、僕も何も言わない。

だが、その視線は僕の考えを読み取ろうと言わんばかりに鋭い。

そして、たっぷり数分考え、マクネスさんがようやく口を開いた。

「つまり、フィル。君は——こう言っているわけか？　アルデバランは人間社会に斥候を放っていて、この街の情報に厚く、大規模討伐の存在を知り、天敵を知り、罠をしかけてきていると？」

「まぁ、概《おおむ》ねそんな感じですね」

「それで、君の考える罠とはなんだ？」

マクネスさんがこちらを凝視し、問いかけてくる。僕は一片の隙もない真剣な表情で答えた。

「それはもちろん……この大量のタスクですよ。恐ろしい罠だ」

「ッ………！」

マクネスさんが話を断ち切るように、強く机を叩く。

声はまだ荒らげていなかったが、明らかに込められた圧力が違った。

「君は……ふざけているのか？　役割分担はエトランジュと《明けの戦鎚》とギルドで話し合って決めたのだ！　モデルアントの絡む余地はない」

「…………本当に？」

「…………ッ」

唇を噛み、こちらを睨みつけてくるマクネスさん。その気持ちもわかる。

余りにも馬鹿げている。常識的な観点で言うと、確かに僕の言葉は馬鹿げていた。

自分を騙せない言葉で人を説得する事はできないと、僕はエティに言った。

だが、実はそれは少し違う。信念の篭もった言葉は、人に届くのだ。

小さく咳払いをして言う。声に力を込めるのは僕も得意だ。

「マクネスさん、僕はクリーナーロード……ワードナーを見て、聞いて、触れて、知った！」

「彼らは――敵として作られ、敵としてこの地を支配し、敵として人を見ていた」

「彼らは――とても、恐るべき存在だ。どれだけ備えをしても足りはしない。日常業務を少し止めた程度で備えができるなら、するべきだ。絶対に。取り返しがつかなく、なる前に！」

「…………」

マクネスさんが再び沈黙する。が、直感的に届いた事がわかった。もはや理は僕の側にある。

マクネスさんには、断る理由が、大義がない。無能ならばともかく、彼は有能だ。

唇を噛み、凄惨な形相で僕を睨む。二度も無茶を通そうとしているのだ、睨まれる事くらい甘んじて受け入れるべきだ。僕と彼は――味方同士なのだから。少なくとも、今のところは。

マクネスさんは深呼吸をして表情を戻すと、すっと手を差し出してきた。

「…………いいだろう。フィル、今回だけは、君の口車に乗ってやろう。だが、代わりにエトランジュにはその分、戦場で成果を出してもらう」

「ああ、もちろんだ。高等級探求者の責任は果たす……と、多分エティも言うだろう」

固く握手を交わす。マクネスさんの手に強めに力が入っていた事については――何も言うまい。

なにはともあれ、マクネスさんが立ち上がる。目的は達した。エティの持っていた仕事はなくなった。話は終わりと言わんばかりに、マクネスさん。そこで、僕はもう一つ聞かねばならない事を思い出した。

「そう言えば、マクネスさん。この地で消息を絶った《機械魔術師》が何人もいるって聞いたんだけど、何か知ってる？」


ギルドを出る。来る時間が遅めだったせいか、日は既に沈みかけていた。

金属製の道路。一定の間隔で設置された電灯が薄暗闇を剥いでいる。魔導機械が引く馬車が忙しなく幅広の通りを行き来していた。技術の発展度合いが王国と違いすぎて、何度見ても新鮮な光景だ。

僕の問いに対してのマクネスさんの答えは簡潔だった。

『消息を絶っている、か。私の知る限りではそういった話を聞いた記憶はないな。もっとも、我々ギルドが把握できるのは依頼を受けて帰ってこなかった場合だけだ。《機械魔術師》にとってここは楽園だ、依頼を受けず魔物の部品を採取しにいって亡くなった者もいるだろう。我々には、そういう探求者と、ここを出て他の街に向かった者の区別がつかない』

探求者は基本的に自由で、自己責任だ。魔物蔓延る街の外を自由に歩ける者の消息を追うのは並大抵の事ではないから、探求者はどこかで、誰にも知られずに亡くなる事が多い。

大都市ならば街への出入りを審査し、管理しているところもあるが、レイブンシティではそれもない。エティがやったように決め打ちで確認でもしなければ気づかないだろう。

《機械魔術師》は魔導機械に圧倒的優位ではあっても、無敵ではない。知性を持つ個体に罠にかけられれば敗北する事も十分あり得る。たとえば——エティだってそうだ。

あれほど才覚のある彼女でも、やり方次第では純人の僕でもベッドに縛り付ける事ができるのだ。

僕達は野生の動物ではないから、勝負の結果は単純な力だけで決まらない。

道を一人、歩きながら考えをまとめる。ドライは、エティがここに来たのはこの地の禁忌を知るためだと言った。だが、僕から言わせてもらえれば、彼女はアプローチを間違えている。

十年で確認できる範囲で五人消息を絶っているという事は、範囲を広げればもっと大勢行方不明者が出ているはずだ。そして、その中には確実に、禁忌を知るためにやってきた者もいるはずだった。

僕が彼女の立場だったら、依頼をあげて強力な探求者を連れてくる。自分とは種族も職も異なる、高等級の探求者を。一種族、一職の対策をするのは難しくないから、あえてバラけさせるのだ。これは、城やダンジョンなど強固な防衛能力を持つ施設を突破する際の基本である。

それを、準備はしたのだろうが一人で挑もうとは——やはり彼女は少々、自信家なのだろう。

この地で一体何が起こっているのか、正確なところは不明だ。だが、ワードナーとの交戦は僕に少しだけ情報をくれた。正体はわからないが、こういう時は相手の気持ちになって考える。

――僕が、《機械魔術師》を効率的に始末するとしたら――どういう手法を使うか？

と、そこで、僕は一軒の小さな店の前に辿りつき、立ち止まった。

余り目立たない個人商店だ。木でできた小屋のような建物には趣があり、金属素材の先鋭的な建物が多いレイブンシティの中で異彩を放っている。小さな看板には『アマリスの壺』と書かれていた。

アマリスとは伝説的な薬師の名前だ。そこは、僕が指定したポーションを買ってくる際にドライが選んだ店だった。ドライの情報によると、この街で唯一、《薬師》が営んでいる店らしい。

既に閉店時間間近のようだが、遠慮なく扉を開ける。

「いらっしゃいませ。こんな時間にお客さんは珍しい。何か入り用のものが？」

鈴の音がなる。応対してくれたのは、金髪に青い目をしたエルフの男性だった。同じエルフでも、セイルさんよりも背が低く、やや垂れ下がった眼が柔和な印象を与える。

胸につけられた名札には『アレン・カード』と書かれていた。

エルフと一口に言っても、彼らは住み着いた場所で変わった生態や特徴を持つ。《薬師》の職に適性があるのは森を住処とする森エルフだ。彼らは大抵、《魔術師》か《薬師》か《狩人》になる。

店内は狭かったが、綺麗に整頓されていた。壁際に置かれた棚に並べられた壺や半透明の容器からは強い薬草の香りが立ち込めている。

僕もポーションには少しばかり詳しいし、やろうと思えば調合だってできるが、《薬師》には敵わない。彼らのスキルはポーションの効果を劇的に向上・変容させるのだ。だから、高等級探求者の扱うポーションは全て《薬師》が作成したものだし、一流の《薬師》はどの街に行っても歓迎される。

アレンさんは雲一つない空を思わせるとても美しい瞳をしていた。きっとこういう目をした人は心も美しいのだろう、元素精霊種だし。僕はきょろきょろと軽く棚を確認すると、単刀直入に尋ねた。

「初めまして、僕はSSS等級探求者のフィル・ガーデン。昨日、機械人形がポーションを買いに来たと思うんですが、その命令を出した者です。閉店間際に申し訳ない、単刀直入に聞きたいんですけど――《機械魔術師》を効率的に始末できるようなポーションって、この店に置いてますか？」

毒だ。僕が《機械魔術師》を効率的に片付けるとしたら、毒を使う。

最上級魔術師職を正面戦闘で片付けるのは相当難しいし、倒せたとしてもこちらにも被害がある。《機械魔術師》は万能だ。罠を看破するスキルもあるし、スレイブを作れる。防御スキルも攻撃スキルも移動スキルすら揃っている。たとえアリスを使っても、複数人の《機械魔術師》を一人も逃さず始末するのは難しい。本当に効率的に彼らを倒そうとするのならば可能性は極僅かだ。

毒だ。高い状態異常耐性スキルを保有する彼らは毒をそこまで警戒していない。そして、《薬師》の強力な効能強化スキルがあれば彼らに有効な猛毒を作る事も可能なはずだ。

突然の物騒な問いに対しアレンさんは一瞬黙り込んだが、すぐに険しい表情で言った。

「…………何に使うのか知らないが、ないね。この店にはそんな物騒なものは売っていない……というか、毒薬自体、販売していない。この地には毒が効くような魔物はいないからね」

考える素振りがない。淀みない答えだ。僕の勘だが――嘘はついていないな。

そもそも、《薬師》は人格面を特に精査される上に、師弟制を残している。調合するには職を授かっただけでは得られない素材の知識が必須なためだ。まともな《薬師》ならば性根の曲がった者に毒薬の知識を与えない。これは人里離れた森で暮らすエルフでも同様だ。

「使わないよ。これはただの調査です。では、これまでそういうものを作った事は？」

嘘がバレるという純人の性質もこういう時には役に立つ。僕の言葉を信用できると判断したのか、アレンさんは安心したように息を吐き、やや表情を柔らかくして言った。

「一度もないな。毒薬なら………除草薬ならあるよ。強力な奴が。入り用ですか？」

除草薬……除草薬じゃ静脈注射しても《機械魔術師》には効かないな。《機械魔術師》を即死させるならば、強力な幻獣魔獣の素材を元に《薬師》のスキルをフルに使わねばなるまい。

そう、例えば、ヒュドラが体内で生成する悪名高いヒュドラ悪毒とか。この辺にはいないだろう。

「この店で最もよく売れるポーションはなんですか？」

「あいにく、お客さんは少なくてね。大抵はギルドに卸しているポーションで事足りる。昨日フィルさんからの使いが買ったのが最近では一番の大口だった。……ああ、除草薬は割と売れているな」

魔導機械は職を持てない。強力な毒薬を入手するには《薬師》の協力が不可欠だが――。

店内を歩き回り、棚を一つ一つ確認する。種類は多様だが、アレンさんの言う通り、毒薬の類いは置いていないようだ。睡眠薬や麻痺薬はあるが、そんなものでは《機械魔術師》は無力化できない。《機械魔術師》を無力化するには、強力なパッシブスキルが発動する前に即死させる必要がある。

「ちなみに、仮に依頼されたら作れますか？」

アレンさんの表情が一瞬思案げなものに変わり、だがすぐに答える。

「考えた事もないが――恐らく、かなり難しい。素材もないし、《機械魔術師》の耐性スキルはＡクラスだ。私ではそこまでの耐性を貫く薬効を出すことはできない。というか、そんな《薬師》、この辺りの街にはいないと思うよ？」

熟考に値しないレベルで練度が足りていない、か。外部の大都市から運んだ可能性も少し残っているが…………まぁ、無理だな。そこまでするとなると、効率が悪すぎる。

考え込む僕に、アレンさんが目を瞬かせ、真剣な表情で言う。

「何かあったのかい？　ポーションに関係する事なら相談に乗るけど――」

「アレンさん、弟子はいますか？」

「一応いるが、毒薬系についてはまだ教えていない。というか私もそこまで詳しくないんだけど」

やはり無理か。そもそも仮に作れたとして、スキルを使ったポーションには使用期限もある。即効性のある強力な毒薬は長く効果を保てないし、いつ来るかわからない《機械魔術師》をそれで始末し続けるというのは不可能に近い。このアプローチは、ない。

と、その時、ふと店内の片隅に置いてある踏み台に気づいた。

店内を軽く確認するが、踏み台を使って確認するような棚は一つしかない。カウンターの隣にある商品棚だ。平均的な身長の僕で手が届かない棚という事は――。

「踏み台使ってもいい？」

「…………ああ。もちろんだとも」

踏み台を持ち上げ、カウンターの隣に持っていく、その上でつま先立ちして、とりあえず一番上の棚の商品を確認した。

埃はついていない。棚の上に所狭しと並んだ瓶のラベルを一つ一つ確認し、下ろしていく。

「…………もう、閉店なんだけど……」

どこか言いづらそうにアレンさんが言う。構わず商品を一通り下ろすと、棚の奥、まるで隠されているかのようにたった一本だけ変わった瓶のポーションがある事に気づいた。

綺麗に磨かれた、まるで香水のような瓶。蓋は他のポーションと異なり、ハートの形をしている。二組の翼で形作られたハートだ。このポーションは――。

「これは？」

持ち上げ、アレンさんに見せると、アレンさんは複雑な表情をした。

「…………覚えていないな」

「ふん。こんないかがわしい物を置いているなんて…………需要あるの？」

にやりと笑みを浮かべて問いただすと、アレンさんは観念したようにため息をつき、肩を竦める。

「いかがわしいだなんて――モラルはともかく、法には違反していない、ちょっとしたお遊びポーションだよ。まぁ、こんな街で《薬師》の需要と言ったらそのくらいしかない。……よく見つけたね」

「隠された物を見つけるのは得意なんだ。せっかくだから貰おうか。一応、解毒薬もセットで頂戴」

「まいどあり…………まったく…………余り売りたくないから隠していたのに」

ブツブツ文句を言いながら、アレンさんが渡したポーションを紙袋に入れてくれる。

この瓶の蓋の形、見覚えがある。『惚れ薬』だ。といっても、精神に洗脳じみた強力な作用を齎《もたら》すものではなく、一時的に対象を興奮させて気持ちをこちらに向けさせる魔法薬。友人の《薬師》曰く、この手のポーションは探求者の数に依らず、恒常的に売れる数少ないポーションらしい。

「……どうやらフィルさんは知っているようだから詳しい説明は省くけど――この『比翼の血』は割と強力なポーションだ。注意して使うんだよ。説明書は入れておく」

「結構売れてるの？」

「……まぁ、除草薬の次くらいだな。まったく…………私は惚れ薬を作るために《薬師》になったわけじゃないっていうのに」

どうやらアレンさんは納得がいっていないらしい。まぁ、精霊種は感性が人とは違うからな……惚れ薬の類いも人間社会と交わって初めて作られたと聞いたことがあるし。

下ろしたポーションを元に戻し、踏み台を戻し、少し考えて言う。

「そうだ、一応、アレンさん渾身の除草薬も貰おうか。一番人気も試してみよう」

「…………情けはいらないよ。惨めになるだけだ」

いい人だな……友人になれそうだ。

アレンさんはげんなりしたような表情で一度ため息をつくと、包装した紙袋を押し付けてきた。


薬屋を出ると、既に空は暗く、月がくっきり浮かんでいた。道路脇の電灯が点滅している。

もうとっくにエティも正気に戻っているだろう。魔力妨害の腕輪さえなければ、金属製の拘束具など湿ったクッキーみたいなものだ。ドライが怒れるエティに分解されていなければいいのだが――。

静かな道を歩いていく。時間は空けた。体調も調整した。さて、これからどうすべきか？

クイーンアント討伐に力を割くべきか、ワードナーの解析優先か、あるいは禁忌の調査に手を付けるか――この地の状況はとても興味深いが、だらだら時間をかけて調査していくわけにもいかない。

だが、ただの予想だが恐らく僕が取り組んでいる白夜からの依頼と、エティの目的の源は同じだ。

となると、まずはエティの目的である禁忌に焦点を当てて動くべきだろう。僕がいなくなった後、少しでもエティが安全に活動を続けられるように――。

と、そこで僕は顔を上げ、慌てて周囲を見回した。

気づくのが遅れた。いつの間にか、大通りが静まり返っていた。馬車も走っていなければ、人も歩いていない。仄暗《ほのぐら》い電灯の明かりが僕以外誰もいない道を照らしている。

足元から影が伸びていた。周囲を改めて確認するが、どこにも人影はない。

確かに、レイブンシティの人口は故郷の王国とは比べるべくもない。だが、これは――。

ぞくりと、背筋を悪寒が駆け上がる。優れた五感からくるものではない、経験からくる悪い予感。

不意に背後から光を当てられる。月明かりとも街灯とも質の違う白い光に、とっさに振り返る。

音もなく宙に浮いていたのは僕の頭程の大きさの魔導機械だった。しかも、一体じゃない。

漆黒のつややかな羽。白い強い光は、下半身の大部分を占める透明な部品から放たれていた。

いつ現れたのだろうか？　空を舞う無数の魔導機械から、白い光が降り注ぐ。一瞬思考が空白になる。どこか空気が浄化されるような白い光は、神官系職が保有する浄化スキルに酷似していた。

そしてこの形は――。

「蛍《ファイアフライ》……ッ!?　憑依《ひょうい》対策かッ！」

憑依はそこまで強力なスキルではない。知ってさえいれば簡単に解除できるスキルだ。

闇を祓うはずの光が牙と化し、僕の魂に仕込まれていた悪性の魂の欠片を浄化する。

それは、まるで本物の蛍のように美しく、どこか儚かった。

対策と改良は魔導機械の得意分野だ。モデルファイアフライが放っていた光が明滅し消える。

蛍達が命を失ったように地面に落下し、大きな金属音をたてる。そして、一呼吸置く間すらなく、空から蛍の放っていたものとは異なる、暴力的なまでのエネルギーを秘めた光が降ってきた。

§　§　§

まさしくその一日は、エトランジュがこれまで過ごした中でぶっちぎりで最低の一日だった。

エトランジュはこれまで優れた《機械魔術師》になるためだけに生きてきた。そのためならば素材目的のダンジョン攻略も、海千山千の商人との交渉も、徹夜での魔導機械の研究も苦ではなかった。

フィルはエトランジュに友人がいないと言ったが、それは間違いだ。エトランジュには、(最近余り連絡を取っていないが)共に魔導機械の研究に明け暮れた友人が何人もいる。勤勉に《機械魔術師》としての技術を鍛え上げる日々は何の心配も不安もない喜びの日々だったのだ。

ドライが命令を無視してきたのも、手錠や足かせを嵌められたのも、そしてもちろんベッドにうつ伏せに寝かされ得体の知れない注射を打たれたり全身マッサージされたりするのも初めての経験だった。頭が朦朧とし、心臓が自分のものではないかのように激しく鼓動していた。全身からの発汗も、パッシブスキルでいつもスムーズに動く身体が思うがままに動かない心細い感覚も、そしてそれらに翻弄され醜態を晒したのも、一生忘れる事はないだろう。

傷だ。これは、エトランジュの順風満帆な人生についた傷なのだ。そして何より最低なのは——。

魔力阻害効果のある手錠が力を失うと同時にスキルを発動、手錠を破壊する。両手をつき生まれての子鹿のように立ち上がり震えるエトランジュに、ドライが悪びれない様子で言った。

「おはようございます、エトランジュ様。バイタル、メンタル、オールグリーン。リフレッシュできたようで何よりです」

「!?　ううう、嘘なのです！」

「活動能力が前日比で三十二パーセント向上」

思わず頭を押さえる。ありえない。だが、ドライは嘘をつかない。

身体が熱い。全身が心地のよい疲労に包まれている。先程ドライに着替えさせてもらったばかりなのに、寝間着は汗で湿っていた。脳が休息を、眠気を訴えている。だが、身体は施術を受ける前と比べて明らかに軽い。魔力の巡りまで良くなっているようだ。フィルに散々マッサージされたり結ばれたりして弄ばれた髪を掻きむしり、感情を吐き出すように叫ぶ。

「あああああああ、ありえないの、ですッ！　フィル、何をやったのですか！」

「フィル様はギルドに出掛けたまま帰っていません」

ありえない。こんな成果が出てしまっては……あんな辱めを受け、好き放題されたのに、フィルに文句を言えないではないか。何を言っても言いくるめられるに決まっている。

感情に身を任せることができれば楽だったが、当の本人もいないときていた。

「そ、そうだ――フィルを、捕まえて、同じ目に遭わせて、やるのです！」

「エトランジュ様、それは危険です。エトランジュ様にはそういうスキルがありません」

拳を握りしめ叫ぶエトランジュに、ドライが窘《たしな》めるように言う。

確かに、脆弱《ぜいじゃく》な純人相手では少しのミスが致命的になりうる。生体は専門外だ。だ、だけど、捕まえることくらいなら――混乱の中そんな事を考えたその時、窓から強い光が差し込んだ。

とっさに光から目を庇う。屋敷が微かに震えた。異変は一瞬ですぐに窓の外に夜の闇が戻るが、気のせいでも夢でもない。その証拠に、ドライがすかさず報告をあげる。

「高エネルギー反応を確認。炎熱光線系の攻性兵器と推測されます」

「エネルギー反応——夜に、こんな街のど真ん中で⁉」

窓を開け、外を確認する。先程の異変を示すものは何もない。

光も揺れたのも一瞬だった。もしかしたら気づかなかった人もいるかもしれない、くらいには。

夜に活発に動く者は限られる。探求者も好んで夜に外を出歩いたりしないいし、魔導機械も同様だ。

あんな光、見るのは初めてだ。近くで発生したわけでもなさそうだが、あれが魔導機械によるものだとすれば、新種によるものだろう。いつの間にか、手に汗をかいていた。

「…………嫌な予感が、するのです」

「エトランジュ様、夜に出歩く事は推奨されません」

「…………わかっているのです」

正体は不明だが、あれほどのエネルギー反応、ギルドは気づいているはずだ。

この周辺の都市はギルドが街の防衛も担っている。夜が明けた後にギルドを訪ねれば見解を教えて貰えるだろう。大きく深呼吸をすると、窓を閉め、カーテンを閉める。すかさずドライが言った。

「屋敷のセキュリティを強化しておきます」

「はい、任せたのです。それで、フィルは？」

「ギルドに行ってくると、聞いております。その後の事は————ですが、指示は受けています。エトランジュ様をしっかり休ませるように、と」

まったく、ドライは誰のスレイブなのですか……。

毒気を抜かれてしまった。仕事もフィルのせいで急げば間に合うくらいには減っている。

大きく伸びをしてすっかり軽くなった身体をほぐすと、ドライに指示を出す。

「では、私は指示通り休むのです。フィルが戻ってきたら扉を開けて、私を起こすのです、ドライ」

「かしこまりました」

着替えをし、ドライがクリーニングしたベッドに潜り込むと、すぐに強い眠気が襲ってくる。

意識が暗闇に落ちる。結局、夜の間、エトランジュがドライに起こされる事はなかった。


「これは……一体――」

レイブンシティ屈指の広い通り。そこに、昼間から探求者や街の人々が集まっていた。

金属製の幅広の道路のど真ん中に、底が見えない程深い穴が穿たれていた。

縁はどろどろに融解し再び固まった跡があり、油断して足を滑らせれば真っ逆さまだろう。

レイブンシティの道路は極めて頑丈だ。魔導機械の部品を流用して生み出された合金は熱にも強く、重い魔導機械が走ってもほとんど傷も付かない。異様な光景にざわめく人々の間を抜けて、ようやくエトランジュは穴の近くにたどり着いた。

「…………これが……昨日のあれの原因、ですか」

にわかに信じがたい話だった。特殊合金をここまで深く穿つには莫大なエネルギーが必要だ。この地には強力な魔導機械が何種も存在するが、これをやったのが魔物ならば間違いなくダンジョンボスクラスだろう。近くに跪き、溶けた縁に触っていると、後ろからついてきたドライが言う。

「エトランジュ様、余波で街路樹がへし折れています。街路灯は無事のようですが……」

「樹の数本で済んだのは……僥倖《ぎょうこう》、なのです。この街の地下にはエネルギー管も走っているはずですから……それが破壊されたらもっと大きな被害になっていました」

一撃だ。この跡は――たった一撃の強力な『何か』で穿たれたものだ。

考え込んでいると、ギルドの職員を伴ったマクネスがやってきた。職員達がてきぱきと観測用の機材を組み立て、見物人を退避させる。マクネスはエトランジュを見つけると、眉を顰めて言った。

「エトランジュ……君も来ていたのか」

「ギルドに先に行ったのですが、大忙しだったようなので」

「ふん。大通りのど真ん中にこう穴を空けられては、な。まさかS等級相当の攻撃にも耐える強度を持つ特殊合金に大穴が空くとは――問題はそこではないが」

「原因はわかっているのですか？」

《機械魔術師》、マクネス・ヘンゼルトン。攻撃に特化したエトランジュとは別で、製造面に寄った術者だが、噂が本当ならば間違いなく一流だ。長くこの街にいる稀有な術者でもある。

この街でもトップクラスに有名な副ギルドマスターの姿に、住民達がざわめいている。

エトランジュの問いに対し、マクネスは何も言わなかった。

額にしわが寄っている。そこで、聞こうと思っていた事を思い出す。

「そう言えば、フィルがギルドに行きませんでしたか？　昨日から帰ってこないのですが――」

突然やって来たかと思ったら、突然いなくなる。困った人だ。

ここまで大きな騒ぎなのだ、性格的に来ていてもおかしくないと思っていたが――。

人混みを確認するエトランジュに、マクネスは大きく息を吸うと、押し殺すような声で言った。

「エトランジュ、彼は――死んだ」

「…………は？」

一瞬、聞き間違いかと思った。続いて冗談だと思った。

意味がわからなかった。ドライをたぶらかしエトランジュを拘束したあの男が死ぬわけがない。そもそも、街の外に出たわけでもないのだ。ギルドに向かうと一人出ていっただけで――。

混乱の余り固まるエトランジュに、マクネスが冷徹にすら感じられる抑揚のない声で続ける。

「エトランジュ、君も気づいているだろうが――このレイブンシティの街路灯には何かあった時のために監視カメラが仕込まれている。私も信じられないが――この大穴は、彼が襲撃を受けた跡だ」

「え？　……え？」

聞こえてはいるが、理解ができない。余りにも唐突過ぎて感情が動かない。

息が少しだけ苦しい。先程まで体調は最高だったはずなのに――じわじわと青ざめるエトランジュに、マクネスが憎たらしくなるくらいのポーカーフェイスで、懐から小さな魔導機械を取り出す。

その上部が開く。息を潜めるエトランジュの目の前で、音もなく立体映像が再生された。

夜。闇の中、幅広の道路を一人歩くフィルの姿。街路灯のカメラから撮られたせいか、映像は斜め上から見下ろすような形のものだ。

紙袋を片手に持っていた。何を考えているのかはわからないが、どこか機嫌が良さそうだ。

「ポーションを買いに行った帰りだったと、調べがついている」

間違いなく、本人だ。映像を凝視していると、ちょうどカメラの近くでフィルが立ち止まる。

何かに気づいたのか、慌てたように周囲を見回すフィル。

そこで、空からカメラの範囲内に、黒い魔導機械が舞い降りてきた。

それも――一体や二体じゃない。どこから現れたのかは知らないが、随分と珍しいタイプだ。

その下半身から白い光が放たれる。フィルが慌てたように周囲を見回すと、焦ったように叫ぶ。

『蛍……ッ⁉　憑依対策かッ！』

それが、フィルの最後の言葉だった。魔導機械が力を失い落下し、刹那――空から太い光が降ってくる。画面が激しく震える。静寂が訪れ、真っ赤に熱されどろどろに溶解した大穴だけが残される。

これだ。これが、エトランジュが昨晩見たアレの正体だ。

「上空は――上空は、確認できていなかったのですかッ！　あの、魔物は――」

「監視しているのは地上だけだ。あの魔導機械は――彼の言う通り、モデルは蛍だろうな。ほとんど見られない魔物だ」

「憑依、対策……⁉　ありえない、魂への干渉を行う魔導機械が、いるなんて――」

それは、ありえない話だった。魔導機械にも得意分野がある。浄化は神職系職が得意とする技で、魔導機械が最も苦手とする分野だ。手を尽くせば同じ現象を起こす事は不可能ではないが、普通はそんな魔導機械は作らない。加えて飛行能力まで持たせ小型化するとなると――。

魔動機械は光を放ち終えると、落下した。持たされていた全てのリソースを使い切ったのだ。

つまりそれは、あの魔導機械が憑依を破壊するためだけに作られた物である事を示していて――。

エトランジュも一度だけ見た事がある、憑依を利用した転移。ピンポイントで……狙われていた？

必死に考えているとマクネスが声をかけてくる。表情は冷静だったがその拳は細かに震えていた。

「君は聞いているかどうかわからないが――話を聞く限り、彼は少し、危険な領域に踏み込んでいたのかもしれない。しかし、まさか…………こんな街中で攻撃を受けるとは――」

前例がなかった。超高度からの高エネルギー系攻撃。完璧な奇襲。あれを無防備に受ければ、《機械魔術師》だって蒸発するだろう。いくら強力なスキルを持っていても使えなければ意味がない。

「街の周囲をモニタリングしているレーダーに敵影は引っかかっていなかった。監視範囲を、広げる必要があるな。この攻撃を放った魔導機械についても――」

「エトランジュ様……」

ドライがふと背中に触れる。そこで、エトランジュは初めて自分が大きくふらついた事に気づいた。手足に力が入らない。冷や汗が流れる。心臓が握られたような悪寒が全身を包み込む。マクネスが何か言っているが、それ以上、耳に入ってこなかった。

大丈夫、エトランジュ・セントラルドールは強い。友人が死ぬ事など珍しい事ではない。そもそも、まだ最初に会ってから数ヶ月しか経っていない。経って、いないのに――。

戦わなければ、と、自分に言い聞かせる。仇を討たなければ、と。だがどうしても闘志がわかない。自分が一緒にいたら防げただろうか？　あるいは、この間のようにドライを付けていたら？

無意味な想定だ。時は巻き戻らない。たとえ《機械魔術師》の強力なスキルをもってしても――。

「仇は討つ。あの男は――ヒントをくれた。エトランジュ、今は、悲しんでいる場合じゃない」

「…………その、通り、なのです。フィル……馬鹿な人、だったのです」

馬鹿な。あんなに弱いのに、首を突っ込みすぎた。飄々とした態度に騙されてしまった。

ドライ経由で確認した【黒鉄の墓標】の冒険も余りにも危険だった。まるで何かに追われるように――この世界ではいつも、生き急ぐ者から先に死んでいく。

立ち直らなければ……魔術師は精神力が重要だ。せっかくフィルのおかげで元に戻ったのに、このままでは全てが無駄になる。拳を握り、過呼吸気味になっていた呼吸を、心臓の鼓動を落ち着かせる。

悲しむのは——全てが終わった後でいい。大丈夫、大丈夫だ。私はまだ、戦える。

そう自分自身に言い聞かせたその時、ふと場違いに明るい声が響き渡った。

「あ————！　見て見て、リン！　何があったのかと思ったら、こんなでっかい穴が——」

「…………急に走り出さないで、アム。…………穴？」

聞き覚えのある声に。ようやく多少落ち着いた鼓動が再び速まる。振り向くと、アム——フィルのダメな方のスレイブが、能天気に大穴を覗き込んでいた。その穴がフィルの墓標だとも知らずに。

修行のために預けているとは聞いていたが——なんと言うべきか。

その目がエトランジュを捉え、表情にぱぁっと花開くような笑みが浮かぶ。

その様子は以前アリスの罪を暴いた時と同一人物には見えない。

「エトランジュさんも来ていたんですね……野次馬ですか？」

野次馬……？　そんなわけが——一瞬頭に血が上りかけ、すぐに深呼吸をして自身を落ち着かせる。

マスターの死で一番衝撃を受けるのは間違いなくスレイブである彼女のはずだ。

フィルの死を止められなかったエトランジュに文句を言う権利などない。

エトランジュは大きく深呼吸をすると、アムの両肩を掴み、目と目を合わせて言った。

「落ち着いて……落ち着いて、聞くのです、アム。フィルが…………襲撃にあって、死んだのです」

エトランジュの言葉に対して、アムの反応は想定外のものだった。薄墨色の双眸が丸くなる。

数度不思議そうな表情で瞬きすると、右手を持ち上げた。ろくに日に焼けていない抜けるような白い肌。その手の甲に、うっすらと絵のようなものが浮かんでいる。それを確認すると、アムは言った。

「え、でも……仮契約の紋章、消えていませんけど？」

「!?」

「成長するまで再契約はお預けされちゃったんですけど、契約が完全に外れたまま成長するとフィルさんじゃ契約できなくなる可能性があって――」

アムが頬を上気させどこか自慢げに説明を始めるが、そんな事どうでもいい。

右手を取り手の甲を凝視する。確かに、契約の紋章だ。まだ力は通っておらず非活性のようだが、絆が繋がっているのを感じる。この種の紋章はどちらかが死ぬと消えるものだから――。

「生き………てる？」

生き……てる。間違いない。慌てて穴の中を覗き込むが、中はとっくに誰かが調べただろう。

「…………ありえん。道路に穴を空けるレベルの熱攻撃だ。生身で受けて耐えられるわけが――」

そもそも、カメラの映像には確かに――」

アムの言葉から状況を察したのか、マクネスも呆然としている。

機械を取り上げ、もう一度映像を再生するが、確かに、フィルは光の柱が立ち上がった瞬間そこにいたし、光が消えた時には何も残っていなかった。

彼が本当に生きているのならば、一体彼はどこに――。

と、その時、それまで何もわかっていない緊張感のない表情をしていたアムが声をあげた。

「ふふん………どうやら、この私の出番みたいですね！」

「はぁ………非活性の契約紋章で居場所がわかるのですか？」

エトランジュは《魔物使い》ではないので詳しくは知らないが、見たところアムの紋章には一切、力が通っていない。本当に、次回の下地としての意味しか持っていないものだろう。

そもそも、彼女はスレイブとしても卵だ。アリスと対決した時の毅然とした態度からはポテンシャルが感じられたが、あの一目でその強さがわかる『夜を征く者《ナイトウォーカー》』とは比ぶべくもない。

フィルに買ってもらったという可愛らしい黒のワンピース。

アムはエトランジュの疑問に対して、自信満々に胸を張ってみせた。

「わかりません！　ですが――私も成長しています。私はなんと、フィルさんに一刻も早く本契約を結んでもらうため、リンの下で努力をして、手っ取り早く新しい力を得ました！」

言い方……おかしいのです。後ろに立っていたリンを見ると、目を逸らしていた。

何が始まるんだと好奇の視線が集まる中、アムは懐から虫眼鏡を取り出すと、これ見よがしに覗き込んで言う。何も考えていない目が大きく拡大され、エトランジュを見ていた。

「私が得た、新たな職の名は――《探偵《ディテクティブ》》。真実を解き明かす特殊職《クラス》です！　アリスの所業を僅かな情報から看破した私にぴったりでしょう！」

「…………それ、フィルの許可は取ってるのですか？」

「その職のスキルによると、いつの間にかいなくなってしまったフィルさんのばーしょーはー
…………」

特殊職。探索・戦闘には向かない力を持つ、探求者向けではない職の事だ。それぞれ人には、持てる職の数というものが決まっている。アムは腐ってもA等級種族なので二つという事はないだろうが、その枠は言うなればその人の未来だ。無為に消費していいものではない。

後ろに立ったリンがだらだら冷や汗を流している。やってしまったという自覚はあるらしい。

アムは友人に注意を払う事なく、虫眼鏡を覗きながら地面の蟻でも追うように穴の縁を歩き、しばらくうろうろした後に立ち止まった。身体を起こすと、ふむふむともったいぶって頷いてみせる。

「びびっと来ました！　私の推理によると、フィルさんのばーしょーはー」

「………………場所は？」

かけられた声にアムがびくりと硬直した。意気揚々としていた先ほどまでの態度が嘘のように、表情が引きつっている。だが、それはエトランジュや、マクネスも同じだ。

そして、アムが、恐る恐る上ずった声で言った。

「………………わ、私の……後ろです」

どこにいたのだろうか？　全く気づかなかったが、それは、見紛うことなき本物のフィルだった。

「正解だよ!!　さすが迷探偵、凄いなぁ！　こら、そこに跪け！」

「フィルッ!?　ほ、本当に生きて——」

思わず駆け寄ろうとして、足を止める。フィルは映像の中、襲撃を受ける寸前でも見せなかった完全に引きつった表情でアムの頭をぎゅうぎゅう押し地面に跪かせると、耳を引っ張りながら言った。

「んん？　《探偵》？　いつの間に、アムは《探偵》になったのかなぁ？　僕の知るアムは《剣士》だったはずなんだけど——」

「ごご、ごめんなさいぃ。で、でも、《剣士》をやめたわけじゃありませんし、《剣士探偵》って事でここは一つ——そ、それに、好きにしていいってぇ」

耳を引っ張り上げられながら、アムが涙目で反論する。だが、効いてはいないだろう。

余り付き合いはないが、アム・ナイトメアはきっとそういう子だ。

「勝手に……勝手に、職を得るスレイブ？　そんなところで、先輩を真似しなくていいから……」

完全に出鼻を挫《くじ》かれた。安心のせいか、いつの間にかぽろぽろ溢れていた涙を拭う。

生きていた。生きていたのだ。あの奇襲をどうやって回避したのかはわからないが、どうして今まで戻ってこなかったのかわからないが――。

どうして今まで――。

「…………フィル？　どうして今まで戻ってこなかったのですか？」

感情でぐちゃぐちゃになっていた思考がすっと冷えるのを感じる。その青年は憎たらしくなるくらい昨日見た時と変わらなかった。エトランジュは――こんなにも翻弄されていたというのに。

本人の出現でもう耐えきれなくなったのか、完全に思考を放棄しているリン。何故か嬉しそうに悲鳴をあげるアムに、エトランジュを無視し口元にだけ笑みを浮かべアムを折檻《せっかん》するフィル。

「……やれやれ、まいったな。君は不死身か…………とりあえず、無事で良かった。話は改めて聞く事にして、とりあえず道路の穴をどうにかするとしようか」

マクネスは深々とため息をつくと、職員達に指示を出して野次馬を追い払い始めた。

§　§　§

想像以上に好き勝手やっていたアム達に謹慎を命じ、マクネスさんの提案に従い場所を変える。

道中、エティの口数は少なかった。だが、その充血した眼や涙の跡を見るに、随分心配をかけてしまったのだろう。そもそも、昨日のあの別れ方でこんな事になったわけで……探求者は職業がら死傷者が出る事は珍しくないが、友人の死はいくら重ねても慣れる事はない。

涙は出なくなるが、悲しみは心の底に沈んだままだ。

「エティ、心配をかけて悪かったよ。やむを得ない事情があったんだ」

「ふん………話は後でじっくり聞かせてもらうのです。じっくり」

エティがそっぽを向き、唇を尖らせる。

昨日の仕返しをされずに済みそうだとか言っている場合じゃないな、これは。

身体も精神も疲労していた。あの突然の襲撃は完全に想定外だった。

おまけに、攻撃力も過剰だ。僕を殺すのならばあの十分の一の威力もあれば事足りる。

それは、あの奇襲が切り札を何枚も切った乾坤一擲の一撃である事を示していた。

本来ならば、隠れているつもりだった。死んだと思わせておいた方が動きやすいし、打てる手も増える。それをあのアムは――僕は探求者である前に《魔物使い》なのだ。あんな恥ずかしいものを見せられたら出ていかざるを得ない。まさか、アムめ……そこまで読んであのような醜態を？

………許されない。君は後でお尻ペンペンの刑だ。そして止めなかったリンと広谷《ひろや》も同じ刑だ。

案内されたのはギルドの奥の一室だった。金属製のいかにも頑強な壁と床。壁際に置かれた緑のランプが光る箱型の機械は防御システムか。夜空を切り裂き落ちてきたあの光の威力は普通ではなかった。室内で受けても屋根を貫き対象を蒸発させられるほどだったが、ここならば安全なのだろう。

まぁ、あの攻撃が有効なのは奇襲だったからだ。あれほどの威力でも来る事さえ知っていれば、《機械魔術師》のスキルで対処できる。そういう意味で、確実に相手を殺せるのは一度だけなあの攻撃が、エティでもなくマクネスさんでもなくランドさん達でもなく僕に放たれたのは、それだけ僕を警戒していた証だと言える。とても、光栄な話だ。

最後に、部屋の中に二メートル近い人型が入ってきて、扉を閉めた。

磨き上げられた漆黒の全身鎧《ぜんしんよろい》に身を包んだ機械人形だ。噂は聞いている。

マクネスさんのスレイブだ。近接戦闘で無類の強さを誇っているという彼のボディーガードにして最高傑作。威圧感あふれる姿をしたスレイブは何も言わず、マクネスさんの後ろに立つ。

一見、全身鎧に身を包んだ大柄な男と区別が付かないが、その仕草には感情が見られない。人に似せるつもりのない姿を持っていても感情溢れるドライとは正反対だな。

腰をおろすや否や、マクネスさんが尋ねてくる。

「さて、ようやく落ち着いた。これでこの部屋は安全だ。それで……何があったんだ、フィル」

「見ての通りだよ。奇襲を受けた。監視カメラの映像は見たんだろう？」

「ああ、確かに、見た。確かに見たが――」

薄々勘付いてはいたが、道端に監視用機械が設置されているのもまたこの街独自の文化だ。

マクネスさん達の様子は最初から観察していた。光で地面が溶け、人が集まり、騒ぎになり、エティ達が来て、マクネスさん達が来るところまで。緊張の糸が切れたのかエティがぼんやりしている。

僕はその背をぽんと叩き、身振り手振りを入れて言った。

「完璧な奇襲だ。浄化の力を有する魔導機械を派遣しアリスの転移を封じた直後に、光の柱による容赦のない攻撃。驚いたよ、あれは僕の事をよく知っている者の、僕を殺すためだけの一撃だ。死ぬかと思った。あの時、道路に誰もいなかったのも――恐らく、機を窺っていたんだろうな」

魔導機械は気配が小さい上に、敵意というものがない事が多い。超高度から監視されれば、脆弱な身体能力由来の臆病さを持つ僕でも察知はできない。危うく本当に消し飛ばされるところだった。

アリスの憑依による転移を魔導機械に見せたのはたった一度――エティ達が見たのを合わせてもたった二度だけなのに、対処が的確過ぎる。これは相当優秀なブレインがいるな。

「あのファイアフライは本来相手を熱線で攻撃する魔導機械だ。浄化の光を放つ魔物じゃない」

「…………ああ、その通りだ。フィル。あれらは、普通の魔物ではなかった」

マクネスさんがしぶしぶといった様子で頷く。普通の魔物ではない。そうだ。

あれは間違いなく――僕にかけられた憑依を剥ぐためだけに生み出された特殊個体だった。

もともと、魂持たぬ魔導機械には憑依が一切効かない。解除する必要などないし、そもそも浄化の光を放つ機能は魔導機械に与えるには重すぎる。彼らはその心臓たる魔導コアの強度によって積める機能の数（《機械魔術師》はスキルスロットなどと呼ぶ）が、決まっている。『浄化の光』などの魂への干渉能力を機械で再現するのは非常に難しく、それを積むには複数のスロットを食いつぶす必要があるだろう。飛行能力も重い能力の一つだし、僕に差し向けられたモデルファイアフライが浄化を撃った直後に落下したのは偶然ではない。小型で、ひっそり空から近づき、憑依を解除する。それだけの力しか持てなかったのだ。まさしく――僕を殺すためだけの魔導機械。

「浄化を撃つだけ撃って落ちるなんて、蛍というよりは、儚いカゲロウだな。残骸は残っていた？」

「……いや、全て消し飛んでいた」

「そうだと思ったよ。証拠隠滅も完璧って事だ」

犯人は現場に戻るというが、あの後、穴に近づく者はいなかった。かなり思い切った手だ。

これまで彼らは街中にいる者を攻撃したりしてこなかったし、モデルファイアフライの能力が僕をピンポイントに狙ったものだった事は専門家に見解を求めればすぐに分かる。彼らが、特定の人間への対策を打てる事がバレてしまうし、それを指揮するような者——王の存在だって予想できる。たとえ僕を殺せたとしても、その後の探求者達のスタンスは大きく変わる。それだけのリスクを、彼らは僕を始末するためだけに冒したのだ！　血湧き肉躍るとはまさしくこの事だろう。

呼吸をして鼓動を落ち着ける。足を組むと、考え込んでいるマクネスさんに言った。

「これはつまり——マクネスさん。僕は今、核心に近づいているって事だ」

「ふむ、確かにな……昨日君から聞いた話もあながち間違えてはいないかもしれないな」

「本当は死んだふりをして様子を窺うつもりだったんだけど——問題は、彼らの次の一手だな」

「ちょっと、待つのです、フィル！」

そこで、それまで黙っていたエティが声をあげた。こちらに向けられた利発そうな双眸。その険しい表情には怒りと心配と安堵と親愛がないまぜになっていて、どきりとするくらい魅力的だ。

…………うちの子になる？

だが、《機械魔術師》には契約耐性のパッシブスキルがある。契約魔法を使える職が持つスキルであり、その持ち主はスレイブにできない。それがなければなぁ…………よし、アムとチェンジだ！

エティは立ち上がると、真剣な表情で言った。

「そもそも、フィル。貴方は自分がとても危険な事をした自覚はあるのですか!?」

「ああ、悪かったよ。でも、あの手段の選ばなさ加減を見るに、襲撃は時間の問題だった。エティを巻き込まなくてよかったくらいさ」

薬屋にいた時ならばアレンさんを巻き込んでいたし、僕だけが狙われたのは不幸中の幸いだったのか、あるいは狙っての事か――。エティは僕の言葉に、とても悲しそうな表情を作った。

「………巻き込んでくれた方が、まだ気が楽だったのです、フィル。そもそも、貴方――どうして生きているのですか？」

「それは……私も気になっていた事だ。フィル、映像によると君は光に呑まれて消えたはずだ。純人の《魔物使い》では道路に大穴を空ける攻撃には耐えられないだろう」

あぁ……そんな事か。答えは簡単だ。黙って足元――自分の影を指差す。

エティとマクネスさんが指に誘われるようにそちらを見る。

そして、電灯に照らされる中、ぼんやりとそこにあった影が……不意に大きく伸びた。

マクネスさんの表情が引きつり、立ち上がる。不自然に膨れ上がった影は壁まで達すると、にやりと深い笑みを浮かべた。皮膚が粟立つ。室温が数度も下がったかのように、冷ややかな空気が部屋を満たす。アリスが遊んでいるのだ。

「つまり僕は、襲撃を予想していた。シチュエーションはわからなかったけど、何らかの方法でアリスへの対策を取ってくることもわかっていた。彼らには効率を求める癖があるから、対策しやすい方からしてくるだろう事も。これは――僕と彼らの戦争で、知恵比べだよ」

彼らのミスは、憑依を解除した後、一拍置いて確認を挟んでから攻撃をしかけてきた事だ。

僕は弱い。弱いから、常に万全を期す。エティとマクネスが愕然としている。

「確かに、憑依は解除された。でもそもそも、僕はアリスと離れたりしていない」

ただ姿を隠してもらっていただけだ。ずっと彼女は側にいた。ランドさん達と交渉した時も、エティに施術した時も、マクネスさんに話をしに来た時もずっと、辛抱強く彼女は僕を守っていたのだ。

そして、夜のアリスならば瞬きする程度の時間があれば、奇襲から僕を守る事も容易い。

彼らは、アリスとの交戦を避け、呼ばせない事を選んだ。空間魔法対策の難しさは憑依とは比べ物にならない。魔導機械にそういう機能を積もうとすればワードナークラスの魔導コアが必要だ。

「次元の裂け目に身を隠したんだ。映像を見ても軽く確認しただけではわからない、死を確信しているなら尚更確認なんてしない」

ちなみに、影に潜航するのも《空間魔術師》のスキルである。《空間魔術師》は《機械魔術師》とほぼ同格の上級魔術師職なのだ。攻撃力は劣るが、汎用性では負けていない。

アリスの種族スキルによる無尽蔵のパワーと消耗の激しい魔術師職は相性が完璧だ。アム、職というのはそういう事まで考えて選択するんだよ！　勝手に《探偵》なんて取るんじゃない！

「はぁ……なるほど、な。できれば先に言って欲しかったが………」

「情報が必要だった。モデルファイアフライがどこから現れたのかってわかる？」

アリスが元の影に戻る。相手の手を知るには攻撃を誘発させるのが一番だ。魔導機械程効率を求めているわけではないが、残り時間は限られているし、アリスの消耗も無視できない。

マクネスさんは眉を顰め、悔しげに言った。

「…………レーダーに反応はなかった。何か新素材でも使っているのかもしれん。これまで彼らが攻勢に出る事などなかったが――ふん。忙しくなりそうだな」

彼らが僕を目の敵にしているのは、白夜の依頼でＳＳＳ等級の魔物を潰し始めたアリスが邪魔になったからだろう。そのクラスの魔導機械に使う魔導コアは量産できるものではないはずだから。

あれだけの奇襲をしてのけたのだ。情報収集能力はかなり高い。僕の生存は既に伝わっているだろう。切り札を空振りしてしまった彼らが次にどんな手を打ってくるか……。

さっそく次の手を考える僕を、エティが複雑そうな表情で見ていた。

諸々の話し合いを終え、少し元気のないエティとドライと共に屋敷に戻る。

帰路での追撃はなかった。あの攻撃には情報以外にも多くのリソースを注ぎ込んでいたはずだ。次の攻撃は更に慎重に、確実に僕を殺せると確信した時に放たれるだろう。

昨日は徹夜だった。肉体面はクタクタだが、精神は充足していた。死地に赴いた後は精神が昂ぶるものだ。気をつけないとまた電池が切れたように気絶してしまうかもしれない。

屋敷に入るや否や、エティがドライに指示を出し始める。

「ドライ、セキュリティ、最高レベルで。襲撃者がやってきた時には即座に迎撃に入れる用意を。遠距離攻撃対策は私がするのです」

「どうするの?」

何気なく尋ねると、エティはどこか素気ない態度で言った。

「………フィル、内外の空間を………少しだけ、ずらすのです。これなら、空間魔法でも入ってこられませんし、高エネルギー砲でもびくともしないのです」

それは、記憶が正しければ《機械魔術師》のスキルの中でもかなり上位に位置するスキルだった。

薄々勘付いていたが、この子――《機械魔術師》の中でもかなり強い。位相をずらす結界を長時間張るなど並大抵の能力ではない。少なくとも王国で僕と付き合いがあった術者よりは格上だ。

相手は一度失敗した手は使わないはずだ。そもそも、外と違い屋敷の中は空から見えないし、襲撃するには適さない。結界などいらないと言いかけ、僕はエティの表情を見て口を閉じた。

今の彼女を説得するのは難しそうだな。

防衛関係はエティに任せ、部屋に入る。室内には昨日の施術の後は残っていなかった。

やれやれ、ようやく帰ってこられた。お腹もぺこぺこだし、今は思い切り眠りたい気分だ。

だが、その前にやる事がある。薬屋で買った紙袋をリビングのテーブルに置くと、固いソファに腰を下ろし、僕は膝を叩いた。

「アリス、出ておいで」

「…………はい《ダー》」

影から這い上がるように、アリス・ナイトウォーカーが現れる。

丈の短い紺と白のドレス。整った眉目に、鈍い銀の瞳。透き通るような肌は霊体種の特徴の一つで、触れれば壊れてしまいそうなくらい美しい。

膝をつき顔を伏せるアリスの頬に触れる。ひんやりした感触にぞくぞくするような悪寒を感じた。

彼女は本来無意識に放たれる邪気を完全に抑え込んでいるが——種族としての格が違いすぎるのだ。

アリスが小さく吐息を漏らす。僕はいつも以上に口数の少ないスレイブに命令した。

「アリス、横になるんだ。僕の膝の上に頭を乗せて、楽にしろ」

「…………はい《ダー》、私のご主人様《マイ・マスター》」

覚束ない手付きでソファの上によじ登り、アリスが僕の膝に頭を乗せる。

霊体種の体重はその魂の強度に比例している。膝に感じる重さは人間のそれよりもずっと軽かった。

髪を撫で付け、リラックスしたようにとろんと潤んだ双眸の周りを、形を確かめるようになぞる。

「アリス、疲れているな？」

「…………少しだけ。ご主人様」

ふむ。まだ強がりを言えるなら大丈夫か。スレイブと触れ合うのは至福の時間だが……早速、『メンテナンス』するとしよう。最近、無理をさせすぎている実感もある。

空間魔法は強力だが、世界の法則を捻じ曲げて現象を起こしている分、その代償――消費魔力は他の魔術師の使う術の比ではない。だから、古今東西、《空間魔術師》は莫大な魔力を持って生まれる種か、突然変異で恐ろしい才能を持って生まれた者にしか扱えない特別な職だった。

単騎でのフィールド調査に、ダンジョンへの潜入。ワードナー戦でも消耗したし、そして――影に潜航するのも、次元の裂け目に身を隠すのも簡単な事ではない。

魂から成る自分一人ならばともかく、肉の身体を持つ僕を裂け目に隠すのは相当な負担だろう。

アリスが僕の手の甲に触れ、頬ずりしてくる。

何も言わずに役割を果たしたアリスに、僕はやや声色を柔らかくして尋ねた。

「僕は重かったか？」

「……息をずっと止めているくらいの辛さ」

「君は呼吸をしないだろう」

吐息が漏れているが、これはただの模倣だ。彼女は生存に酸素を必要としない。生き物の真似をしていると思えばその仕草も愛おしくなってくるものだろう。唇に指を当て、小さく開いたそこから漏れる呼気を確認する。アリスの体内から吐き出される呼気はまるで人間のように温かく湿っていた。

「ご主人さま、もっとしっかり確認を――」

「よし、命のストックは後、幾つ残っている？」

「そういう意味じゃない」

アリスが眉を顰め、もどかしげに僕を見上げる。鈍い銀色をしていた瞳が仄かに赤みを帯びていた。髪がさらさら流れている。彼女のドレスはライフストックで再生するために自分の髪を加工して作られている。魂からなる彼女は物理的にはとても不安定な存在だ。アリスが小さく喉を動かして言う。

「少し…………妬いた」

「んー？　どれの事？」

スイの事か、ブリュムとトネールの事か、それともエティの事か。

「………………ぜんぶ」

頬に朱が差していた。全部とは驚いたな。我が儘になりすぎじゃないだろうか？

人間味のある悪霊になったものだ。初対面時は攻撃しても血液すらほとんど出ていなかったのに。

親指の先を唇の隙間に入れると、冷たい舌がぺろぺろと指を舐め始める。指を伸ばし、霊体種特有のひんやりした口内を確かめた。尖った犬歯も、舌も、頬の内側も、その全てを理解できるように触れていく。アリスの体内は冷たく、生きた泥のようだ。

アリスソードはいつ確かめても惚れ惚れするような輝きだ。王国にいた時は抜き身の刃のような冷たい鋭さがあったが、今の彼女はまるで生きているかのような熱っぽい感情を宿している。

あの時の彼女も素晴らしかったが、今の人間味のあるアリスはそれに輪をかけて美しい。

左手は唇に触れたまま、右手で白い首筋を撫で、耳の形を確認し、髪の間を通り過ぎ、鎖骨をなぞる。アリスは指が皮膚を通る度にぞくぞくと身体を震わせた。悪性霊体種はスキンシップに飢えている事が多く、そして痛みに強くても快楽には慣れていないのだ。耳元で先程の我が儘に反論する。

「ブリュムやトネールには触らなかったぞ」

「……スイには触った」

それは、風の船で倒れかけていた時、人命救助のため、やむなくだろう。しかしよく覚えている。

「肌には触れなかった」

「……エトランジュには……触れました」

どうやら僕の負けのようだな。あれも仕方のない事だったが、確かに触れた。

だが、断じて言うが、その時も今も、僕の行為には一切の性的な意味は含まれていない。

グルーミングを続けると、アリスの身体ががくがく震え、その目の端から涙がこぼれ落ちる。

僕はもう一度確認した。

「アリス、命のストックはいくつある？」

「……秘密……内緒です。ご主人さま、容赦なく、私を使って――」

虹彩は更に赤みを増し、先程まで滑らかだった皮膚は触れた手の平に吸い付くように濡れていた。

霊体種の肉体をなすその心臓が、魂核が、感情に呼応し活性化しているのだ。霊体種は生命種と違い、感情の発露が直接肉体に伝わりやすい。戦闘能力を手っ取り早く上げる方法でもある。

そこで、僕は気合いを入れて、久方ぶりに《魔物使い》の――《支配使い《オーバー・ルーラー》》のスキルを使った。脱力感が脳を揺さぶり、仄暗いパワーが右手の指先に灯る。

悪性霊体種の育成に特化した《魔物使い》上級職、《支配使い》。

そのスキルツリーには、悪性の魂に繊細に干渉するスキルが揃っている。

この職は逃げだ。僕は、先人の知恵なくしてアリスを御するだけの自信がなかった。最初に出会った時と比べて随分育ってしまったその胸元に指を這わせる。これまで蕩《とろ》けていたアリスの表情に一瞬、恐怖が宿る。指が沈むような柔らかな疑似肉体――そして、僕はスキルを行使した。

『堕落の杖《クリーピーズ・ハンド》』

「――ッ!!」

感触が変わる。指がその柔らかな肉体にずぶずぶと沈み、アリスが声にならない絶叫をあげる。

痛みによる絶叫ではない、快楽による絶叫だ。ソファの上に重ねて置かれていた両脚がまるで陸に打ち上げられた魚のように力なく跳ね、手がまるで耐えるかのようにそのスカートの裾を掴む。

『堕落の杖』。それは、指先に魂への干渉能力を与えるスキルだ。相手への信頼を大前提とするこのスキルは心をこちらに委ねた相手にしか通じない反面、強烈な干渉能力を誇る。《魔物使い》は強力な職ではないが、そのスキルは何かと極端なものが多い。

僕の右腕は今、アリスの疑似肉体に埋没し、何の比喩でもなく、その魂の核に触れていた。

魂を握られた相手は強烈な快感に襲われ、一切の抵抗を許されない。皮膚に触れるだけでも心地が良いらしいが、その指先が魂の核にまで達したとなるとどれほどのものだろうか。

生体種で言う、麻薬の類いを使ってようやく達成できるエクスタシーを遥かに超える快楽を得られるらしいと聞いた事があるが、そもそも悪性霊体種には麻薬など通じないので怪しいものだ。

「ッ……ら……ら…………あ……」

アリスの双眸は完全に真紅に染まっていた。口から溢れる言葉は意味を伴っておらず、双眸はこちらを向いているが僕を見ていない。魂核に触れられて嘘はつけない。これは仕置きを兼ねている。

僕のためとは言え、質問に答えないとは悪い子だ。それとも、スキルを使って欲しかったとか？

どちらにせよ悪い子だ。スレイブの掌握を強い快楽に頼るのは僕の流儀ではない。

僕のスレイブの命の使い道は僕が決める。直に触れた魂の様子。その強度から幾つのストックが残っているのか推測を立てる。残り……十かそこらだろうか。王国ではまず見ない消耗っぷりだ。

「随分消耗したね、アリス……彼らはそんなに強かったのか」

大きく深呼吸をすると、右手を魂核から離し、ゆっくりと引き抜く。

僕の質問に対し、アリスは何も言わず、ただこくこくと壊れた人形のように首肯した。

相手がアリスのストック数を知っているかどうかはわからないが、どちらにせよこの状態で激戦に挑むのはかなりまずい。彼女の命のストックは攻撃の要というのもあるが、そもそもストックがある限り復活できる彼女は余り防御や回避が得意ではない。これは――『補給』が必要だな。

§　§　§

それはまるで激しい雷に撃たれたような――発生以来、初めての激しい衝動だった。魔導機械は常に冷静だ。喜びも恐怖もない。ならば、この身を震わせる感情は一体なんと呼ぶべきなのか――。

難易度ＳＳＳ等級ダンジョン、【機神の祭壇】。かつて神を目指した《機械魔術師》が生み出し、長い時間をかけ魔導機械達が増築を続け、難攻不落の巨大な要塞と化したその最奥に、それはあった。

それは、無数の手足を持ち、尾を持ち、翼を持ち、そして人に似た頭を持っていた。

それは、この世に存在する何者をも模倣せず、しかし全てを模倣していた。強いていうのならば、万象を溶かし適当にくっつければこのような醜悪で、神秘的な存在が出来上がっただろう。

それは、神だった。古き《機械魔術師》の生み出した人造の神。

『原初の一《オリジナル・ワン》』。荒野を支配する魔導機械の源。

自己進化を続け、あらゆる能力を、知性すらを獲得し、これまで立ち向かう者は疎《おろ》か、存在に気づく者もほとんどいなかった奇跡の怪物は、誰も存在しない空間で呻き声をあげた。

『なんと、恐ろしい…………そこまで、人の脳で、読み切れるものなのか……』

意図した行動ではなかった。それは自然に出てきた言葉だった。

特殊個体の製造。これまで禁忌としてきた街への攻撃を解放しての、高エネルギー砲による一撃。

完璧に近い奇襲をあそこまで鮮やかに捌かれるとは……力ずくではない。最善でもない。回避が僅かでも間に合わなければ光はあの脆弱な肉を焼き尽くしたはずだ。だが、結局それは成らなかった。

あれは常人の所業ではない。まるで死に魅入られているかのような――あのような男に狙われてしまっては、ワードナーが、長き時を役割に徹した同胞が殺されてしまったのも納得できる。

『アリス・ナイトウォーカー……夜の女王……』

フィル・ガーデン。その力を支えているスレイブの名を呟く。あれは――災厄だ。

己の敵の全てを破壊し尽くすまで止まらない、破滅を齎す怪物。秩序を保つオリジナル・ワンとはカテゴリーの異なる神だ。同胞の縄張りを侵し、替えの利かない『子』を何人も破壊した。

数日前。【機神の祭壇】を三分の一まで踏破したアリスに会話をしかけた時の事を思い出す。

守りを突破するために無数の警備機械と交戦し、大きな術を幾つも使い、明らかに消耗していたアリス。交渉を試みるオリジナル・ワンに対して、あの悪霊は嘲笑い、一言だけ返した。

――お前を殺す、と。

その言葉は決して消滅を前にしての強がりではなかった。生来の資質を磨き上げられ、培われた力に、死地においてさえ輝きを失わないその意志。まだ魔導機械の数が少なかった百年前ならば、あるいはアリスが大規模転移とやらで力の大部分が削られていなければ……危うかったかもしれない。

あの時は逃してしまったが、既に必要な情報は揃った。対アリスのシミュレーションは済んだ。

物量だ。誘い込み、物量で殺すのだ。アリスの力は無尽蔵ではなく、そして彼女にはマスターという明確な弱点がある。策などではどうにもならない数の眷属《けんぞく》を差し向ければ、間違いなく殺せる。

既に試算は終えている。ライフストックは未知のスキルだが魂を詳細に観測すれば彼女の命のストックがどれだけ残っているかも大体わかる。空間魔法についても対策は難しいが、不可能ではない。

もちろん、こちらの被害もゼロではないだろう。彼らの戦い方次第では同胞の多くが滅ぼされる可能性もある。あるいは、神の下まで到達するかもしれない。

これは――生存競争だ。全ての余剰のリソースを使い、軍勢をより厚くする。一斉攻勢をかける。

相手に何かするような時間は与えない。角にも見えるアンテナを持ち上げ、シグナルで同胞――今も尚各地のダンジョンに潜む者達に連絡を取ろうとしたその時、その巨体がびくりと震えた。

その巨大な身体の中心に隠された魔導コアが震え、エネルギーを供給する。思考回路に激しい雷が流れ、その適当に貼り付けたような手足がまるで駄々を捏《こ》ねるように床を殴りつける。

思いつくべきではなかった。だが、後悔してももう遅い。

オリジナル・ワンは魔導機械だ。いくら人に近い知性を持っていても、いくら長い時間をかけて自己進化を重ねていたとしても――ふと『浮かんだ』最善の策を無視する事などできるわけがない。

『このような策が……あぁ、このような策が、存在すると言うのか。あぁ、ワードナー――我はお前のようにはなれぬ』

空間が激しく震える。感極まっているような、慟哭のようなその声を聞く者はいない。

そして、機神はその役割を、機能を果たすため、ゆっくりと動き始めた。

第四章　灰王の零落

相手の思考と動きを読む。それが意志持つ魔物との戦い方のコツだ。互いの手札と互いの弱点。状況を読み、相手を追い詰める。まるで遊技盤の上で行われるゲームのように。

相手はこちらの情報を知っていた。外で何度か戦闘をしたのでワードナーがアリスの能力を知っていたのは百歩譲って納得できるが、街中での僕の動きまで読まれているとなると、話は別だ。

レイブンシティと近辺の町には野生の魔導機械が近寄らないよう、機械装置による結界が張られている。完全に魔導機械を遠ざけるようなものではないが、少なくともこれまではその力によって、彼らが街を襲撃する事はほとんどなかった。その前提が、崩れる。

今回の件で相手は追い詰められた。本腰を入れてくるだろう。無論、《機械魔術師《メカニック》》を多数擁する街が防衛でそう簡単に滅ぼされるとは思わないが、これまでの常識は通じないと考えた方がいい。

屋敷に戻って数時間。さっそく相談を始める僕に、エティはどこか言いづらそうに言った。

「フィル、貴方は……その、少し…………抑えた方が、いいのです」

「守りに入ったらジリ貧だ。きっと彼らは僕達が想像している以上の軍勢になっている」

だが、アリスならばともかく、《機械魔術師》を数で殺そうというのは悪手である。

エティがここに来るきっかけになった《機械魔術師》の行方不明事件。

行方不明者が全て魔導機械達によるものだとするのならば、何かからくりがあるはずだ。

「そういう意味じゃないのです」

エティは複雑そうな表情で言う。僕は答えた。

「いや、そういう意味だ。僕は、探求の結果命を落とすのならば、本望なんだよ」

「ッ……!?」

L等級探求者になった時に引退する予定だったのは真実だ。だが、それはそうとして――僕は探求者になったその時、既に志半ばで死ぬのを覚悟している。

それくらい踏み込まなければ、ここまで来ることはできなかった。そして、だからこそ、目的を達成するためにあらゆる手を尽くすのだ。エティは僕の答えに、一瞬目を見開き、唇を噛んだ。

これは、種族による格差だ。僕は彼女達と違って――全力を尽くさねば進めない。生まれつきの強者である少女は口を開きかけたが、すぐ様々な感情の入り混じった表情で吐き捨てた。

「もう、知らないのです！　私が親切に言っているのにッ！」

その言葉に、ソファで横になり身体を休めていたアリスが身を起こした。

グルーミングの直後に浮かべていた感情が欠片も残っていないすまし顔で言う。

「………………ご主人様には何を言っても無駄」

「こんなマスターで苦労をかけるね」

よく、アシュリーにもついてくるなと言われていた。

だが、《魔物使い《ティマー》》にとってスレイブは大切な武器だ。剣士が剣を振るう際に戦場に立つように、一人だけ安全な所に留まっているわけにはいかない。そういう作戦でもない限りは。

「アリス、ワードナーの部品を。頭《ダー》だけでいい」

「はい」

呪文と共に、部屋のど真ん中にワードナーの頭が現れる。

口内からクリーナーにより爆破された頭部はぼろぼろだった。その無数の目を持つ頭部は人とは何の共通点もなかったが、なぜだろうか、その死に顔はどこか満足げにも見える。

このクラスになってくると僕が買った分解ペンも通じない。もっと大掛かりな分解装置を用意するか、アリスがやったように魔法で無理やり切断するか。だが、《機械魔術師》ならば話は別だ。

分解ペンの機構は機械魔法の一部を流用している。そして、熟達した《機械魔術師》はさらに強力なスキルも持っているのだ。エティは無言でワードナーの部品に近づくと、そっとその表面に触れた。

きっと彼は重要な情報を知っていたはずだ。

唾を飲み込みその様子を凝視する僕の前で、エティはしばらくして手を下ろした。

命がけで倒した相手だというのに……そして、その様子を彼女も知っているだろうに、随分気乗りしなそうだ。何も言わずじっと見ていると、エティは目を瞑り、小さくため息をついた。

「…………今日は……もう疲れたのです。明日にしましょう」

エティがよろよろと部屋を出ていく。本当に調子が悪そうだ。

いや、あるいは……精神的なショックだろうか？

まぁ……今日は色々あった。休息は必要だろう。大規模クランの長として皆を導くランドさんも大切だが、エトランジュ・セントラルドールは恐らく要だ。魔導機械が本格的に人を襲い始めたら、彼女の助力なくして戦いは切り抜けられない。クランメンバーという仲間がいるランドさんとスレイブとたった二人の彼女では、どちらに隙があるのかについても、言うまでもない。

本来ならばワードナーの記憶装置から魔導機械達の結託の証拠を入手し、それを元に警戒を呼びかけるつもりだったが、相手が街中での襲撃という切り札を切ってきたのでその必要もなくなった。

エティを見送ったドライが、僕の前に立つ。目も鼻も口もないが、何を言いたいかはわかった。

「ああ、わかってるよ。僕が引っ掻き回したんだ、フォローくらいするさ」

§　§　§

本当に疲れた一日だった。施術により泥の中に引きずり込まれるような深い眠りについた昨日。その憤懣も収まらぬ内に発生した襲撃事件に、マクネスとの話し合い。

怒り、悲しみ、驚き、そして――この気分を形容する言葉をエトランジュは知らない。

まるで病気にでもかかってしまったかのように身体に力が入らない。しかし、《機械魔術師》のサーチスキルはエトランジュの体調不良が肉体的な問題ではなく、精神不安によるものだと示していた。

精神不安。初めての経験だ。ダンジョン攻略時に危うく死にかけた時も、友人が行方不明になった時も、魔導機械の設計がうまくいかずに何日も徹夜した時も、こんな気分にはならなかった。

原因には気づいている。フィル・ガーデンだ。

肉体的な弱さと精神的な強さが見合っていない、エトランジュの友人。死んだと聞いてエトランジュがあれほどショックを受けたというのに、そんな危ない目に遭いながらも自らさらなる死地に踏み込もうとするフィルの姿はエトランジュには到底理解し難いし、許容し難いものだった。

だが、止められないのだろう。本人を裏切る程にフィルを求めたアリスがどうしようもないなどと宣言するほどなのだ。ワードナーの解析を後回しにしたところで、何の意味もない。

恐らく彼は、エトランジュが協力しなくてもあらゆる手を使い死地に向かう。《機械魔術師》が何人も行方不明になった禁忌に向かって――そして協力しなければその分、彼の死傷率は上がるはずだ。

ベッドの中に入り、目を閉じる。疲れていたが、眠りは来なかった。

暗闇の中、ふと自分の身体が震えている事に気づき、身体を丸めるようにして身を縮める。

――怖い。死んだと聞いた時には理解ができなかった。馬鹿な人だと思った。

だが、今感じている恐怖はその時よりも遥かに大きい。

今生きている彼が、これから死ぬかもしれないのが怖い。エトランジュのガードを抜けて魔導機械達が彼の命を奪うかもしれないのが怖い。マクネスから死を聞かされた時よりも恐れるなど、おかしな話だと思うが、その情動は論理的思考を凌駕していた。

呼吸が乱れていた。枕をぎゅっと抱きしめるが、胸の苦しさは治まってはくれない。

恐ろしい。魔導機械がフィルを特別視している事は明らかだ。そして、多種多様な魔導機械が手を尽くし、フィルの殺害だけを目的として向かってきたらエトランジュが全力を尽くしても――。

これまで魔導機械を恐れたことはない。だが今は、自分のミスで友が死ぬのが、何より怖かった。

フィル・ガーデンは変わっている。その知識や頭の回転、好奇心の強さは評価に値するが、我が強いし距離感がおかしいいし、余計なお節介をやいてくるし、ドライをたぶらかした。エトランジュに行ってきた《魔物使い》の『施術』とやらはとんでもないもので、今思い出しても赤面ものだ。

だが、それでも彼は間違いなく友だった。愛称を呼ぶ事を許したのは勢いだったが、まだ出会ってから半年も経っていないとは思えない。

屋敷の周囲に張る結界も、力を入れすぎた。その維持で魔力がどんどん抜けていくのがわかる。

以前、アリスのエナジードレインを防ぐのにも使った、内外の空間を断絶する『閉鎖回路《ネガティブ・フィールド》』。屋敷の周囲に張り巡らせたのはその上位スキルに当たる。

魔法も物理も光や空気ですら、あらゆる害あるものを遮断するその結界は結界の中でも最上位のものであり、長時間維持するのは屋敷に置いてある機械類のサポートを受けてさえ困難だ。

だが、やらずにはいられなかった。今力を使い果たしては本末転倒だとわかっていても、もしも万が一、それを上回る攻撃がきたらと思うと――。

その時、不意に扉をノックする音がした。

「まだ起きてる?」

§　§　§

軽くノックをして、寝室に入る。エティの屋敷の寝室はかなり簡素だ。

部屋というのはその人の性格を表している。余計な家具などがほとんどない寝室はきっと引っ越した直後だからとかではなく、彼女のこれまでの人生を示しているのだろう。

月明かりがぼんやり部屋を照らしていた。施術で焚いた香の残り香か、仄《ほの》かに甘い匂いがする。

ベッドで身を起こしたエティは酷い表情だった。髪もくしゃくしゃで、眠っていた様子はない。

弱い探求者がもっとも手早く成り上がる方法は実は、パーティのリーダーになることだ。知識や経験があれば活躍もできるし、逆に弱さや臆病さがリーダーの適性として働くこともある。

それなのに僕がリーダーになれなかったのは、ならなかったのは、僕にリーダーに必須とされる能力――他者に共感し、それに寄り添う能力が少しだけ欠けていたからだった。

頭ではわかっていても、経験から推測は立てられても、心で理解しなくては、きっとどこか致命的なタイミングでミスを犯す。それは僕が、交わした契約を遵守すれば大きな問題にはならない《魔物使い》になった理由の一つだった。

だが、彼女に共感はできなくても理解はできる。何も言わずにエティに近づいた。

その表情を、仕草をじっと観察する。半強制的な施術を行ったはずだが警戒している様子はない。

「こんな夜に……何か用ですか？　話なら、また明日に――」

そこで、僕はエティの前に立って、腕を大きく開いた。エティが目を丸くする。

「…………何やってるのです？」

「スレイブとのスキンシップは大切だ。だけど、相手がスレイブじゃなくても、役に立つ事もある。エトランジュ、君は多分、色々溜め込むタイプだ。おいで」

彼女は恐らく、アムとあまり変わらない。アムは一人ぼっちだったが、彼女は孤高だった。

誰も頼る相手がいないというのは辛いことだ。仕事はできるのかも知れないが、《機械魔術師》は《魔物使い》と違って、スレイブを使っても頼ったりはしない。ドライが僕の言うことを聞いてしまったのも、彼がマスターに日頃何も貢献できていないと感じていたからだろう。

「は、はぁ…………って、だ、誰のせいで溜め込んでいると――ッ」

声を荒らげるエティを抱きしめる。エティは一瞬、ビクリと震えたが、そのまま身動きを止めた。

薄い緩やかな寝間着の上から、その華奢な肉体の形がはっきりわかる。

メカニカル・ピグミーは魔力を通しやすい肉体構造をしている。肉付きは薄かったがその身体は柔らかく温かい。密着した胸部から純人《プライマリー・ヒューマン》よりやや速めの心臓の音が伝わってくる。

腕の中にすっぽりはまったエティの背に腕を回す。エティは何も言わなかった。何も言わずに、僕の背に手を回し、胸に顔を押し付けてくる。その身体はまるで何かを堪《こら》えるように震えていた。

抱きしめるという行為は非常に有効なスキンシップだ。もちろん、互いへの信頼関係を前提とするのは言うまでもないが、相手を落ち着かせる効果もある。

言葉などいらない。戦闘で役に立たない僕でも、精神的な支えにはなれる。

背に触れた指を立てると、背骨の形を確かめるようになぞる。乱れている髪に手ぐしを入れ、丁寧に整える。エティはしばらく擽《くすぐ》ったそうに身を震わせていたが、すぐに顔をあげた。

双眸は滲み涙の跡もあるが、唇がわなわなと震えている。

「……フィ……フィル？　い、一応言っておきますが…………私もあまり詳しいわけではありませんが……あのですね、こういうシチュエーションでは、私の手入れを始めるべきではないのでは？」

…………つい癖で。

「…………でも、調子は戻った」

「ぜんっぜん、戻ってないのですッ！　私はまだ、胸がいっぱいなのです！」

それは申し訳ない事をした。もう一度黙って腕を広げるが、エティはジト目でこちらを見上げると、抱きつかずにベッドに腰を下ろした。仕方がないので、その隣に腰を下ろす。

年頃の男女が同じベッドに腰を下ろしているというのに、こんなに色気のない話はない。

「エトランジュ、僕は何があろうと――君の味方だ。信用して欲しい。話でも何でも聞くよ」

「………なら、私の味方ならば、お願いだから、少しは行動を抑えて……大人しくしてほしいのです。今思い返せば………私は、あ、貴方のせいで、私は振り回されっぱなしなのですよ」

これまでを思い出したのか、エティがふるふる震えながら言った。不安が憤りに転換した形だ。

他者のために怒り悲しめる者に悪い人間はいない。わかっていた。わかっていたが、やはり、恐らく、彼女は――『敵』じゃないな。

大きく深呼吸をし、声色を調整してエティと交渉する。

「よく言われる。だけど、それは無理だ。師に教わった。力の使いどころを――僕は、敵を前に黙っていられるような性格じゃない」

「フィルの………師匠？」

エティが目を数度瞬かせ、僕を見上げる。そうだ。師匠だ。《魔物使い》はスキルのみに頼ってどうにかなるような職《クラス》ではない。《薬師》と同じように――書物だけで全てを得るには限界があった。

「素晴らしい師だった。資質は僕の方が圧倒的に劣っていたけど、《魔物使い》として、人として、最も重要な部分を教わった。今の僕があるのは彼らのおかげだ」

アモルの民、と呼ばれる者達がいる。魔物を御する不思議な力を持つ、生来から《魔物使い》の職に適性を持つ一族だ。既に滅亡の危機に瀕していたその一族の一人の下で学べたのは僕にとってアシュリーやアリス達との出会いに次ぐ幸運だったのだろう。今思い返しても充実した日々だった。

弟子入りしたのはそこまで長い期間ではなかったが、生きる上で重要な事を幾つも教えて貰った。

「フィルの師匠……会ってみたい気もするのですが…………本当に、その……貴方の師匠は、そんな事を貴方に言ったのですか？」

「《魔物使い》は敵性種族とわかり合う職だ。職を進めた者の心には最も恐ろしい魔物が棲む。それを御せなければいずれその魔物は本人を滅ぼすだろう、と。師は言った、常に正しくあれ。そしてその魔物は好奇心であったり、倫理観であったり、欲望であったりする」

『フィル・ガーデン。忘れるな、きっとお前は――心の魔物を解き放てば世界の敵になるだろう。弱さは免罪符にはならない、お前は手を選ばな過ぎる。ならばせめて、常に正しくあれ。そうすればお前はずっと、死ぬその寸前まで幸福でいられる』

アモルの民の力はそこまで強くも完璧でもなかったが、逆にその弱さが、あらゆる種の敵意の対象となるには最適だった。民の多くはその立場に耐えきれず力を魔王――世界の敵となるのに使い、極僅かな例外はひっそりと各地に散った。師の言葉には歴史と、強い情感が込められていた。

エティは僕の話を聞き、しばらくじっと考えていたが、言葉を選ぶようにして言った。

「…………最初の言葉だけ聞くと、まるで貴方が正義漢のようなのですが、それはつまり、偉そうに言っていますが、噛み砕いて言うと……戦意を御せないからせめて魔物にぶつけるという事では？」

「…………まぁ、当たらずとも遠からず、だな。エティ、君は本当に聡明だ」

「話を聞くだけ時間の無駄だったのです。もう！」

エティが腹立たしげに言うが、そんな事はない。随分顔色もよくなった。

相互理解は大切だ。《魔物使い》にとっても、友人関係においても、話し合いは必要だった。

「エティ、君は少し――真面目すぎる。言われない？」

「フィル、貴方は少し――勝手すぎるのです。言われませんか？」

我を通すとはそういう事だ。どれだけのベストを尽くしても、何かを求めれば割を食う者も出てくる。そして往々にしてそういう行為が――大きな因縁に繋がっているものなのだ。

僕は大きく息を吸うと、どこまでも純粋な強さを持つ我が友に言った。

「エティ、僕はこれからさらに危険な事をするよ。僕を守ってくれ」

「………………それは……スレイブみたいに？」

それは…………誘っているのかな？　うちの子になる？

ふん…………わかっているよ。僕は誰でもスレイブにするわけではない。

嫌いな奴もいるし、互いのメリットデメリットが釣り合わない時もあるし、契約耐性の問題でどうにもならない事もあるしそれに――スレイブにするのが惜しくなる事もある。

手を伸ばし、エティの頬を摘む。きょとんとした表情をするエティの前髪を軽く上げると、そこにそっと唇をつけた。どうか――この娘の前途に、祝福がありますように。

エティが緊張したように身を強ばらせる。

「!?」

「キスは場所によって意味が変わるんだ…………おやすみ、エティ」

返事を待たずに、寝室を後にする。

《魔物使い》は迂闊にスレイブと口づけを交わしたりしない。キスもスキンシップも僕達にとって武器である。アリスが僕を飛ばす寸前にしてきたアレは完全なルール違反だった。

マスターは常に公平であれ。だが、今回の相手はスレイブではないし、今日くらいはいいだろう。

扉を閉めるや否や、陰から恨みがましげにこちらを見るアリスに気づく。

「ご主人様《マスター》、ずるい。私にはしてくれないのに」

「アリス、命令《オーダー》がある。明日から少し……忙しくなるよ」

「…………はい。従《ダー》います」

アリスが仰々しい仕草で、まるで忠誠を見せつけるように跪く。

余計なお節介だと知ってはいるが、友が危険な目に逢うと知りつつも放置する事などできない。


エティの工房。真ん中にどすんと置かれたワードナーの頭部を前に、エティが腕まくりをする。

そっと差し出したその指先にカラフルな光が集まると、一瞬で一つの形を生み出した。

膨大な魔力を操る上級魔術師職。道筋も理念も様々だが、それらには不思議な共通点がある。

それが――奥義だ。同じ世界の法則に従い生み出された術だからだろうか、魔力により武器やアイテムを生成する、それぞれの魔術の奥義を総称して――『幻想兵装』と呼ぶ。

エティが生み出したそれは、柄の長いスパナのような見た目をしていた。ただし、通常のスパナと違い長剣程の長さで、全体が虹色にきらきら反射していた。

滅多に見ない奥義に目を見張る僕に、エトランジュはくるくるとスパナを回して言う。

「分解の概念が詰まっているのです。戦闘においても――魔導機械相手ならばまず負けないでしょう。まぁ、ここまでしなくても彼らには大抵、雷撃系の術がよく効きますが」

「……完全に脳筋だな。攻撃スキルに寄りすぎてる」

「殴りますよ？」

エティが一人でここまでやってきた理由は、その自信の源は――これか。

ワードナーのように雷撃に耐性を持つ魔導機械はいるが、分解の概念の詰まったスパナは防げないだろう。まぁ、雷撃耐性も有象無象の魔導機械に積むのは相当しんどそうだけど……。

ボスは分解し、雑魚は攻撃範囲の広い雷撃系スキルで一掃する。まさしく、天敵だ。

「エティが追ってきた行方不明になったという魔術師もそんなに強かったのか？」

「そこまで仲がよかったわけではありませんが……でも、私よりは弱かったと思うのです」

そりゃそうか。彼女のような術者がそこら中にいたらこちらも商売あがったりだ。

エティがスパナでワードナーの頭に触れる。彼女がやったのはそれだけだった。

つなぎ目のなかった体表にまるでパズルのように線が入り、内部の部品含めばらばらに四散する。

「生体金属なのです。製造後に時間が経つと癒着して繋ぎ目が消えるのです」

「高度な技術？」

「随分前に開発された技術なので…………ですが、今でも十分実用に耐えます」

エティはスパナを消すと、部品を漁り、一つの板状の金属部品を取り上げる。

ひびが入り、焦げた部品だ。魔導機械技術の発展は著しいが、僕でもその部品の正体はわかった。

「記憶装置……黒焦げだな……」

「フィルの話を聞く限りではおそらく、内部から簡単に破壊できるような構造になっていたのかと」

なるほど、確かにあのワードナーの動きはまるで予定調和のようにスムーズだった。そして、そこまで機密の漏洩を恐れていたということは、やはり何かあるのだろう。見られたくないものが。

「直せる？」

「やってみないとわからないのです。『上級構造復元《リペアハード》』！」

指先から出た糸が部品に絡みつく。エティの顔に汗が流れ、その呼吸が僅かに乱れる。

攻撃系スキルと比べると派手さはないが、この手の術にはまた別な能力が必要とされる。

光り輝く糸はしばらく黒焦げの部品に絡みついていたが、程なくしてエティが額の汗を拭った。

「……ふぅ……で、できたのです。こんな繊細なスキル使うの久しぶりでした」

記憶装置からは焦げもひびも完全に消え、鈍く輝いていた。あの状態から修復できるのか……。

「まぁ、魔導機械の記憶装置は万一の事がないよう、かなり頑丈に出来ているので……普通の修理ならばともかく、《機械魔術師》のスキルなら、ちょっと破壊された程度では問題ないのです。半分割られて持ち去られたとかだと不可能ですが……」

エティが肩を竦《すく》め、続いて再び手の平を部品に向ける。

「『情報電解《ロード・アナライズ》』」

先ほどとはまた違う色の光の線が装置に接続され、エティの表情から意思が消える。両目は開いているが、その瞳は前を見ていなかった。脳の情報処理能力が解析に割かれているのだろう。

《機械魔術師》はそれ以外の者が高価な魔導機械を用いて行うよりも高度な事を、スキルで行う。

黙って待つこと十数分、接続されていた光が消え、エティの表情に意思が戻る。攻撃スキルよりも脳を使っているのだろう、その顔には明らかな疲労が見えた。これは、もう一度施術が必要かな？

「何かわかった？」

「何も……ただ、関係性がある事はわかったのです。彼は…………確かに、他の魔導機械と繫がっていました。上位者がいるのです。より、上位の――魔導機械、魔導機械の神が」

険しいエティの表情。なるほど……だが、既にそれらしき存在とはアリスが会話をしている。

「他には？」

「そうですね。彼らはどうやら、破壊された魔導機械を回収して、純粋な金属塊に戻す作業をしていたようなのです。クリーナーが【黒鉄《くろがね》の墓標《ぼひょう》】の外に広く出没していたのもそのため――」

「クリーナーがどこで製造されているのかはわかった？」

「はい。【黒鉄の墓標】のずっと地下、金属潜航がなければたどり着けない場所に工場があるようです。ですが…………この役割、クリーナーがいなくなると、荒野が汚れるでしょう」

「…………確かに、ね」

工場が別にある――ワードナーに増殖機能が搭載されていたわけではなかった、か。

クリーナーの立ち位置は、この魔導機械が生息する環境のサイクルの中では一番下……『底』だ。

生成した金属塊は恐らく、他の魔導機械の材料になっているのだろう。つまり、リサイクルだ。

いくら魔導機械の工場でも原材料なしでは作れないから、クリーナーの工場を潰せば魔導機械の増加を抑える一助にはなるだろうが――そこじゃないな。目指すのはそこではない。

クリーナー達がいなくなれば代わりにそういう役割を持つ魔導機械が生み出されるだけだろうし、魔導機械の存続に関わる部分をクリーナーだけが担っているとも考えづらい。

ふと気がつくと、エティがじっとこちらを見ていた。どうやら考え込んでしまったようだ。

「ちなみに、ワードナーが誰に作られたかはわかった？」

「……わかりませんでした。消された跡はないので、もともと持っていなかったのでしょう」

一番手っ取り早く情報漏洩を防ぐ方法だ。いくら強力な機械魔術でも、元々存在しないものは復元できない。あまり期待はしていなかったが――最後に意見を聞く。

「ワードナーは――同じ魔導機械に作られたと思う？」

僕の問いに、エティは一瞬瞳を伏せた。

わかっていたはずだ。聡明な彼女ならばここに来る前から、わかっていたはずだった。

この魔導機械の蔓延《はびこ》る環境は自然発生する類いのものではない。少なくとも、無機生命種《マキーナ》というのはそこまで発展していない。だから、その表情は感情からくるものだろう。

「いえ。ワードナーの製造は少なくとも百年以上前なのです。その当時の技術で、彼を動かす程の大きな魔導コアを《機械魔術師》抜きの工場で製造できるとは思えません」

魔導機械技術は年々発展している。だが、この手の技術のブレイクスルーは天才が起こすもので、天才魔術師というのは往々にして秘密主義というやっかいな性質を持っている。

エティが大きく深呼吸をすると、僕を見た。覚悟を決めたような強い眼差し。

「神を……倒さねばならないのです。ワードナーの上位者、この地のすべてを支配している、魔導機械の神、太古の魔術師が生み出した遺産――【機神の祭壇】の最奥に今も潜む者を」

………そうなる、か。それは正攻法のアプローチだ。

問題は、【機神の祭壇】が現在、アリス単騎でも最奥に至れない程発展しているという事である。

縦横無尽に移動できる《空間魔術師》の職を持ち、無数の命を持つアリスの単騎というのは並外れた突破力を誇っている。ともすると、数万の軍で攻め入るよりも先に進める可能性すらある。

長い時間をかけあらゆる襲撃を想定している祭壇を攻略するのは《機械魔術師》でも難しいだろう。

というか、アリスもそうだが、単騎だと物量が弱点になる。数と準備が圧倒的に足りていない。

そこで、エティは大きく深呼吸をすると、恐る恐る言った。

「フィル…………私と一緒に戦ってくれますか?」

「んー……わからないな」

「え!?」

気持ち的には共に戦いたいが、盤石な砦を崩すには時間がかかるし、僕には王国への帰還という目的もある。まだちょっとショックを受けているエティの背をぽんぽんと叩く。

「とりあえず、今は大規模討伐の方を考えよう。ワードナーが神と繋がっていたのならば、アルデバランが繋がっていてもおかしくはない。何かヒントが出れば、他の探求者の助力も見込める」

「そう……ですね」

戦いで大切なのは事前準備だ。僕達は大抵、自分が考えているよりも強くない。

彼女には僕以外にも、強い助けが必要だ。


クラン。それは探求者が作る最も強固な集団。互いの不足を補う事を目的に複数のパーティが集まって作られたその集団は、冒険を進める上で非常に有効だ。

大規模討伐依頼、『灰王《はいおう》の零落《れいらく》』の中核となっているのは、エティとクラン《明《あ》けの戦鎚《せんつい》》だ。

そして、エティはキーマンだが、ソロより日頃集団を指揮している方がカリスマがあるから、依頼を行う上で総指揮を担当するのはクランマスターである竜人《ドラゴニュート》、ランド・グローリーという事になる。

約束もなくクランの拠点に単身乗り込み、出した僕の提案に、ランドさんは一瞬考え込んだが、すぐに笑みを浮かべて言った。

「なるほど……わかった。歓迎しよう、フィル。経験豊富な探求者は何人いてもいい」

「えー、ランドさん、本当にフィルを入れるの？　失敗が許されない、大規模討伐よ？」

ランドさんと同じパーティを組んでいるセーラが嫌そうな表情で唇を尖らせる。

この間の件で恨みを買ったらしい。ガルドもなんとも言えない呆れた表情だ。

いつも面倒事を持ってくる者程、嫌われる者はない。だから、人を頼るというのは慣れないとなかなかできないのだ。仲間の表情に、ランドさんが宥《なだ》めるように言う。

「ＳＳＳ等級探求者ならば誰も文句は言うまい。それに、エトランジュのサポートをすると言い切っていた君がやってきたという事は何かあるのだろう？」

信頼されているようだ。真意を問うような鋭い瞳がとても気持ちがいい。

やはり彼も――敵ではないな。そこで、僕はさらに深く踏み込んだ提案をした。

「指揮権をくれる？」

「…………指揮権は、あげられない。うちのクランに入るなら別だが――」

セーラがぎょっとしたように僕を見るが、冗談だろう。そもそも、入るわけがないし。

指揮権はあげられない、か。彼にもマスターとしての立場やプライドもあるし、当然だ。手を尽くせばなんとかなる気もするが――笑みを浮かべ沈黙を保つ僕に、ランドさんは肩を竦めて言った。

「まったく。特別参謀という事で手を打たないか？　メンバーはきっとセーラが説得してくれる」

「!?　なんで私が!?」

「よし、その方向でいこう。頼んだよ、セーラ」

人材の使い方を良く知っているな。僕は、わーわー言っているセーラをスルーしてランドさんと握手を交わすと、早速、今僕が持つ情報を共有する事にした。


魔導機械の自律思考は一般的に非常に読みやすい。

白夜《はくや》はウィットに富んだジョークを飛ばしてきたが、彼女は最新型でおまけにそういう風に作られていたからできたのだ。だが、太古に生み出されたというオリジナル・ワンはそうではない。

僕の見解では、【機神の祭壇】攻略に必要なものはたった二つ。プロフェッショナルと人数だ。

存在が露呈した今、魔導機械の神は追い込まれている。時間は人間側の味方だ。

何故ならば――人間側には外部からの助けを呼ぶという手が使える。レイブンシティは半ば独立しているが、状況を聞けば外部の高等級探求者の中にも興味を持つ者が必ず現れるだろう。

そのために必要なのは証拠だった。それも、確固たるものであればあるほどいい。ワードナーの記憶だけでは少し弱いが、ギルドの下でアルデバランの記憶が解明されれば、それが決め手になる。

大規模討伐依頼『灰王の零落』は分水嶺となるだろう。

彼らの勝利条件は天敵である《機械魔術師》と、最大戦力である《明けの戦鎚》を殲滅する事。少なくともクランに大きな被害を与えれば人側は及び腰になり、相手に時間を与える事になる。

《明けの戦鎚》。その本拠地の会議室に、大規模討伐に参加する主要メンバーが集まっていた。

上座に座るのがランドさんとガルド、エティにマクネスさんと、僕。残りは等級順に座っている。

今回依頼に参加できるのはB等級以上の上級探求者だ。《明けの戦鎚》メンバーは特別に参加を許されているが、ここまで参加条件が厳しいのは、今回のターゲットが未だ最奥まで至った者のいないダンジョン【機蟲《きちゅう》の陣容《じんよう》】を根城にする魔導機械であるためだ。

そこそこの探求者では足手纏いにしかならない。故に、一流を集めた。例外的にリンとセイルさん達もいるが、それは僕が口添えしたからだ。気心の知れた仲間は何人いてもいい。

最善を尽くした。今回の作戦が失敗すれば次は準備のためにかなり時間を空ける事になるだろう。

ランドさんには今わかっている事の大部分を話した。

ワードナーとの邂逅。魔導機械の神の存在に、向こうがこちらの動向を探る術を持つ事も。

混乱を避けるため、神の存在については伏せて皆に説明するランドさんに、集まった探求者の内の一人、つり目の男がこちらを威圧するような声で言った。

「つまるってところ、なんだ？　蟻達が、攻め入るのを待ち構えているって？」

獣人種の男だ。肉食獣を思わせる引き絞られた肉体に、鋭い目つき。髪はオールバックで、近くに布に包んだ長物を置いている。一見チンピラのようだがこの地ではよく知られる探求者の一人だ。

S等級探求者。《槍士》ハイル・フェイラー。ソロを貫きここまで成り上がった凄腕。

猫系の獣人なのか、表情とは裏腹にぴこぴこ動く猫耳が少し可愛らしい。……うちの子になる？

会議室がざわつく。そこで、僕はランドさんの代わりに、足を組み、ハイルに言った。

「我々の調べによると、ここ最近、モデルアント達は奇妙な動きをしている。いや――奇妙な動きをしたのはモデルアントだけじゃないようだが……君も知っているだろう？」

ぎょっとしたように、ランドさんとエティが僕を見る。マクネスさんなど顔を顰《しか》めている。

「あぁ？　あんた……だれだ？」

表情。態度。会議ではあらゆる手を使って存在感を出さねばならない。

黙っていると、ランドさんが仕方なさそうに紹介してくれた。

「……彼は、フィル・ガーデン。特別アドバイザーだ。この手の大規模討伐を幾つか経験している」

僕はそこで言葉を引き継いだ。笑顔でハイルに続ける。

「十三だ。そこから先は出禁になった。何しろ、僕の故郷だと大規模討伐は参加希望者が多くてね、経験者は後回しにされるんだが……まぁいい。ハイル、他に質問は？」

「………………てめえの等級は？」

「ＳＳＳ等級だ、ハイル。彼はこの中で最も等級が高い。フィルも、もったいぶるのはやめろ、時間がもったいない。質問は後からまとめて受けよう」

マクネスさんが代わりに答える。僕は割と……こういうやり取りも好きなのだが。

ハイルが足を組み、舌打ちする。だが、どうやら認められたようだ。

高等級の探求者は一目置かれる。Ｓ等級探求者にもなれば格上を見る機会はなかなかないだろう。

『我々』という言葉を使ったのもよかったのかもしれない。調査したのは《明けの戦鎚》だけど。

「皆も知っての通り、ここ最近、魔導機械達が妙な動きをしたタイミングがあった。巣への大移動だ。特にモデルアントは巣に引っ込み、ほとんど表に出てこなくなっている」

僕達が『風の船』で脱出した時に見たあれだ。僕達が確認したモデルアントの大移動だったが、大移動したのはモデルアントだけではなかったらしい。上位者から何らかの命令があったのだろう。

しかも、探求者にばれる危険すら冒して――。

他の魔導機械達は通常の行動に戻っているが、モデルアントだけは未だ巣に引っ込んだままだ。

今回のターゲットである【機蟲の陣容】は蟻の巣状に広がるダンジョンだ。掘ったのはモデルアントの一種、ビルドアント。現在でもその拡張は留まるところを知らず、地図も存在しない。

巣はモデルアントが出入りするため狭くはないが、中は暗く湿っていて足場も余りよくない。

以前、ランドさんがキングアント討伐に動いたのは、どこまでも巣を掘り進め拡張するモデルアントの性質に危機感を抱いたかららしい。それでも、準備を重ねた末、キングアントが巣穴を離れ外に出るタイミングでの戦闘を選んだのだからそのダンジョンの難度がどれほどのものだかわかる。

そこで、マクネスさんが立ち上がった。

「実は……もう探求者の諸君は知っていると思うが、ギルドはもともと、クイーンアントの存在を確認していた。情報の元になったのは、とある探求者が残した映写結晶だ。中には【機蟲の陣容】の探索の様子と、最奥に存在していた魔物が写っている。そして、その危険性から、クイーンアントの情報にはＳＳＳ等級未満の探求者には伏せるように機密処理がなされた」

「その探求者ってのは……もしかして――」

僕の問いに、マクネスさんが頷く。エティの眉がぴくりと動いた。

「そうだ。君の想像通り――《機械魔術師》だよ」

映写結晶とは周囲の光景を動画として保存する魔導機械だ。高価で壊れやすいため冒険に持って行く者は余りいないが、《機械魔術師》には物質の転送スキルがあるから、そういう手法も成り立つ。

この地の探求者で《機械魔術師》の力を知らぬ者はいないだろう。息を呑む精鋭達の前で、マクネスさんが映写結晶を放った。手の平大の魔導機械が空中にビジョンを映し出す。

【黒鉄の墓標】とは異なる、雑に掘り出された大きなトンネル。ぼんやりと光る苔が生い茂る中、たった一つ、足音が響いている。どうやら主観で撮影していたのか、《機械魔術師》の姿は見えないが、ソロで魔導機械の巣に潜入するくらいだ、よほどの自信家なのだろう。

【機蟲の陣容】には事前の情報通り、大量のモデルアントが生息しているようだ。

乱雑に掘られたトンネルは四方だけではなく上下にも広がっていて、迷宮の名に相応しい。モデルアントの大半は壁を自在に歩けるようで、三次元からの奇襲への対策は必須だろう。

トンネルでは数の利が生かしづらい。相手側もそれは同じだが、相手はどうやら狭い空間でも能力を発揮できるよう作られているようだ。それだけで、この依頼が一筋縄ではいかない事がわかる。

だが、探求者達が映像を凝視しているのは、それが理由ではなかった。

魔導機械に対する《機械魔術師》の力に、戦慄しているのだ。

「強え……ッ。話には聞いていたが、これが魔術師の戦い方、なのか？」

「戦闘寄りの《機械魔術師》みたいだな」

ガルドが頬を引きつらせて言う。鎧袖一触《がいしゅういっしょく》。戦闘風景はその一言に集約された。

指先から放たれた紫電が四方から襲いかかってくるモデルアントを撃ちつける。戦闘は、ただそれだけで終わった。外傷もほとんどなく、モデルアント達が崩れ落ちる。一体来ても十体来ても、そして恐らく百体襲ってきても、恐らくその戦闘光景は変わらないだろう。余りに――圧倒的だ。

雷の魔法でワードナーを攻撃したことのあるトネールが本職との余りの違いにぽかんとした表情をしていた。これは、ただの雷ではない。エティがすかさず説明を入れてくれる。

「『停止信号』のスキルなのです。システムに直接停止命令を出しているのです。特別な処置をされた魔導機械でなければ、抗《あらが》えません」

「おまけに消費魔力も大きくない」

「…………なるほど。《機械魔術師》が必須だと言われたわけだ」

ランドさんが納得したように頷く。大抵の魔導機械は《機械魔術師》の敵にはなり得ない。

だが、今回の相手は違う。奥に進むに連れ、どんどん洞窟が大きくなり、モデルアントの種類も多くなってくる。中には『停止信号』が効かない個体も現れ、そして、撮影者は倒れたふりをして後ろから襲いかかってくる個体が現れたその時、戦闘手法を『停止』から『破壊』に切り替えた。

歩みは止まらない。明らかに内包したエネルギーの異なる雷光が洞窟を通り抜け、転送された砲塔が雨あられの如く襲撃者を引きちぎる。上級のモデルアントも、唐突な奇襲も、その術者を止める事はできない。エティが難しい顔で映像を見ている。と、そこでマクネスさんが声をあげた。

「ここからだ」

術者の歩みに従い動いていた映像がぴたりと止まった。

光苔がぼんやりと照らす洞窟の先。トンネルの幅が一気に広がっていた。傍観者からはわからない何かを感じ取ったのか、映像の人物がごくりと息を呑む音が聞こえ、映像が少しずつ前に進む。

――そして、それは現れた。

そこは、天井が見えない程の高さの、巨大な部屋だった。轟々《ごうごう》と風の音が聞こえ、無数のトンネルがその部屋に繋がっている事がわかる。その中心に、それは在った。

「チッ。なんだこれは――」

そこに君臨していたのは、下腹部が数メートルも膨れ上がった巨大なモデルアントだった。

全長は恐らく百メートル近く、色は濃い灰色。そして何よりの特徴として、下腹部には透明な巨大な管がつながり、部屋中に張り巡らされている。その周囲には無数の配下が屯《たむろ》していた。

「これが……クイーンアント――アルデバランッ！」

「体内で、モデルアントを製造している…………工場では、なくッ！　こんな魔物、見たことが――」

エティが愕然と目を見開く。下腹部に繋がった透明な管の中には、無数のモデルアントが蠢いていた。グロテスクで怖気が走る光景だ。一体何体、何十体をその体内に収めているのだろうか？

その時、地面を這い回っていた兵隊達の爛々と輝く瞳が撮影者を捉える。

視界を共有でもしているのか、上から、下から、視線が向けられる。

撮影者が選んだのは――撤退だった。部屋に存在していた最高等級のモデルアント達が壁を、地面を駆け、一斉に襲い掛かってくる。撮影者が素早い動作で踵を返す。

映像が途切れる。皆が言葉を失っていた。エティが恐る恐る声をあげる。

「映像を撮った人は、どうなったのですか？」

「あぁ。撮影した者は――傷を負いながらも街まで戻り、映写結晶と一緒にギルドに報告した」

だから映像が残っているというわけか。だが、まだ言っていない事があるだろう。

「その後は？」

被害者が出なければ、ランドさんに情報を伏せる程の機密指定はかからない。

僕の問いにマクネスさんは苦々しげな表情を作ったが、すぐに深々とため息をついて言った。

「その後は――今度こそボスを倒すと再び【機蟲の陣容】に挑み、帰還しなかった。そして、我々はこの個体を通常の探求者では手に負えないと判断し機密指定をかけた。これが、今回の我々の敵だ」

作戦会議は長引いた。映写結晶で確認した【機蟲の陣容】の構造はダンジョン未経験者にもこの依頼の困難さを想像させるものだった。加えて厄介なのは、撮影されたのが最近ではないという事だ。ビルドアントはやろうと思えば一晩に何メートルも幅広のトンネルを掘り進められる魔導機械だ。アルデバランの居室が今も映像と同じ場所に存在する可能性はかなり低い。

「やっかいな……ダンジョンなのです」

一通り情報共有を行い、エティが唸る。ランドさんもそれに同意した。

「元々、仲間を呼ぶモデルアントは嫌われ者だからな……【機蟲の陣容】は人気のないダンジョンだし、うちのクランも、キングアント——個体名セイリオスが定期的に外に現れるのを偶然発見し、モデルアントに興味を抱くまではこのダンジョンについてほとんど知らなかった」

話し合えば話し合う程、課題の多さが明らかになってくる。必要なのは純粋な戦闘能力ではない。巣の内部構造の把握は必須だ。安全策を取るのならば少なくとも準備含め半年は必要だろう。

「モデルアントは軍だ。高度な連携能力を持つ軍。チェスに準《なぞら》えた六種のモデルを基本として他にも幾つものモデルが確認されている。総数も——不明だ」

「キングを獲られたのにまだゲームを続けるなんてとんでもない蟻だな」

「違いない」

肩を竦める僕に、マクネスさんが呆れたようにため息をついた。

だが、なかなか完成度は高いが、やはり本物よりはマシだな。僕がかつて戦った蟻の魔物にはもっと獰猛な悪意があった。相手の心胆を寒からしめる生物故の必死さがあった。彼らはあらゆる手を使い生存の道を模索し、敵の全てを率先して排除していた。この地の魔物は少し——消極的過ぎる。

ランドさんが顔を顰めて言う。

「一番の問題はどうやってこの複雑なダンジョンを突破し、主力をボス部屋に送り届けるか、だ」

「ギルド保有の監視ドローンを幾つか放ったが、【機蟲の陣容】は既に認識できない域にまで広がっている。斥候職のスキル持ちが複数人いないと、とてもアルデバランまでの正しい道はわからない」

「《機械魔術師》の術にも限度があるのです。壁や床の構造にもよりますが――広すぎます。恐らく、入り口でスキルを使っただけで内部構造を全て解き明かすのは不可能なのです」

「あ、わかったッ！　フィルさん、もしかして……ここは私の持つ《探偵《ディテクティブ》》の出番なのでは!?」

何もわかっていない。何もわかっていないよ……アム。君、字面だけでその職選んだでしょ？

アムの能天気な意見に、視線が僕に集まる。咳払いを一つして、僕は自信満々に言った。

「君達の懸念はもっともだ。だけど、時間はかけない。僕に一つ心当たりがある」

モデルアント達の目的は明らかに時間稼ぎだ。何を目論んでいるのは不明だが、僕個人の事情からしてもそんなにのんびりやってはいられない。


僕が出席して初めての会議を終え、皆がバラバラと帰って行く。

アムがしきりに名残惜しげな視線をこちらに向けてきたが、視線だけ合わせて頷いてやると、がっくりしたように帰っていった。そんな奔放な子に育てた覚えはありません。

「しかし、心当たりって――何をするつもりだ、フィル」

「いきなり参謀とか言い出したと思ったら――また奇策でもあるのか？」

「……まさか、アリスに探索させるとか？」

ランドさん達が期待半分、不安半分で話しかけてくる。アリスを使うというセーラの推測はかなり僕の事をわかっているが、今回は使わない。調べた限り、この地のダンジョンは全て盤石だ。【黒鉄の墓標】も大概だったが、【機蟲の陣容】はそれよりも少しだけ暴力的だろう。

恐らく、既にアリスの能力はアルデバランに露呈している。その対策は打ってくると考えるべきで、これでは仮に力尽くで突破できたとしても余計な消耗を強いてしまう。

「……まぁ、僕の心当たりも――まだ本当にうまくいくかどうかはわからないけど……」

「まったく、おかしな事を言うなら事前に話をしておくべきなのです。フィル、貴方は私のサポートをするのではなかったのですか？」

エティが腕をつついてくる。そう言われるとつらいが、相手が街での僕の動向をキャッチしているとしたら、迂闊に会話もできない。僕のような探求者は秘密主義であればあるほどいいのだ。

そこで、ギルド職員と共に帰る準備を進めていたマクネスさんが思い出したように声をかけてきた。

「そうだ、フィル。君にしなければならない話があったんだ。…………報酬の話だよ」

「報酬の……話？」

大規模討伐依頼は参加者の人数も報酬額も莫大だ。通常は報奨金を人数と探求者等級、功績を配慮した上で配分する事になる。つまり、強力な探求者が参加すればするほど、皆が受け取る報酬が減る。

だが、今回の僕はあくまでこちらの都合での飛び入り参加、報酬を受け取るつもりはない。

「フィルが何を考えているのかは想像がつくが、そういうわけにもいくまい。ＳＳＳ等級探求者を無償で働かせたと知られたらギルドの沽券に関わる」

もっともだな。僕の意見はあくまで探求者意見である。彼らには彼らの筋というものがある。

本来はそういう話はギルドマスターからあるべきだが、噂だとこの地方を牛耳るギルドマスターは武人で、余りやる気がないらしい。マクネスさんもなんだかんだ苦労しているようだ。

「だが、募集が終わった後、飛び入りで参加を決めた君に元々の報酬を分配し、一人頭の額が大きく減ってしまえばそれはそれで問題になる。そこで――我々はせめてもの誠意として、君が今必要であろう物を報酬として用意した。手に入れるのには非常に苦労したが……」

必要な物……？　何だろうか？　目を瞬かせる僕に、マクネスさんはしかめっ面のまま言った。

「次の『境界船』のチケットだよ。境界線を跨ぎ大陸の北に戻る唯一の方法だ。全く、大赤字だ」

ギルドも随分、奮発したものだ。境界船の乗船チケット。それは、最近の僕の目的の一つだった。

僕のホームグラウンドであるグラエル王国とレイブンシティは一つの巨大な大陸に存在しているが、この大陸は北部と南部で、境界線と呼ばれる前人未踏の山脈に完全に分断されている。

これまで何千何万の探求者が挑戦し散っていった、陸路でも空路でも縦断不可能な、魑魅魍魎跋扈《ちみもうりょうばっこ》する大山脈だ。そして、北部と南部を行き来できる唯一の現実的手段が海路であり、そこを走る唯一の船こそが、L等級に区分される魔導機械、境界戦艦リュミール――通称、『境界船』だった。

かつて、とある《機械魔術師》がその船を建造する前まで、山脈の向こう側は伝説の地だった。

海や空に潜む凶悪な幻獣魔獣を強引に突破し進むその船も、行き来するのは年に二度だけだ。

そのチケットにどれほどの値がついているのかは想像が付くだろう。手に入れるにはコネと金、両方が不可欠だ。入手には苦労するだろうと思っていたが、まさかギルドが用意してくれるとは……単純にチケットを金額換算するだけでも大規模討伐の分配金よりもずっと高いのに、ＶＩＰ待遇だな。

《明けの戦鎚》の拠点を出る。会議が白熱したせいで外はもう薄暗い。

大きく伸びをして身体を解《ほぐ》していると、後ろからついて出てきたエティが僕の名を呼ぶ。

「フィル……」

「……そんな寂しそうな声をあげないでよ。すぐに出て行く訳でもないんだし」

「!? あ、あげて、ないのですッ！」

探求者にとって別れは必定だ。僕はこれまでの探求者人生で幾度となくそれを繰り返してきた。

北と南、その間には途方もない距離があるが、生きていればきっとまた出会う事もあるだろう。

「まぁ、とりあえず今は依頼の事だけ考えよう。チケットを用意されて失敗するわけにもいかない」

「そう……ですね。こほん……それで…………さっき言ってた心当たりって何なのですか？　今ならば私以外いないのです」

エティがそっとこちらに身を寄せ、小声で尋ねてくる。

会議室では自分以外にも人がいるから言わなかったと思っているのか……可愛い。

少しは自分で考えなよ……と、相手がアムだったらそう言っていたところだが、今の彼女はスレイブではなく友人であり、同時にビジネスパートナーだ。僕には彼女ができない事をする義務がある。

といっても、僕だって万能ではない。僕ができる事は誰にでもできる事だ。

単純だ。【機蟲の陣容】は大抵のスキルでは網羅できない程に広い。

ならば――その広さをカバーできるような力を使えばいい。歩き続けながら小声で質問する。

「エティ、君はこの街で最も強い探求者は誰だか知ってる？」

僕の問いに、エティが目を丸くする。そして、すぐにすねたような表情で、答えた。

「…………馬鹿にしているのですか？　それくらい知っているのです。この地で一番強い探求者はランド・グローリーなのです。私と貴方を除けば、ですが」

その通りだ。現地の有力な探求者を調べるのは円滑に活動する上で欠かせない。

「じゃあ一番、等級が高い探求者は？」

「…………？　貴方がＳＳＳ等級で、その次が私やランドのＳＳ等級なのです」

「外れだよ。この地には――他に、ＳＳＳ等級の探求者がいる」

調査が足りていないいな。優秀さ故に余り他人を頼らない彼女では気づかなかったのも無理のない事かもしれないが――この地にはほとんどの探求者が知らないＳＳＳ等級の探求者が存在している。

先日、セーラ達にエティの仕事を押しつけた際に確認したのだ。

高等級探求者の情報（名前や職など）はギルドやその地の探求者に確認する事でわかる。

だが、（滅多にある事ではないが）本人から情報の非開示申請をあげればギルドで情報を得る事はできなくなるし、表だって活動していなければ探求者達の間で噂になる事もない。

――この地に住まうもう一人のＳＳＳ等級探求者はそういう変わった探求者だった。

世界には老若男女、種族も性格も様々な探求者がいる。この地に飛ばされた時、僕は、財布は疎《おろ》か、ギルドの身分証すら持っておらず、自分の身の上を証明するには、行動で示すしかなかった。

最初にエティと図書館で対面した時、彼女は僕が自己紹介する上で提示した等級にも、荒唐無稽な身の上にも特に反応を示さなかった。どうでも良かったからだ。彼女にとって、重要なのは僕と相性がいいかどうかで、等級や言葉の真偽などどうでもよかった。だが、どうでも良くなかった者もいる。

《明けの戦鎚》だ。多くのメンバーを抱え、付近で最大のクランである彼らには相応の責任というものがある。イレギュラーな方法で接触を図ってきた僕を調べないわけがない。そして、彼らは僕が自己紹介する際に開示した情報を、ＳＳＳ等級という情報を信じるに値すると判断した。

当時、ギルドですら確固たる情報を持たなかった僕の情報を、だ。エティが目を見開く。

僕がセーラ達に確認したのは――彼女達が使った『情報屋』だ。

この街の高位探求者がひっそりと語り継いでいる凄腕の情報屋の名前だ。

そして、セーラがもったいぶりながらも教えてくれたその名は僕も聞き覚えのあるものだった。

「《天眼》のザブラク・セントル。長い間、所在不明だった凄腕の情報屋。それが、この街のもう一人のＳＳＳ等級探求者の名前だ。今から会いに行くよ」

彼は僕に借りがある。彼は事なかれ主義のようだが――いい機会だ、返してもらう事にしよう。

§　§　§

《明けの戦鎚》本拠地。百名近くいるメンバー全員が悠々と入れる会議室で、セーラは荒ぶっていた。

「もおおおお、何なの！　フィル！　私達に頼み事ばっかりして、自分の考えは何も話さないで！」

「まぁまぁ、落ち着け、セーラ。あいつが考えを何も話さないのは初めからじゃねえか」

「だから、そもそもそれが問題なんでしょ！」

副クランマスターのガルドの言葉にも、セーラの怒りは治まらない。

昔の彼女ならば余程の事がなければ、ランドの右腕の地位にいるガルドに噛みつく事はなかった。

全てが変わったのは、あの男がペテンに近い手法でセーラの内心のわだかまりを解いてからだ。

酷い借りを作ってしまった、と、ランドは嘆息した。

これはもしかしたら一生つきまとうかもしれない縁だ。ランドはフィル・ガーデンが嫌いではないが、これまでのトリッキーな立ち回りを見ていると今後の事が不安にもなってくる。

とびきりやっかいなのは、あの男が借りを作る事も貸しを作ることも厭わない事だろう。

ランドがこれまで会った探求者の中で間違いなく一番肝が据わっていて、一番図々しい。

「あいつ境界船で帰るんだろ？　境界線越えなんて滅多にない事だし、もう少しの辛抱じゃねえか」

ガルドの言葉に、一瞬だけセーラの表情が曇り、すぐに語気強めに反論してくる。

「それが……問題なんでしょう！　このままじゃ、貸しを踏み倒されるでしょう！」

「お、おいおい、どうしろって言うんだよ」

呆れ顔のガルド。なんだかんだセーラもあの青年が気になっているのだろう。長年の悩みを消し飛ばしてくれた恩人だ。善性霊体種《スピリット》は受けた恩を忘れない。

指を順番に折り曲げながら、息荒くセーラが言う。

「アリスの件で助けてあげたでしょ？　使いを送られてわざわざ屋敷まで行ったでしょ？　仕事を引き取ってあげたでしょ？　それに色々聞かれて……周囲のダンジョンや街の事も教えて上げたし、とっておきの情報屋の場所だって教えてあげたのに！」

「情報屋…………まさか、ザブラクか」

セーラの言葉に、ランドは思わず苦々しげな顔をする。

ザブラクはこの街で知る人ぞ知る凄腕の情報屋だ。

いつも分厚いローブで全身を隠し、種族も年齢も、何もかもが不明。わかっている事は——この街に古くから住んでいる事と、その情報収集能力が並外れている事。そして、情報の代価として、一大クランを築いたランドでも躊躇《ためら》うような莫大な料金を取る事だけ。

それは近辺の高等級探求者の間でのみ密かに知られる名で、みだりに教えていいものではなかった。つい先日、フィルの正体を聞くために数年ぶりに利用したが、それまでセーラも知らなかった名だ。

お目付役として一緒についていったはずのガルドを見る。ガルドは珍しく気まずそうに言った。

「わりぃ、止める間もなかった。だが、かまわねえだろう……フィルだって高等級の探求者だ」

「…………ふむ」

まぁ問題ない、か。かの情報屋の存在が信頼のおける高等級の探求者にのみ伝えられているのは、ただの暗黙の了解だ。ザブラクが、正体を隠しているから、そういう風になった。

そもそも、情報屋は敵を作る職業だ。往々にして目立たないように立ち回る傾向がある。情報屋の重要性を知っているはずの彼がザブラクを害するとも思えない。

脳裏を大金の入ったトランクを片手に訪れたあの日の事が過る。

どこか甘ったるい奇妙な煙に満たされた狭い店内。深いフードで全身を覆い隠したその男は、フィル・ガーデンの情報を求めるランドに、迷う素振りもなく、耳に突き刺さるような甲高い声で言った。

『その情報は…………売れねぇなぁ、ランドの旦那。千金を積まれようが、どれだけの借りがあろうが、その情報は――売れねえ。俺だけじゃねえ、それは――禁忌だ！　ちょっとでも考える頭のある情報屋は、ＳＳＳ等級探求者の情報を――あつかわねぇ。誰だって死にたかねえからなぁ！』

これまで何度かザブラクを利用したが、そんな反応は初めてだ。

その声はふざけているようで、隠しきれない興奮と恐れを含んでいた。

何もわからなかった。だが、本物だ。本物でなければ、そういう反応はしない。

ＳＳＳ等級探求者。最弱にして最強に至った男。《魔物使い》。フィル・ガーデン。

それは恐らくその男にとって、プライドとルールを天秤にかけた最大限の譲歩だったのだろう。

食い下がるランド達に、情報屋は、まるで熱に浮かされているような口調で言った。

『これはサービスだ、ランドの坊主。覚えておくといい。この世には、首をつっこんではいけないものがある。探求者には坊主が想像すらしない、怪物がいる。ＳＳ等級とＳＳＳ等級の間にある壁は、限りなく高い。その上で――ＳＳＳ等級の間同士にすら、格差があるんだ。そして………一握り、本当に一握りのＳＳＳ等級の『上位ランカー』だけが、幻獣魔獣の死骸で山を築き、同じＳＳＳ等級探求者をも蹴飛ばし――Ｌ等級探求者の座に足をかける。覚えておくといい、ランド・グローリー』

高等級種族、竜人。種に恵まれ、友に恵まれ、数多《あまた》の魔物を倒し、ようやく至れたＳＳ等級。いずれはさらに上を目指すつもりだったが、その言葉はランドの見たことのない世界を示していた。不躾な言葉が気にならなかったのは、その言葉に強い感情が、泥のように重く、暗い熱が込められていたからだろう。その声には――真実を知る者の迫力があった。

『Ｌ等級のＬは――Legend《伝説》のＬなんだぜ』

その後、実際に目で見て確認したアリスの能力はランドがこれまで経験した事のないものだった。

何故Ｌ等級の話など出したのか、その時のランドはわからなかった。あのアリスとの対峙するまでは――あの男は知っていたのだ。

「……Ｌ等級に足を一歩踏み入れた男、か」

ザブラクの語った言葉が真実ならば、彼はＳＳＳ等級の上位ランカーで、伝説の座に一歩、足を踏み入れた男という事になる。だが、これまでフィルの見せた手は確かに卓越していたし、これまでランドが見たことのない類いのものだったが、英雄と呼ぶにはまだ少し弱い。何しろ、彼の基礎能力は余りにも低すぎる。ＳＳＳ等級という座はスレイブが強いだけでなれるようなものではないはずだ。

高揚していた。困難な大規模討伐を前にしたからではない。自分よりも遥か格上の探求者の力をようやく見る事ができそうで——まだぎゃーぎゃー騒いでいるセーラとそれを宥めようと必死になっているガルドを見て、ランドは深い笑みを浮かべた。

「Ｌ等級に手をかけた探求者——お手並み拝見といこうか、フィル」

§　§　§

たどり着いたのは、住宅街の片隅に存在する何の変哲もない家だった。

表札や看板もなく、高い塀の内側には土がむき出しの庭があり、樹木や草花が植えられている。ほぼ全ての地面が特殊合金で舗装されたこの街で庭はとても珍しいが、事前に知らなければここが情報屋だなどとはわからないだろう。往々にして、優れた情報屋というのは客を選別するものだ。

「本当にここがＳＳＳ等級探求者の住居なのですか？　特に——何も感じませんが」

「注意して。ザブラクは僕のように弱い探求者じゃない」

戸惑いを隠せない様子のエティに忠告する。探求者の等級は達成した依頼や功績によって上昇していくが、普通は強さに比例する。頭脳派の探求者も己に降りかかる火の粉を払える程度の力は持っているし、それがＳＳＳ等級ともなると、存在するのは怪物ばかりだ。

まぁ、エティの戦闘能力も大概なので彼女よりも強いかというと怪しいが――。

「しかし、いくら情報屋だなんだと言っても――【機蟲の陣容】の内部構造なんて知るわけがないのです。ビルドアントによって、常に構造が変化しているのですよ？」

「そうかもね。でも、彼には貸しがある」

どこか腑に落ちなそうなエティの表情。確かに、情報屋というのは大抵が各方面のコネを駆使して情報を集めるもので、誰も知らない情報を持つ者は少ない。だが、ザブラクは違う。

《機械魔術師》の持つスキルでも調査不能なダンジョンだ。恐らく《空間魔術師》の術でも【機蟲の陣容】を外から調べる事は不可能だ。だが――ザブラクは違うのだ。

開いている門から敷地内に一歩足を踏み入れる。その時だった。

四方に生えていた草が槍のように伸びてきた。【黒鉄の墓標】の外に生えていた『金属樹《メタルツリー》』ではない、ただの植物だ。本物の槍さながらの鋭さを以《もっ》て襲い掛かってきた草や舞うようにこちらに襲い掛かってきた大きな花びらに対して、エティがほぼ反射のような速度でスキルを行使する。

一瞬で壁から生えた砲塔が草木に熾烈な銃弾を浴びせかけ、ずたずたにする。

エティがぱらぱらと落ちる草の破片を手に取り、呆然と呟く。

「な、なんなのですか、いきなり！　本物の……草なのです」

「セキュリティだ。だが……酷い歓迎だな。よほど嫌われているらしい」

しかし、いきなり攻撃を仕掛けてきたザブラクもさる事ながら、エティの反応速度も恐ろしいな。

先日、僕が襲撃を受けた件が大分応えたと見える。

ノックはいらないだろう。扉のノブを掴み、回す。鍵はかかっていなかった。

薄く開いた扉から煙が流れ出てくる。むせ返る程の甘い香り。

エティの顔が一瞬強ばり、すぐに一歩前に出る。頼んだ通り、僕を守ってくれるのか。

視線は感じない。だが、間違いなく見られていた。煙の中に声をかける。

「ザブラク、初めまして、だ。情報を買いに来た」

しばしの沈黙の後、狂ったような笑い声が煙の向こうから聞こえてきた。

びりびりと魂を揺さぶる甲高い男の声。

「かーっかっかっか、フィル・ガーデン。グラエル王国の災厄の星。知ってるかぁ？　店側には——客を拒否する権利もあるんだぜえ？」

扉を開け換気したおかげで少しずつ煙が薄くなる。店内は非常に狭く、ほとんど物がなかった。

古びたカウンターの向こうで、深いフードに顔を隠した影が悠々とパイプを燻《くゆ》らせている。

《天眼》のザブラク。恐るべき種族スキルで屈指の知恵者とされる男だ。

前に立つ。男は数回パイプの煙を吐き出すと、先程とは一転、とても悲しげな声で言った。

「《白の凶星《コラプス・プルーム》》、俺はお前に——会いたくなかった。いや——会うことはないと、そう思っていたぜえ。SSS等級第七位、敵どころか、味方からすら恐れられたお前が、何だって俺みてえなちんけな探求者に用事があるのか」

「……フィル……知り合いじゃなかったのですか？」

知り合いだよ。だけど、互いに知っているけど、会うのは初めてだ。

警戒を隠さないエティにちらりと視線を向け、ザブラクはとつとつと宥めるように言った。

「禁忌だ。フィル・ガーデン、禁忌だよ。情報屋は己を危険に陥れるような情報を、話さない。だから、俺はお前の情報を、話さなかった。信頼が第一、だからなぁ！」

「君は僕に借りがあるはずだ。大きな借りが……精霊は命よりも盟約を重んじる。そうだろう？」

僕の言葉に、ザブラクはその動きをぴたりと止めた。

盟約だ。僕と彼の間には盟約がある。彼等は全にして一、一にして全。仲間の誰かが受けた恩を、彼等は忘れない。だからこそ、彼等の種は生来の情報屋として知られている。

もちろん、彼等の中でも、ザブラク程、種族スキルを使いこなしている相手はいないが――。

「………」

その言葉に、ザブラクは無言で身に纏ったローブを掴み、するりと脱いだ。エティが息を呑む。

「かっかっか、知っている、知っているぞ、エトランジュ・セントラルドール。街中で、人型でも魔導機械でもない種族を見るのは初めて、だなぁ？」

そう。ザブラクは人ではなかった。顔も身体も手足も、その全てがくすんだ焦げ茶色をしていた。樹だ。その肉体は、手も足も身体もねじれ絡み合った樹で構成されていた。金色に輝く双眸に、亀裂のような口。節くれ立った指にパイプを挟み、これ見よがしに口に運ぶ。

元素精霊種《エレメンタル》、自然の調停者、叡智を束ねる者。

深き森の奥でひっそりと悠久の時を生きる、森の賢者――樹人《エント》。

恐らく世界広しと言えど、彼等と出会った事のある者はほとんど存在すまい。僕が彼の名を知っていたのもただの幸運だ。好奇心のままに色々首を突っ込んできたから、こういう事もたまにはある。

ザブラクは深い深い笑みを浮かべると、声を潜めるようにして言った。

「フィル・ガーデン。あんたの勝ちだ。まさかあの《明けの戦鎚》の嬢ちゃんが名前を教えるとは

――人の心は、どうにも読みづらくてならないねえ。確かに、盟約は守られる。確かにあんたは、かつて同胞を救った。だから、俺もあんたを助ける。一度だけ、あんたの欲しがる情報を売ってやろう」

かつて、僕はとある大樹海を旅し、『樹人』と交友を結び、ちょっとした手助けをした。

ザブラクの名を聞いたのもその時だ。彼等の中には、たった一人、そのコントロール困難な種族スキルを使いこなしＳＳＳ等級まで至った凄腕の情報屋が存在する、と。

打算があって助けたわけではないが、人助けはしておくものだ。

敵意すら感じる視線を投げかけてくるザブラクに、エティが声をあげる。

「ちょ、ちょっと待ってください！【機蟲の陣容】は常日頃から拡張が続いていて、女王の部屋を知る者なんて――いくら情報屋でも、誰も知らない道をどうやって調べるつもりなのですか？」

「ふん……調べる？」

ザブラクが、何も知らないエティの言葉を、鼻で笑った。

カウンターの下から一つの巻物を取り出すと、こちらに放り投げてきた。

「もう、既に…………調べた。数日前までの【機蟲の陣容】のマップだ、少なくともアルデバランの居室は、今も変わっていねえ！これで――借りは返したぞ」

「!?」

仕事が早いな。ゴワゴワした紙で作られた巻物を開く。それは手書きの地図だった。

無数の部屋に上下前後左右に伸びる無数の通路。そして――最奥に存在するアルデバランの部屋まで、全て網羅している。今日ここに来ると決めてからの時間では作れないだろう。

どうやら……僕がセーラに情報屋の名前を聞いた時点で、調べ始めたようだな。

後ろから地図を覗いていたエティが戦慄《わなな》く声で叫ぶ。

「あ、ありえないのです！　フィル！　そんな事、可能なはずが――」

いや、可能だ。可能なのだ、樹人の持つ唯一無二の種族スキルならば――。

種族スキル――『植生交感』。それは、対象を植物に限定したテレパシーだ。

彼らはそのスキルにより、あらゆる場所に存在する植物の記憶を読み取り、共有する事ができる。

一見、限定的な能力のようにも思えるが、そのテレパシーは北と南の境界線をも越えて情報を取得できる数少ない手段だった。この世の全てを見られるわけではないが、この世界の雑草の一本も生えていない土地など存在しない。【機蟲の陣容】にだって、光る苔が生えていた。

そして、記憶や体験を共有するが故に、彼らは同種の受けた恩を忘れないのだ。

「……花粉でもOKなんだっけ？」

僕の一見脈絡のない問いに、ザブラクが笑う。

「かっかっか……金属樹は無理だがなあ」

本当に恐ろしいのは、見る能力ではない。本当に恐ろしいのは、流れてくる膨大な情報を適切に取り込み仕分ける情報処理能力だ。何でも知ることができるというのはメリットだけではない。樹人のほとんどが森の深奥から出てこないのは、情報の海に溺れないためだ。

そういう意味で、適切に種族スキルを行使し僕が来る前から僕の来訪や依頼内容を予見していた彼は間違いなく世界最高の情報屋――ＳＳＳ等級の探求者だった。情報の正確さにも疑いの余地はない。

「さて、用事は済んだだろう、フィル・ガーデン。さっさと、お引き取り願おうか？」

「お茶は出ないの？　聞いた話では、セーラ達は随分サービスして貰ったみたいだけど」

「…………」

せっかく世界最高の情報屋と会えたのだ。これだけで別れてしまうのは……とても惜しい。

是非とも色々お話を聞きたい。そんな思考が表情に出ていたのか、世界最高の情報屋は前のめりになっていた姿勢を正すと、大きく舌打ちをして囁くような声で言った。

「フィル・ガーデン。この世には――常人の感性じゃ想像のつかないものが幾つもある。純人の精神が耐えきれないような――俺達だって同じだ。長く生き続けるコツは――くく……無知である事よ」

その声には実感が込められていた。

情報屋の禁忌。ＳＳＳ等級探求者について語らない。情報を売る相手は選ぶ。ザブラクは情報屋としては驚くほど強いが、あくまで情報屋だ。エティと一対一で戦えば、恐らくエティの方に分がある。

ザブラクがパイプを置き、口元だけで笑みを浮かべて言う。人のものとは異なる亀裂のような口を三日月型にして――恐らくそれは、サービスだった。

「無駄だ。フィル・ガーデン、俺は情報屋であって占い師じゃあないが――予言しよう。情報は、きっと無駄になる。くっくっく……準備などいらないねえ、【機蟲の陣容】に行けばわかるだろうよ」


――そして、運命の日がやって来た。

「誰かさんのおかげでコンディションはばっちりなのです……」

たっぷり睡眠を取ったエティがぶつくさ言いながら準備をしている。

その身を包むのは、現代魔導機械技術の粋を尽くしたあらゆる物理攻撃・魔法攻撃に対してシールドを張る魔導装甲服『機神』。《機械魔術師》のスキルで動作する、現代の最強の装備の一つである。

イカしているのは性能だけではない。一見、魔導機械の類いが使われていないベストのようなスマートな見た目は、本来魔導機械の大部分を占めるバッテリーを搭載していないが故。機神のバッテリーは術者本人なのだ。このコンパクトさで魔導鎧《まどうよろい》よりも性能が高いというのだから、もしもこの装備に《機械魔術師》しか装備できないというデメリットがなかったら探求者の装備事情を刷新していた事だろう。腰のベルトにはポーションや工具がセットされ、戦闘態勢は完璧だ。

腕を伸ばし、ペタペタと身体に触れて感触を確かめる。肩から腕、体幹、胸に背中。いくら機神がスマートと言ってもただの服程薄くはないが、触れていると下の華奢な肉体の形がはっきりわかる。いくら《機械魔術師》のスキルがなければ動作しないとは言え、竜のブレスをも耐えきる防御性能をこれほどの小型装置で達成するとは、魔導機械技術というのは本当に素晴らしい。いつか、装備の力だけで純人の僕でも戦えるようになるかも知れないではないか。

思わず感嘆のため息をついたところで、僕はエティの耳元が赤くなっている事に気づいた。

その肩がぷるぷる震えている。

「フィ、フィル？　一応、聞きますが…………その、貴方は、もしかして、私に……性的な、魅力とか…………」

何を今更。昨日も散々調整したってのに……今更触れるくらい何だというのか。

だが、顔を赤らめるエティは食べてしまいたいくらい可愛らしい。僕は《魔物使い》だしプロだし、仕事に私情を挟んだりはしないが、何も感じないわけではないのだ。うちの子になる……？

僕の調整は性的な部分には一切触れていないが新陳代謝を高めた結果、心臓の鼓動は高まるし、マッサージも兼ねているのである程度そういう方面の快楽に似た何かも得られる。

「もちろん……エトランジュ、君はとっても――魅力的だ」

「!? い………今、嘘をついたのです!?」

耳元で囁くと、ばっとエティが身体を離し涙目で睨みつけてくる。純人の嘘はとてもわかりやすいらしい。こんなに平静を欠いている時にも気づかれるなんて、因果な肉体を持ったものだ。

「とっても魅力的なのは嘘じゃない。でも、性的なというのは少し違う」

「………」

エティが顔を耳まで真っ赤にして、ぷるぷると震えている。僕は続けて言い訳した。

「僕は今まで性的な行為に何度か誘われた事はあるし、割と興味もあるが、そういう行為に及んだ事はない。全て撥《は》ね除《の》けてきた。エティ、君、ユニコーンって知ってる?」

「……もういいのです」

「清らかな乙女にしか懐かないっていう伝承のある幻獣だ。僕はいつかあれを御する事を夢見ているんだ。乙女だけしか駄目なんて不公平だとは思わないか?」

「い、言わなくていいって、言ったのです!」

僕は世界初のユニコーンをスレイブにした男《魔物使い》になるんだよ。

性交渉は手っ取り早く好意を伝える方法だし、相手が異性のスレイブなら鉄板と言ってもいい方法だが、僕はそれを封印してきた。全てはユニコーンのためだ。《魔物使い》の中には率先してその種の手を使い、蟲のスレイブと交わるような猛者すら存在するが――閑話休題。

「わかって貰えたかな?」

理解を求める僕に、エティは拳をぎゅっと握りしめ、冷ややかな目つきで言った。

「ソウルブラザー、貴方が、とんでもない変態って事は、わかったのです。わかっていたのです。ですが……私は、思うのですよ。レディの身体を、許可もなく、ペタペタ触れるのは、如何なものかと」

僕が触れたのは機神でありエティではないのだが、ここでそんな言葉を出す程、野暮ではない。

昨晩の施術によって、精神も肉体も完璧だ。疲労は抜いた、食事も取った、準備も済んだ。今の彼女ならばきっと、魔導機械の神ですら殺せる。手を差し出し、最強のソウルシスターに微笑みかける。

「悪かったよ、エティ。さぁ――謎を解き明かしに行こう」

エティはため息を吐くと、少し躊躇いながらも手を握りしめた。


まだ日も昇り切っていない早朝。レイブンシティの門の前に、探求者達が集まっていた。

最終的に大規模討伐依頼の参加者は――八十五人。その多くが《明けの戦鎚》のメンバーだが、中には外部の探求者達もいるし、僕の推薦で入って貰ったセイルさん達や、リン達の姿もあった。

今回のメンバーには無機生命種は含まれていないし、魔導機械を用いた武器持ちも含まれていない。

これは、僕の要望によるものだ。モデルアントの中に魔導機械を遠隔操作する者がもしも存在していたらと仮定しての提案である。これまで探求者の持つ魔導機械の武器を操作するような魔物はごく少数しか確認されておらず、ましてや魔導コアで動作する機械人形を支配するような者は皆無だったようだが、念には念を入れておいた方がいい。

唯一の例外は、己の持つ魔導機械を完璧に支配下に置いているエティだけだ。

本来、大規模討伐依頼というのはその地を拠点とする探求者達のもので、外部の人間が口を出すべきではない。その街の探求者の経験を奪う事にも繋がるし、それは僕が王国で大規模討伐依頼の出禁を食らっていた理由の一つでもあったのだが、今回は状況が状況なので自由に口出しさせて貰った。

僕が口を出した事は幾つもあるが、大きなものは三つ。

ザブラクへの貸しを用いて地図を手に入れた事。参加者から魔導機械を排除した事。そして――。

「全く、いきなり決行日を早めてくれなんて――いくら地図は手に入れたとはいえ、まだモデルアントの調査が終わっていないのだが……」

――決行日だ。僕は決行日を、思い切り前倒しにした。

「悪かったよ。でも、モデルアントの調査なんてたかが知れてる。時間をかけるのは相手に力を蓄える時間を与える事にも繋がるだろう？」

僕の提案にずっと不満げだったマクネスさんを宥める。ザブラクの地図がなければ彼を説得する事はできなかっただろう。探求者達には高等級探求者の指示に従う風習があるがギルド職員は違う。

ただでさえ何度も無茶を通したのに、これで大規模討伐に失敗したらＳＳＳ等級の信頼失墜だな。

場には程よい緊張感が漂っていた。今回のダンジョンを侮っている者はいない。あのマクネスさんの映写結晶を見て警戒しない者など、一流の探求者の中でも相当な自信家だろう。

そこで、キングアント――セイリオスの素材を溶かして作ったという巨大な鎚を傍らに、ランドさんが叫ぶ。びりびりと響き渡るよく通る声。声が大きいのもまた、英雄の資質の一つと言えた。

「この日が来た！　よく、集まってくれた、レイブンシティの英雄達よ。今日の戦いは、間違いなく皆がこれまで駆け抜けた戦場の中で最大のものとなるだろう。この中の幾人かは傷つき倒れ、幾人かは友を失うかもしれない。だが、今日の戦いは永遠に刻まれる。歴史に、記憶に――そして今日の戦いは、恐るべき魔導機械の女王を殲滅する事は、いずれ我々の大切な人々を救う事に繋がる！」

スキル――『征戦の集い《オーバーロード・ハウル》』。上級戦士系職の持つ、声により多人数を発憤させるスキルが浸透し、熱い感情がひしひしと湧いてくる。

「このランド・グローリーに続け。我らが力を、忌まわしき魔導機械の怪物に示せッ！」

その言葉に、英雄達が咆哮を上げる。その直前を見計らって、僕は叫んだ。

「待った」

「!?」

水をさされたように、探求者達が僕を見る。まだ一つだけ、言っていない事が残っていた。

一歩前に出て、ランドさんの隣に立つマクネスさんに告げる。

「マクネスさん、貴方は――留守番だ」

「……どういう事だ？」

探求者達がざわつく。今回の討伐依頼で参加する《機械魔術師》はマクネスさんとエティだけだ。共に間違いなく一流の術者である。ギルドには、他にも《機械魔術師》がいるが、彼等は街に住む機械人形の整備や街の機能のメンテナンスを担っていて、連れて行く事はできなかったのだ。

ただでさえ数の少ない術者だ。だが、僕は最初からマクネスさんを置いていく事を決めていた。

「地図はある。討伐の方はランドさん達もいるし、《機械魔術師》はエティだけでもまあなんとかなる。それよりも、僕達という最大戦力が外に出ている間に万が一、街が襲われたら相当まずい」

「…………ッ」

マクネスさんが、唇を噛んだ。誰もその可能性を考えていなかったのか、探求者達がざわめく。

仕方のない事だ。つい先日僕が攻撃されるまで、魔導機械が街を攻撃した事はなかったのだから。

「この街の運営にも深く関わっているマクネスさんなら、街が攻められても防衛できるだろう？」

《機械魔術師》は攻めにおいても強力だが、守りに入った時にこそ、真価は発揮される。使役できる魔導機械の数によって彼等の力は大きく上下するし、マクネスさんは間違いなくこの街の防衛の要だ。

マクネスさんはしばらく黙っていたが反証が見つからなかったのか、ため息をつき肩を竦めた。

「……わかった。私は残ろう。防衛機械を全て起動する、街にモデルラット一匹入れはしない」

マクネスさんが僕の隣に立つエティの背中をぽんと叩く。鼓舞をランドさんに任せぼんやりと事の経緯を見守っていたコミュ力低めのエティが目を白黒させる。

「エトランジュ、【機蟲の陣容】の攻略は君に任せた。君は、間違いなく一流の《機械魔術師》だ」

「わ、わかっているのです。心配はいらないのです。大量のモデルアントがいるなどと言っても、ダンジョンは狭いですし、女王の居室に一気に攻め込めば攻め落とせるのです」

蟻の巣状に広がる【機蟲の陣容】の構造はメリットでもあり、デメリットでもある。迷わせ、分断し、罠に嵌《は》め、奇襲を仕掛けて侵入者を殺す。恐らく、それがモデルアント達の手口だ。そして、それは相手にダンジョンの構造が露見していないからこそ使える手でもあり、道がバレてしまえば、狭いダンジョン内で数の利を生かしづらい相手はじり貧になる。エティの言う通り、ダンジョンがどのような構造でどこにターゲットがいるのかわかっているのならば討伐は難しくない。

早朝を選んだとはいえ、アルデバランは既にこちらの進撃を予想していると考えるべきだろう。

さぁ——魔導機械の神よ。戦争を始めようか。

そして、僕達は何事もなくダンジョンにたどり着いた。

【機蟲の陣容】は荒野のど真ん中にあった。地面のそこかしこに空いた巨大な穴はまるで地獄への入り口のようで、それぞれの穴から続く複雑怪奇に交わるトンネルが一つのダンジョンを形作っている。

選んだのは最もクイーンアントの居室に近い入り口だ。

既にモデルアントの縄張りに入っているはずだが、周囲はぞっとするほど静かだった。

完全に外での迎撃を捨てている。それほどまでに巣の守りに自信があるのだろうか？

作戦は単純だ。メンバーを幾つかに分け、隊列を組み、主力をボス部屋まで送り届ける。

ボス部屋までは枝分かれが幾つか存在する。いくらランドさん達が強くても、挟撃を受ければ被害は免れ得ないだろう。主力以外の部隊の役割は枝分かれしているそれぞれの道の前に陣を築き、そこから流れ込んでくるであろうモデルアント達を押しとどめる事だ。

敵の数はこちらよりも圧倒的に多いが、道幅がそこまで広くないからこそ取れる手である。モデルアントの性能はそこまで高くないから、各個撃破さえ心がければ時間稼ぎは難しくはないはずだ。

エティが、トネールが、そしてその他の斥候系職持ちの探求者達が、そのスキルを駆使して巣の中を探っている。そこで、ちらちらとこちらを見ながらアムが呟いた。

「むむー……これは…………まさか、何かがおかしい。何かがおかしいですね！《探偵》のスキルに何かが引っかかってるの？」

「へー、何が引っかかってます！」

「！えへへ……フィルさん、な、何かがおかしいですよ！」

そんな事わかってるよ！　皆真面目にやってるのに緊張感のない事をやるんじゃない！

職を得ただけでは無意味という好例である。あの名推理は人生一度の見せ場だったのだろうか？

せっかく僕が鍛えたアムの鋭さがこの短期間ですっかり元に戻ってしまうとは……リンに視線を投げかけると、リンがさっと目を逸《そ》らした。押しつけた僕にも非はあるが――許せん。

「……うじゃうじゃ待ち構えているのです」

「うん。マップ自体はあっていると思うよ。風もしっかり通っているから間違いないはず………でもお兄さん、これどうやって調べたの？」

「企業秘密」

お願いを聞いて危険な依頼についてきてくれたトネールの頭を撫でて言う。多様性は大切だ。元素精霊種は入れた方がいい。セイルさん達と知り合えたのはベストタイミングだった。

「どうやら、構造は変わっていないようだな。少なくともここからわかる範囲では、だが」

他の探求者達の情報をまとめ、ランドさんが頷く。アムではないが、確かに妙な話だ。

モデルアント達の能力ならば、ザブラクがマップを作ってから新たなトンネルを増やす事くらいできそうなものなのに……もしかしてこちらの動向が伝わっていないのだろうか？

植生交感による探査能力は魔導機械に察知できるようなものではない。可能性はゼロではないが……入ってみるしかないか。いくら備えをしても、最終的には勇気を出して踏み込むしかないのだ。

「突入しよう。総員、警戒を」

言うまでもないが、一番警戒が必要なのはエティだ。マクネスさんの言葉が正しければ、映写結晶の映像を撮った《機械魔術師》はこのダンジョンで命を落としている。

視線を向けると、目と目が合い、エティは呆れたように肩を竦めてみせる。

そして、この土地に来て初めての大規模討伐依頼が始まった。

§　§　§

洞窟の中はじめじめと湿っていた。酷く足下の悪い中、他の探求者達と共にトンネルの中を歩く。

姿は見えなかったが、既にエトランジュのセンサーは無数のモデルアントの気配を察知していた。

余りにも数が多すぎて、センサーがうまく働かない程だ。

ダンジョンをここまで大人数で攻めるのは初めてだ。今回は機械人形の探求者はいないが、もしも存在していたら、エトランジュのセンサーでは敵との区別をつけるのは困難だっただろう。

いや——今の状態でも、他の探求者達を巻き込む事を考えると広範囲殲滅魔法は使えない。

ドライもお留守番だ。魔導機械に対して高い威力を誇る攻撃魔法もメリットだけではない。彼にはある程度機械魔法の耐性を持たせてはいるが、エトランジュが全力で魔法を使えばそんなもの容易《たやす》く貫通して一瞬でばらばらにしてしまうだろう。

だが、悪くはない。悪くはない気分だった。隣を見ると、フィルが周囲をきょろきょろ興味深そうに確認しながら歩いていた。段差が無数に存在しているせいか、酷く歩きづらそうだ。

フィル、そんな調子で私の事を心配するなんて……とんでもない身の程知らずなのです。

逆だ。その様子に改めて気を引き締める。フィルがエトランジュを守ろうとするのならば、エトランジュはこのかなり変わっているソウルブラザーを守ってやらねばならない。もしかしたらアリス達、彼のスレイブがあれほどの忠誠を見せているのもエトランジュと同じ気持ちなのかもしれなかった。

ちょっとデリカシーはなさすぎるが、友人と共に歩くというのは大体一人だったエトランジュには新鮮で、ここは《機械魔術師》をも飲み込んだ死地なのに全く心細くない。

「そうだ、セーラ。一つ、お願いしたい事があるんだけど」

「フィル、貴方、一体私を何だと思っているの？　毎回毎回お願いばっかり！」

でもフィル、貴方はもう少し、こう、コミュニケーションを抑えた方がいいと思うのです。

ダンジョン内はザブラクの描いた地図通りだった。

光る苔がトンネルを照らしているため、視界は悪くない。敵の数はかなりのもので、段差のある足場を、壁を歩き、エトランジュ達を襲ってくる。だが、それらは全て事前に話し合った通りだった。

トンネルが枝分かれするたびに足止めする班が外れ、モデルアント達の迎撃に入っていく。これまでエトランジュとは無縁だったコンビネーション。ＳＳ等級探求者、ランド・グローリーの真骨頂。有する職こそ《機械魔術師》よりも格下だったが、そこには真似できない熟達者の技があった。

「これは……もしかしたら、私達がいなくても問題なかったのでは？」

「いや、地図がなければこうはうまくいかない。できればどうやってここまで正確なマッピングをしたのか教えて貰いたいところだ。本当に」

エトランジュの問いに、共に同じ決戦担当グループだったランドが首を横に振る。

フィルを見ると、眉を顰《ひそ》め訝《いぶか》しげな表情を作っていた。

「おかしい……こんなにうまくいくわけがない。迎撃態勢が余りにも整ってなさ過ぎる」

それは……いいことなのでは？　そもそも、半ば反則的な手法で地図を入手してきたのだ。道中出現してきたモデルアントの数だって、ちゃんと数えれば相当なものになるだろう。

計画通り、メイングループの消耗も抑えられている。道はどんどん下に続いていた。

モデルアントが誰にも気づかれずひっそりとこの広大なトンネルを掘っていたのだとしたら、なかなかぞっとしない話だ。下手すれば地図があってもどうしようもない規模になっていた可能性もあるだろう。もしかしたら本当に恐ろしいのは襲ってくる魔導機械よりも、襲ってこない魔導機械なのかもしれない。そして、もしかしたらこの地にやってきた《機械魔術師》達もその事に気づいて――。

そこまで考え、エトランジュは首を横に振った。

今集中すべきは大規模討伐の成功だ。禁忌については、フィルに相談しながら進めればいい。彼はもうすぐいなくなってしまうが、きっと……相談に乗ってくれるはずだ。

そんな事を考えたその時、不意に無数の金属が擦れ合う音がした。

地下に続く坂道。無数のモデルアント達の目がぎらぎらと苔の光を反射して輝いている。かなりの数だ。ルークアントやビショップアントなどの上位のモデルアントの姿も交じっている。

既に他の班は全て出払った。クイーンアントの居室までは一本道だ。

トンネルはボス部屋を前に大きく拡張されていた。モデルアント達が壁を、天井を自在に歩き回り、飛行能力を持つ個体がその細い羽を高速で振動させ、宙に浮いている。

飲み込まれたら、死ぬ。そして、これまで正面からは現れなかったモデルアント達が徒党をなしているのだ。恐らく彼等は女王の近衛――これがアルデバラン戦前の最初で最後の戦いになるだろう。

同じ予感を抱いたのか、ハイルが槍を振り回し、獰猛な笑みを浮かべる。ここまで大勢の仲間が主力を送り届けるために外れたのだ。この程度の数は想定内だ。エトランジュは叫んだ。

「下がるのですッ！　私が初撃で減らしますッ！」

ここ数日のフィルの『施術』でエトランジュのコンディションは最高だ。

昏から淀みなく言葉が出て、両腕が激しい電光を纏う。

そして、エトランジュ・セントラルドールは一息に術を解き放った。

「『電磁衝撃《ショック・フレーム》』！」

雷撃系のスキルは魔導機械の最たる弱点だ。相手によって効きは違うが、その前提は変わりない。

中央に放たれた雷がモデルアントの装甲を伝って道いっぱいに広がり、爆発する。

飛行していた魔導機械が奇妙な音を立てて落ち、地面を、天井を這い回っていた個体が弾け飛ぶ。

崩れ去り動作を停止した仲間達の死骸の上に、雷に耐性のある上位個体がよじ登る。

そこに、ハイルやランド達前衛が、武器を振りかぶり咆哮と共に突撃した。

エトランジュが雑魚を払い、ランド達前衛がそれで倒しきれない者を破壊するコンビネーション。

ハイルの槍が、ランドの鎚が、物理的に上位モデルアント達を粉砕していく。

恐ろしい力だった。余りの力にばらばらとトンネルの破片が落ちてくる。

これは……やり過ぎるとダンジョンまで破壊するかもしれないのです。

そんな心配をしたところで、一歩後ろに退いていたフィルが叫んだ。

「上から来るぞッ！」

「!?」

慌てて真上を見る。先程まで確かに天井だったはずの場所に、大きなトンネルが開いていた。小型のモデルアントがばらばらと穴の中から落ち、エトランジュに、フィルに向かって襲い掛かってくる。

だが――問題はない。

「うおおおおおおおおおおおッ！」

すかさず後ろを守っていたガルド達が落ちてくる魔導機械を迎え撃つ。

とっさに放った雷がモデルアントを焼く。後衛を守るのは探求者の鉄則だ。

増援を瞬く間に駆逐する。そして、エトランジュは新たにできているトンネルにまだ数体のモデルアントがへばり付いている事に気づいた。

小型の上半身に比べて大きく膨らんだ下半身。後ろ足は長く、臀部に大きな穴が空いている。

小さな射出音。その臀部からクルミのような大きさの弾丸が複数、放たれる。

射出能力を持ったモデルアントか……無駄な事を。機神はあらゆる攻撃を防ぐ万能の鎧だ。ただの質量弾で貫通させようと考えたらその百倍の大きさの弾丸が必要である。弾丸を無視して迎撃しようとエトランジュが腕を上げたその時、隣にいたフィルが思い切りエトランジュを引っ張った。

「え？」

体勢が崩れる。弾丸が地面に着弾する幾つかの音。それと同時に、肩口に熱が広がった。

弾丸の一つに打ち抜かれたと気づいたのは、抱きしめられ、地面に倒れた後だった。

ガルドがすかさず、トンネルに残ったモデルアントを始末する。

「え？　え？」

「大丈夫か、エティ」

あり得ない。苦痛よりも先に驚きがきた。

エトランジュの肩に大きな穴が空いていた。弾丸は骨を完全に砕き、腕がぷらぷらと揺れている。

機神は強力な兵装だ。力場を発生させ身を守るその装甲服に、部位による弱点などない。機神が覆っていない頭部ですら守られているのだ、あの程度の弾丸で貫通できるわけが――ないのだ。

そこで、エトランジュは気づいた。

「機神が……稼働してない……？」

故障!?　いつから……？　最強の鎧などと言っても、機神は魔導機械の一種だ。稼働していなければほぼ防御力皆無の服でしかない。朝、家を出る前に確認した時には確かに働いていた。

肩が燃え上がるような熱を持つ。フリーズしているエトランジュに、フィルがポーションを振りかけたのだ。ほとんど繋がっていなかった腕の肉が盛り上がり、僅か数秒で元に戻る。

そこで、ようやくエトランジュは自分の心臓が早鐘のように鳴っている事に気づいた。

大きく深呼吸をするエトランジュに、フィルが言う。

「エティ、油断大敵だ」

「は、はぁ、ありがとう、なのです」

「なんだあのモデルアントは…………大丈夫か？」

ガルド達が駆けつける。危なかった。いや――腕がちぎれかけたくらいでは死んだりしないが、心臓や頭部を打ち抜かれていたら終わりだ。あの時、フィルが手を引いてくれなかったら――。

フィルが大きくため息をついてエトランジュの手を引き、立ち上がらせてくれる。

その余りにも平然とした表情に、エトランジュは思わず尋ねた。

「ど、どうして、手を引いたのですか？　弾丸は貴方にも当たるところで――」

「そりゃ…………攻撃が来たら手くらい引くさ。ずっとエティの事は見ていたし。むしろ、避けられるのに無視しちゃ駄目だよ。それで……何があった？」

「…………どうやら、故障、みたいです」

何でもない事のように言うフィルに、呆然と答える。

信じられない。機神が故障したのも信じられないし、フィルに助けられてしまったのも信じられない。今度こそ助けると思っていたのに、穴があったら入りたい気分だ。

真剣な表情でフィルが考え込んでいる。その顔をちらちらと見ながら深呼吸をして呼吸を整える。

肩口を破壊され、機神は完全に停止していた。だが、ないならないでスキルで身を守ればいいだけだ。大丈夫、何の問題もない。そこへ、標的を殲滅し終えたランド達が戻ってくる。

「大丈夫か、エトランジュ」

「はい……問題ないのです。フィルが助けてくれたので」

「チッ…………こんな直前で負傷しやがって」

ハイルが舌打ちをする。無理からぬ話だ。今回の件は完全にエトランジュのミスだ。

エトランジュは、あの程度の弾丸、避けようと思えば避けられたのだ。防御だってできた。

もう二度と油断はしない。ミスに対する葛藤も、フィルへの礼をどうするのかもとりあえず頭から追い出し、気分を引き締め直す。さっさとクイーンアントを倒して街に戻るのだ。

エトランジュはまだざわついている心を無視すると、仲間達と共に女王の間に足を踏み入れた。


――アルデバランは、死んでいた。

映写結晶であれほど、威容を誇ったアルデバランが死んでいた。ランドが、ガルドが、ハイルの表情が一瞬、戦場にいる事を忘れ歪む。エトランジュもまた、一瞬息が止まりそうになった。

空中に無数に張り巡らされた卵管は健在だ。

だが、死んでいた。映像よりも二回り大きな巨体。遥か天井付近に存在しているはずの頭はもぎ取られ、その断面にばちばちと紫電が散っている。卵管には作りかけのモデルアントが残っていた。

死して尚、残しているその威厳は、女王の名に相応しく、そして余りにも無残だ。

《機械魔術師》のセンサーにも、その個体は死骸としか判定されない。

死んだのは、殺されたのは、明らかに直前などではない。少なくとも数日は経っている。

得体の知れない悪寒を感じ、思わずフィルを見る。

「あり……………えない」

その浮かんだ表情に、エトランジュはアルデバランの死骸よりも遥かに大きな衝撃を受けた。

かっと見開かれた目。その奥に燃えるおぞましき情念の炎。戦慄く唇。その表情はまるで砂漠で水を求める旅人のように飢えていた。

ランド達が状況を把握し、活動を再開する。指示を出し、アルデバランの死骸の回収を始める。

その間、フィル・ガーデンはずっと死骸を見上げていた。まるで——会話でもするかのように。

重傷者七名。軽傷者五十一名。死亡者ゼロ。

討伐対象、アルデバランの破壊を確認。

こうして、エトランジュの初めての大規模討伐依頼は波乱のまま、幕を閉じた。

§　§　§

大規模討伐の意図せぬ結果から一夜が明け、レイブンシティには慌ただしくも日常が戻っていた。

『灰王の零落』に参加した者達から様々な噂が街に広まっているが、遠からぬ内に消えてなくなるだろう。討伐対象がとっくに滅ぼされていたなんて、面白い話題でも広がりのある話題でもない。

あれにはこれまで様々なものを見てきた僕でも度肝を抜かれた。エティの『機神』の故障などとは比べものにならない程の衝撃に、表情を取り繕う事すらできなかった。

せっかく仲良くなれたエティがよそよそしくなってしまったのも仕方のない事だ。

状況は僕の想像から百歩も二百歩も上回っていた。ザブラクの最後の言葉の意味は理解できたが、全くもって度しがたい事だ。あれはない。もう一度言う、あれはさすがに、ない。これまでの苦労が水の泡になったとかではなく――救いがなさ過ぎる。

街に戻り僕がまず真っ先にやったことはザブラクの家に向かう事だった。だが、ザブラクの家はもぬけの殻だった。漂う甘い匂いも、古びた家具もそのままに、本人だけがいなくなっていた。

恐らく、僕に地図を渡した後すぐに逃げ出したのだろう。さすがＳＳＳ等級、判断が早すぎる。

ザブラクの『植生交感』は情報戦においてほぼ無敵の能力だ。屋敷に居ながらにして荒野は疎か境界線の向こうを知る事すら可能な能力を前に、アリスを差し向けたところで追いつける訳がない。

ザブラクが残したのは一通の手紙だった。と言っても、謝罪の言葉が書かれていたわけではない。

書かれていたのは意味を成さない、百二十八桁の文字と数字の混合だ。恐らく僕に向けてのものだろう。僕はため息をつくと、憤懣を呑み込み手紙を懐にしまった。

元々、ザブラクに怒りをぶつけるのは道理に反している。ましてや、今回僕が抱いているのはただのエゴだ。道が途切れてしまった。鮮やかな手並み。

この分だと、今から他のボスを探っても無駄足になるだろう。


レイブンシティのギルドの一室には、今回の大規模討伐に関係のある面々が集まっていた。

ひときわ目に付くのは、退屈そうな顔で上座に座る大男だ。鬼種の血でも引いているのだろう、ランドさんよりも大柄なので、小柄なマクネスさんと並ぶと大人と子供のようにすら見える。

マクネスさんの上司。三都市のギルドマスターを務める男、カイエン。随分前から近辺のギルドマスターを務めているが、調べようとでもしない限り情報の出てこない人物だ。

僕が顔と名前を知っているのはわざわざ調査したからだが、それでも大した情報はなかった。昔は武人として名を馳せたらしいが、どうやら、この街のギルドマスターになってからはその腕っ節を振るう機会もなく、実務を全てマクネスさんに押しつけ堕落した生活をしているらしい。

探求者でもその姿や名前を知る者はごく僅かだろう。今回は状況が状況なので無理矢理引きずり出されたのか、カイエンさんは明らかにやる気がなかった。ぼりぼりと髪を掻《か》き毟《むし》って言う。

「面倒くせえ事になったみてえだが、状況を検討した結果、ギルドはこの度のアルデバラン討伐を認める事にした。ターゲットは実際に破壊済みなんだ、問題ねえだろう。報酬も全額支払われる」

「アルデバランが破壊された原因については現在調査中だ。記憶装置は残っていなかったが、分解して調べれば判明する事もあるだろう」

マクネスさんが言葉を引き継ぐ。アルデバランが死んでいたのは間違いなくイレギュラーだ。

レイブンシティ近辺の上澄みの探求者達を集めた部隊が、ザブラクの作った地図を使ってようやく到達した最深部でボスが死んでいるなど、普通はあり得ない。ザブラクの言葉を考えると、僕がザブラクにコンタクトを取った時点で既にアルデバランは破壊されていたのだろうが……。

ランドさんが険しい表情で考え込んでいる。僕は声をあげた。

「見たところ戦闘の後は残っていなかった。そもそも、女王の護衛は僕達が倒したんだ」

「……その通りだ。アルデバランの死骸に戦闘の痕跡は見られなかった」

つまり、無抵抗で頭をもぎ取られたという事か。

ボス部屋は巨大だが、アルデバランが自由に動ける程の大きさはなかった。元々アルデバランの戦闘能力はそこまで高くないのだろう。だが、だからといって襲われて無抵抗を貫くとは思えない。

そこで、マクネスさんがふと思いついたように言った。

「あるいは……こちらの方があり得るかもしれないな。フィル、街の動向を探って——自殺を選んだ可能性だ。謎の探求者が、配下の警備をくぐり抜け、頭を一撃でえぐり取り持って行ったなどというよりも、そちらの方が明らかにありそうじゃないか」

「くだらんな。細かい話はマクネス、お前に任せる。魔導機械のすることなんて俺にはわからねえが、ギルドとして責務は果たそう。報酬は規定の額支払うし、『境界船』のチケットも用意してある」

一刻も早く話し合いを終えたいのか、カイエンさんは大きく欠伸をすると、立ち上がって言った。

「よくやってくれた、諸君。後の事はこちらで引き取る。調査の状況次第ではまた話をする事もあるだろうが……これにて、大規模討伐依頼『灰王の零落』は完了だ」

エティやランドさん達と共に会議室を出る。

会議に参加した探求者達の反応は様々だったが、大半は余り気にしていなそうだった。アルデバランの死骸を見た者がごく一部だというのもあるが、探求者はそもそも研究者ではない。

「……まったく、妙な結末だったのです」

「妙な結末？　とんでもない結末だ」

「…………しばらくは注意して活動した方がいいだろうな」

僕の言葉に、ランドさんが眉にしわを寄せる。モデルアントの習性に危機感を抱きキングアントを討伐。その後、僕の疑問を受けクイーンアントの存在を問い合わせ大規模討伐にまで発展させた彼は気にしている方だ。だが、当のターゲットがいなくなってしまえばできる事はない。

ザブラクが逃げたのは本当に残念だ。彼の力があればまだ調べられる事もあったはずなのに――。

考える。考える。考える。次の行動の指針を……どうすれば最善なのか、を。

だが、僕の心はあのアルデバランの惨状を見て折れかけていた。アルデバランは十中八九、ワードナーと同様、一品物だ。あれがマクネスさんの言うとおり自殺だとするのならば――。

この地の魔導機械の中心となっているのは間違いなく【機神の祭壇】だ。だが、あのダンジョンは純粋に警備が厚く、今回のような搦《から》め手《て》が効かない。正当な手段で攻略するならじわじわ警備を削っていく他なく、莫大な時間と人的資源が必須だった。攻略に僕が関わるのは不可能だ。

境界船の出航に間違いなく間に合わないいし、そうでなくても僕には待っている子がいる。

黙ったままぴたりとついて歩いていたエティを見る。目が合い、エティがびくりと肩を震わせた。

「…………な、なんですか？」

「なんでもないよ」

エトランジュ・セントラルドールは理想的だ。術者としての実力はもちろん、人格面も好ましい。

だが、禁忌の調査に最後まで付き合ってあげることはできない。

だからこそ、少しでも手掛かりを残して別れるつもりだった。

だが、僕は相手を甘く見すぎていた。

SSS等級探求者には探求者の模範である事が求められている。絶大な力を持ちながらずっと姿を隠していたザブラクはSSS等級としては消極的だったが、ある意味でとてもフェアだった。

ここまできたら残念だが、もう全てをひっくり返しめちゃくちゃにしてしまうしかない。

僕の負けだ。相手の覚悟を見誤った。屋敷に戻ったらエティにも——話をしなくてはならない。

§　§　§

あぁ、私はなんと恐ろしい事をしてしまったのだろうか。

【機神の祭壇】最奥部。その名の通り祭壇を思わせる広い間に音にならない慟哭が響き渡っていた。

金属製の台の上に表情の浮かんでいない『首』が置かれている。古くに作られた同胞——今は荒野に無数に存在するモデルアントの起源にして王、クイーンアント、アルデバランの首だ。

オリジナル・ワンの前に捧げられたその首に悲しみの表情は浮かんでいない。だが、それとは別の問題として、神にはその首が無念を訴えているように思えてならなかった。

言葉を交わす事すら滅多になかったが、同時期に作成されたその存在は数少ない友であるはずだった。もちろん、有する機能の重みは全魔導機械の神たるオリジナル・ワンとは比べるべくもないが――その、長き時、目的を同じくしていたはずの仲間を、勝利のためとはいえ、まるで捨て駒のように消費してしまった。ワードナーのように、戦いの結果ですらなく、己の意志ですらなく！

魔導機械の神の力でも、長き年月、自己改造を重ねたアルデバランを復活させる事はできない。

だが、時間は稼げた。かつて、この地を築いた『マスター』の命をより長く守るための時間が。

探求者達は既にこの地の秘密に気づきかけている。これは変えられない。

だが、アルデバランの記憶を守った事で、街が状況を正確に把握するまでの時間が稼げた。最大の懸念であるフィル・ガーデンとアリス・ナイトウォーカーは街を出るという情報が入っている。

これまで長き間、魔導機械の発展を見守り続けてきたのだ。

驚異的な洞察力を持つその探求者さえいなくなれば、戦いはまだわからない。

第五章　魔導機械の支配者

大規模討伐依頼の正式な完了を受け、屋敷に戻る。

目まぐるしく状況が変わりすぎていて、ついていくのが精一杯だった。何しろ、当初立てたスケジュールの通り進んでいたとしたら、まだ調査をやっているはずなのだ。フィルが口出ししていなかったら今頃エトランジュは事前調査やモデルアントの研究に忙殺されていただろう。

アルデバランが破壊済みだったのには本当に驚いた。真相の究明のためにギルドは動くだろうしエトランジュも途中で協力を求められるだろうが、大規模討伐としての依頼は終了になったと言える。

大仕事も終え、本来ならば気が抜けるところだが、エトランジュはそれどころではなかった。

大きく深呼吸をして、昨日からずっとぼんやりとしているフィルに話しかける。

「あの……フィル……その……」

昨日から、調子がおかしかった。ぎりぎりで助けて貰った時から——いや、もしかしたら、もっと前からかもしれない。何しろ、仕事一辺倒だったエトランジュが家に人を招くなどこれまでなかったし、ここまで長く接するのは初めてだったのだから。ましてや抱きしめられるなど——。

決定的に変わったきっかけは——あの表情だ。アルデバランの死骸を見つけた時にフィルが浮かべた、恐ろしい表情。心の奥底の感情が一瞬面に出たのだろうか、狂気すら垣間見えるその表情を見た瞬間から、エトランジュは少しだけおかしくなった。

隣にいるだけで、心臓の鼓動がいつもより速い。恥ずかしくて顔を正面から見られないし、昨日まで何の気なしにできていたはずの会話が覚束ない。

それは、エトランジュ・セントラルドール、生まれて初めての経験だった。

心臓が強く鼓動し、とっさに胸を押さえる。動悸がした。頭がくらくらする。顔が熱い。

これはもしかして…………恋という奴なのでは？

自分の事ながら趣味の悪さに驚きだ。相手はあんなに色々エトランジュにしておきながら、性的な興味は一切ないと言い放った（しかも多分本当）、《魔物使い《テイマー》》狂いの鬼畜である。

両手を頬に当て、頬の火照りを少しでも冷ます。バレるわけにはいかなかった。ただでさえ好き放題振り回されているのに、今の状態がバレたらどんな目にあわされるかわかったものではない。そんな事は合理的な《機械魔術師《メカニック》》として許される事ではない。

で、でも……そう。少しはいいところもあるのです。方法はどうあれエトランジュの身体を気遣ってくれたし、恐らく誰にでもそうするとはいえ、危険を顧みず助けてもくれた。それに、性的な興味は一切ないと言いつつも魅力的と述べたのは嘘ではないはずで——そ、そうだ！　いいところ、ＳＳ等級探求者なのです！　アリス達をもてあそんで得た地位ですが!!

…………だ、大丈夫。まだ、きっと、時間はあるのです。

一人悶々としているエトランジュに、フィルがふと何気なく言った。

「あぁ、そうだ。今日で僕、屋敷を出るから。長い間、世話になったね」

「は、はぁ。…………………はぁぁぁぁ!?」

「!? ど、どうしたの?」

来て欲しいと言ったわけでもないのに乗り込んで来た癖に、いて欲しい時にいなくなるってどういう事なのです!? なんて事、言葉に出しては言えるわけがない。

全力で顔が歪むのを押さえるエトランジュに、フィルが言う。

「もうこれ以上ここにいても得るものはないからな」

一言一言何かを言われる度に心臓が跳ねた。もうエトランジュの精神力はゼロだ。

「わ、私は別に、いなくなるなら、清々しますが……【機神の祭壇】は、どうするのですか?」

そもそも、フィルがエトランジュの所に来たのは、白夜《はくや》からの依頼達成のためだったはずだ。

SSS等級依頼が幾つも残る状態を根本的に解決するために魔導機械の神をどうにかするという話で、そのためにエトランジュの協力が必要という話で——フィルは少しだけ屈《かが》み目線を合わせると、ごしごしとエトランジュの頭を撫で、顔を真っ赤にするエトランジュに言った。

「エティ、それは君に任せるよ。付き合ってあげたいけど、時間がかかりすぎる……」

「は……はぁぁぁぁぁ? ほ、本気、なのですか!? ここまで、色々やっておいて!?」

「元々その予定だった。けど、少しだけ予定を早める」

確かに。確かにフィルがここにやってきたのは自分の依頼のためであり、エトランジュに協力するためではない。だが、フィルとエトランジュの目的とするものは恐らく一致しているはずだ。

そもそも、フィルはエトランジュに守ってくれと言ったし、ハグもしたし、額にだけど、キスまでしたのだ。そりゃ時間制限があるのは知っていたが、はしごを外すとかそういうレベルではない。

「あの……フィル？　その……私に付き合ってくれるなら、私のデータを、取らせてあげても――」

怒りと衝撃と寂しさでぐちゃぐちゃになり血迷うエトランジュに、フィルは真剣な声で言った。

「エティ、僕は今夜、恐らく、とても、危険な事をしに行く。多分この街にやってきて一番危険な……エトランジュ、君も、注意するんだ」

その一言で、一瞬で頭が冷えた。

危険な事。いつも何も言わないフィルが断言する、危険な事だ。冷ややかな声で聞き返す。

「……もしかして、私がそれを、許容するとでも思っているのです？」

「いや、これは一人でやらねばならない事だ。詳細は言えないけど、信じてここで待っていてくれ」

その声には、恋心とはまた別の話として、つい従いたくなるような魅力があった。

これが――ＳＳＳ等級探求者だ。最弱種族の癖に迷わず他者を助け、一人で平然と死地に赴く。ＳＳ等級のエトランジュがＳＳＳ等級探求者に至る上で足りないもの。そして――余りにも危険なものだ。

一歩間違えれば命を落としかねない所業。そして、一歩も間違えなかったのがきっと、目の前の青年なのだろう。心臓が強くどくんと鳴る。唇が歪む。きっと、今自分は酷薄な笑みを浮かべているのだろう。口を開くと、自分でも信じられない程冷ややかな声が出た。

「私がそんな言葉に乗せられるとでも？　ソウルブラザー、今ここで拘束してもいいのですよ？」

「乗せられるさ、ソウルシスター。それに、僕は一人じゃない」

フィル・ガーデンはエトランジュの言葉に笑みを浮かべると、己の胸を拳で叩いてみせた。

アリス・ナイトウォーカー。《魔物使い》たるもの、常にスレイブと共に戦うという事だろうか？

これまで《機械魔術師》として研鑽を積んできたエトランジュはその時初めて、己がスレイブになれない職《クラス》を持っている事を悔やんだ。《機械魔術師》に契約魔法は効かない。この《魔物使い》の青年にとって、エトランジュには共に戦う権利すらないのだ。

泣くつもりなんてなかったのに、自然と涙が零れる。フィル・ガーデンはそっと近づくと、以前やってくれたようにエトランジュを静かに抱きしめてくれた。

§ § §

準備は整った。心構えも万全だ。エトランジュの屋敷を出る。

レイブンシティはとてもいい街だった。出会いもあった。ランドにガルド、セーラ達。セイルさん達元素精霊種《エレメンタル》のパーティに、《託宣師》のエル。リンに広谷《ひろや》、そしてもちろんエトランジュ・セントラルドールに、アム・ナイトメア。小夜《さよ》と白夜だって——僕はその名を二度と忘れないだろう。

だから、こんな事になってしまったのがとても口惜しい。だが、同時に高揚もしていた。

目の前の苦難がより大きい程、探求者の血が騒ぐのはもはや性と言えるだろう。

エティは見送りに来なかった。玄関から一歩出て、声をあげる。

「ドライ、見ているんだろう？　今夜だけは彼女を出すな」

「交渉は失敗ですか、フィル様」

いつの間にか後ろに立っていたドライが冷ややかな声で言う。

エティの唯一のスレイブにして、友。恐らく僕に思う事くらいあるだろうに何も語らない彼の忠誠心は、見た目からは想像できないくらい厚い。うちの子にも爪の垢を煎じて飲ませたい気分だ。

「交渉なんてできるわけがないだろう？　仲良くなりすぎた。僕にだってできない事はある」

だから、彼女が絶対に付いてこないようにもう一手。ドライが僕の言葉に淡々と言う。

「不肖私め、フィル様には感謝しております。貴方と知り合ったエトランジュ様は随分楽しそうだ」

「ふん……まるで別れの言葉のようじゃないか。悪いけど、僕はまだ死ぬつもりはないよ。それで、命令《オーダー》は？」

僕の言葉に、ドライが肩を竦《すく》める。顔がない無貌のスレイブはその時、確かに笑っていた。

「承りました。ご安心を、フィル様。私めには……一切の禁止制限がかけられておりませんので」

そうだと思ったよ。ドライというスレイブにはエトランジュの内面が反映されている。

顔がない姿に、積まれた感情機能。人から遠ざけ、しかしより人に近く。乱暴に触れれば崩れ去りそうな、硝子細工のような繊細なバランス。かつて、原初の《機械魔術師》は神を目指し新たなる種を生み出した。これもまた、『神』を目指す上でのアプローチの一つなのだろう。

「それじゃ、行ってくる。エティの事は任せたよ」

「行ってらっしゃいませ」

ドライが恭しく頭を下げる。僕は清々しい気分でエトランジュの屋敷を後にした。


皆が寝静まる夜更け。最も探求者の活動量が減る時間に、僕はギルドの建物の前にいた。

ギルドは年中無休で完全に閉まることはない。だが、今夜のギルドは人の気配がしなかった。

大規模討伐終了直後のせいか、皆、休んでいるようだ。建物は夜でも強力な街灯によって照らされていたが、静かなギルドはどこか荒れ果てた野を見ているような寂寞《せきばく》とした印象を伴っていた。

静かに輝く金属製の建物。最初に見た時に受けた感動はよく覚えている。

大きな自動ドアをくぐりギルド内を歩く。ギルドのロビーはひっそりと静まり返り、カウンターに数人の夜番の職員がついているのみだった。頭上の電光掲示板にも何も書かれていない。

カウンターに向かうと、職員の一人が目を瞬かせた。既にこのギルドの職員は全員顔見知りだ。

「フィル様。どうかなさいましたか？」

見開かれた双眸は器用な事にどこか不思議そうに僕を見ている。

「実は、昼間マクネスさんに伝え忘れた事があったのを思い出して……入っていい？」

「伝え忘れた事……どうぞ」

職員が僅かな沈黙の後、カードキーを取り出し渡してくれる。機械人形は優秀だが杓子定規だ。SSS等級探求者はギルド規約に基づき絶大な信頼と優遇を受けている。僅かな間はそれを勘案した証だ。

礼を言いカードキーを受け取ると、遠慮なくカウンターの中に立ち入る。以前マクネスさんに仕事を押しつけに来た時に建物の構造はほぼ完璧に頭の中に入れていた。整然と並べられたコンピュータ端末。花の一つも飾られていないオフィスは酷く無機質で、職員もほとんどいない。

——ギルドが何かを隠している事は、実はこの街に来てしばらくしたあたりから気づいていた。

クイーンアントの存在の隠蔽もそうだし、SSS等級討伐依頼が大量に残っている事も不自然だ。

色々な街のギルドで活動してきたが、少しばかりこのギルドは仕事をしていな過ぎる。

いくらSSS等級探求者でもギルドに楯突けばただでは済まない。今回の手法は理に反している。

このような乱暴な手を使うのは不服だったが、説得材料もないので仕方がない。仕方がないのだ。

頭の中に頻《しき》りに響き渡る声を宥《なだ》め、試しに手近な端末の電源スイッチを押してみる。

音もなく画面が表示され、スタートアップの画面が表示される。だが、パスワードを打ち込む欄などは出てこない。

期待などしていなかった。機械人形や《機械魔術師》を認証するのにパスワードなんて必要ないのだ。

職員の一人がこちらに気づき不思議そうに目を瞬かせるが、カードキーを見せて微笑みかけると、小さく頷き、視線を外した。味方に甘いのは彼らの弱点だ。

気を取り直すと、僕はまるでそれがあたかも当然のように、ギルドの中の奥に歩みを進めた。

カードキーを使い扉を開ける。もちろん、目指す先はマクネスさんの所ではない。

どうやら警備はいないようだ。ギルドに押し入る者など想定していないのだろう。

部屋を調べる時は奥から調べるのがコツだ。逃げる時に距離が短くて済むし、日頃使わないものは大抵奥の部屋にある。順番に扉を開けていき、僕が辿り着いたのは古い書庫だった。

明かりをつけ、中に入る。古い紙の匂い。保存されているのはこの地で活動するギルドの記録だ。

ギルドは決して無能ではない。僕はこの街にやってきて、様々な情報から魔導機械の統率者の存在を確信した。だがそもそも、その程度の事を、ギルドや他の目端の利く探求者達が気付けないわけがないのだ。僕は決して特別ではない。彼等がだんまりを決め込んでいるのには理由があるはずだ。

屈み込み、下の棚から順番に書類を確認していく。魔導機械ほどではないが、処理速度にはそれなりの自信がある。古い書庫には膨大な数の資料が存在していたが、こっちはプロだ。欲しい情報はすぐに見つかった。魔導機械の縄張りの広げ方。新たに見つかったダンジョンの情報。探求者達が倒した魔物のレポートに、魔導機械の成長の軌跡。如何にしてこの街が今のような状況になったのか。

整理されていない雑多で分かりづらい膨大な情報をまとめ頭の中で組み替えていく。脳が悲鳴をあげ視界が明滅し目眩を感じるが、すぐに収まる。魂の繋がりを通じて回復してくれたのだろう。

集中するに従い、脳を働かせる感覚が恐ろしい快感に変わっていく。目で追う一行一行の文字からこの地を生み出した者の情熱が、その腕前が伝わってくる。慎重に、しかし大胆に。

涙が零れる。その手管はまさしく——神に相応しい。

——と、その時、ふと背後から強い光が降り注ぎ、肩を叩かれた。

「何か……面白いものは見つかったかい？　フィル」

「あぁ。今とても……いいところなんだ。放っておいて貰えるかな？」

肩を叩いたのは、マクネスさんだった。背後にはその護衛を務めるスレイブも連れている。

その表情は酷く険しかったが、僕の返答を聞くと、困惑したように眉を歪めた。

「困ったな……今の君はＳＳＳ等級探求者じゃない、ただの侵入者だ。嘘をつき、カードキーを掠め取った。なぜそんなに平然としている？　一応言っておくが、ここは立ち入り禁止だ」

予定調和だ。夜中に《機械魔術師》の領域に踏み込み見つからないと考える程、僕は愚かじゃない。

マクネスさんはしばらくじっと僕を見ていたが、すぐに諦めたように肩を下げた。演技派だ。

「全く、あの情報屋といい、こう言ってはなんだが、ＳＳＳ等級ってのは本当に手を焼く。たまに頭の中を覗きたくなるよ。話は……ギルドマスター室で聞こう。こちらで協力できる事もあるだろう」

先程までの知恵熱が消えていた。マクネスさんが後ろから放った光は《機械魔術師》の回復スキルだ。身体の状況を細かくモニターし、悪影響を及ぼすもの全てを除去する最上級の術——傷はもちろん、腫瘍だろうが病気だろうが毒だろうが、精神的ストレスだろうが、大体のデメリットを除去する。

もちろん、悪性霊体種《レイス》の憑依《ひょうい》だって、例外じゃない。背を向けるマクネスさんに聞く。

「そんなに調子悪そうだった？」

「……ああ、その通りだ。こう言っちゃなんだが私はずっと思っていたよ。君は、正気じゃない」

マクネスさんが一瞬詰まり、しかしすぐに毅然とした声で言った。


マクネスさんが先行して部屋に入り、明かりをつける。応接室を兼ねているのか、広々とした執務室には巨大な椅子やトロフィー、武具などが飾られていて、オフィスとは違い機械類は見られない。

レイブンシティのギルドマスター室に入るのは初めてだ。壁は金属製で分厚く、音を通さないのだろう。部屋を見回した僕に、マクネスさんが言い訳するように言う。

「私が、実質的にギルドを取り仕切ってるんだ。カイエンは腕っ節は強いんだが、なかなかね」

まぁ、そうだろう。大柄な彼がコンピュータをちまちま操る姿はなかなかイメージしづらい。

「で、そのギルドマスターはどこに？」

副ギルドマスターがギルドマスター室を勝手に使うなど、なかなかない事だ。

僕の問いに、マクネスさんが唇の端を持ち上げ、笑みを浮かべる。

「……もう夜中だ。カイエンは帰ったよ。必要なら呼ぶが――」

「いや、そういう事なら構わないよ」

テーブルを間に挟み腰を下ろす。前回のように、スレイブが護衛のように後ろに立つ。

間違いなく、戦闘用だ。未だ僕は彼のスレイブが言葉を放つのを見たことがない。

戦士に言葉はいらない。かつて魔導機械の兵士を生み出し、諸国を恐怖に陥れた国のトップが放った言葉だ。スレイブは鏡。時に己のマスターの言葉より僕の言葉を優先したドライはエティの思想を十二分に反映していた。ならば、物言わぬスレイブが示すマスターとはどのような存在なのか？

笑みを浮かべる僕にマクネスさんが目を瞬かせ不思議そうな表情で言った。

「さて、どうやらうちの職員によるとフィルは――昼間に私に伝え忘れた事があるみたいだな。何か？」

降参だ。本当に演技派だ。見事な腕前だ。徹底している。僕は仕方なくこちらから言った。

「マクネス・ヘンゼルトン。君が…………この地の王だ。そうだろ？」

「…………!?」

唐突な宣告を受けて尚、その表情の変化は最小だった。

その眉が一瞬訝《いぶか》しげに顰《ひそ》められ、すぐに思案げな表情に変わる。痛い程の静寂が部屋を満たす。

「それは……どういう意味だ？」

「言葉の通りだよ。君が、この近辺の生態系を支配している。魔物も迷宮も、そして探求者も」

ずっと、わかっていた。そのスレイブの姿を見る前から――。

マクネスさんが腕を組む。こちらに向けられた双眸はひたすら静かだ。だが、その密度の高い脳は今この瞬間もまるでコンピュータのように回転しているのだろう。

「馬鹿馬鹿しい。ＳＳＳ等級ってのは、想像力も豊かなようだ。証拠はあるんだろうね？」

「ないよ」

その双眸が大きく見開かれる。証拠はない。だから、必死になって探していた。

その尻尾を掴もうと、正しい道筋を求めていた。だが、もういい。時間がない。紛れもなく僕の負けである。確固たる証拠もなく打って出るなど、無能もいいところだ。

かつてアムは僕にアリスの悪行を推理してみせたが、あの見事な推理とは比較にもならない。

隠蔽も立ち回りも、彼は完璧だった。不自然な点もゼロではなかったが、疑いの域を出なかった。

そして、アルデバランへの対処も——だが、アムに負けるのは癪だが、僕は探偵ではないのだ。

「証拠はない。貴方の隠蔽は完璧だ。だけどさ、そもそもこの地の環境を維持するにはギルドの協力が不可欠なんだよ。実は最初から想像がついていたんだ。この地の歪《いびつ》な生態系を知った瞬間からね」

僕の言葉を聞き、しかしマクネスさんの瞳には動揺の欠片も生じなかった。話を続ける。

「そもそも魔導機械は普通このような環境を生み出せない。明らかに何者かの干渉の結果なのに、その事に関してギルドが何も見解を示していないというのは不自然だ。あえて静観しているようにしか見えないし——何でもかんでも調査中で済ますのも無理がある」

魔導機械による生態系の構築。これは相当大規模な事業である。基盤を作るだけでも膨大な時間と資源が必要だし、元々の生態系への影響もある。ギルドに気づかれないように行うのは不可能だ。

恐らく、魔導機械の楽園に街ができたのではない。逆だ。ここを起点に楽園を作ったのだ。事業は0を1にするのが一番難しいし、時間もかかる。外敵の対応もせねばならない。

「僕に浄化を当てたあのモデルファイアフライ——君が出したんだろう？　《機械魔術師》の使う転送スキルで——エティの『機神』を壊したのも君だ」

超遠距離狙撃はともかくとして、小型の魔導機械であるモデルファイアフライが監視網に引っかからないのは、それについて何もわからないのは明らかにおかしい。エティの機神についても、あれを気づかれずに破壊できる者は限られている。恐らく、出立前に背中を叩いた時にでもいじったのだろう。製造型の《機械魔術師》であるマクネスさんならば、起動後ならばともかく起動前の『機神』を壊すことなど容易《たやす》いはずだ。恐らく、好機があれば事故に見せかけてエティを消すために――。

「マクネスさん、君は完璧を求めすぎだ。よほどの馬鹿でもなければ気づく。君は――魔導機械達の力を信じていなかった。だから、全ての懸念を自分の手で潰した。こんなに面白い場所なのに他の《機械魔術師》がいないのは囲い込んだからかな？」

全てが状況証拠だ。決定的な証拠さえなければいいと思ったのかもしれないが、それは誤りである。隙がないという事自体が隙になる事もある。僕達高等級探求者にとって証拠なんてどうでもいい。なるべくやりたくないが、時にでっち上げる事だってある。それが、目的を達するためならば。

まぁ、今回はギルドに所属する他の《機械魔術師》とやらを調べれば証拠も見つかるだろうが――。

「手段は、『アマリスの壺』に売っていた惚れ薬――『比翼の血』かな？　あれは毒じゃない、《機械魔術師》の探査スキルには引っかからないだろう。アレンさんもよく売れると言っていたし――」

マクネスさんの前に、先日店で購入した惚れ薬と除草剤を置く。除草剤を手で弄びながら言う。

《機械魔術師》を始末するのは大変だ。だが、僕達が容易くアルデバランの死骸までたどり着けたように、方法を探せばやりようはある。殺せる毒が作れないならば別の方法を使えばいいのだ。

「ザブラクも気づいていたよ。気づいていて、何も言わなかった」

ザブラクのスキルは強力無比だ。マクネスさんも色々手を打ったのだろうが、彼の『植生交感』は除草剤なんかでは防げない。何しろ、彼は花粉や枯れ木からでも情報を取れるのだ。

だが、同時に樹人《エント》は――事なかれ主義だ。知恵者である彼らはあらゆる情報が手に入るが故に、あらゆる事象に強い興味を持たない。まさか逃げ出すとは思わなかったが――。

魔導機械の神は架空の存在だと言うつもりはない。だが、人間側からの工作もまた、確実に存在している。魔導機械を自動生成する力にも限界はあるし、時に探求者のレベルに合わせて魔物のチューンナップを行う事もあっただろう。あのファイアフライが多分そうだ。浄化の力を持つ魔導機械を短時間で開発するなど、《機械魔術師》にしかできない。

「終わりだよ。確かに確固たる証拠はない。だけど、状況証拠だけで十分だ。ＳＳＳ等級探求者の権力を使えば、正規の手段でギルド内を捜索するのも難しくない。時間はかかるけどね」

魔導機械を使った自然環境の構築。規模次第では研究として認められたかも知れないが、この規模だと、どの国の法に当てはめても間違いなく違法だ。何しろ探求者もこれまで何百人も死んでいる。

先にこの地に来ていたのは自分達だったなんて言い訳は通用しない。人は外敵を、脅威を、言い訳の余地なく排除する。本来それを主導する側のギルドに潜り込むのはそういう意味で英断ではあった。

脅しじみた僕の言葉を聞いても、マクネスさんの反応は変わらなかった。

何も考えていないわけではない。これは――覚悟だ。

彼は悪党ではない。ただ、選んだ道が世間に認められなかったモノだというだけで。

マクネスさんの後ろに配置された戦闘特化の機械人形はぴくりともせずに待機していた。

やがて、マクネスさんが何度か頷くと、ゆっくりと口を開く。

「面白い話だ。本当に、全く、ＳＳＳ等級というのは興味深い。だが、フィル。わからないな――」

その人差し指が僕に向けられる。

クラス《機械魔術師》。魔導機械を生み出し操る上級魔術師。その技術樹《スキルツリー》が内包するスキルは魔導機械に致命的な影響を与えるが、決して人間相手に効かないわけではない。

彼は魔術師だ。万能型の、魔術師。指一本で人を殺せる。

だが、僕はまだ死んでいなかった。マクネスさんが訝しげな表情で続ける。

「どうして……どうして、君が、私の目の前に出てきたのか、わからない」

呼吸は僅かに乱れていた。細められた双眸の奥には僅かに警戒の色がある。

「職員を騙しカウンターの中に侵入したのは確かに凄い。凄い、度胸で、とても——馬鹿げている」

マクネスさんが続ける。その指先は僕の命を弄ぶかのようにくるくる円を描いていた。

「職員は警備じゃない。このギルドは私の力によって完全なセキュリティが敷かれている。まさか君は、私が君を見つけた事を偶然だと考えているわけじゃ、ないだろうな？」

当然、考えてなどいない。《機械魔術師》はあらゆる能力に秀でるが、特に諜報能力については数ある職の中でも最上位だ。隠密職でもこのセキュリティは突破できない。

「いや——ギルドだけではない。自慢じゃないが、レイブンシティは私の庭だ。道路の整備も建築も電灯も水道も通信インフラも、この街の発展の全てに私は関わっている。この街の出来事で私の耳に入らない事はない。ふん……だから、君がこの夜中にギルドにやってきた事にも、すぐに気づいた」

双眸が輝いていた。囁くようなその声は、こちらを脅しているかのようだった。

「だから、わからない。正当な方法でも捜査できる君が、無防備でこのギルドの奥にまでやってきた理由が！　私は、知っている。君がここにいる事は——誰も、知らない。あのアリスも断ち切った。ああ、もちろんわかっている、やせ我慢なんてしていない事も」

まるで内緒話でもするように、マクネスさんが身を乗り出す。僕もまた、それに倣《なら》った。

「君の目的は、なんだ？　その自信の源は、エトランジュか？　確かに、君は彼女の家から出てきた

──何か吹き込んだようだな。さすがに同職の屋敷に監視は張れないが……やれやれ」

恐らく、エトランジュだ。彼女こそがマクネスさんが最も警戒している相手だった。だからこそ、今回呼んだ。その力を引き入れる、ないしは、殺すために。【機蟲《きちゅう》の陣容《じんよう》】で暗殺を狙ったのは、もう仲間に引き入れるのは不可能だと考えたからだろう。マクネスさんが深々とため息をついて言う。

「確かに、あの子は強い。単純な戦闘能力だけだったら、《機械魔術師》の中でもトップだ。探求者としての資質は偏っているが──一対一ならば、恐らく私でも勝つのは難しいだろうな」

エティは強い。この地で何人もの優秀な探求者に会ったが、彼女は僕の知る探求者の中でもトップクラスの才覚だ。油断して負傷したりもしたが、心は折れなかった。

確かにこの状況で僕を救おうとするのならば、エティの助けが不可欠だろう。

「無駄だ。無駄だよ、フィル。私の知る限りエトランジュは屋敷の中から出てきていないが──無駄だ。彼女は動けない。私が君の侵入を知りこの状況を予想していないとでも、思ったのか？　確かに私は、手を出すのをやめた。だがそれは、不可能だったからじゃあない。『非効率』だったからだ」

その声には、自身を納得させるような響きがあった。威嚇とは恐怖の裏返しだ。絶対の自信を持った時、人の感情は動かない。後ろに立っていた、全身鎧《ぜんしんよろい》に身を包んだスレイブが、初めて動き出す。

「舐めるなよ？　いくら強くても、エトランジュ一人始末するのは難しくない。手は既に、打った」

マクネスさんの体勢は変わっていなかった。だが、心の方は切り替わっている。

きっと、戦闘に入る可能性も考えていたのだろう。性格。資質。奇しくもマクネスさんは、エティと同職でありながら、正反対だった。思わず笑みを浮かべる。

どんな手を打ったのだろうか？　殺し屋？　魔導機械？　探求者を派遣したという事はないだろう。

いや、十中八九、派遣したのは――手駒の《機械魔術師》だろう。地下で飼っていた、薬で心を奪った手駒達。エティは強いが、同職複数人で囲めば劣勢を強いられるだろう。

――そして、マクネスさんは輝く瞳で宣戦布告の言葉を放った。

「《機械魔術師》に、戦闘用機械人形《バトロイド》。才能は惜しいが、仲間にするのは諦めた。まったく、まったく、予想外だッ！　この地に、君みたいな男が、飛ばされてくるなんてなッ！　さぁ、君の知る、エトランジュは、知り合いを――小夜を殺せるか!?」

§　§　§

窓のない寝室。簡素なベッドの中で、薄いタオルケットにくるまり、エトランジュは小さな寝息を立てていた。そこかしこに設置されたお手製の魔導機械の駆動音を除いて、他に音はない。

その側でじっと寝姿を見守る。それは、ドライが作られて以来、変わらない光景だった。

ドライは戦闘能力を持たない。《機械魔術師》の中でも特に攻撃系スキルの才能を有するエトランジュはスレイブに戦闘能力を求めなかった。代わりに与えられたのが隠密としての力と――権限だ。

エトランジュはドライに自身の持つ全ての魔導機械の操作権限を与えた。この屋敷は、要塞だ。ただでさえ強固なセキュリティはフィルを守ると決めた時に万全と化した。

屋敷の外に設置されたカメラには何も写っていなかった。時折聞こえる風の音。気温や湿度も正常。熱源探知にも一切の異常はない。だが、フィルはエトランジュに注意しろ、と言った。機械人形にあるまじき事に『胸のざわめき』を感じる。あの青年に毒されすぎだろうか？

と、そこで不意に、ドライに送られてきた映像データにノイズが奔《はし》った。画面がちらつき、すぐに元に戻る。注意を向けて確認するが、特にセンサーに変わった様子はない。

後ろでご主人様が身を起こしたのは、その時だった。

エトランジュはとっさに時間を確認すると、今にも泣きそうな声で言う。

「……あ……ありえない、のですッ……私が……寝坊!? 何で起こしてくれなかったのですか!?」

「フィル様から絶対に出すなと頼まれておりましたので」

「ああ……貴方と、いう、スレイブは――」

神秘的な銀の瞳。主人は起き上がると、自然な動きで近くに畳んで置いてあった機神を着用する。

フィルはドライに、エトランジュの事を任せたと言った。それは言われるまでもない事だ。

だが、そもそも――ドライのマスターに、護衛など必要ない。マスターが言う。

「………ドライ――招かれざる客、のようなのです。撃退の準備を――」

「センサーは何も捉えていませんが――」

「能力による干渉を受けたのです。『撹乱《ジャマー》』か『差し替え《リプレイス》』か――そう。相手は恐らく、私と同じ――《機械魔術師》。まったく、次から次へと、どういう事なのでしょう」

声に含まれる絶対の自信。そこにいるのは、恋に振り回される少女ではない。一人の完全無欠の探求者だ。その白魚のような指先に紫電が散る。

「やれやれ、こんな夜にやってくるとは、不躾な。誰だか知らないですが――軽く、腹いせに遊んであげるのです。さっさと倒して………次は私が食事でも作って待っていてあげるのです」

エトランジュは一度深呼吸をいれると、立ち上がった。

…………なるほど、厳重な、セキュリティだ。

目標の屋敷を確認し、男が頷く。後ろについた数人の仲間が無言で同意を示した。

屋敷は一見、ただの屋敷に見える。磨かれた鉄の門には鍵はかかっておらず、見張りもいない。

だが、男達には、その屋敷が不可視の力――機械魔法の力で守られているのがわかった。

手口はよく知っている。スキルと魔導機械によるセキュリティは極めて強力だ。並の《盗賊》ならば解除の余地もないだろう。だが、同じ《機械魔術師》ならば話は別だ。

二言程呟くと、男達の姿がぶれた。そのまま背景に溶け込むように色を失う。

精度の高い光学迷彩。熱源探知を誤魔化し、生体感知を誤魔化し、重力による感知を誤魔化す。

《機械魔術師》のスキルを突破するには《機械魔術師》のスキルが最適だ。如何にＳＳ等級探求者でも同職の人間複数人には敵わない。注意深く、速やかに制圧せよ。それが、男達に下された命令だ。

神経を尖らせ門を抜ける。数歩足を踏み入れ――そこで、地面に生えた砲塔と『眼』が合った。

「ッ⁉」

黒光りする砲塔から弾丸が発射されるのと、男がスキルによる障壁を張るのはほぼ同時だった。

夜闇に瞬くマズルフラッシュ。刹那でばらまかれた無数の弾丸が、男達の障壁を撃つ。

混乱が広がる。男達が掛けている迷彩は完璧だ。あらゆるセンサーを誤魔化し、目視による看破もほぼ不可能なはず。だが、それ以上に男達を混乱させたのは――。

「ゴム弾だ、舐められてるッ！」

非殺傷の特殊なゴムで作られた弾丸で障壁は破れない。

思わず困惑に視線を交わしたところで――不意に熱と光と衝撃が男達を襲った。

「ッ⁉」

驚きに息を呑み思わず後退る。だが、万全な装備でやってきた男達にダメージはない。

そこで、上から声が振ってきた。

「呆れた。電撃対策も、完璧、なのですか……」

「ッ………」

呆れたような声。緑がかった髪に銀の瞳。小柄な身体を装甲服で包み、ターゲットが屋根の上から男達を見下ろしていた。その眼は真っ直ぐに男達を見ている。迷彩も効いている様子はない。

《機械魔術師》の力は主に問題と対策で成り立っている。強力な攻撃スキルがあれば、それを防ぐための防御スキルもある。感知能力を誤魔化すスキルがあれば、それを更に看破するスキルもある。

「そのスキルに装備、もしや貴方達、全員、《機械魔術師》なのですか？　一体フィルは何を――」

圧倒的な人数的不利を前に、エトランジュの声には怯えがなかった。

その余りにも泰然とした様子に、背後の仲間達が息を呑む。

このターゲットは――これまで相手をしてきたどの機械魔術師とも違う。備えをさせるわけだ。

だが、まだ作戦が失敗したわけではない。呼吸を整え、尋ねる。

「なぜ、中に誘い込まなかった？　なぜ、このような手ぬるい奇襲をした？」

半分時間稼ぎ、半分本心から出した疑問に、エトランジュが眼を瞬かせた。

「決まっているのです。私の屋敷を汚されるのは、勘弁して欲しいのです。それに、殺さずに済むのに殺すのは私の流儀に反するのです」

高等級の探求者のものとは思えない、予想外に甘い言葉だった。相手が手を抜いても、こちらは手を抜かない。彼からは殺さずに済むならばそのようにと言われているが、殺害の許可も出ている。

その流儀のせいで、お前は死ぬのだ。仲間達が攻撃スキルを発動し、地面に幾本もの砲塔を生やす。

向けられた殺意を見て、エトランジュは唇に指を当ててしばらく考えると、言った。

「言っておきますが、私、『綱引き』は、ほんの少しだけ得意なのです」

屋根の縁から仲間達が出した総数の倍以上の砲塔が生える。仲間達が息を呑む。

――そして、圧倒的に有利だったはずの戦いが始まった。

《機械魔術師》同士の戦いは力比べだ。スキルの威力というのは本来術者の能力に比例するもので、《機械魔術師》の場合もそれは変わらない。

まさか同職と交戦する日が来るとは思わなかったが、戦いとはいつだって突然発生するものだ。

だが、その戦いは僅か数十秒で終わった。エトランジュがどこか不満げな吐息を漏らす。

「ふん……肩すかしなのです」

《機械魔術師》の技術樹は製造型と攻撃型に別れる。だが、人口比率は魔導機械の開発に適した前者が圧倒的に多い。そして、侵入者達は前者で、エトランジュは後者だった。

前者と後者では同じスキルでも練度が違う。銃弾の嵐をさらなる嵐でずたずたにされ転がる侵入者達を見下ろし、エトランジュは小さくため息をついた。

「しかし、この連中一体――大した腕ではないにしても、こんなに《機械魔術師》がいるなんて」

フィルの忠告を思い出す。彼はこの事を把握していたのだろうか？

どちらにせよ、どういう事情があるのかは侵入者を尋問すればわかる事だが……。

そんな事を考えたその時だった。ふとぴりりと空気が張り詰めた。

――エトランジュがスキルを使えたのはほとんど幸運だった。

「ッ……!?」

降ってくる雷の柱を障壁で防ぐ。思考が再び戦闘用に切り替わる。今の雷は――違う。

正面の門の前に、一つの人影があった。悪寒が奔る。

見覚えはないが、わかる。術には癖がある。薄汚れたコートを着た妙齢の女性《機械魔術師》――間違いない。会ったことはない。だが、見たことはある。この女は――。

「貴女――【機蟲の陣容】の映写結晶の――」

名も知らぬ《機械魔術師》がにやりと笑みを浮かべる。ぎょろりと見開かれた大きな目に細い手足。疲労しているのか、濃い隈が張り付き、頬は痩《こ》け、だがその瞳の奥はぎらぎらと生命力で輝いていた。その身から感じる魔力は質においても量においても、先程倒した者達は比べものにならない。

間違いない、この女――エトランジュと同じ攻撃型だ。女が腕を持ち上げる。それと同時に放たれたレーザーは、エトランジュに命中するその寸前に屈折し天に消えた。女が目を見開く。

「……場所が……悪いのですよ」

ここはエトランジュの屋敷だ。魔術師の屋敷には様々な仕掛けがある。この場所ではたとえ実力が同程度だったとしてもエトランジュに敗北はない。もちろん、実力で劣っているとも思えないが。

スキルの行使速度はほぼ同等だった。

双方の背後に一斉に砲塔が転送され、同時に双方の右手に激しい雷が宿る。

「破壊信号《ダウン・ブラスト》！」

弾丸と弾丸がぶつかり合い耳をつんざくような戦場のＢＧＭを奏でる。

エトランジュの放った銀の雷と、相手の放った金の雷がぶつかり合い、衝撃が駆け抜けた。

女はあり得ない強さだった。力が、ではない。習熟度はエトランジュと同等程度か少し下だろう。強いのは――意志だ。女は意志だけで、有利なフィールドにいるはずのエトランジュと、接戦した。

互いの電撃の余波で屋敷の機能が半壊し、流れ弾で塀がひしゃげる。地面が融解し、放たれた電磁波で探査系スキルはしばらく使えないだろう。身体の半分以上が焦げ、物理的に立っていられなくなった敵を見下ろし、エトランジュは冷や汗を腕で拭った。女の後ろにボロボロの砲塔が転送される。

「はぁ、はぁ、どう、なっているのです……ありえない、のです」

重傷を負った状態で術を使えるなど――《機械魔術師》の術はそんなに単純なものではない。女が半死半生であるのに対して、エトランジュは消耗こそしているもののほぼ無傷だ。だが、圧倒的不利な状態であるにも拘《かかわ》らず、女の目は変わらず爛々と輝いていた。恐怖の欠片も見えない目だ。

もしもエトランジュがフィルの施術でベストコンディションでなかったら、もしもここがエトランジュの有利な場所でなかったら――負けていたかもしれない。

膨大な魔力を糧に術を行使――幻想兵装『スパナ』を顕現する。《機械魔術師》の技術樹。攻撃の型の最奥のスキルの一つ。それを見て、女の表情が一瞬、確かに歪んだ。

この相手を殺さずに制圧するのは骨だ。それは既にわかっていた。

それでも、エトランジュは目の前の明らかにおかしくなっている同胞を殺したくはなかった。

それが一瞬の隙を生み出した。女が両腕を地面に叩きつける。地面に展開された大型の魔法陣——転送魔法陣を見て、エトランジュは慌ててスパナを振り上げた。

——まずい、何かを呼び出すつもりだ。何か、良くないものを！

スパナに紫電が奔る。屋敷内で戦況をモニタリングしながら適宜防衛機能を展開していたドライから制止のメッセージが届く。だが、躊躇《ためら》っている場合じゃない。

「全て、吹き飛ばして、やるのですッ！」

《機械魔術師》が召喚できるのは魔導機械のみだ。ならば、出てくると同時に焼き尽くせばいい。スパナに蓄積した莫大なエネルギーが闇を剥ぐ。これこそが攻性《機械魔術師》の持つ最も強力なスキルの一つ。電気は一部の魔導機械の動力にして、天敵である。——これで終わりだ。

「『電磁災害《ダウン・オーバー》』！」

エトランジュがスパナを振り下ろすと同時に、全てを終わらせるエネルギーが解き放たれた。

音が消え、光が消え、刹那に莫大なエネルギーを放出した術が終了する。

魔力の消耗による倦怠感を感じつつ、エトランジュは前を見た。先程まで家の玄関があった場所には何も残っていなかった。門や壁は完全に融解し、前方数メートルの道路まで歪んでいる。

先程まで相対していた女は地面に転がり、完全に意識を失っていた。だが、センサーはその女がまだ生きている事を示している。《機械魔術師》の持つ雷に対する致死防止スキルの効果だろう。

他の男達もとりあえずは生きているようだ。虫の息だが、襲ってきたのは相手の方なのだから仮に死んでも文句は言うまい。治療カプセルにぶち込んで五分といったところだろうか——だが、エトランジュの屋敷の治療カプセルは今の攻撃の余波で完全に故障しているだろう。

屋敷の補修をして襲撃者を治療カプセルにぶち込んで拘束して――完全に徹夜なのです。

フィルが戻ったらとっちめてやろう。そう心に決めたところで、ふとドライから連絡が入った。

『エトランジュ様、まだ残敵が――』

「!?」

慌てて顔をあげる。それは、屋敷の屋根の上に悠々と立っていた。

月明かりを逆光に、ぴんと背筋の伸びたシルエットから、得体の知れない寒気を感じる。

馬鹿な……全員、確かに倒したはず――『電磁災害』に、耐えられるわけが――。

影が屋根の上から飛び下りる。地面を蹴る金属音。天から真っ直ぐ落ちてきた蹴りが、後ろに下がったエトランジュのすぐ前数センチの所を通り過ぎ、融解し再び固まった金属の床に突き刺さる。

反射的に理解した。これだ。あの女が転送してきたのは――これ。

戦闘態勢に入る。大きく後退するエトランジュを、それは追わなかった。

人影が、ゆっくりと床から足を抜く。ただの蹴りで特殊合金の床を陥没させるとは、恐ろしい力だ。

襲撃者の姿が再点灯した明かりにより露《あらわ》になる。その姿に、エトランジュの思考は凍りついた。

「!?　???　小…………夜……？　なの、です？」

その名の由来になったという夜を思わせる美しい黒髪。ドライと異なり、技術の粋を尽くし人間に近づけられた整った容貌に、白磁を思わせる白い肌。

頭に取り付けられたテスラ社製の機人形の証であるアンテナが小さく明滅している。

深い交流があったわけではなかった。だが、見間違えるわけがない。他人の空似などでは絶対にない。たとえ同じシリーズだとしても、機械人形には個体差が存在するのだ。

小夜は倒れ伏す仲間達を無視し、まっすぐエトランジュを見た。氷のような声で言う。

「私はＧＮ６０３４６０７４Ｂ型戦闘用機械人形です。名前はありません。命に従い貴女を破壊します」

テスラＧＮ６０３４６０７４Ｂ機械人形。魔導機械の最大手が技術の粋を尽くして製造した攻撃特化の機人。

それまで機械人形の用途は人間の護衛や情報処理が主だった。強力な兵装を搭載した戦闘向け機械人形は大きな波紋を起こし、数多《あまた》の批難を受けつつも一部喝采を以《もっ》て受け入れられる事になる。

話は聞いていたが、小夜の動きはエトランジュの想像を遥かに超えていた。一挙手一投足がエトランジュの感知能力をたやすく振り切り、四肢に搭載されたブースターが夜闇に紅蓮を撒き散らす。

装置により強化された動きは、職による補正を受けた熟達の探求者を凌駕していた。戦士としての知識と技術がインプットされているのだろう。間の取り方が、足運びが、重心の動きが、絶妙だ。

おまけに、小夜は何者かに改造されていた。『電磁災害』に耐えるなど、量産型ではあり得ない。

「ぐッ………小夜、目を、覚ますのですッ！」

エトランジュの言葉を無視し、小夜が接近してくる。

スキルの強化はあるが、エトランジュは魔術師だ。近接戦闘はそこまで得意ではない。

踵から噴射される炎が神速の動きを可能にしていた。その動きはエトランジュが小夜を最初に見た時の想定性能を二回りは上回っている。機神の補助を受けてギリギリだ。純粋な格闘技術は相手に一日の長がある。命中すれば相手に致命的なダメージを与えるスパナが掠りもしない。

その流れるように美しい猛攻を前に、術を起動する間すらなかった。

連撃を後ろに下がり回避、屋根に飛び上がればすかさず小夜も追ってくる。細腕から繰り出される砲撃のような突きに、いなした腕がしびれ、スパナが手から離れ地面を転がる。

いい。当たらないスパナなど、いらない。そもそもあれを当てたら殺してしまう。

「小夜、手を、止めるのですッ！」

何度目かの呼びかけ。小夜の瞳には何の変化もない。ただ、冷たい瞳で己の敵だけを見ている。

だが、その反応に、エトランジュは小夜を縛るものの存在を感じ取った。機械人形は人間の友として作られた。本来、敵対関係にあったとしても呼びかけられて反応を全く返さないなどありえない。

何らかの手段で思考を制御されているのだ。治療をしなければならない。

相手には『電磁災害』を耐える程の耐性がある。だが、試さない訳にはいかなかった。

息が上がる。先程の戦いで消耗しすぎた。屋敷の補助ももうない。

飛び蹴りを腕で受ける。衝撃が骨まで伝わり、鈍い痛みに唇を噛む。蹴りを受けた勢いで地面に着地する。小夜も躊躇いなく追ってくるが、その時には既にエトランジュは準備を終えていた。

「少しだけ――ちくっとするのです！」

「…………」

『制止信号《ダウン・スパーク》』

魔導機械を停止するためだけに生み出されたスキルが小夜に放たれる。

たとえ神速の動きを誇ろうとも、雷の速度には敵わない。

願いを込めて放った己の天敵たる攻撃に対して、小夜の取った行動は——突進だった。

雷が弾け、小夜の瞳が一瞬揺れる。動きは止まらなかったが、そこで気づいた。

小夜は——ボロボロだった。衣装は焼け焦げ、よく見たら身体のそこかしこから異音が上がっている。恐らく、痛覚が搭載されていたら全身に激痛が走っていただろう。

地面を蹴る度に、拳を振るう度にその身体はぎしぎしと強く軋み火花を散らしている。

刹那、エトランジュはなぜ小夜がここまで強いのか理解した。

自壊を厭わず動いていたからだ。とうの昔に小夜は限界を迎えている。そもそも、冷静に考えたらエトランジュの『電磁災害』を無影響で乗りこえられるわけもないのだ。

ふと脳裏を希望が過る。これならば、もしかしたら、殺さずに止められるかもしれない。

——その時だった。戦意の欠片も見えない赤の瞳、その動きが一段加速した。

気がついたら、紫電を纏った拳が振り上げられていた。すぐ眼前に接近する小夜に対して取れる選択肢は余りにも少ない。風景が一瞬、緩やかに流れる。エトランジュは否が応にも悟った。

死ぬ。手加減などできない。本気でやらねば、死ぬ。

それは、エトランジュの人生で最速の術の発動だった。

『電子圧縮《マイクロ・ポケット》』。かつてアリスを殺した術の起動準備が一瞬で整う。

相手の拳が落ちてくる。間に合うかかなり微妙だ。

迫る拳。だが、それに恐怖は感じない。エトランジュが感じている恐怖の源は——。

目の前の人形は、フィルの友人は、殺さなければ止まらない。

——頭だ。頭を、破壊しなくては。

その時、緩やかに加速した視界の中、拳の動きが明らかに鈍った。

「!?」

頭のアンテナが高速で回転していた。その瞳に一瞬感情が過る。

その最後のチャンスに――発動寸前までいっていた術が霧散した。

衝撃がエトランジュの全身を貫いた。機神を貫通してきた衝撃に息がつまり、意識が飛びかける。

ミスだ。甘さが招いた。先に、届いた。先に、届かせる事ができたはずなのに――。

小夜が意識を取り戻したのは一瞬だ。動きを止めたのは一瞬だ。その時間があれば、彼女を殺せた。

意図しない殺人から解放できた。たった一度のチャンスだったのに、脳裏に希望が過って――。

地面を数度バウンドし、屋敷の壁に叩きつけられる。

衝撃に揺れる思考。立とうとするが、手足が自分のものではないかのように動かない。

地面を蹴る音。真上に見える小夜の酷薄な表情と月。

そのぼろぼろの足が持ち上げられ、一瞬の躊躇いもなくエトランジュの顔に振り下ろされる。

――ごめんなさい、フィル。

目を瞑り、覚悟を決める。

そして――攻撃はいつまで経っても来なかった。

「…………?」

ゆっくりと目を開ける。そこに広がっていた光景に、エトランジュは一瞬何もかもを忘れた。

最善。小夜が意志を取り戻し攻撃を止めた。

予想。小夜がぎりぎりで限界を越え自壊した。

現実。小夜の脚が、止まっていた。それを止めているのは――エトランジュの右腕だ。

ずっと無表情だった小夜の目が見開かれている。

ふと唇から意図しない声が出た。冷たい、冷たい、奈落の底から響き渡るような、美しい声が。

「『諦めるな、発情娘。まだ、動くでしょ?』」

これは――エトランジュの声ではない。身体が勝手に動く。小夜の一撃を受け止めた右腕が、そのまま脚を握り片手で小夜を地面に叩きつける。全身に激痛が広がるが、身体は止まらない。

魂だ。今のエトランジュの肉体を動かしているのは、悪性の魂だ。身体が勝手に立ち上がる。足の骨が折れているのに、血が流れ身体が痺れているのに、一切意に介さずに。

「『ご主人様は、僕を信頼しろと、言った。だから、私は信頼して――ご主人様について行かなかった。ご主人様、アリスを――褒めてください。私は――もう貴方を裏切りません!!』」

その言葉に、フィルとの別れ際の言葉がエトランジュの脳裏を過る。

そうか、あの言葉は私にじゃなくてアリスに――その後、ずっと目が覚めていなかったのも――。

身体が制御を取り戻し、大きくふらつく。いつの間にか隣に顕現したアリスが倒れかけるエトランジュを支えた。全く理解できなかった。いつ彼女がエトランジュに憑依したのかも――。

「くすくす……なんて情けない、探求者」

「貴、女も、随分ッ、不安そう、なの……です」

小夜が起き上がる。既に勝ち目はないのに、その目に恐怖はない。頭のアンテナだけがまるでその内に秘めた感情を吐露するかのように激しく回転していた。だがもう駄目だ。治療する余地はない。

小夜が地面を強く踏む。それと同時に、エトランジュの予想とは裏腹に、アリスは一歩下がった。

「譲ってあげる。発情泥棒猫」

「一体、何を――」

拳が迫る。その速度には切れがないが、今のエトランジュは立っているだけで限界だ。

それを見て、アリスが呆れたように言った。

「馬鹿？　壊れたなら、組み立てればいいでしょ？　《機械魔術師》なんだから」

その考えは、エトランジュにとって青天《せいてん》の霹靂《へきれき》だった。

生きている機械人形を分解して組み立てるなど、そんな残酷な事、これまで考えた事もなかったが

――もう限界だったはずなのに、手が勝手に幻想兵装スパナを生み出し、小夜の拳を迎え撃つ。

分解の概念に触れた小夜は、完全にバラバラになって崩れ去った。

「……確かに、その通りなのです」

§　§　§

「あ…………ありえ、ない……」

マクネスさんはまるで悪魔でも見たかのような表情で虚空を見つめ、掠れた声で呟いた。

その表情に途中まで浮かべていた自信は残っていなかった。恐らく、エトランジュ達の様子を確認しているのだろう。小夜を出すのは予想外だったが、どうやら備えは役に立ったようだ。

「あり、えない。憑依は、私が、解除した――確かに。それに……アリスは、確かに、街の外に――」

「簡単な話だ。元々僕は……アリスを憑けてなんかいないんだよ」

彼は前回の反省を生かし即座に僕の憑依を解除した。だが、学んだのは彼だけではない。

アリスにはずっと街の外で適当な魔導機械を狩らせていた。それはウォーミングアップであり、罠でもある。僕の近くにアリスがいなかったら、普通自分につけていると思うだろう。

エティだ。僕は、次に狙われるとしたらそれはエティだと思っていた。彼女は極めて優秀な《機械魔術師》だが、まだ甘えが残っているし、それに――うまく使えば人質にだってできる。

彼女にアリスを憑けたのは、僕が奇襲を受けた後、エトランジュの屋敷に泊まった時だ。優れた《魔物使い》に言葉などいらない。何も言わずとも、アリスはしっかり僕の意図を汲んでくれた。

アルデバランが死んでいたのには本当に驚いた。僕は半ばギルドを決め打ちで疑っていたが、最も大きな根拠があるとすればそれは――アルデバランの戦闘前の死になるだろう。

魔導機械に自殺させる事で証拠を消すなんて、同じ魔導機械の発想ではない。ましてや境界船のチケットまで用意して戦わずに勝利を狙うなど、もはやまともな人間のする発想じゃないと言える。

そもそも、マクネスさんが敵になるとわかっているのに、すぐ解除されるとわかっているアリスを憑依させてくるわけがないではないか。アリスは強力だが、転移前では何もできない。彼女を連れてくるのならば、憑依などさせずに一緒に侵入する。

「!?　??　ば……馬鹿な……そんな筈は、ない！　では、お前は、一人で――」

僕のような弱者が一人で敵陣に乗り込むわけがない。そうだろう。それが、普通の考えだ。僕だって博打を打った自覚はある、が――これが、正しい唯一の道だった。

グレムリンという種族は知恵比べが大好きだ。だが、彼らには想像力が少しだけ足りていない。

屍の山を築き血の河を渡りＳＳＳ等級まで至った僕が、自分を簡単に殺せないとでも思ったのか？

仄暗《ほのぐら》い部屋に轟音が響き、頑丈そうなテーブルに大きなひびが入る。マクネスさんが拳を叩きつけたのだ。

「あり、えない……貴様は、そんなに、愚かじゃない…………ならば、なんだ！　貴様は今、無防備だとでも言うのか⁉　何の武器も持たずに、この私の前に出てきた、と！」

マクネスさんが悲鳴のような声をあげる。その双眸には理解し難いものへの恐怖が溢れていた。

いつだって、そうだった。僕は弱い。今も昔もずっと弱い。そして、昔はアリスもいなかったのだ。

《機械魔術師》は合理を重んじる。だからこそ、こういう手に引っかかるのだ。

恐れていては何も手に入らない。故に、怖れない。これはマクネスさんが得意とする合理という奴だ。そもそも、アリスがいたって死ぬ時は死ぬのである。ならば、死人は少ない方がいいだろう。

「イかれてる、フィル。貴様は死が――怖くないのか⁉」

「もちろん、怖いさ。僕にはまだ未練がある」

アシュリーの下に戻らなくてはならないし、Ｌ等級の探求者にも未だ至ってはいない。契約金の支払いが滞っている夜月《やづき》からも小言を受けねばならないし、やりたいことはいくらでもある。

「必要ないなら――こんなリスクを背負う事もなかったんだが――」

正面から戦いができるならばそれに越した事はなかった。もしも、アルデバランが死んでいなかったら――その戦果をこの地の探求者に託して僕は去るという手も使えた。ザブラクがやったように。

僕からここまで譲歩を引き出したのは間違いなく目の前の男の手腕である。疲れたような僕の声にやや冷静さを取り戻したのか、マクネスさんが鋭い目つきで、未だ腰を下ろしたままの僕を見下ろす。

「君は――状況が、わかっているのか？　チェックメイトだ」

心臓が強く打っている。黙り込む僕の前に、そのスレイブが一歩踏み出す。

マクネスさんが、まるで状況をできるだけ早く終わらせようとしているかのような早口で言う。

「君は、自ら、武器を捨てた。君を消せば、全て終わるんだ。エトランジュも、そして君の自慢のスレイブも生き残るだろう。だが、そんなのは関係ない――私は、全てを、終わらせられる。何故ならば、この夜の事を知る者は君以外に、誰もいない」

確かにここには誰もいない。ギルドに雇われた魔導機械は全てマクネスさんの下僕だ。白夜の例もあるし全てが完全に支配されているわけではなさそうだが、記憶だって自由に操作できるだろう。

「仮にアリスが君の死を叫ぼうが、誰も彼女の言葉など聞かない。何しろ、ここは密室だッ！　わかるか。冷静に考えてみろ！　アリスもエトランジュも、君がここにいる事を知らないんだッ！　アリスが君に憑いていなかったというのは、つまり、そういう事だッ！」

その通りだ。アリスを憑けないというのはつまり、彼女が僕の動向を一切把握できない事を意味している。だから、彼はアリスに顔を見られないように不意打ちで僕の憑依を解除しようとした。

マクネスさんと僕のやり取りを、アリスは一切知らない。僕が何をしようとしていたのかも。

「どうしてだ！　何故、どうして、その表情を、そんな表情が、できるんだッ！　君は、これから、死ぬというのにッ！」

マクネスさんが頭を掻き、僕を糾弾する。どうやらすぐに殺そうというわけではないようだ。

そこで僕はようやく、本題に入る事にした。足を組み直し、とんとんと人差し指で腕を叩く。

僕はため息をつくと、真っ直ぐ目と目を合わせ、マクネスさんに言った。

「マクネスさん、実は僕は戦いに来たわけじゃない。交渉に来たんだ」

§　§　§

身体は休息をずっと訴え続けていたが、眠気は一切来なかった。エトランジュは一睡もせず、不安そうにそわそわするアリスと、ドライと共に地獄のような一夜を過ごした。

侵入者達は全て捕縛した。ばらばらになった小夜の部品は一つ残らず集めたし、受けた傷もアリスの生命操作の力で回復した。だが、生命エネルギーの譲渡は身体の傷は癒やせても心は癒やせない。

不安に拍車を掛けているのはアリスの浮かべている表情だ。

あれほど信じているとか言っていたのに、その様子はエトランジュに負けず劣らず不安げだった。

「……アリス、その辛気臭い表情やめるのです！　私も不安になるでしょう！」

「発情娘、うるさい。ご主人様を心配して何が悪いの？」

「そ、その発情娘っていうのも、やめるのです！」

全て、見られていた。全て、見られていたらしい。最初にその恋心を受けた時の感情も、フィルの顔を見ただけで赤くなっていたのも、葛藤も、はしごを外されショックを受けていたところも全て
——余りの恥ずかしさに、穴があったら入りたい気分だ。

「素晴らしいご主人様に、発情するのは仕方のない事」

殺してやりたい……発情なんてしていない。エトランジュは、ただ少しだけ、いいなーと思っただ

けだ。こんな事は初めてだったから戸惑ってしまっただけなのだ。

頭を膝につけ、顔を隠していたが、しばらくすると口からふとぽつりと声がこぼれ出る。

「…………アリス。フィルは本当に…………大丈夫なのですか？」

「…………大丈夫に、決まっている。今まで五回、同じことがあったけど、戻ってきた」

そりゃ戻ってこなかったらレイブンシティにいるわけがないのだから戻ってきたのだろうが——五回もアリスはこんな状態で帰りを待っていたのだろうか？

もしもそうなのだとしたら、相手が悪性とは言え、余りに哀れな話だった。せめてアムがいれば紋章を通して生存を確認できるのに……まさかあのアムの不在を悔やむ日が来るなんて。

そもそも、フィルはちょっとどうかしている。アリスを憑けていないという事は、今の彼は無防備だという事だ。危険な事をするとは聞いていたが、ここまで危険だなんて聞いていない。さすがに完全な無防備で死地に赴くとは思ってはいないが——。

「発情娘が発情なんてして頼りないから…………」

「それは今、全く関係ないのですッ！」

「…………ご主人様、男性でユニコーンは無理です」

もしかしたら、悶々としていたエトランジュも傍から見たらこうだったのだろうか？

「ま、まぁ……きっとフィルも一回会えば納得するのです」

何を思い出したのか、声を殺して泣いているアリスを慰める。他愛もない話で平静を保つ。

その時、不意に玄関の方で音がした。待ち望んでいた声が、耳に入ってくる。

同時に、勢いよく立ち上がるエトランジュとアリスの耳に、続いて無機質な声が届いた。

「おかえりなさいませ、フィル様。お待ちしておりました。お二人とも無事です」

「あ、の……木偶《でく》、人形ッ！」

憤怒の形相のアリスに、エトランジュはドライに内心謝りながらも同意する。くだらない話をして集中を切らしていた自分達が悪いのだが、さっさと一人、出迎えるなんて余りにも意地が悪い。

足を縺《もつ》れさせながら玄関に駆ける。フィルは出る前とほとんど変わらなかった。疲れた表情をしているが、負傷は見られない。アリスとエトランジュを見て、いつも通りの笑みを浮かべる。

「ただいま………さすがに、ちょっと疲れたよ」

「おかえりなさい、ご主人様。責務を果たしました」

「フィル！　無事でよかったのです！　まったく、貴方という人は！」

飛びつくアリスを、フィルが抱きとめる。エトランジュも続こうかと迷ったが、ぎりぎりで止めた。

今回はアリスに助けられたし、悔しいがスレイブの特権ということにしておこう。

抱きしめられ、全身で喜びを表すアリスをちらちらと横目に、咳払いをする。

「フィル、話を聞かせて貰うのです。今回の件はさすがに看過できないのですよ」

「そうだね……凄く眠いけど……君にも迷惑をかけた。結論から言うよ。一番危険だったところは全て、終わらせた。その辺りについては、もうエティは心配しなくていい」

「………何、言ってるのです？」

そんな言葉を聞きたいわけではない。必要なのは、真実であり、納得だ。前回のアリスの件ではエトランジュはある意味、部外者だった。だが、今回は当事者だ。屋敷は半壊だし、映写結晶を撮った《機械魔術師》にだって襲われたし、小夜まで襲ってきた。さっぱり状況がわからない。

「全て、決着をつけた。悪いけど詳しくは言えない。約束したんだ」

とんでもない酷い男だった。ここまで来てまだエトランジュに隠し事をしようとするとは。

口を開きかけるエトランジュに、フィルがどこか優しげな声で言う。

「エティ、探求者なら、推理してご覧。ヒントはあるから、SS等級ならできるだろう」

「ッ…………わかった、のです」

これ以上話しても無駄だろう。それに、確かに今回はエトランジュには方法がある。捕らえた襲撃者を尋問する手もあるし、小夜だって修復できれば何かわかるはずだ。対等でいようと思うなら、教えて貰ってばかりでは駄目だろう。

体力の限界に達したのか、フィルの身体ががくりと崩れかけ、アリスが慌てて支える。半分閉じた眼。今にも眠りに落ちそうな表情で、フィルが呟いた。

「アルデバランの――無機生命種《マキーナ》の魂は、死んだらどこにいくんだろうな……」

心臓がきゅっと掴まれた心地がした。それは《機械魔術師達》にとっての命題だ。

無機生命種は人造の種だ。一般的には魂を持たないとされているが、最初の《機械魔術師》は魂の製造を目標にしていたのだという。魔導コアは未だブラックボックスだ。技術樹の力でエトランジュ達でも作れるが、その構造原理を理解していた者はそれを生み出した原初の《機械魔術師》だけだ。

この《魔物使い》は一体誰の、何のために戦っていたのだろうか？

ふとそんな疑問が脳裏を過るが、今必要なのは問いではない。休息だ。

エトランジュはため息をつくと、どうしようもなく愛しいソウルブラザーに声をかけた。

「おやすみなさい、フィル」

§　§　§

目覚めは空腹を刺激するいい匂いと共に訪れた。ベッドの上に起き上がり、ぼんやりと周囲を確認していると、エプロン姿のエティが入ってくる。

「おはようございます、フィル。ご飯、出来ているのです。まったく……」

「あ……あー？　ちょっとまって、僕が作る……」

あれ？　何がどうなって――ん？　思考が……定まらない。脳みその再起動が遅れている間に、エティがすたすたとやってくると、目の前に座り込み、至近距離から目を合わせてきた。

「フィル！　寝ぼけてないで、さっさと起きるのです」

吸い込まれるような銀の瞳、少しだけ染まった頬。月並みな表現だが人形のように整った容姿端麗の言葉にピッタリで、見る人が見れば即座に恋に落ちてしまう事だろう。

僕は乾いた目を必死に瞬かせ、とっさに口を開いた。

「……うちのこになる？」

「…………か、かんがえて、おくのです」

あ、思い出したわ。マクネスさんと交渉して無事帰ってきたところで意識が落ちたんだ。

薄氷を踏むような交渉だった。死ぬ可能性は五分より少し高かったかもしれない。彼がもう少し感情的な人間だったら僕はもう死んでいた。本当に危ないところだった。

そこで、目の前で固まっているエティに話しかける。

「あぁ、おはよう、エティ。昨日は大丈夫だった？」

「え……？　へ……？　あ、はい……」

よし、まだやる事もあるし、食事でもしながら昨日の話でも聞こうか。


エティの朝食は端的に言うと、肉の塊を焼いた物だった。この街の肉製品は豚草や牛草など植物を使った類似品だが、今回の食材はエティがこの街にやってくる前に購入したものらしい。分厚い肉に豪快に塩コショウを振り豪快に焼き上げたステーキは朝食としては重めだったが、空腹だったせいかぺろりとなくなった。何故豪快に焼いたかわかるかというと、ベリーウェルダンだったからだ。

エティがちらちらと感想を聞きたそうにしているのが可愛らしい。

「………うちの子になる？」

「す、少し考えさせて欲しいと、言ったのです！」

「冗談だよ」

「!?」

「フィル様、その冗談は余りにも女性の心がわかっていません」

「ドライ!?」

まさか機械人形に指摘されるとは、僕も焼きが回ったものだな。

アリスがいないと思ったら、魔力回復薬を購入するために出ていったらしい。僕の事をわかっている子だ。アリスが戻ってくる前にエティから昨日起こった事を確認する。

《機械魔術師》の集団に襲われた事。その中に【機蟲の陣容】の映像を撮った術者も交じっていた事。

その後、その術者が転送術式で小夜を呼び出した事。そしてその小夜が襲ってきたところまで。

どうやら、マクネスさんはいつでもエティの屋敷を襲えるように準備していたようだな。彼にしては随分思い切った手だが、余程エティを倒す自信があったのだろう。

「侵入者達は全員しっかり拘束しているのです。フィルはもちろん、心当たりはあるのですよね？」

「………………まぁ、そうだね」

恐らく、襲撃者は、この街にやってきて行方不明になっていた《機械魔術師》達だろう。

僕はアレンさんの店で念の為に購入していた解毒剤をテーブルの上に置いた。

「解毒剤だ。一応、飲ませておくといい。慎重にね」

「⁉　解毒剤？　どういう、ことなのですか⁉」

効くかどうかは五分だろう。そもそも惚れ薬などと言っても、あの薬はそこまで強いものでも長続きする物でもない。精神状態を少しだけ寄せるだけだ。後は人によって、薬の効果が切れた後も勝手に惚れていったりするし、戻ったりもする。

「まぁ、彼らも被害者って事だよ。ところで、小夜は直せそうなの？」

「……はい、おそらくは、ですが。スパナで分解したので、外側はともかく魔導コアや記憶装置――内部部品の損耗は少ないはずなのです」

不幸中の幸いだ。僕が名前をつけてあげた小夜を、ソウルシスターであるエティが殺してしまうなんて悲劇以外の何物でもない。最近、小夜が受付にいなかったのは、マクネスさんがいざという時のための準備をしていたからなのだろうか？　気づいてあげられなかったな……。

と、そこで買い物に出ていたアリスが戻ってきた。

「ご主人様は小夜を殺したくないのかと思いまして」

「アリス、おかえり」

アリスは大きなタンクを抱えていた。なみなみと入った薄青の液体に、エティが目を丸くする。

「それ、もしかして……全部、魔力回復薬なのですか？」

「すぐに飲み干します、ご主人様。王国で買った高級品も残っていますが、安い薬は効くのに時間がかかりますから」

「ど、どれだけ魔力を持っているのですか……」

健気な事を言ってくれるな。全体的に媚びているだけのようにも思えるが……。

早速、コップを使って一杯目を飲み始めるアリスの頭をぽんぽんと叩き、エティにお願いする。

「エティ、小夜の修理を頼めるかな？　君にしかできない仕事だ」

「そりゃ……もちろん、やります。知らない仲ではありませんし、聞きたいこともあるのです」

小夜に襲われてもまだギルドを疑わない。これがギルドの持つ信頼だ。小夜には悪い事をしてしまった。僕がいなければ彼女が思考を制限され、ばらばらにされる事もなかった。いや、それを言うなら――エティにもセーラにも、皆に迷惑をかけている。全て終わらせたら、謝罪しないと。

「それで、フィルは今日はどうするのです？」

「あぁ。最後の後始末がある」

エティが目を見開き、僕をどこかせつない表情で見る。

「え………？　まさか、ま、また危険な事をするつもり、なのです!?」

「いや、大丈夫。最後のはそこまで『危険』でもないよ」

「……それなら……いいのですが………」


アリスがげんなりした表情で魔力回復薬を飲んでいる。

タンクを空けて、工国から持ってきた高価なポーションも飲ませて、回復したら行動開始だ。

次が恐らく、最後の戦いになるだろう。相手に対処するような時間を与えるつもりはない。

マクネスさん。君は今頃どこにいるのだろうか。何を考えているのだろうか。

僕は昨晩の事を考え小さくため息をつくと、立ち上がった。

§　§　§

「あれが……ＳＳＳ等級探求者、か……」


魔導機械が縄張りにする荒野と外の世界の境目。小高い丘の上に、二つの影が立っていた。

大柄な漆黒の騎士を連れ、簡素な旅装をしたマクネス・ヘンゼルトンは目を細め、どこまでも広がる荒野を眺め、感慨のため息を漏らす。

長い間、この地の環境を管理、調整してきた。マクネスが何代目になるのかはわからない。だが、魔導機械のみで成り立つ生態系というのはマクネスにとって興味の対象だった。

できることはやったつもりだ。人工物である魔導機械が生態系を食い荒らすというのは一般的に許される事ではない。必要なのはボーダーラインを見極めることだった。この地に危険を感じ取れば、外の街のギルドは強力な探求者を派遣し、この地の実態を見極めようとしていたことだろう。

恐らく、マクネス達が動かなければとっくの昔に魔導機械達は殲滅されていたはずだ。

魔導機械達は未だ自立に至っていない。物見遊山にやってくる探求者達から危険人物を間引き、成長させる。あえて自分が先頭にたち魔導機械を研究し、情報統制する。少しずつ、この環境に対する疑問が表に出ないように、何かを尋ねられた時に納得できる答えを返せるように。

全てがうまくいっていた。まさか、高等級探求者の超長距離転移などというイレギュラーが発生するとは、もはや災害に巻き込まれたようなものだ。手の平の上で転がされた。全て、見透かされていた。こちらの方が圧倒的に力を持っていたはずなのに――。

怖気が背筋を駆け上がる。そんな気分を味わうのは発生して以来初めてだった。

血の気のない疲れ果てたような顔。その双眸だけがぎらぎらと得体の知れない輝きを宿していた。

マクネスにはわかった。その男が間違いなく最底の力しか有していない事が。

いや、そもそも、多少の能力を隠していたとしても無駄だ。己のテリトリーにおいて、魔術師は無類の力を発揮するし、今のマクネスの隣には最高傑作であるスレイブもいる。

製造型魔術師であるマクネスが生み出した戦闘特化型のスレイブが。この地で二番目に近接戦闘に秀でるランドでもこのスレイブには勝てないだろう。マクネスが怯える理由などないはずだった。

ただの――はったりだ。フィル・ガーデンのやり口は知っている。

「交渉…………？　何を、言っているんだ？」

交渉とは互いに譲歩を引き出すものだ。手札のない状態で成立するわけがない。

その、敵意の見えない視線に心臓が強く鳴った。どうすべきか。このまま耳を貸さず捻り潰してしまおうか。一瞬過ったそんな考えを、マクネスは眉を顰めて振り払う。

問題は——ない。目の前の男は何ら不自然な動きはしていない。ならば——すぐさま消す必要はない。そんな事をしたらまるでマクネスが、無抵抗の男を相手に、恐れているかのようではないか。

それよりも、馬鹿馬鹿しい話を、最後の言葉を聞いてやろう。鼻を鳴らし、フィルを睨む。

フィルは肩を竦めると、まるで宥めるような優しげな声で言った。

「僕の要求はたった一つ——消えるんだ」

「なに……？」

予想外の言葉に瞠目《どうもく》する。空気が張り詰めていた。最強の《魔物使い》は平然と続ける。

「マクネスさんを、見逃してあげると、言っているんだ。この街の歴史は——長いからね。この状況はマクネスさん一人で作り出したものではないだろう？　まぁこれまで大勢死人が出ているんだろうけど——責任が君一人にあるとは思わない」

断じて劣勢の者が言うような内容ではなかった。だが、フィルは『嘘』をついていない。

「貴方の行為はモラルの観点でも法律の観点でも許される行為じゃない。だけど、許す。マクネスさん一人を倒したところでこの環境はどうにもならない。だから——立場を捨てて、今すぐ街を出て、もう戻ってくるな。《機械魔術師》のスキルがあればどこの街でもやっていける。そうだろ？」

音は耳から入り脳に届き、しかし脳が悲鳴をあげていた。動悸がした。何もかもが、論理的ではなかった。弱者が強者を恐れないだけでは飽き足らず降伏勧告するなど。

この男は馬鹿なのか？　あるいはまだ取れる手段はあるのか？　冷や汗が頬を伝い落ちる。

動揺を隠せないマクネスに、フィル・ガーデンが手を合わせ、笑みを浮かべた。

「それで、全て解決だ。僕は何も言わない。これ以上マクネスさんを追ったりもしない。この街のギルドの憐れな魔導機械達はマクネスさんの所業を知る事もなく、表向きは平穏なままだ。まぁ、小夜とか一部は……仕方ないが。この辺でお開きにしよう。なかなかうまくやっていたけど、元々バレるのは時間の問題だったんだよ。僕がここに来なくてもいつかはバレていた」

「ありえ、ないッ！」

もう十分だ。くだらない交渉だ。時間の無駄だ。立ち上がり、反論する。だが、どうしても声が震えるのは抑えられなかった。拳をテーブルに叩きつけた。

「君は、間違えているッ！　圧倒的に不利な立ち位置にいるのは、君だッ！　武力を持たない君がたった一人で交渉など、降伏勧告など、応じる者がいるとでも思ったのかッ！」

全て、想定通りだった。長い年月の末、魔導機械の魔物達は十分、進歩した。

彼等がまだ街を襲っていないのは、まだ世界に喧嘩を売る時ではないからだ。

街が滅亡した事に気づかれれば外部から高等級の探求者がやってくる。それに対応できるようになるまではもう少し時間が必要だったから――邪魔者は消す。

この地の禁忌に気づいた者はこれまでもいた。だが、ここまで辿り着いたのは初めてだ。

「フィル、君を消すッ！　そして、君が消えた事を、誰も気づかない。スレイブは、総力を以て潰すッ！　知っているぞ、アリスのライフストックが切れかけている事は」

「ああ、その通りだ。マクネスさん、アリスは既に死にかけている。全く、まさかこんなに相性の悪い土地があるなんてな」

無駄だ。どう考えても、フィルに反撃の手はない。フィルを殺し、エトランジュを改めて暗殺する。なのに――何だ、この余裕は？　どうして平然としていられる？　どうしてまだ、恐れない！

「確かに、マクネスさんの言うことは筋が通っている。アリスはいないし、仮にアリスやアムがマクネスさんの罪を叫んでも誰も信じないだろう。ところで――」

そこで、フィルは大きくため息をつくと、致命的な情報を言った。

「――マクネスさん。アムがおらず、アリスをエトランジュにつけたとしたら――誰だと思う？　僕に……憑いているのは」

「!?」

ありえない。マクネスは確かにスキルを使った。《機械魔術師》のスキルはあらゆる傷を、病を癒やし肉体を正常に戻す。相手がどれほどの怪物でも憑依を解除しそこなうなどありえない。

改めてスキャンスキルを使用し、フィルの状態を確認する。

膨大な情報がマクネスに流れ込んでくる。その中から必要な情報を取捨選択する。

睡眠不足。興奮。やはり悪性霊体種の干渉を受けている気配は……ない。目の前の男は――正常だ。

ただの、ブラフだ。純人《プライマリ・ヒューマン》の嘘が見破れないわけがないのだが、そうとしか思えない。

立ち尽くすマクネスに、フィルが目を細め、まるで講義でもするような口調で言った。

「《機械魔術師》のスキルは余りにも強力過ぎる。だから、気づかないんだ、毒は検知しても薬は検知しないように……マクネスさん、僕に使われているスキルは――『憑依』じゃなくて『加護』だよ」

セーラ・ライトウィスパー。それが、フィル・ガーデンの切り札の名前。

《明《あ》けの戦鎚《せんつい》》のメンバー。ランド・グローリーのパーティの一員。

スレイブですらない、取るに足らない存在から加護を受けているなど、誰が想像しようか。あの

【機蟲の陣容】の内部で加護を受け――そのまま続いているなどと。

憑依と加護は一つのスキルの表と裏。黒き魂が使えばそれは憑依となり悪影響を与え、白き魂が使えば加護となり良影響を与える。そして、《機械魔術師》の持つ回復スキルは悪影響のみを取り除く。

最悪だった。マクネスの正体が知られた。レイブンシティでも屈指の有名クランのメンバーに。

おまけに、知られた相手は、悪性霊体種と正反対の、誰にでも信用される善性霊体種《スピリット》だ。

完全なる敗北だった。あの男は、フィルは大規模討伐の時点で、この可能性を考えてきている。

「……だが、フィル・ガーデンで良かったというべきか……」

あの青年は、物的証拠もないのに限りなく真実に近づいていた。何か決定的な証拠を見つけたのらばまだ納得できるが、マクネスとして真に恐れるべきは、何もなしに近づけていた事実だ。普通は、近づけない。真実に気づいていても、近づかない。何しろ、近づいたところで、一切のメリットがない。

にも拘らず、彼は全て承知の上で無防備な身をさらけ出し、勝負に出たのだ。だからこそ、衝動に任せて始末することはできなかった。あの男にそんな短絡的な手を打つのはあまりにも危険過ぎる。

だが、同時に彼には――理解があった。彼がもしも普通の探求者だったら交渉などという手は使わなかっただろう。物的証拠はなくても、あそこまで読み切ったのならば他の街の高等級探求者やギルドを抱き込む事など簡単だったはずだ。

フィル・ガーデンは約束を守る。彼は、身を引けばこれ以上は追わないと、そう言い切った。魔導機械達を処分しろとも言わなかった。交渉に失敗し、アリスでも殲滅しきれなかった武力が解放されるのは危険過ぎると考えたのだろうか？　あるいは《魔物使い》特有の感性故か？

どちらにせよ、マクネスは負けたのだ。我が身を顧みなければ、あの男を殺す事もできたのに殺せなかった時点で、もうマクネスは終わっていた。

口惜しい。『志半ば』で身を引くのは口惜しいが、マクネスが去ってもこれまでの成果は残る。

全て台無しにされるのと比べれば――まだ少しはマシだろう。

そして、フィル・ガーデンはまもなくいなくなる。そうなれば、全ては元通りだ。フィルはほとんど全てを見抜いていた。だが、一つだけ、間違いなくわかっていないと確信できる事がある。

楽園は――マクネスがいなくなっただけでは終わらない。

マクネスはしばし遠い目でレイブンシティの方を見ていたが、

「…………武運を」

小さく呟くと、マクネスは荒野に背を向けた。力を見せる事のなかったスレイブを伴って。

マクネス・ヘンゼルトンがその地を踏むことは、約束通り、二度とない。

§　§　§

空はまるで今の僕の気分を反映しているかのような快晴だった。どこまでも広がる雲ひとつない穹を仰いでいると、精神が落ち着いてくる。

アリスを護衛に、街を歩く。マクネスさんがいなくなった事を知る者はまだほとんどいない。

彼が街を発った事を知ったら悲しむ人も多いだろう。マクネスさんはこの街の魔導機械類の管理を一手に引き受けていた。街の人々の中には修理やら何やらでお世話になった人は多いはずだ。

レイブンシティのギルドの職員のほとんどは機械人形だが、それら全員がマクネスさんの所業を知っていたわけではないだろう。いや――もしかしたら、全員知らない可能性もある。

彼は恐らく、機械人形達との付き合いを制限していた。だから、白夜と小夜は名前を持っていなかったし、何も聞かされていなかった白夜が勝手に僕に余計な依頼をしてしまった。

それが、信用していないが故なのか、愛着を持たないためなのか、今となっては知るよしもない。

「小夜……ちゃんと直ったらいいんだけど……」

「ご主人様、優しい……これまであんなに沢山殺してきたのに」

アリスの褒めているんだか貶《けな》しているんだかわからない言葉に、肩を竦める。これまで屍を積み上げてきたが好きでやっているわけではない。やらざるを得なかったから、やったのだ。

だから、今回はマクネスさんを追放するに留めた。彼は理性的だし、ああいう形で交渉を試みれば退く可能性が高いと、わかっていた。いや――違うな。正直に言おう。

僕が彼を追放に留めたのは、彼と戦っている余裕がなかったからだ。アリスは弱っていた。『同時』に相手にするのは余りにも危険だったから、マクネスさんと戦うのはやめた。

基本的に、僕は嘘をつかない。いや、純人は嘘をついてもすぐにバレる。これは筋肉や魂の微細な反応から判断できるものらしく、どうやら他種から見ると純人の嘘ははっきりわかるらしい。

だが、僕は今回――マクネスさんに一つだけ嘘をついた。マクネスさんはそれを感じ取っていたはずだったが、何も言わなかった。

僕は彼を、この地の王だと言った。だが、僕の想定が正しければ、彼は――魔導機械を統率し、魔導機械達の王だったが――この地の王ではない。

マクネスさんは僕の出した条件をあっさり呑んだ。これまで苦労して取り組んでいた計画を捨て、これまでの立場を捨て、街を出た。恐らく、自分がいなくても計画は——回るから。彼は滅私の人だ。

本当に、出会う場所が違っていたら良き友になれていたろうに——運命というのは酷なものだ。

まず『小さな歯車亭』を訪ね、リンに預けていたアムを受け取る。アムは僕を見るとぱぁっと花開くような笑み——というか、涙を浮かべて駆け寄ってきた。【機蟲の陣容】でも共には行動していなかったし、最近は素気ない態度を取っていたせいか、反応がオーバーだ。

「フィルさん！　私の推理によると——フィルさんは私をひと目で見てパワーアップを感じ取った。修行はこれで、終わりという事ですね！」

「…………余り長い事この街にいる予定じゃなかったからね」

余り期待していたわけではないけど、後で結果チェックするからな。勝手に職まで取って……。

リンがどこか寂しげな、どこか物欲しげな表情で僕を見上げる。

「まさかフィルさん、もしかしてこの街を出るんですか？　大規模討伐依頼が終わったから——」

「いや、すぐ出るわけじゃないよ。世話になった人にも挨拶しなくちゃならないしね。……アムのお世話をしてみたフィードバックもしてもらうからね」

「!?」

リンには《魔物使い》について教えて上げる予定だった。僕がアムを預けたのも、その一環だ。計画、実行、評価、改善。ＰＤＣＡサイクルを回すんだよ。みっちりレポートを書いてもらうからな。

引きつった顔のリンとは逆に、能天気なアムは、アリスを見て目を丸くした。

「アリス……？　その……何を飲んでるんですか？」

「魔力回復薬……ずっと飲まされてる。とても苦い」

薄青の液体が入ったガラス瓶を嫌そうな表情で呷《あお》っていたアリスがちらりと僕を見る。

………ナイトウォーカーに能天気なままで声をかけられるのは一種の才能かもしれないな。

「アリスは注射が余り好きじゃないんだ。僕はそっちの方が手っ取り早くて好きなんだけど……注射の方が回復速度が早いからな」

「……ご主人様は、注射し過ぎ。アシュリーも辟易していた。もうお腹がたぽたぽ。触ってみて」

たっぷり魔力を回復する時は経口より注射の方が手っ取り早いからな。そして、触らないよ。霊体種の彼女は魔力回復薬の効きがいいし、お腹がたぽたぽになる前に魔力変換されるはずだろ。

アムに近づき、肉質の確認がてらその頬に手を当てる。柔らかく少しひんやりしたほっぺた。

一瞬目を丸くしたアムは、すぐに僕の手の甲に手を重ねた。アリスがジト目で僕を見ているが、なにも言わない。すでにアリスの憑依対象は僕に戻している。文字通り、通じ合っているのだ。

「早速、たっぷりパワーアップしたアムの力を見せてもらおうかな」

「えへ……えへへ……任せてください！　いつでも、準備は整ってます！　なんでもやります！」

「まさか、こんな調子の良い事を言っていたアムがその夜に消滅してしまうなんて——少し、哀れ。でも大丈夫、私が代わりを務めるから」

しんみりした口調で言うアリスを、アムがぎょっとしたような目で見た。

「!?　死にませんよ!?　まだ悔いがいーっぱい残ってますから！」

いや……もしかしたら死ぬかもしれないな。その《探偵《ディテクティブ》》のクラススキルでこれから何をするのか推理してみろ！　ほら！　ほら！

どうやら欲深さは一端《いっぱし》らしい。頬から手を離すと、僕はその頭をごしごしと撫でて、少しでも死ににくなるように魂を磨いてあげた。

《明けの戦鎚》の拠点に向かうと、ランドさんとガルドから手荒な歓迎を受けた。

「まったく、何を考えているんだ、フィル。状況が状況だが——そういう事をするなら、事前に話を通してもらわねば困るッ！」

「そもそも、先に俺達を呼んで話をしておくとかあるだろうが！」

「あぁ。悪かったよ…………ほら、少しでも不自然な行動はしたくなかったからさ」

ランドさん達を呼んでいたら、マクネスさんの排除の優先リストはランドさん達の方が上になっていただろう。ランドさん達を始末するには人数が必要だから、酷い惨状になっていたはずだ。

話が全くわかっていないアムが目を瞬かせている。《探偵》のクラススキルが働いていない。

他のクランメンバー達が語気の荒いマスター達に何事かと出てくる。そこで、僕が一番迷惑をかけたセーラが、目尻を吊り上げずいずいと近づいてきた。随分怒らせてしまったようだ。

だが、怒りと安心が入り混じった表情からは彼女の心優しい性根が窺える。

「……ちょっと、こいつ借りるからッ！」

ランドさん達が何かを言う前に腕を掴まれ、部屋の一つに連行される。

周囲に誰もいないことを確認すると、セーラは目に涙を浮かべ、僕の襟元を掴み壁に押し付けてい

「あ、あんた、なんて危ない事、してんのよッ！　何も……何も、説明もせずにッ！

うつもりで加護を使ったわけじゃないわよッ！」

同じスキルでも、使う種族によって効果が変わるものがある。霊体種の使う『憑依』はその筆頭と

も言えるスキルだ。悪性霊体種と善性霊体種は魂の持つ『属性』が異なっている。自身の魂の欠片を他者に与え干渉するそのスキルは、悪性霊体種が使えば憑依と呼ばれ、善性霊体種が使えば加護と呼ばれる。毒が時に薬となるように——そして、絶対に見破られないと思っていた。スキャンした情報をくまなく確認すれば絶対に加護の形跡はあったはずだが、マクネスさんは生真面目過ぎた。

僕がセーラに助力を求めたのは、アルデバラン討伐——【機蟲の陣容】探索中だ。それ以来、ずっとセーラは僕の魂に寄り添い、全てを見ていた。加護は本来、大したスキルではない。多少本人に良い影響はあるものの、行動や生活、心を見られるという事には変わらず、善性霊体種の気質もあって使われる機会はほとんどない。それも、この策がマクネスさんの盲点だった理由の一つだ。

セーラに事前説明をしなかったのは止められると思ったからだ。止められるだけならばともかく、彼女はきっとランドさん達にすぐに相談していただろう。相談の大切さを説いたのは僕だった。

「ごめんごめん……心配した？」

「あったりまえでしょ！　一歩間違えれば、あんた、死んでたのよ⁉」

さもありなん。だが、マクネスさんの性格的に多分大丈夫だと思っていた。

名高いクランのメンバーの善性霊体種に秘密が伝わるというのは、そのくらい致命的だ。

「誰に、どこまで話した？」

「…………ランドさんと、ガルドだけよ。まずい事件だから他には誰にも言うなって——」

さすがクランマスター、優れた判断力だ。今回の事件は無闇に広めていいようなものではない。

「そ、それで……どうするの？　外に連絡すれば、うまい具合にやってくれると思うけど……」

「それは最後の手段だ。とりあえず、秘密にする。外に連絡して万が一、無実の機械人形まで処分される事になったら寝覚めが悪すぎるだろ？」

時には真実に蓋をした方がいい事もある。もちろん、ランドさんがやはり明るみに出した方がいいと考える可能性もあるが、それは仕方がない事だ。

セーラはしばらく沈黙していたが、やがて小さな声で言った。

「…………フィル、あんた……とんでもない奴ね。言っておくけど、私、いきなりあれを見せられて、すっごく動揺したんだから！　見せてあげたかったわ！」

それは……見てみたかったな。慌てふためくセーラの姿——目に浮かぶようだ。

だが、探求者をやっていると、どうしても負けられない時が来る。

あらゆる手を尽くし、命まで積まねばならない時が——。

「もしも情報を明るみに出す事にしても、少し待って欲しい、と、ランドさんに伝えてくれ」

「…………どういう事？」

今回の件。ここで止めたら中途半端だ。

やるべき事はきっちり済ませる。それもまた、高等級の探求者に求められるスキルの一つだった。

とりあえず、もうセーラが危険な事に巻き込まれる心配はない。加護も解除し、アリスを憑けなおした。彼女の力はとても暖かく心地がよかったが、やはり僕にはアリスの方が性に合っている。

僕は目を細めると、不安げな表情をしているセーラに言った。

「仕上げがあるんだ。ちょっと親玉をぶっ殺してくる」

《明けの戦鎚》と別れ、再び顔見知りを回っていく。ブリュムやトネール、スイ達にはまた別の女の子を連れていると呆れられ、アレンさんの店に顔を出し、エルにクレームを入れに行く。

こうしてみると、本当に色々な人と知り合った。縁というのは大事だ。街を出ればこの中の大多数とは二度と会うこともないだろうが、縁は思い出の中に残る。出会いも別れも探求者の醍醐味だ。

市長のバルディさんへの挨拶は——また改めてすればいいだろう。どうせ会いに行かねばならない。

そして、夜も更け、悪性霊体種の時間が来たところで、最後の場所に向かう。——ギルドだ。

「アリス、ずっと飲んでましたけど、そんなに沢山の魔力回復薬を飲んで……意味あるんですか？」

「まさか、備えを怠ったために消滅してしまう事になるなんて……アム・ナイトメア。哀れ……」

「………フィルさん！　アリスに、こういうのやめさせてくださいっ！」

騒がしいなぁ。でも、アリスも楽しそうだし、もしかして悪性霊体種同士って相性……いい？

一日歩いてみたが、街では昨日と何一つ変わらない日常が続いていた。最重要人物の一人が消えたというのに、一日顔を見せないくらいでは気づかれないという事だろう。

だが、いつも共に仕事をしているギルドの職員達の場合は話が別だ。

全く状況をわかっていないアムが、緊張したようにごくりと息を呑み込む。

「フィルさん、もう夜ですけど……まさか、これから依頼を？」

「そんなわけないだろ……」

ほら、《探偵》の第六感働かせて！　ほら！　ほら！

今日は僕の可愛い可愛い剣を連れて建物に入る。ギルドは昨晩以上に静まり返っていた。

昨日は探求者はいなかったが、職員はいた。今日はどちらの姿もない。アムが目を大きく見開き、きょろきょろと周囲を窺う。アリスは飲み干した瓶をしまうと、ふぅと小さく息を漏らす。

その時、カウンターの奥から酒やけしたような嗄《しゃが》れた声がした。

「遅かったな、フィル・ガーデン。俺はてっきり――すぐに報告してくれるものだと、思っていたのだがなぁ……」

大きな酒瓶を片手に現れたのは、マクネスさんの上司――ギルドマスターのカイエンさんだった。

会議の時とは異なり薄い着流しを身に纏い、酔っ払っているのか、顔が真っ赤になっている。だが、隆起し発達した筋肉は量だけで言うのならばランドさんよりも上だ。恐らく、実際の膂力《りょりょく》も。

三メートル近い体躯。マクネスさんとは何もかもが正反対の男は大きくしゃっくりをして言った。

「事情は、理解した。マクネスは生真面目でつまらねえ男だったが、仕事はできる男だった。奴に任せればギルド運営もうまく行っていた。……あぁ、文句を言うのはお門違いってこたぁわかってる」

「……………」

「俺がいくら怠惰だからって、自分の部屋にカメラくらい置くぞ。マクネスは気づいていたかは知らんが――奴は、俺を機械音痴だと思っている節があったからなぁ」

「あのー……フィルさん？」

事情を話していないアムが困惑したように僕を見る。どうやら《探偵》は適職ではないようだな。

カイエンさんがぼりぼりと髪を掻き毟り、とても、とても面倒くさそうに謝罪した。

「うちのもんが、迷惑をかけたな。全て――俺の責任だ。信頼していたとは言え…………まったく、まったく何も気づかなかった」

「………」

「あぁ、わかっている。謝られても困るよな。これは、ギルドの失態だ。だが、公にするには事が大きすぎる。詳しい調査は面倒くせぇが改めてやるとして、あぁ、フィル・ガーデン。当事者からも報告を聞きたい。そのために来たんだろう？」

朝から飲んでいたのか、どこか朦朧《もうろう》とした目つき。ギルドのトップたるマスターにはそれなりの態度が求められる。マクネスさんがもしも残っていたらこんな態度は許さなかったに違いない。

少しだけ考え、疑問に思っていた事を確認する。

「カイエンさん、マクネスさんがいなくなって街は回るの？　ギルドには製造型の《機械魔術師》が複数人いるって言ってたけど」

僕の言葉に、カイエンさんは意外そうな表情をすると、どこかバツが悪そうに言った。

「あ、あぁ。回る、はずだ。回る、と思う。マクネスのやつが管理してたから詳しくは知らねえんだが、地下に工場があってな。そこで魔導機械に関わる仕事をやってもらってる。悪いな、本来なら俺が考えるべきだったんだが、朝から頭が回んなくてな」

「…………それ、もしかして、ずっとお酒飲んでるからじゃないですか？」

アム、それは推理でも何でもないよ。酒瓶持って出てくりゃ、《探偵》じゃなくても同じ事言えるわ！

そして、だがそれは多分外れだ。マクネスさんもだが、彼も大概演技派だな。

僕は大きく深呼吸をすると、カイエンさんに微笑んで言った。

「まぁ、これは本題じゃない。僕がカイエンさんに言いたいのはつまり――『x1wqO3InSBIB9vcJtHS$Q8*v%IfJRp』だ」

「ッ…………………あ……あぁ？」

きっと傍から聞くと呪文のようにしか聞こえなかっただろう。

カイエンさんが目を剥く。隣にいたアムもぎょっとしたように僕を見る。

「え？　えぇ？　な、何言ってるんですか？　フィルさん？」

「ど、同意だな。驚いた――マクネスに何かやられたか？　何の暗号だ？」

カイエンさんが動揺を抑え、押し殺すような声で言う。まだ誤魔化すのか。

目と目をしっかり合わせる。悪鬼羅刹のような鋭い双眸。その奥に潜むものを見透かすように。

「カイエンさん。今の暗号は――暗号ではないんですが、ザブラクが僕に残した手紙に残されていた文字です。あぁ、もちろん今言ったのは頭だけで、本物はもっと長い。この意味がわかりますか？」

僕の問いに、カイエンさんが大きく深呼吸をする。握りしめた酒瓶がみしみしと音を立てていた。

呼気が湯気になりはっきりと見える。

「……なるほど。それで、それは、いったい、何なんだ？　ザブラクの手紙にはなんと？」

「何も書いてなかった。何の文字列だかも。でも……ふん。大体は、予想がつく」

後ろにいたアリスがアムの手を取り、さり気なく場所を入れ替える。もう完全にカイエンさんの演技は剥がれていた。引きつった頬に、鋭い眼光。そして、僕は深々とため息をついて言った。

「カイエンさん、これはね――この荒野の主、遥か昔から動き続ける魔導機械の神、オリジナル・ワンのパスワードだ。貴方もよくご存じでしょう？」

「ツ…………なに、を……言って……」

ここからは――いや、ここまでも、そしてここからも、全ては僕の推測に過ぎない。

「有機生命種《ヴィータ》は他の種族と比べてずっと短命だ。オリジナル・ワンを作った術者も寿命を迎える。となると問題になるのはオリジナル・ワンをどうするか、だ。そもそも、この荒野に魔導機械の楽園を生み出す計画は一代で成るものではないし、絶対に、後人に引き継ぐ必要がある。神として作られたなどと言っても、オリジナル・ワンは魔導機械だ、放っておいたら何かミスをするかもしれないし、新たな技術が開発されらアップグレードしたくなるかもしれない。だから、管理する必要があった」

推測だ。だが、推測は、ザブラクの手紙を見た瞬間に確信に変わった。

「魔導機械のスレイブの引き継ぎは本来、魔導機械の前で契約を交わして行われるものだが、オリジナル・ワンの場合はそんな手を使うわけにはいかなかった。だって、神が、マスターの存在を認識していたら――自立心が育たない。だから、原始的なパスワードで管理する事にした。そもそも契約で引き継ぐ場合、不慮の事故でマスターが死んだらそこで終わりだし――それにね、カイエンさん。僕は、最初に楽園を作る計画を立ち上げたのは……『一人』ではなかったんじゃないかと思うんだ。基盤を作るだけでも莫大な資材がかかるからね。事業は0を1にするのが一番難しい」

カイエンさんの顔が赤らんでいる。その目が先程とはまた異なる傲岸不遜な光を帯びる。

両手足が震えているが、マクネスさんのように恐怖によるものではない。

――興奮だ。カイエンさんの口の端が持ち上がって行く。懐に手を入れてみるが、カイエンさんは大きな反応を見せずに僕の話を聞いていた。肝が据わっている――考えるよりも動くタイプだな。

「だから、複数人で使えるパスワード管理ってわけだ。多分、オリジナル・ワンは自分のマスターの存在を知らない。ただ、マスターはパスワードを使いアクセスして、命令を出せる。例えば――アルデバランに自殺させる、とか。空から特定の座標に光線を発射させる、とか。ふん…………知らぬ間に操られるとか、ぞっとしない話だな。命令された方がマシだ。これは――責任の問題だよ」

邪悪だ。邪悪なのだ。力には本来責任が伴って然るべきである。一切自分の手を汚さずに、影すら見せず、裏から全てを操る。僕も大概汚い手を使ってきた自覚はあるが――ここまでじゃない。

そもそもマクネスさんの行動を、ギルドマスターであるカイエンさんが気づかないなんてありえない。この地の管理は隠しきれる程楽ではない。カイエンさんが表に出てこなかったのは、怠けている様子を出していたのは――最悪、計画が露呈した時に自分まで手が及ばぬようにするため。

状況をようやく理解したのか、アムの顔が引きつっている。

懐から一通の封筒を取り出す。中に入っているのは報酬でもらった、境界船のチケットだ。

チケットを指先で挟み、持ち上げると、アリスがそれに小さく息を吹きかける。

アリスの力を受け、うん十億するチケットが完全に塵になる。これですっきりした。

交渉は決裂だ。僕はこれまでろくでもない事を散々してきたが、邪悪に魂を売ったりしない。

ぞくぞくと得体の知れない高揚が押し寄せてくる。

僕はカイエンさんを見上げると、はっきりと言った。

「カイエン――お前がこの地の王だ」

「…………それ、で？」

カイエンが震える声で尋ねてくる。ただそれだけなのに、プレッシャーで身体が悲鳴を上げた。

この男――強い。ランド・グローリーよりも恐らく――上。

僕はにっこりと微笑むと、カイエンが望んでいるであろう言葉を言った。

「パスワードは処分した。後はお前を処分すれば計画は失敗だ。僕はお前を――殺しにきたんだよ」

カイエンは黙って言葉を聞いていた。だが、その目には剣呑な光が宿り、額に皺が寄っている。

震える身体は、何かを堪《こら》えているようだ。押し殺したような声でカイエンが言う。

「くだら、ねえ、全てが……全てが、ただの、邪推だ。見当違いだと、言ったら？」

「言わないだろ、キング。王は、逃げない。手が、震えているよ」

——僕には何も見えなかった。

瞬間、轟音が世界を揺らし、目の前にいたアリスが床の染みとなる。

カイエンが、酒瓶を振り下ろした姿勢で停止していた。肉体が上気し、白い靄《もや》を生み出している。

カイエンがゆっくりと、その腕を持ち上げ、身を起こす。ただでさえ巨大な肉体が一回り大きくなったような錯覚を覚える。カイエンは身を震わせ、笑った。

「ふー、ふー、ふー、ふっ……ふふふ、は、はは…………ははははッ！　まさか、まさか、このような時が、来ようとは…………期待——以上。期待以上だ、実に——好みだ、フィル・ガーデンッ!!」

アリスが元に戻る。だが、そのしかめっ面が相手の強さを裏付けていた。

かつてL等級討伐依頼対象だったアリスにこんな顔をさせるなんて余程の強者か狂者しかいない。

だが、全て想定済みだ。だから、マクネスを逃がした。

一対二だったら恐らく、アリスでも負ける。そういうレベルの相手。ようやく我を取り戻したおまけのアムが剣を抜き、頼りない動きで僕の隣につく。僕は、敵として、せめて悠然と宣戦布告した。

「カイエン、お前は殺す。マクネスさんのように逃がしたりはしない。僕のために、そしてこの街のために、死んでもらう。肉片の一欠片も残さない」

「退屈過ぎて、死にそうになっていた、ところだ！　安心しろ、フィル・ガーデン——マクネスは、パスを知らんッ！　あれは——我が一族の遺産だからなッ！　マクネスは、俺が引き入れただけよッ！　俺を殺せば――お前の勝ちだッ！」

その表情はまるで獣だった。否――先程までのどこか億劫そうな動きこそがブラフだ。

アリスの在り方は、まさしく僕がこれまで出会ってきた魔王そのものだった。

アリスの能力を知りつつ、僕の等級を知りつつ、彼らは強く賢く勇猛で、安易に逃げたりはしない。

これがレイブンシティでの――最後の戦いになるだろう。

カイエンが酒瓶をとんとんと手の平の上で確かめる。先程の攻撃、その仕草から職を予想する。

この男――《破壊者《デストロイヤー》》だ。近接戦闘系上級職、ランドさんと同じ――いや、恐らく彼がオリジナルか。練度が明らかに違う。エルが職を持っていたのはランドさんから見せてもらったのではなく、カイエンから見せてもらったものだったのか。それを元に、ランドさんに授けた。

以前、アムにした推理、間違えていたようだな。

そして、そうなると《機械魔術師》を引き入れた方法も――《破壊者》にはおあつらえ向きなスキルがある。精神的障壁を破壊するスキルだ。確かに、惚れ薬では少し弱いかなとも思っていたんだ。

「『精神破砕《ハードル・ブレイク》』か。一つも外してしまうとは、焼きが回ったかな？」

「くく…………間違いじゃ、ねぇッ！　ポーションも、確かに、使ったからなぁ！　マクネスはそういうのが、好きだったなぁ……これは正統な、復讐だ！」

「よく言うぜ。生きてる事は知ってるくせに――」

カイエンが懐から液晶のついた魔導機械を取り出す。旧式の通信機のようだ。それをカウンターの上に置くと、食物を前にした餓鬼のような眼差しで言った。

「これが、神への――通信機だ。もっとも、通信機自体は大したものじゃねえが――パスワードを登録してる。くく……これが、最後の一つだ。マクネスは、いつもこれを欲しがってた。俺はあいつに、俺よりも強くなったらやると言ったが――あいつのスレイブはずっと、ナンバー2だった。そもそも、マクネスは、英雄の器じゃねぇ。あの男には――」

「戦意が足りない」

カイエンが僕の言葉に深い笑みを浮かべると同時に、踏み込んだ。

大砲のような音と共に、金属製の床にくっきりと足跡が残る。

一歩下がるアリスに振り下ろした酒瓶が掠る。それだけでアリスが死んだ。

身体が破裂し、血が撒き散らされ、頭が吹き飛ぶ。《破壊者》は使用者が粗野であればあるほど攻撃力が上昇する。斧や槌を使わずこの威力とは、想像以上だ。アムは出せそうにないな。

カイエンは弱い僕を狙わず、アムを狙わず、アリスだけを狙っていた。

彼は戦闘狂だ。殺戮の欲求に酔っている。戦いたくて仕方ないのだ。下手をすればこの計画に関わっているのも、強い探求者と戦うためな可能性すらある。経験上、こういう手合いが一番厄介だ。

この男――戦闘者としての天稟《てんびん》が見える。恐らくほとんど負けたことがないのだろう。

「さぁさぁさぁッ！　無数の命を操るという力を、それが尽きる瞬間を、最後の輝きを、見せてみろッ！　運命的な出会いを、果たしたんだッ！」

即座に復活したアリスが白銀の弾丸を連続で放つ。奇妙な軌道を描き降り掛かってきたそれを、カイエンは酒瓶の一振りで打ち消した。

《破壊者》は全てを破壊する。その力は攻撃に偏重しているように見えて、攻防一体だ。おまけに、ブランクも見られない。恐らくギルドマスターの仕事をサボっている間に鍛え上げていたのだろう。

ライフドレインも通じない。対策されている。少し、力を見られすぎたか……。

カイエンの動きはまるで嵐のようだった。一挙手一投足が純粋に凄まじく速く、凄まじく強い。

アリスが少しでも消耗を抑えようと肉体を強化するが、掠っただけで死んでいる。復活した瞬間に死んで——まるでもぐら叩きだ。

スタミナ——カイエン有利。身体能力——カイエン有利。《職》——空間魔法を使う暇なし。カイエン有利。と、そこでカイエンが放った横薙ぎを、アリスが死にながらも伏せて回避する。

得た一瞬でアリスは力を引き絞り、解き放った。

「『エヴァー・ブラスト』」

「ぐッ⁉」

それは、アリスの最も得意とする技の一つ。何度も何度も繰り返し磨いた必殺の技だ。

防ぐ余地はないはずだった。至近から放たれた白銀に輝く破壊のエネルギーに対して、カイエンは回避を選ばなかった。咆哮をあげ、酒瓶を振り下ろす。

建物がびりびりと震える。その咆哮は、《破壊者》の持つ自己強化スキルだ。

その鍛え上げられた肉体が真っ赤に燃え、光と酒瓶がぶつかり合いそして——光が、弾け飛んだ。

「ッ⁉」

剣を構えたまま小動物のように怯えた目でカイエンを見ていたアムが小さな悲鳴をあげる。

恐ろしい力量だ。まさか、エヴァー・ブラストをただの酒瓶で攻略するとは——。

カイエンは肩で息をしていた。その肉体から先程とは比べ物にならない熱が放出されていた。

さすがに消耗はしているようだが、相手は無傷だ。持久戦では勝てない。武器にしている酒瓶に破損がないのは《破壊者》のスキルだ。スキルツリーに存在する最上位のスキルの一つである、『不壊の牙《アンブレイク》』。武器を壊すのも、無理だな。

　飢えた獣のような眼光がこちらを見下ろす。さも残念そうに言う。

「はぁ、はぁ………この俺の前に、ここまで立っていられるなんて——死にながらも衰えぬ戦意。最高、だッ！　だが、それ故に、惜しい——知っているぞ。マクネスからの報告は、聞いていた。アリス、お前に時間は、残っていない。ライフストックをつまらねえ魔物に使っちまった」

　僕はそこで、新たな手を取ることにした。まずは動きを止める。

「…………喜ぶといい、カイエン。アリスはまだ戦える」

「なに……？」

アリスがそっとこちらに近づいてくる。カイエンは追撃しなかった。

その目が期待に滾《たぎ》っている。僕だって、最高傑作のお披露目をする時くらい格好をつけたい。

鞄を探り、一本のアンプルを取り出す。これを使うのも、久しぶりだ。

「そもそも、最初のライフストックなんてとっくに切れている。補給もできないし——カイエン。冥土の土産に教えてあげよう。アリスの『生命操作』の真骨頂は——『可逆』である事だ」

「可……逆………？」

簡単に言うと、命を魔力に変え戦う彼女は逆に——魔力を命に変える事もできるのだ。

だから、かつて街を一つ飲み込んだ彼女は、僕との戦いの中で力を使ったにも拘らず全員に命を返す事ができた。だから、この街に来た後、ろくな補給もなく戦い続ける事ができた。

だから、今日はずっと、お腹がたぷたぷになるまで魔力回復薬を飲んでいた。

だから——切り札も使える。マクネスさんの大好きな論理的な帰結だろう。

そっと身を寄せてくるアリスを抱きとめる。アンプルはすでに注射器にセットされていた。

アリスの表情が強張っている。その汚れのない首筋に一瞬だけ唇を当て、僕は言った。

「いい戦いをしよう。アリス——」

「はい。ご主人様《ダーマスター》」

僕は——《魔物使い》だ。

針がアリスの靭《しな》やかな肉に突き刺さり、中身が注ぎ込まれる。カイエンが言葉を失い、瞠目する。

変化は一瞬だった。そういう風に、調整していた。紋章を刻めなかったアリスに、僕のスキルは通じない。だから、代替を用意した。研究を重ねて生み出した、アリスに力を与える魔法の薬。

魂魄《こんぱく》暴走剤。

《機械魔術師》の禁忌がこの楽園なら、《魔物使い》の禁忌はこの薬になるだろう。

瞳孔がまるで鼓動するように収縮し、拡大する。深紅の眼が更に黒の混じった色に変化する。

空気に重さが加わる。アリスが蹲《うずくま》り、金属製の床がみしみしと音を立てる。

獣の唸り声に似た何かがその喉の奥から響き、それは地鳴りとなった。

身体が大きく痙攣《けいれん》し、床に四肢で立つ。いつの間にか、僕よりも小柄だったその身体は二回り大きくなっていた。華奢だった四肢、体幹が膨張する。その身体に合わせて作られた衣装が巨大化する肉体に弾け飛ぶ。人の顔は大きく歪み、伸び、膨張、縮小し化生《けしょう》のそれに変わる。

その眼だけが、変わらず血の赤に染まっていた。アムもカイエンも、呆然とその変化を見ていた。

それは獣だった。体毛は生えていない。ナイフのような牙と爛々と輝く瞳孔を持ち、尾骨から伸びる、蜥蜴《とかげ》に似た細長い尾がぴしりと床を打つ。その四肢は狼と比較しても遥かに強靭《きょうじん》で、怪物の形をしているのにどこか人に似ている点が何よりも恐ろしい、この世のものならざる怪物。

全身から揺らめく白銀の炎はその魂核が激しく燃焼している証だ。


「────オ────オォオオオーー」


きっとこの獣をモデルにした魔導機械は存在すまい。

アリスが咆哮する。如何なる獣と比較しても全く異なるその声が魂を揺さぶり、空気中を伝播する。

魔力回復薬を散々飲ませたかいがあった。全身に纏った揺らめく銀の光は力を視覚化したもの。その身体は、強く燃え上がる内燃機関から迸る力を纏い、まるで装甲のようだ。

悪性霊体種は霊体だ。アリスがこの世界で持っている姿形は仮初めに過ぎない。

彼女の本質はその変幻自在の魂にある。今のアリスの性能は先程とは比べ物にならない。

我に返ったカイエンが、大ぶりに酒瓶を振り上げ、アリスに突進する。

最速の踏み込み。全てを破壊する一撃がその身に叩き込まれ──アリスの巨体が揺れた。

揺れた、だけだった。カイエンの表情が激しく歪み、アリスが身体を大きく振るう。

斜め上から振ってきた腕に、カイエンがまるでボールのように弾き飛ばされ、壁に叩きつけられる。

まるで槍のように伸びた尾がそれを追い、カイエンはその尾を、とっさに放った横薙ぎで破壊した。

だが、塵と化した尾は刹那に復元し、カイエンの腹に突き刺さり壁に縫い付ける。

初めてその口から苦痛のうめき声があがった。過剰に生産された力は彼女自身の傷を自動的に修復し、その身体能力を常に最上限まで強化する。

もう終わりだ。彼女は今、文字通り魂を燃やしている。その膨大な魂を、花火のように一瞬で。

尾が縮み壁に縫い付けていた巨体を解放する。口元から血を垂らしながら、それでも両脚で立つカイエン。だが、その程度では致命傷ではないだろう。

カイエンが顔をあげる。その視線はアリスではなく、こちらに向いていた。その双眸に愉悦は浮かんでいない。僕は初めてその殺意を身に受けた。脳が警鐘を鳴らし、心臓が激しく鼓動する。

死を前に分泌される脳内物質。激しい高揚に、僕は笑った。

悪鬼羅刹の如き表情で、カイエンが初めて僕に向かって踏み込んでくる。マクネスさんは戦意が足りなすぎた。敵というのはやはりこうでなくてはいけない。僕は、喜んで《命令》した。

「アリス、『エヴァー・ブラスト』」

尾を引っ込めたのは油断ではない。力を溜めるためだ。アリスの巨大な口腔に先程とは比べ物にならない力が一瞬で集約する。そして――視界が白で包まれた。

Epilogue　栄光の積み方

　探求者の目標とする栄光の積み方。常に正義である事。勇気を以《もっ》て前に進む事。時に命を投げ打つ覚悟を持つ事。最善を尽くす事。そして、誠実である事。

　これは基本中の基本だ。ザブラクも逃亡はしたものの、ルールは守っていた。人が一人でできる事などたかが知れているが、二人でできる事もまた大した事はない。僕は何人もの友人の力を借りた。

　たった二人でこの地を支配していた彼等は間違いなくSSS等級探求者の敵に相応しかった。

　もしも正式な依頼だったら間違いなくL等級の依頼だ。レイブンシティ冒険者ギルド。全ての発端となった依頼を出した白夜《はくや》はカウンターにやってきた僕を見て、珍しく引きつった表情で言った。

「なるほど……つまり……これは、どういう事ですか？」

　魔導機械技術の粋を尽くし、マクネスさんの研究室も兼ねていたであろう要塞のような建物は半分しか残っていなかった。ほぼ上半分は吹き飛び、断面が融解している。

　やってきた探求者達ももちろんだが、機械人形の職員達もただ呆然としていた。機械人形達は決まった事をするのは得意だがイレギュラーな状況に対応するのは苦手だ。

　アリスのエヴァー・ブラストはパスワードの登録された通信機器を飲み込みカイエンを飲み込み、

ギルドを半壊させた。あそこで生命エネルギーを限界まで絞りきり攻撃を放たなければ負けていたのはこちらだったのかもしれない。これだから探求者はやめられないのだ。

「悪いけど、白夜から受けた依頼——ＳＳＳ等級討伐依頼の達成はできそうもないな。だけど、根本は潰した。ＳＳＳ等級の依頼も徐々にクリアされていくだろう」

「それ…………は？」

この地にＳＳＳ等級依頼が沢山残っていたのは、十中八九、ギルドが情報統制を行い、依頼受領を調整していたからだ。ボス級は換えが利かないから、どうにか消耗を抑えるしかなかった。

まぁ、その辺を白夜に話す必要はないだろう。彼女は鉄面皮に見えて繊細な精神を持っている。どうせいつか察するだろうが、機械人形にも納得の時間は必要だった。そう、僕達と同じように。

「お、おい。これはどうなってるんだ!?　マクネスさんはどうした？　ギルドマスターは？」

「も、申し訳ございません。ギルドマスターも副マスターも先日から姿を消しておりまして——」

先日までスムーズに業務をこなしていたはずの職員達がオロオロしている。これが、普通の魔導機械だ。そこで、僕はカウンターに腰を下ろし、声をあげた。このギルドを仕切っていたマクネスさんとカイエンは僕が潰した。だから、ここは僕が仕切る。

ＳＳＳ等級の身分を証明するカードを取り出し、皆の前にちらつかせて言う。

「落ち着け、皆！　ギルドの有事の規定に従い、責任者に引き継ぐまで、この場はＳＳＳ等級の僕が仕切る。詳しくは話せないけど状況も把握してる。ギルドマスター達はもう二度と戻ってこない」

「……フィル、貴方という人は……私は貴方と出会ってから、ずっと振り回されてばかりなのです」

エティが深々とため息をつく。師にもよくやり過ぎるな、と言われた。

探求者として研鑽をつみ、様々な依頼をこなし、やがて敵から恐れられるようになった。フィル・ガーデン。グラエル王国の災厄の星。崩壊の調べ。ついに正式な二つ名にまでなったそれに、閉口した事もある。僕は破壊はするが再生はしない。それは、向き不向きだ。どうしようもないトラブルを取っ払うのは得意だが、一所に留まり平穏な日常を歩むのは探求者を引退した後だと決めていた。

一度止まったら――僕の身体は動かなくなってしまうかもしれないから。

呆れ顔のエティの隣には、素材不足で小型のボディに換装された小夜《さよ》が微妙な表情をしていた。

「小夜も無事でよかったよ」

「まったく、無事ではありませんが……」

記憶も戻ったようだ。どうやらマクネスさんが管理者権限でがんじがらめにして記憶を封印していただけで、戻すのは簡単だったらしい。マスターをなくした魔導機械の所有権がどうなるのかは契約による。恐らくギルド職員達の所有権はギルドの次のマスターに引き継がれる事だろう。

小夜はやはり、何も知らなかった。何も知らずにマクネスさんに呼ばれ、来るかもしれない日に向けた備えとしてボディを戦闘用にチューニングされ、エティを始末するように差し向けられた。魔導機械とは言え、豊富な感情機能を持つ小夜をそんな目にあわせるなんて鬼畜の所業だ。

僕は、その顔立ちとアンテナに元の姿の面影を残す小夜を抱きしめ、頭を撫でた。感情表現の補助の役割を持つアンテナがぐりぐり回る。かーわーいーいー。このギミック、うちの子にも欲しい！

「とりあえず、事情はなんとなくわかったのです。マクネスが関わっているのですね」

エティが困難な問題を前にしたかのようにこめかみを押さえる。

僕がＳＳＳ等級の特権をフルに使って提示した案は簡単だった。元々、レイブンシティのギルドで仕事をしているのは機械人形の職員達だ。彼等が円滑に動けるだけの環境を保つ事ができればさしあたって当面ギルドの業務は止まらない。僕は、とりあえず国から新たに正式なギルドマスターが派遣されてくるまで、《明《あ》けの戦鎚《せんつい》》と《機械魔術師《メカニック》》であるエトランジュによる統制を提案した。

レイブンシティではマクネスさんが街全体の機能の整備まで行っていた。それを代替できる能力を持っているのはもうエティだけだし、人の管理はランドさん達が慣れている。僕を除いたこの地の最高等級探求者二人が手を組むのだ、文句は出まい。……無断で提案された本人達から以外は。

後は市長のバルディさんに話を通せば完璧だ。マクネスさん達が消え、彼には久しぶりに市長らしいことをしてもらう事になるだろうが、断ったりはしないはずだ。スキルと薬の併用で付き従っていた《機械魔術師》達も、カイエンが死んだ事で少しずつ正気を取り戻すはずだった。

これでこの地の僕の冒険は完了した。境界船のチケットは消し飛ばしてしまったが、清々しい気分だ。チケットがないならば新たな方法を見つければいい。そこで、エティが恐る恐る聞いてくる。

「フィル。それで……魔導機械の神は倒したんですか？」

「できることは全てやった。後の事をどうするのかはこの地の探求者が決める事だ」

パスワードはもう僕とザブラクの頭にしか入っていない。ザブラクが僕以外の誰かに漏らすとも思えないから、オリジナル・ワンを操る者はもういない。

数百年もの長い年月をかけて培われた魔導機械の楽園。この地がすぐに崩壊する事はないだろう。『神託』を失い自由になったオリジナル・ワンが想像以上に成長して魔導機械達へさらなる繁栄をもたらす可能性もあるし、あるいはもしかしたら、逆に人間と手を組もうとする可能性だってある。

そのあたりは外部の人間が関わっていいことではない。僕は、正常な流れになるように少しだけ手を貸しただけだ。ザブラクが何もしなかったように。ＳＳＳ等級には自制が求められる。

「フィル、貴方は……いつまでこの地にいるのですか？」

「すぐに出るよ。もうここには用はないしね」

「ッ…………そう、なのですね……」

エティが唇を噛み、寂しげな表情をする。予定していたよりも長くいすぎた。余りにも楽しくて、余りにも居心地が良すぎて——だが、探求者には、出会いには別れがつきものだ。

「……ギルドの管理を押しつけて、いなくなるのですか？」

「ソウルシスター、僕だって別れは辛い。だけど、人には役割ってものがある」

「貴方って人は、本当に……」

僕では《機械魔術師》の代わりも、長くこの地で信頼を築いたランドさんの代わりもできない。

小夜を解放し、かつてやったようにエティを抱きしめる。ぎゅっと締め付けるように腕に力を入れると、親愛を込めてこの地でできた大切な友達のつむじに唇をつけた。

「エトランジュ、全て終わったら今度は——グラエル王国に遊びにおいでよ。街を案内してあげる」

突然の訪問。バルディさんは話を聞き終えると、その醜悪な顔を歪めた。

「なるほど……状況はよく、よくわかった。まさかあのカイエンがそんな事を——いや、レイブンシティがまさかそんな状況に陥っていたとは……まったく、市長失格だな」

「貴方のせいじゃない。彼等も貴方には気を遣っていたはずだし——まぁ、かなりうまくやっていた。

僕のように性格が悪い人間でもなければ気づかないくらいには」

《機械魔術師》の知識と魔導機械の知識、ギルドの事情に精通し、外側からの視点を持っている。そんな人間、普通はこんな辺境まではやってこないし、ギルドを疑える人はさらに希少だ。

余りにも悪辣な罠だ。きっとこの楽園の体制を考えた人は僕と同じくらい性格が悪い。

「でも、障害は粗方《あらかた》排除した。ここから先は市長の貴方の責任だ。とても苦労するよ」

マクネスさん達は魔導機械の影の支配者であり、ストッパーでもあった。今まで魔導機械が街を襲わなかったのはそういう計画だったからで、それがなくなった今、この街はかなり危険な状況にある。

だが、バルディさんは躊躇《ためら》いなく頷いた。

「わかった。もちろん、全力を尽くそう。ギルドの復旧についてもな」

「都市部のギルドにも話は通しておくよ。恐らく、カイエンはこの地のギルドマスターの座につくために無理をしているだろうから、どこかにつけいる隙もあるだろう」

「それは……助かるな。しかし、フィル……私が、黒幕だとは思わなかったのか？」

思わなかった。ただの勘と言ってしまえばそうだが、バルディさんには黒幕としての資質がない。能力も性格も普通過ぎるのだ。肩を竦《すく》め微笑みかけると、バルディさんは深々とため息をついた。

「なんと感謝したらいいか、わからないな。本当ならばしっかり報酬を与えるべきだが、私には……SSS等級探求者に払えるようなものはない。境界船のチケットも……私では無理だな」

「気にしなくていいよ、友人のためだ——と言いたいところだが、今回はバルディさんのためにやった事でもない。そりゃ白夜からの依頼もきっかけの一つだったけど……僕は自分のためだけに動いたんだ。静観してもよかったのに、どうしても、彼らが気にくわなかった」

エティの屋敷で静養しているアリスからため息が伝わってくる。苦労をかけて悪いね。

手を差し出すと、バルディさんは瞠目《どうもく》し、両手で僕の手を握った。

友ができた。我を通してそんなメリットまであったのだからこれ以上何かを欲するのは贅沢というものだろう。バルディさんがオークである事を忘れるくらい誠意溢れる眼差しで僕を見て言う。

「何かあったら……連絡をくれ。力になろう」

「あぁ、その時が来たら是非。健勝を祈ってるよ」

さて、宿に戻ったら早速、帰還に向かって舵を切らないと……。

思考を切り替え、立ち上がりかけたその時、不意に応接室の扉が勢いよく開いた。飛び込んできたのは、バルディさんの屋敷にいる唯一のメイド――可愛らしい猫の耳が特徴的な少女だった。

「な、何だいきなり⁉　お客様に失礼だぞ」

バルディさんの叱責を他所に、少女が呆然と僕を見つめている。やっぱり動物の特徴を持った人型種族は最高だな。こう、なんというか、バランスが最高だ。うちの子になる？

以前来た時からずっと気になっていた猫耳のメイドが震える声で言う。

「フィル・ガーデン⁉　あ、貴方が、姫様が言っていた、天才《魔物使い》、ですかにゃぁ⁉」

姫様？　天才？　何のことだかわからないが、どうやら彼女は僕の事を知っているらしい。

ところで君は……黒猫かな？　僕はこう見えて実は、猫が大好きなんだよ。バルディさんが頬を引きつらせているが、僕は豚も好きだけどどちらかというと黒猫派だ。ごめんね！

どうやったらお近づきになれるだろうか？　先程までしていた真面目な話を全て頭の中から放り出し新たなる興味に脳みそをフル回転させる僕に、女の子はにゃあにゃあ鳴きながら訴えかけてくる。

「助けて欲しいにゃあ！　私達の国に来て欲しいにゃあ！　友魔祭、見たにゃあ！　姫様から通行証も貰ったにゃあ？」

友魔祭。通行証。思い当たる節は一つだけだ。

ＳＳＳ等級認定のきっかけになった数年前の友魔祭。そこでできた、猫妖精《ゲット・シー》と犬妖精《クー・シー》の友人だ。

なるほど、君は『獣人種』ではなく、『猫妖精』であったか。

僕は大きく深呼吸をして一度思考をフラットに戻すと、真剣な顔で言った。

「……行くにゃあ!!　助けてあげるにゃあ！　お呼ばれされて光栄にゃあ！」

ほとんど人里に現れない機械系苦手な妖精種がどうしてこんな所にいるのかは知らないが、このフィル・ガーデン、助けを求められて手を差し伸べないほど、薄情ではない。

探求者は探求し続けるからこそ探求者なのだ。王国への帰還はもう少しだけかかりそうだった。

《魔物使い《テイマー》》の旅は終わらない。

§　§　§

神殿の最奥。魔導機械の神は全機能を解放し、荒野の動向を確認した。

山々を切り開き鉱物を精錬するモデルドワーフ、各地を闊歩《かっぽ》し空からの侵入者を阻むモデルタートル、【螺子帝宮《ねじていきゅう》】を始めとする魔導機械の元となる部品を生成する各地ダンジョンに、それら部品を各魔導機械の縄張りにある工場に運ぶ役割を持つ中立の魔導機械、モデルピジョン。殺されてしまったワードナーの眷属達《けんぞくたち》や、己の神託で王を失ったモデルアント達の縄張りは細心の注意を以て。

他にも、千差万別の動力を生成する者、武器を作る者、土地を開拓する者、人間社会を理解するために街に進出している者、生成した機械部品を売却する事で人間の貨幣を手に入れる者、新たなる力を求め魔術を研究する者など、神の眷属は既に把握しきれないくらい多い。

その範囲は既に一部荒野の外まで広がっていた。それら全てを隈なく確認し、判断を下す。

救いを求める声は——ない。

危機は去った。世界は問題なく循環している。

オリジナル・ワンはささやかな満足を得ると、役割に従い再び眠りについた。

再び神たる力が必要とされるその日が来るまで。

書き下ろし特別編
フィル・ガーデンの育成日記②

「最近、フィルさんの扱い、雑じゃないですか？」

ソファに怠惰にうつ伏せに寝そべりながら、突然アムがそんな事を言った。

スカートからスラッと伸びる白い足に、背中に垂れたくすんだ金髪。頬を膨らませたその表情は子供っぽく、しかし魅力に満ちていた。きっと悪性霊体種《レイス》でなければ引く手数多《あまた》だっただろう。

だが、最初はこうではなかった。睡眠不足に栄養失調に人間不信が重なり魂の輝きが陰っていた。

前後で体型こそ大きな変化はないが、今の彼女はそういった問題点をあらかた解消し、種族としてのポテンシャルを発揮している。…………性格は変わってないけど。

側に佇《たたず》んでいたアリスが呆れたようにアムを見ている。僕は本を閉じると、

「心外だな。マスターとして尽くしているつもりなんだけど……何が不満なの？」

「だってぇ…………ほらぁ、また近づいてこない！」

アムが足をバタバタさせながら甘え声で言う。スカートで足をばたばたさせちゃいけません！

「前までだったら可愛いスレイブを放置する事なんてなかったのにぃ。こうしてずっと黙っていたのに声もかけないで……フィルさん、釣った魚に餌をあげないタイプってやつですか？」

「どちらかと言うと、放置すると枯れそうだったから安定するまで手塩にかけてただけだけど……」

最初が一番肝心なのだ。特に悪性霊体種は人を信用していないから、注意する必要があった。

今のアムは安定しているから放っておいても大丈夫。逆に自立心が育たない方がまずい。

納得できないのか、頬を膨らませてアムが言う。

「そんな事言って、私をリンに預けて、アリスばっかり連れてるじゃないですかぁ！　他にもエトランジュとかブリュムとか、スレイブでもない女の子をいっぱい引き連れて……フィルさんの浮気者！」

「ご主人様が私を使うのはアムがまだ未熟だから。今回の案件は重かった」

アリスがクールに窘《たしな》めるが、僕が浮気者呼ばわりされている件についても擁護して欲しいものだ。

先輩からの言葉もどこ吹く風、アムがくるりとひっくり返ると、子供のように騒ぎ始める。

「スレイブ差別はんたーい！　肥料と水がぜんっぜん足りていませんんんんッ！　ほら、ちゃんとかまってぇ！　構わないとグレますよ！　スレイブ差別はんたーい！」

「…………無様」

最近要求を言うようになってきたアリスが目を背ける。仲間に無様はないだろ、無様は。

グレる時は何も言わずにグレると思うんだが……リンに預けた成果が全く出ていない。むしろ我が儘になっているようにすら思える。やっぱりこういうのは本人の資質なんだろうな。

僕はため息をつくと、気合いを入れてスキルを行使した。

「『堕落の杖《クリーピーズ・ハンド》』」

「!?　ご主人様!?」

指先に灯る悪性霊体種特効の光に、アリスがびくりと離れる。

何が起こっているかわからないのか、アムが目を丸くしている。

こんなに愛情を注いでいるのに、アムはなんて我が儘なんだ……だがそれがいい。

アシュリーは言わずもがな、それを見て育ったアリスもいい子過ぎた。我が儘を言うスレイブの相手をするのも《魔物使い《テイマー》》としての醍醐味だ。

腕捲《うでまく》りをする。アリスが恐る恐る声をかけてくる。

「あの……ご主人様」

魔力消費的にかなり無理をすることになるが、アムがそこまで不満ならやむを得まい。

「しっかり栄養をあげてどこに出荷しても恥ずかしくない淑女にしてあげよう」

「言ってる事の意味がわかりません!?」

僕は悲鳴をあげるアムを追い詰めると、思い切りその魂に指を差し込んだ。

§　§　§

恐ろしい。なんと恐ろしい女だ、と、アリスは改めて戦慄していた。

アシュリー・ブラウニーは完璧だった。その高い忠誠心と、常に群れの長として相応しくあるべく精進する様は敵でありながらも尊敬するべきところがあった。

だが、アム・ナイトメアは違う。彼女に対してアリスが劣っている点は何もない。

「よしよし、これで終わりだ。満足した?」

「………みゅ」

ご主人様の言葉に、初めての『堕落の杖』を受け、軟体動物のようにぐったりソファに身を横たえたアムが息も絶え絶えに返事をする。余りに無残な有り様だった。

ほとんど役に立っていないにも拘《こだわ》らずご主人様に文句を言い、あまつさえ構って欲しいと騒ぎ出すなど、スレイブとしてのプライドがないとしか思えない。最近アリスも色々ご主人様に文句を言ったりはしていたが——格が、違いすぎる。

離れようとするご主人様の服の裾を、アムがゾンビのように手を伸ばして掴む。

「いっちゃ、いやでしゅ、ふぃるしゃん……」

あんなに……あんなに色々迷惑をかけたのにまだ次を求めるこの腐った根性！

息も絶え絶えで舌も回らないにも拘らず、恐ろしい執念がそこにはあった。『堕落の杖』の威力は身を以て知っている。あれが齎《もたら》す快楽は恐怖が付随する程に強いのに。

スレイブから受けたストレートな要求に、ご主人様は目を丸くすると、仕方ないなあとか言いながらソファに腰を下ろす。だが、アリスは気づいた。

ご主人様の目が……輝いている。アリスだったら叱責するのだが、もしかして嬉しいのだろうか？

「アムは本当に、我が儘だなぁ。よしよし……」

「んんんん………ッ！」

魂への干渉で敏感になっているところを頭を撫でられ、アムがびくびく震える。伏せられたその表情は完全に蕩《とろ》け、涎が垂れていた。まだかろうじて正気は残っているのか、顔を背けようとするアムの身体を、ご主人様がひっくり返し、全てを露にした。

「涎なんて垂らしちゃって……アムは可愛いなぁ……」

既にアムには言葉を出す元気など残っていなかった。ご主人様が、毛繕いでもするかのように身体を弄る度に、身体が跳ね、びくんびくんと震える。嗚咽を漏らしアムの瞳がちかちか瞬いているが、意に介する様子はない。アムは今、まるでただの道具で、その表情は幸福の絶頂を示していた。

アリスはもう衝撃を受けっぱなしだった。

頭がくらくらする。同時に先輩としての使命感が湧いてきた。

アムは羞恥心がなさすぎる。ご主人様は確かに懐が深いし大抵の事は許してくれるが、しっかりご主人様への態度というものを教えてやらねばならない。確かにアムはスレイブになったばかりでまだ色々足りていないのかもしれないが、アリスがスレイブになった直後はずっと節度を弁《わきま》えていた。

そもそも、ご主人様は忙しい。何かを求めるなど言語道断だ。可愛いなどと言われていい気になっているようではこの先やっていけない。身体を撫で回されるのだって、一見情交にも見えるが、ご主人様にはそのようなつもりはないだろう。あれは何かの実験に違いない。

《魔物使い》とスレイブは主従の関係にあるが、スレイブ同士だって同じ群れだと考えられる。協調性は必要だ。アムを見てスレイブは皆こんな感じだと思ってもらっては困る。本当に困る。

「あ……意識落ちた。やれやれ……」

アムの身体が最後に長く痙攣《けいれん》し、がくりと力が抜ける。

ご主人様はため息をつくと、時計を確認した。やはりご主人様は忙しかったのだ。

膝に乗っていたアムの頭を持ち上げそっとソファに置くと、立ち上がる。

ここで労いの言葉の一つでも出すのが良きスレイブというものだ。日頃からしっかり働けばあんなはしたないおねだりをしなくてもご主人様は労ってくれる。

アリスはじっとご主人様の目を見つめると、覚悟を決めて言った。


「…………最近ッ、ご主人様の私の扱いッ、雑ッ!!」


もうプライドもいいスレイブもあるものか。我が儘言いたい放題であんなに可愛がって貰えるなんてじっと我慢しているのが馬鹿みたいだ。

「!? そんな事はないと思うけど……」

ご主人様が目を大きく見開く。確かに……確かに、これはアリスのキャラではない。

穴があったら入りたい気分だ。だが、いい。何かを得るには何かを捨てる覚悟がいるとはご主人様の言葉だ。栄光を手に入れたいならばクールなアリスは捨てるしかない。

顔から火が出そうだった。だが、ここまで来たらもう退けない。

アリスは余りの恥ずかしさに何がなんだかわからない中、アムの言動を必死に思い出して言った。

「そんな事言って…………この、浮気者ッ！」

§　§　§

「……いやいや、色々端折《はしょ》りすぎだろ！」

突然の言葉に、なんとかリアクションをする。アリスは顔を真っ赤にしながらもじもじと言う。

「ス……スレイブ差別、はんたい」

「あんなに活躍してたのに……いや、そんな恥ずかしいなら真似しなくてもいいんじゃ――」

目を瞬かせ、唐突にキャラ変更を試み始めたアリスをまじまじと見た。

もともと、アリスがアシュリーをスレイブの手本にしていることには薄々気づいていたが、まさかアムまで手本にしようとは予想外のシナジーだ。多少は影響していると思ったけどここまでする？

面白い事になってきたな。複数のスレイブを持つ際は相性を考えねばならないのは常識だが、もしかしたらこういう事だったのだろうか？《魔物使い》の世界は本当に奥が深い。

アムは『堕落の杖』を受けて完全に意識を失い、ソファの上にぐったり横たわっていた。

……あれを見てアムを真似しようと思うのはおかしいのでは？

「ひ、肥料と水が………」

もしかしたらストレスでも溜まっていたのかな。

確かにこの街に来てからアリスに頼りすぎていたかもしれない。時間がなかったし、戦力も足りていなかった。戦わせてばかりでケアが少なかったのは反省点だろう。

何か要望があれば正面から言えばいいと思うが、新たな一面も悪くないね。

「悪かったよ、アリス。そんな恥ずかしい真似までさせちゃって」

「恥ずかッ――――」

「で、水と肥料が足りていない、可愛いアリスちゃんはどうして欲しいのかな？」

あえて言葉を選んで言うと、アリスがまるでただの少女のように顔を真っ赤にして俯く。

意外と少女趣味だね、君。しかし、王国ではアシュリーが優秀過ぎたせいか負担は感じていなかったが、大勢のスレイブを持つって大変だな。公平性を考えなければならないし、マスターの身体は一つで同時には構ってあげられない。贅沢な悩みだろうか？

しかし、アリスの望みはなんだろうか？　付き合いは長いが彼女は自己主張を余りしない方だったので、望みとかいきなり言われても難しい。

少しわくわくしながら言葉を待つ僕に、アリスは消え入るような声で言った。

「し……しっかり、栄養を……どこに出荷しても恥ずかしくない、その……やらしい事を——アムに、やったみたいな……」

そこまで真似するのかい…………というか、やらしい事とか、した記憶がないッ！

『堕落の杖』は悪性霊体種の調整に使うスキルだ。強い性的快楽を伴うがそれは副次効果である。

整体と同じような半ば医療行為だ。てか、君この間久々に使った時に凄いびくびくしていたんだけど、本当に大丈夫なのだろうか？　魂への接触って人によっては強い忌避感があるはずなんだが——。

だが、アリスがそれを求めるのならば是非もない。

求められるものを与えるのは魔物使いの甲斐性だ。

黙って魔力回復薬を取り出し、先程の施術のスキル行使で消耗した魔力を回復する。

精神的な消耗もあるが、アリスに求められているという事実がそれを掻き消した。

視線で促すと、アリスがちがちに緊張しながらソファに身を横たえる。こんな彼女を見るのは初めてかもしれない。否が応にも期待は高まる。

横たわった靭《しな》やかな身体。目は期待と不安に潤み、深呼吸をしているのか、胸が大きく上下していた。指に光を灯すと、アリスはその不気味な光を見て、息を呑み少しだけ身じろぎした。

アムと違ってアリスはこのスキルの効果を良く知っている。魂が恐れているのだ。

「ご主人様……その、わがまま言って、ごめんなさい」

今更アリスが殊勝な事を言うが、ここまで来たら手加減などしてあげない。

「いやいや、本当に気にしないで。肥料と水とか言っちゃって、まさかアリスにこんな向上心があったとはなぁ」

「……はひ？」

「おっと、そうだ。どれだけ耐えられるかしっかり時間も測ってアムとの差分を見ないと……ナイトメアとナイトウォーカー続けざまに触診してデータを取れるなんて、僕は本当に幸せだ」

アムの時は半ばだまし討ちでの施術だったが、アリスは違う。

じっくり時間をかけてその魂を解剖しその力の源を詳《つまび》らかにできる。アムのように、気を失うまで弄くり回せる。今までは危険だったので途中で施術を止めていたが、今度は止めたりはしない。

「？？　ご、ご褒美……アムに、やったみたいな……」

「……いや、あれはご褒美じゃなくてお仕置きだよ」

「!?」

半分くらい研究の一環だ。ナイトメアの知識が足りないから本人で確認するしかないのだ。まさか強度の確認がご褒美に見えていたとは……。

鳩が豆鉄砲を食らったような表情をするアリス。

僕は何か文句を言われる前に、指先で白い首元に触れた。

「にゃあ!?」

「アリスは可愛いなぁ」

『堕落の杖』がやらしい事かどうかその身を以《もっ》て証明してもらおうか！

「!? ま、まって、ご主人さ――」

さて、今日も研究研究、っと。優秀なスレイブを持って僕は本当に嬉しい。

しかし、アリスとアム、仲良さそうで本当に良かった。

ほのぼのしながら、気合いを入れてスキルを使った指先をアリスの半端に開いた唇の中にねじ込む。

アムが上げたものに勝るとも劣らない悲鳴が部屋中に響き渡った。

あとがき

祝、二巻発売！　この度は拙作を手にとって頂き、本当にありがとうございます。

お久しぶりです、槻影です。前巻刊行から約一年、フィルの冒険譚を再び皆様にお届けできて、とても嬉しいです。なんというか……一年間、地獄のように、忙しかった。

今巻も前巻同様、持ち得る限りの力を尽くしましたので、楽しんで頂ければ嬉しいです！


さて、今巻の内容についてネタバレしないように軽く説明をば。

前巻はフィル・ガーデンの魔物使いとしての冒険を書きましたが、今回は探求者としての冒険に焦点を当ててみました。新たなるキャラクターが出てきたり、前巻では触れられなかった部分に触れられたり、優秀な方のスレイブを最初から使えたりと一巻とはまた一風変わった冒険譚になっていると思います！　合わせて一巻を読み直すと新たな発見があるかも!?

当作品は拙著の中でも最も古くに構想を持った作品であり、世界観や設定なども特に長い時間かけて深堀りしております。文字量の都合上、それらを全て明示して出す事はできませんが、一見違和感のある設定にも某かの理由があったりします。描写の中にどうしてそうなっているのかなど推測できる要素が紛れていたりいなかったりしますので、是非想像してみてください！


それでは、ページも残り少なくなりましたので、最後は謝辞で締めさせて頂きます。

今巻も前巻に引き続き素晴らしいイラストを描いて頂きましたイラストレーターのRe: しましま先

生。本当にありがとうございました！　特に表紙のアリスがとてもお気に入りです。艶めかしい！

担当編集のM下様、S谷様。そして、出版に際し、尽力頂きました一迅社ノベルス編集部と関係各社の皆様方。締め切りをうっかり間違えたり、色々ご迷惑をおかけいたしました。今後とも何卒、ご指導ご鞭撻の程よろしくお願い致します！

そして何より、前巻から引き続きお手にとって頂きました皆様に深く感謝申し上げます。

三巻でお会いできる事を祈って

２０２１年10月　槻影

★天才最弱魔物使い豆知識★

・エトランジュが丁寧語なのは、スレイブたる魔導機械への敬意を忘れないため。
・フィルはまだ未熟だった頃、実験を兼ねてアシュリー達の食事に薬を盛りすぎた結果、言い包められて料理権を剥奪された。
・技術樹は《託宣師》が特定対象から得たものを刻みつけているため、術者によって微妙に差がある。
・種族相性で無機生命種が有機生命種に弱いとされているのは、有機生命種が創造主であるため。実際に無機生命種には有機生命種に対する服従の本能があり、相手が有機生命種の場合、致命的な隙を晒す事がある。

[チートスキル『死者蘇生』が覚醒して、いにしえの魔王軍を復活させてしまいました～誰も死なせない最強ヒーラー～]

著：はにゅう　　イラスト：shri

特殊スキル『死者蘇生』をもつ青年リヒトは、その力を恐れた国王の命令で仲間に裏切られ、理不尽に処刑された。しかし自身のスキルで蘇ったリヒトは、人間たちに復讐を誓う。そして古きダンジョンに眠る凶悪な魔王と下僕たちを蘇らせる！　しかし、意外とほんわかした面々にスムーズに受け入れられ、サクッと元仲間に復讐完了。さらにめちゃくちゃなやり方で仲間を増やしていき――。強くて死なない、チートな世界制圧はじめました。

猫《キャット》と呼ばれた男

著：れもん　　イラスト：転

魔法が使えず剣もダメな冒険者マート。だが彼は、生まれ持った猫のような目と身軽な体躯という冒険者として恵まれた特徴で採集クエストをこなしていた。そんなある日、ギルドで入手したステータスカードで前世の記憶と自身に秘められた能力――魔獣スキル、呪術魔法、精霊魔法を知る。しかも精霊魔法の潜在能力は伝説級!!

そして、姉貴分の紹介で商隊の護衛クエストを受けたマートは、道中で盗賊団の襲撃に遭うも魔獣スキルを発動させて――!?

龍鎖のオリ

—心の中の"こころ"—

著:cadet　　イラスト:sime

精霊が棲まう世界で、剣や魔法、気術を競い合うソルミナティ学園。ノゾムは実力主義のこの学園で、「能力抑圧」――力がまったく向上しないアビリティを授かってしまった。それでもノゾムは、血の滲む努力を続け、体を苛め抜いてきた。そんなある日、ノゾムは深い森の中で巨大な龍に遭遇する。その時、自身に巻き付いた鎖が可視化され、それをめいっぱい引きちぎったとき、今まで鬱積していた力のすべてが解放されて……!?

［ふつつかな悪女ではございますが
~雛宮蝶鼠とりかえ伝~］

著：中村颯希　　イラスト：ゆき哉

『雛宮』――それは次代の妃を育成するため、五つの名家から姫君を集めた宮。次期皇后と呼び声も高く、蝶々のように美しい虚弱な雛女、玲琳は、それを妬んだ雛女、慧月に精神と身体を入れ替えられてしまう！　突如、そばかすだらけの鼠姫と呼ばれる嫌われ者、慧月の姿になってしまった玲琳。誰も信じてくれず、今まで優しくしてくれていた人達からは蔑まれ、劣悪な環境におかれるのだが……。大逆転後宮とりかえ伝、開幕！

天《てん》才《さい》最《さい》弱《じゃく》魔《ま》物《もの》使《つか》いは帰《き》還《かん》したい

～最強《さいきょう》の従者《じゅうしゃ》と引《ひ》き離《はな》されて、見《み》知《し》らぬ地《ち》に飛《と》ばされました～

2

初出
「天才最弱魔物使いは帰還したい　～最強の従者と引き離されて、見知らぬ地に飛ばされました～」
小説投稿サイト「小説家になろう」で掲載

2021年12月5日　初版発行

著者　槻影《つきかげ》

イラスト　Re《リ》:しましま

発行者：野内雅宏

発行所：株式会社一迅社
〒160-0022　東京都新宿区新宿3-1-13　京王新宿追分ビル5F
電話　03-5312-7432（編集）
電話　03-5312-6150（販売）
発売元：株式会社講談社（講談社・一迅社）

印刷・製本：大日本印刷株式会社

DTP：株式会社三協美術

装丁：伸童舎

ISBN 978-4-7580-9423-8

おたよりの宛先
〒160-0022　東京都新宿区新宿3-1-13　京王新宿追分ビル5F
株式会社一迅社　ノベル編集部
槻影先生・Re:しましま先生